Ceci est une œuvre de fiction. Les noms, les personnages, les lieux et les événements sont le produit de l'imagination de l'auteur ou sont utilisés de manière fictionnelle. Toute ressemblance avec des personnes existantes ou ayant existé, des lieux ou des événements réels est purement accidentelle.

Première édition 2017, aux États-Unis, sous le titre *Nyxia*, par Crown Books for Young Readers, an imprint of Random House Children's Books, a division of Penguin Random House LLC, New York.

1, rond-point du Général-Eisenhower, 31101 Toulouse Cedex 9, France.

Loi 49.956 du 16 juillet 1949 sur les publications destinées à la jeunesse.

Dépôt légal : mai 2020
ISBN : 978-2-7459-7966-7
editionsmilan.com

Illustration de couverture : Rico Jr.

SCOTT REINTGEN

BABEL CORP.

GENESIS 11

Traduit de l'anglais (États-Unis)
par Guillaume Fournier

MILAN

Pour mon épouse, Katie.
J'espère que toutes les suites que nous écrirons
auront ton sourire.
S. R.

LIVRE 1

CHOSES CASSÉES

JOUR 1, 08 : 47

À BORD DU *GENESIS 11*

– Vous savez tous pourquoi vous êtes ici.

On est dix autour de la table. On hoche la tête comme si on savait de quoi il parle.

À l'autre bout de la salle de conférence se tiennent huit personnes parmi les hommes et les femmes les plus riches de la planète. Babel Corp. La nuit dernière, j'ai emprunté le téléphone de PJ pour faire des recherches sur eux. Ils ont avalé Google en 2036. Un blogueur prétend qu'ils travaillent dans l'ombre de la NASA depuis des décennies. Quoi qu'ils fassent, ils ont l'air doués. Ils portent tous le même costume anthracite qu'on dirait taillé dans de la fumée. Les plafonniers font scintiller leurs épaules et leurs chaussures.

La lumière, la pièce, le monde entier, tout converge vers l'homme qui s'adresse à nous : Marcus Defoe. Il est noir, mais pas comme moi. J'ai passé la moitié de ma vie à me sentir invisible, comme une nuit sans lune. Alors que je suis sûr que les gens se retournent partout sur le passage de ce gars-là. Tout chez lui indique que c'est un king. Sa carrure, le son de sa voix, sa démarche pleine d'assurance. Quand il s'avance vers nous, j'ai l'image d'une panthère qui me vient à l'esprit. Tellement souple et brillante qu'on en oublierait ses griffes.

Je m'adosse à mon fauteuil et retire l'un de mes écouteurs. Ma musique s'en échappe en sourdine mais l'Asiatique assis à côté de moi n'arrête pas de me jeter des regards en coin. À croire que ça le dérange, pauvre chéri. J'augmente un peu le volume histoire de l'énerver. Quand Babel m'a recruté, on m'a dit de prendre ça comme un jeu. J'adore jouer, mais j'aime encore plus gagner. Mon voisin secoue la tête avec irritation. J'ai déjà l'impression d'avoir quelques points d'avance sur lui.

Des échos de boîte à rythmes et de voix soul me martèlent le tympan. Au lycée, on pense que j'écoute du vieux hip-hop parce que c'est vintage, mais la vérité, c'est que je n'ai pas les moyens de m'offrir des trucs plus récents. Quand l'Asiatique me lance un regard agacé pour la millième fois, je hoche la tête et lui souris comme si on allait devenir copains.

– Vous avez été choisis pour participer à l'exploration spatiale la plus importante que le monde ait jamais connue. Les résultats de votre mission changeront l'avenir de notre espèce.

Defoe continue à pérorer, à nous parler d'humanité, de destin manifeste et d'ultime frontière. Son crâne rasé est d'une rondeur parfaite. Son sourire est éblouissant. Ses yeux sont d'un bleu éclatant que les filles du lycée trouveraient irrésistible. Le roi de Babel n'a qu'une imperfection : sa main droite, flétrie, comme si un géant avait pris tout son temps pour en briser méticuleusement chaque os. Le genre de blessure qu'on n'est pas censé voir mais qu'on ne peut s'empêcher de regarder en douce.

– La récompense de vos efforts dépassera tout ce que vous pouvez imaginer. Nous avons déjà ouvert un compte pour chacun d'entre vous. Un virement de cinquante mille dollars y sera effectué tous les mois jusqu'à la fin de vos jours.

Autour de la table, tout le monde dresse l'oreille. On rectifie la position, on ouvre grand les yeux, on cesse de gigoter. Le montant nous fait réagir parce qu'on est tous complètement fauchés, j'imagine. À l'exception d'un garçon.

Il a l'air de s'ennuyer. Le roi Salomon nous balance les clés du royaume et ce gars-là étouffe un bâillement ? Je l'examine de plus près. C'est un Blanc. Un rapide tour de table m'apprend que c'est le seul garçon blanc parmi nous. Américain ? Peut-être. Ou bien européen. Il porte un polo. Il tambourine machinalement sur la table avec les doigts, et j'aperçois une étiquette sous son aisselle. Donc ce polo est un achat récent. Ses cheveux ont l'air délibérément décoiffés, comme s'il avait voulu se donner une allure négligée. Quand il se tourne vers moi, je fixe mon regard sur Defoe.

– En plus de la sécurité financière, nous vous offrons également une couverture médicale étendue pour vos familles. Elles bénéficient désormais d'un accès gratuit aux soins médicaux, aux consultations, à la chirurgie, sans oublier les traitements les plus modernes pour le cancer et autres maladies graves. La pérennité de leur prise en charge est garantie.

Je ne sais pas exactement ce que signifie *pérennité*, mais autour de la table plusieurs d'entre nous hochent la tête d'un air entendu. Deux grimacent à la mention du cancer. L'une est blonde aux yeux bleus, maquillée comme pour un concours. Elle a une mèche de cheveux roses ramenée derrière l'oreille. L'autre est un garçon au teint mat, avec des yeux marron clair. Originaire du Moyen-Orient, je dirais. Je me demande si leurs parents ont un cancer. Je me demande si c'est comme ça que Babel les a convaincus de jouer les cobayes de l'espace. Je me demande s'ils m'ont vu tiquer en même temps qu'eux.

J'ai du mal à me concentrer sur la suite, parce qu'une image de maman m'est revenue en mémoire. Ses poignets délicats entourés de bracelets médicaux. On a passé suffisamment de temps en soins intensifs pour que l'hôpital commence à prendre des allures de prison. La seule différence, c'est que la maladie n'accorde pas de liberté conditionnelle.

– … vous offrons aussi des stock-options au sein de la compagnie, un lien privilégié avec n'importe quelle société dans le monde, et l'opportunité d'inscrire votre nom dans l'histoire de l'espèce humaine. Desmond est en train de vous remettre un accord de confidentialité. Si vous êtes toujours intéressés, vous n'avez qu'à signer sur les pointillés.

L'un des types en costard est en train de faire le tour de la table. Il dépose devant chacun de nous un contrat fraîchement imprimé. Je ne peux pas m'empêcher de fixer sa grosse montre en or. En d'autres circonstances moins prometteuses, j'aurais déjà bondi de mon fauteuil, je lui aurais arraché sa montre et je me serais glissé hors de la pièce avant qu'il ait eu le temps de dire « ouf ». Mais tout va bien pour l'instant, alors je parcours avec attention un paragraphe chargé de mots compliqués comme *privatisation* ou *extrajudiciaire*. À ma gauche, l'Asiatique fronce les sourcils devant une enfilade de symboles incompréhensibles. Ma voisine de droite se penche sur un texte qui a l'air de dépasser mes maigres connaissances scolaires en espagnol. J'en rirais presque, parce qu'on ressemble à une version politiquement correcte de la Justice Squad. Sauf que si Babel recherche des héros, ils sont mal tombés avec moi.

Je signe au-dessus des pointillés en m'efforçant de ne pas donner l'impression que je viens de gagner à la loterie.

Les grosses légumes s'échangent des secrets à un million de dollars. Defoe tourne autour de nous comme un prédateur, histoire de s'assurer qu'on reste tous des gentils garçons et des gentilles filles. Je presse le bouton de défilement et m'envoie du gros son dans les oreilles. Deux voix s'affrontent le temps d'un couplet brut de décoffrage. Elles se renvoient des paroles à la figure et je me retrouve dans la jungle de béton, à discuter et rigoler avec les Très Excellents Frères.

Les copains me manquent déjà, surtout PJ. Mais notre quartier n'offre pas beaucoup de débouchés, il faut bien en convenir, et l'offre de Babel est trop tentante. Je ne sais pas ce que ça représente pour les autres postulants autour de la table, mais pour moi, ça signifie mettre maman en tête de liste des transplantations. Ça signifie que papa n'aura plus à travailler de nuit. Ça signifie trois repas par jour et plus d'un seul jean.

Pour moi, ça veut dire tout.

L'une des filles est la dernière à signer. Elle est plus que mignonne, comme dirait PJ. Plus grande que moi, coiffée à la tondeuse. Elle est si mince que ses clavicules ressortent nettement. Son bracelet de cordes se détache sur sa peau noire comme des plumes de couleur sur un oiseau. Des pièces métalliques accrochées au bracelet tintent doucement, captent la lumière et la réfléchissent. On dirait un bijou ancien, une espèce de gri-gri africain. Tout le monde l'observe pendant qu'elle biffe quelque chose dans son contrat. Defoe se penche pour lire. Il lui adresse un sourire carnassier. Il hoche la tête, elle signe, et c'est réglé.

– Très bien. À présent, nous allons pouvoir aborder votre mission plus en détail. Vous êtes libres de partir à tout moment, mais sachez que l'accord de confidentialité que vous venez de signer est un point sur lequel nous sommes mortellement sérieux.

Il marque une pause afin de souligner ce mot. *Mortellement.* Moucharder n'a rien de nouveau, pas plus que les conséquences que ça entraîne. Mais un rapide regard autour de moi me donne à penser que tout le monde n'a pas forcément saisi le message. Traduction : « Il est trop tard pour descendre en marche. »

Il continue :

– Si vous parlez à qui que ce soit de ce que vous êtes sur le point d'entendre, vous serez légalement pieds et poings liés pour le restant de vos jours. C'est clair ?

Hochement de tête général. Je réalise pour la première fois que Defoe nous sert son speech en anglais. Personnellement ça m'arrange, mais qu'en est-il des autres ? Parlent-ils tous anglais ? À les voir, je suis prêt à parier qu'ils viennent des quatre coins du monde. Je veux bien qu'on trouve des cours d'anglais un peu partout, aujourd'hui, mais ça me laisse quand même dubitatif.

Un écran noir s'élève derrière Defoe. Les autres costards s'écartent et l'image digitale s'allume en scintillant. Le plus dingue, c'est qu'on n'entend absolument rien. Pas de ronronnement de ventilateur, pas de grincement de rouages, pas de déclic d'ouverture, rien. L'écran de soixante-dix pouces affiche ses images avec une résolution impeccable.

Defoe sourit de toutes ses dents. Ses collègues ont l'air aux anges.

Manifestement, ils brûlent d'impatience de nous dévoiler la suite. À nous.

– Il y a soixante-trois ans, Babel Corp. a découvert une planète habitable.

Une planète assez semblable à la Terre apparaît derrière lui.

– Eden. Et depuis, elle est devenue pour nous incontournable. Nous avons fait l'hypothèse que la vie sur Eden était possible. Aujourd'hui, nous en avons la certitude.

L'écran affiche des distances, des coordonnées spatiales, des données planétaires. Tout ça, c'est du chinois pour moi.

– Même en dépit des dernières avancées technologiques, le premier voyage jusqu'à Eden nous a pris vingt-sept ans.

Defoe nous laisse un moment pour réaliser. Vingt-sept ans. On fait le calcul dans notre tête, et aucun de nous n'a l'air particulièrement réjoui. On n'a pas signé pour vieillir dans l'espace. Pas moi, en tout cas.

– Bien sûr, aujourd'hui le trajet dure moins de un an.

Tout le monde relâche son souffle. Moins de un an. Defoe se fiche de nous. Les costards-cravates savourent sa petite blague avec leurs sourires à mille dollars. Je commence à comprendre qui ils sont, comment ils nous voient. J'archive tout ça à la lettre C pour « Colère ».

– La station spatiale *Tower* est déjà en orbite autour d'Eden. Nous nous retrouverons là-bas avant de vous envoyer à la surface. La planète est habitée par une espèce que nous appelons les Adamites.

Une planète habitable. Des extra-terrestres. D'accord… Notre génération a suivi les premiers atterrissages sur Mars. Il y avait des affiches de recrutement de la NASA dans tous les lycées. Mais personne n'a jamais entendu parler d'une nouvelle forme de vie. Difficile d'imaginer qu'un truc aussi gros a pu être gardé secret pendant si longtemps. Autant que je sache, il y a trente ans, l'homme en était encore à explorer la Lune. Entre l'histoire officielle et la version de Babel, on dirait qu'il y a un gouffre.

On regarde l'écran se scinder en plusieurs images. Des humanoïdes évoluent au cœur d'un paysage primitif. Ils sont plus petits et plus massifs que des Terriens. Leurs yeux sont plus grands, plus écartés. Defoe affiche un sourire triomphant mais j'ai vu de meilleures retouches avec *Photo Factories*.

– Naturellement, nous avons établi le contact avec cette espèce.

Defoe presse un bouton invisible et une vidéo s'étale à l'écran. Gros plan sur des gars aux allures de militaires, accompagnés de quelques scientifiques. Ils sont équipés de matériel high-tech, dont des fusils d'assaut qu'on dirait sortis de *KillCall*. On regarde les négociations mal tourner. Très mal tourner. Des ombres s'étendent et englobent les fameux Adamites. Des coups de feu éclatent, mais dans la confusion et la fumée les soldats se font tous massacrer ou écharper. Les Adamites n'épargnent qu'une personne. Une gamine, d'environ sept ou huit ans.

Defoe appuie sur pause.

– Jacquelyne Requin. Elle est née à bord du premier vol vers Eden. Nos satellites indiquent qu'elle est toujours en vie. Pourquoi ? Parce que les Adamites ont un profond respect pour les enfants et la jeunesse. Ils lui laissent la vie sauve parce qu'elle représente quelque chose qu'ils ont perdu. Aujourd'hui, le plus jeune membre de leur espèce a vingt et un ans. Même s'ils bénéficient d'une grande longévité, il semble qu'ils ne soient plus en mesure de se reproduire. Donc, ils vouent une sorte de culte aux enfants. Et nous avons l'intention de l'exploiter à notre avantage.

Il fouille dans sa poche et en sort une bille. D'un noir de jais, beaucoup plus foncée que le pouce et l'index entre lesquels il la tient.

– Ce que vous voyez là, c'est de la noxolyte.

Une rapide manipulation, et la substance s'étire. La main de Defoe s'active. Un instant plus tard, il nous montre ce qu'il tient. Un poignard noir. Il nous laisse le temps de l'observer, l'attrape par la pointe et le lance sur une cible à sa droite. L'arme s'y enfonce jusqu'à la garde. Pas mal, mais il n'a pas encore fini. D'un autre geste de la main, il aspire la substance à travers la pièce jusque dans sa paume. Il nous la montre à tous – c'est redevenu une bille. Pas mal du tout.

– Babel Corp. a découvert un certain nombre d'usages à cette substance. À l'insu du grand public, c'est devenu la ressource la plus précieuse du monde. Notre mission consiste à en récolter le plus possible. Et quelqu'un a-t-il une idée de l'endroit où l'on trouve les principaux gisements de noxolyte ?

Sur Eden, évidemment. C'est bon, Defoe, on t'écoute. D'une pression du pouce, il remplace la vidéo par une carte digitale de la planète. On voit des zones signalées en rouge. Des points noirs disséminés au petit bonheur le long des chaînes de montagnes et des rivières. Defoe nous explique.

– Chaque point noir correspond à un gisement souterrain. Pour parler logistique, chacun d'eux vaut dans les alentours de cinquante milliards de dollars.

Mon voisin dégoûté siffle entre ses dents. On est enfin d'accord sur quelque chose : ça représente un sacré paquet de fric. Et il y a quantité de points. Je n'ai pas oublié les space marines morts, cela dit, ni leurs membres amputés.

À ma droite, un garçon aux yeux marron pose une question dans une autre langue.

Defoe hoche la tête.

– Les zones rouges indiquent des régions que les Adamites nous ont interdites. Personne de chez nous n'y a encore posé le pied.

Aussi nombreux que soient les points noirs, ils sont largement supplantés par les zones rouges. En fait, il n'y a qu'un seul cercle de terre accessible dans la partie inférieure de la carte, et je n'y vois pas un seul point noir sur plusieurs kilomètres. Defoe pose à notre place la question à un milliard de dollars :

– Alors, comment fait-on pour exploiter des mines protégées par une espèce dotée d'une technologie supérieure et qui a une approche agressive des conflits frontaliers ?

Exactement ce que je me demandais. Comment va-t-on pouvoir les aider ? Et pourquoi risquer notre vie pour le faire ?

Defoe répond à sa propre question de manière énigmatique.

– En vérité, je vous le dis, à moins que vous ne changiez et deveniez comme des enfants, vous n'entrerez jamais au royaume des cieux.

La fille trop maquillée ajoute son accent du Sud à la conversation.

– C'est une citation de la Bible, non ?

Defoe acquiesce de la tête.

– C'est ça. Votre âge vous protégera. Le voyage nous fournira tout le temps nécessaire pour vous former à l'extraction minière. Nous fixerons des quotas à chacun d'entre vous. Si vous les remplissez, vous obtiendrez la récompense financière que nous avons évoquée tout à l'heure.

L'Asiatique à côté de moi soulève une objection. Defoe l'écoute patiemment avant de répondre.

– Longwei s'interroge à propos des risques. Il a peur de se faire tuer et de ne jamais pouvoir toucher la récompense. Or, non seulement nous avons la preuve confirmée qu'ils épargnent la jeunesse mais, voilà deux mois, nous avons passé un accord avec les Adamites. Ceux d'entre vous qui poseront le pied sur Eden seront libres d'aller où bon leur semblera. Vous serez traités en invités de marque.

– Donc on aura juste à ramasser ce truc, la noxolyte ? demande la fille du Sud.

– Exactement, Jasmine. Plus vous en récolterez, mieux ce sera.

Un bref regard vers ses collègues indique qu'il leur reste une révélation en réserve. Defoe se redresse encore plus.

– Vous avez peut-être remarqué que vous êtes dix autour de cette table. Chez Babel Corp., nous croyons aux vertus de la concurrence. Le fer aiguise le fer. Vous êtes dix, mais seuls huit d'entre vous se rendront sur Eden.

La vraie peur est toujours silencieuse. Nous voilà changés en statues tout à coup. Tout le monde retient son souffle, sauf le petit Blanc. Il fait craquer une de ses phalanges et s'enfonce en arrière dans son fauteuil. Il n'est pas comme nous. J'ignore comment je le sais, mais je le sais. Le reste du groupe attend que Defoe nous avoue qu'il rigole, mais, bien sûr, ce n'est pas le cas. Un Asiatique corpulent au bout de la table lâche un commentaire sarcastique. Je ne comprends pas ce qu'il dit, mais Defoe n'a pas l'air de trouver ça drôle.

– Katsu aimerait savoir ce qui arrivera aux deux autres, traduit-il. Notre année de vol tiendra lieu de compétition. Chaque test que vous subirez sera mesuré. Chaque tâche que nous vous confierons sera analysée. À compter de votre entrée dans l'espace, vous serez examinés au microscope. Le classement sera affiché partout dans le vaisseau. Les huit premiers seront autorisés à se rendre sur Eden à notre arrivée. Ils bénéficieront de tous les arrangements dont nous avons discuté.

Autre silence. Des cœurs se brisent.

– Les deux autres recevront une compensation financière. Le salaire moyen d'un employé de Babel Corp. tourne actuellement autour de cent cinquante mille dollars. Vous serez payés deux ans de travail et renvoyés chez vous. Sans bénéficier du reste des avantages.

Dans mon quartier, ce genre de lot de consolation serait plus que suffisant. Je suis sûr que personne autour de cette table n'avait jamais imaginé gagner autant de fric. Sauf qu'on sait déjà qu'il y a plus en jeu. On pense tous à la perspective de décrocher la richesse éternelle. Nos regards brillent de convoitise. Babel a su toucher la corde sensible.

La concurrence. L'offre et la demande. Et pas de pitié.

– Peut-on commencer ? demande Defoe.

Sa question résonne, résonne et résonne encore.

JOUR 1, 09 : 13

À bord du *Genesis 11*

Un employé de Babel me conduit à l'une des cabines de détente du vaisseau et me suggère de profiter de la vue. Le quai d'embarquement grouille d'activité. Le vitrage renforcé assourdit tout. J'ai l'impression de regarder un vieux film muet. Ce lancement est probablement dans les tuyaux depuis dix ans, mais les fourmis ouvrières ont toujours du travail de dernière minute. Des techniciens examinent des caisses à travers leurs visières lumineuses, aboient des ordres et regardent les dockers les emporter hors de vue. Je soupire, fais défiler plusieurs chansons et tâche de prendre mon mal en patience.

La porte derrière moi ressemble à une porte de sas tout droit sortie d'un vieux reboot de *Star Wars*. Le sol est en dalles à température contrôlée. Des coussins moelleux poussent un peu partout comme des champignons. On appelle ça une cabine de détente, mais je ne sais pas si l'éclairage tamisé, les cloisons lavande ou la machine à café vont suffire à me calmer les nerfs. Tout ce luxe ne fait que renforcer mon sentiment de ne pas être à ma place.

La sélection aléatoire de mon lecteur tombe sur une piste reggae produite par mon cousin Taylor l'année dernière. PJ et les Très Excellents Frères vouent un culte à Taylor parce qu'ils le croient à tu et à toi avec les étoiles montantes du rap actuel. Alors qu'en réalité, il accumule les crédits et travaille de nuit avec mon père. C'est comme ça, à Détroit. Je pense à ma famille, à mes copains, à tout le monde. D'où je viens, le manque d'ambition se transmet de génération en génération.

Alors je suis bien obligé de me demander : pourquoi moi ? La réponse n'est pas évidente.

En revanche, les chiffres sont clairs.

Huit sur dix.

Cinquante mille dollars par mois. À vie.

Je regarde les ouvriers s'affairer comme des abeilles et je respire à fond jusqu'à ce que j'entende le sas siffler dans mon dos. Je ne savais pas exactement qui Babel Corp. m'enverrait pour me dire au revoir, mais j'aurais dû le deviner. Maman n'a jamais pris l'avion. Et les médecins lui ont déconseillé les longs trajets de toute manière. Donc c'est papa qui s'avance dans la cabine. Il porte un blouson de cuir et un vieux jean. Il a aussi cette casquette de distributeur de journaux qu'il a toujours adorée. Il ne sourit pas, vu qu'il est déjà en train de pleurer.

Il me tend la main comme si je venais de décrocher un diplôme, de m'engager dans l'armée ou je ne sais quoi.

Je la prends, et ma main disparaît complètement dans son gros poing. On s'assied tous les deux, et il ne se donne pas la peine d'essuyer ses yeux rougis. Babel m'a recruté il y a pile un mois. C'est dingue, la vitesse à laquelle tout est arrivé, le peu de temps qu'il nous reste.

– Monsieur Defoe nous a dit que tu en aurais pour trois ans.

Sa voix cale comme un vieux moteur.

– Emmett, je sais que ça représente une opportunité unique. Dieu sait que je n'aurais pas eu les moyens de te payer des études. Mais… tu es vraiment sûr de toi ?

Il jette un regard circulaire sur les sièges aux formes étranges et les dalles lumineuses.

– Tu le sens bien, ce truc ?

Je me pose la même question depuis tout à l'heure. Quelles sont les clauses en petits caractères ? Dans quoi suis-je en train de m'embarquer exactement ?

– Je ne peux pas dire non, papa.

– On peut toujours dire non.

– Ça paie cinquante mille dollars par…

Mon père me coupe :

– Le fric c'est le fric, Emmett. J'aurais pu nous offrir une autre vie si j'avais voulu emprunter le mauvais chemin. Est-ce que tu le sens bien ?

– Par mois, papa. Cinquante mille par mois.

Je feins de m'intéresser aux ouvriers pour éviter son regard. Je connais son salaire annuel. Je sais à quel point il paraît dérisoire par rapport à celui qu'on me propose. Je sais que la vie est injuste.

– À vie. Avec les soins médicaux pour la famille en plus. Tu pourras emmener maman dès demain. Traitement gratuit dans n'importe quelle clinique de Détroit. J'ai vu les factures, papa. Je sais le temps qu'il faut attendre pour une transplantation. Babel, c'est une compagnie qui a le bras long. Le genre à pouvoir placer maman en tête de liste. Je sais qu'on en a besoin. *Elle* en a besoin.

Il ignore mes arguments.

– Je t'ai posé une question.

Je soupire, mais son regard me transperce. *Tu le sens bien, ce truc ?*

– Je ne sais pas, dis-je. Des fois, c'est difficile de faire la différence entre le fric et le mal.

Je suis presque sûr que ça vient d'une chanson, mais ça correspond parfaitement à ce que je ressens. Babel Corp. nous joue une drôle de petite musique, comme tous les milliardaires. Ils vivent dans un monde différent, côtoient des personnes différentes et ne respirent pas le même air que nous. Ç'a toujours été comme ça et ça le sera toujours.

Papa regarde les ouvriers à son tour.

– Je n'avais encore jamais rien vu de pareil.

– Moi non plus.

On regarde un ouvrier manquer de peu de se faire empaler par un chariot élévateur.

– Tu as peur ? me demande-t-il.

– Oui.

– C'est une marque d'intelligence.

– Oui.

– Si on te demande de faire quelque chose de mal, que dis-tu ?

– Non.

– Si tu vois que ça tourne au vinaigre, que fais-tu ?

– Je me tire.

– Comment tu t'appelles ?

Il me posait les mêmes questions avant les matchs de football américain. C'est une tradition qui remue de vieux souvenirs.

– Emmett Ethan Atwater, dis-je.

– Ethan, ça veut dire quoi ?

– Solide.

– Et Emmett ?

– Travailleur.

– Et Atwater ?

Je tique.

– Ça, tu ne me l'as jamais dit…

Il sourit.

– Je n'en sais rien en fait.

Le fait qu'il arrive encore à plaisanter dans un moment pareil me fait un bien fou.

– Donc tu vas faire fortune, si je comprends bien ?

– Pas seulement moi. Maman et toi aussi.

Je me détourne à nouveau.

– C'est ce que je veux, papa.

– Tu dois le vouloir pour toi avant tout. Quand tu seras là-haut…

Il lève les yeux vers le plafond comme s'il n'existait pas, comme si les galaxies infinies se déployaient au-dessus de nous.

– Fais ça pour toi. Je travaille dur, mais tu mérites beaucoup plus que ce qu'on a pu t'offrir. Alors, prends tout ce qui se présente à toi. C'est compris ?

Je me sens faible, subitement. Un sac d'os privé de cœur.

– On ne sera que huit à descendre sur Eden.

Il hoche la tête, comme s'il s'attendait à quelque chose de ce genre.

– Sur combien ?

– Dix.

– Pas un mauvais ratio.

J'ai l'impression que l'oxygène se raréfie. J'ai du mal à sortir les mots.

– Et si je ne gagne pas ?

– Et si tu gagnes ? rétorque-t-il.

Une seconde plus tard, il se lève. Il ne pleure plus.

– Tu vas aller là-bas et donner tout ce que tu as, Emmett. Montre-toi à la hauteur. Pas à leurs yeux, mais aux tiens. Oublie les règles si tu n'as pas le choix, mais n'oublie jamais qui tu es ni d'où tu viens. Quand ils chercheront à t'abattre, et ils le feront, ne craque pas.

Je secoue la tête en une promesse muette.

– Jamais, insiste-t-il.

On se serre dans les bras l'un de l'autre. Ensuite, on se rassied et on regarde par le hublot jusqu'à ce que toutes les caisses soient embarquées. Mon père me tend une clé, et mon cœur s'arrête. Je l'ai toujours vue sous verre dans la chambre de mes parents. Elle est très vieille. Rayée de partout, et de la taille de ma paume à peu près. Je la retourne entre mes doigts et je pense à tous les Atwater qui l'ont tenue un jour. Il ne prend pas la peine de m'expliquer pourquoi il me la donne, parce que je le sais déjà. *Brise les chaînes*, me crie la clé. *Prends ce qui te revient.*

JOUR 1, 09 : 33

À bord du *Genesis 11*

Et voilà, je suis sur le point de laisser la Terre derrière moi.

Pas définitivement, mais ça reste très différent d'un départ en car pour la colonie de vacances. Je me sens mal d'abandonner ma mère, même si c'est pour lui garantir les soins dont elle a besoin. Je ne serai pas là pour la soutenir pendant les étapes les plus dures de son traitement. Mais ça veut dire aussi qu'elle aura une chance de vaincre la maladie. Je veux croire qu'elle et papa seront encore là à mon retour, tous les deux, en route vers une retraite dorée et en bonne santé. N'empêche que j'ai l'impression qu'une chose très importante me glisse entre les doigts pendant qu'un technicien m'entraîne à travers le vaisseau.

L'endroit est immense. Les coursives s'enchaînent comme les boyaux d'un ventre technologique. J'essaie de mémoriser le chemin mais on monte trois niveaux, on descend deux couloirs et on franchit beaucoup trop de portes pour que j'arrive à m'en souvenir. Le tambour qui gronde furieusement dans mes oreillettes me fait rater ce que me raconte mon guide.

– Pardon ? dis-je en baissant le volume.

– Votre suite, monsieur Atwater.

Le technicien tape un code digital, passe une carte magnétique dans une fente, et la porte s'ouvre avec un chuintement. Pendant une seconde, j'oublie qu'on est à bord d'un vaisseau spatial. Il y a de la moquette au sol, des sièges en cuir et une bibliothèque bien fournie. Au bout du salon, j'aperçois deux portes qui doivent mener l'une à la chambre et l'autre à la salle de bains. Le technicien pianote sur sa tablette. La suite est entièrement robotisée, dans des tons bleus raffinés.

– Vous allez me donner une de ces cartes à moi aussi ? dis-je. À Détroit, on se sert encore de clés.

– Votre combinaison est synchronisée avec votre suite.

– Parce que je vais recevoir une combinaison ?

Il hoche la tête.

– Et une arme.

– Sérieusement ?

– Non.

Le gars prend subitement une autre dimension. Il vient de me balancer une blague. Ça fait de lui autre chose qu'un simple rouage dans la mécanique bien huilée de Babel. Il a des traits anguleux, le teint clair et les yeux foncés. Une tête d'oncle sympathique. Souriant, je lui tends le poing. Il jette un coup d'œil dans le couloir, sourit à son tour et cogne ses phalanges contre les miennes.

– C'est quoi, votre nom ? dis-je.

– Donovan Vandemeer.

– Ce n'est pas américain, si ?

M. Vandemeer secoue la tête.

– Hollandais.

– Oh, j'adore le Danemark.

Vandemeer penche la tête sur le côté, ouvre la bouche pour corriger mon erreur… puis comprend que je rigole.

– Excellent, monsieur Atwater.

Il paraît clair que Vandemeer est attendu ailleurs. Je vois de nouvelles instructions s'afficher sur sa tablette, et même s'il reste figé comme une statue, je sens bien qu'il est impatient de s'en aller. Je suis en train de mettre en retard toute l'organisation interne du *Genesis 11*. Ce n'est pas une sensation désagréable.

– Il me reste combien de temps pour me préparer ? Avant le lancement…

Le sourire de Vandemeer s'élargit.

– Le lancement a lieu en ce moment même, monsieur Atwater.

Je me marre. J'ai vu trop d'épisodes de la série *Maker of Mars* pour le croire. Le lancement d'un vaisseau se fait toujours dans le chaos et les trépidations. Vandemeer se contente de sourire tandis que je m'avance dans la pièce.

– D'accord. Je me débrouillerai à partir d'ici, monsieur Vandemeer.

– Votre chambre est celle de gauche.

Je hoche la tête et lui lance par-dessus mon épaule :

– Et à droite, c'est la salle de bains ?

Avant que Vandemeer ne puisse répondre, la porte s'ouvre. Une jeune Asiatique sort de la pièce de droite. Elle porte une combinaison intégrale gris métal. En cuir moulant, avec du rembourrage de protection autour des organes vitaux. Un masque métallique noir lui couvre la bouche. Au-dessus, elle a les yeux noirs et les cheveux maintenus en queue-de-cheval par une fraise en plastique. Elle passe devant moi sans répondre au « salut » que je bafouille. Elle adresse un petit signe à Vandemeer et disparaît dans le couloir.

Je vois le Hollandais hilare et je lui demande :

– Qu'est-ce qu'elle fichait là ?

– Elle occupe l'une des chambres. Vous occupez l'autre.

– Mais… fais-je avec un geste de protestation. C'est une fille !

Vandemeer sourit.

– J'ai une connaissance très approximative de l'Amérique. Vous n'avez donc pas de filles, là-bas ?

– Si, mais ça n'a rien à voir. On n'a pas les mêmes… Elles ne vont pas dans… On a des salles de bains séparées, d'accord ?

Je ne sais pas pourquoi, mais l'idée de partager ma salle de bains avec elle me terrifie. Et si elle trouve que je sens mauvais ? Ou si c'est elle qui sent mauvais ? Et si j'oublie de mettre le verrou ?

– Deux chambres, deux salles de bains. Vous avez simplement le salon en commun.

– D'accord, dis-je sans conviction. Je suis obligé de lui parler ?

– Disons que ce serait plus poli, observe Vandemeer.

– Elle est américaine ?

– Je crois qu'elle est japonaise.

– D'accord, japonaise. Et comment suis-je censé apprendre le japonais ?

– Vous avez peut-être remarqué l'appareil qu'elle portait. Le masque.

Je fais oui de la tête.

– On aurait dit un truc sorti d'une bande dessinée.

Vandemeer rit doucement.

– C'est un convertisseur linguistique noxien. Vous en trouverez un dans votre chambre.

Sa tablette vibre, et son sourire amusé s'estompe.

– Pas d'autres questions, monsieur Atwater ?

– Elle est jolie, dis-je accidentellement à haute voix.

Vandemeer rit encore une fois puis prend congé. La porte se referme derrière lui, et je reste seul.

JOUR 1, 10:30

À BORD DU *GENESIS 11*

Une fois en tenue, je m'examine dans le miroir.

J'ai la grande classe. La combinaison me fait paraître plus musclé. Elle me rentre le ventre et m'élargit les épaules. Avec le rembourrage, on dirait que j'ai des tablettes de chocolat. Mis à part qu'il me manque un flingue, je me sens dans la peau d'un James Bond galactique.

Dommage qu'il n'y ait eu qu'un seul James Bond noir, et encore, il était beaucoup plus clair que moi. Je me rapproche du miroir. Décidément, je ressemble de plus en plus à mon père. Maman dit toujours que j'ai tout pris de lui sauf les coudes. J'ai son nez, ses yeux marron et ses joues rondes. On voit même pointer l'ombre de sa moustache sur ma lèvre supérieure. Je m'aperçois tout à coup qu'il ne m'a jamais appris à me raser. Avec le programme que me réserve Babel, je ne regagnerai pas la Terre avant mes dix-huit ans. Encore une chose que je devrai apprendre tout seul.

À gauche de mon reflet apparaissent les chiffres de mon bilan médical instantané. Température corporelle, pression sanguine, rythmes cardiaque et respiratoire.

Je leur accorde un regard distrait, ne sachant pas s'ils sont bons ou mauvais. J'attrape la dernière pièce de mon attirail : le convertisseur linguistique noxien. Je suis complètement perdu. Ce truc n'a ni crochets ni sangles, ni quoi que ce soit pour l'attacher sur mon visage. Si c'est le premier test auquel nous soumet Babel, ma voisine de chambre a déjà pris une longueur d'avance.

Je le mets contre ma bouche, pour voir comment il me va, et le truc s'anime brusquement. Je frôle la crise cardiaque en sentant le métal se couler contre ma peau et le doublage en cuir se refermer sur mon menton. Le masque s'arrête juste sous mes oreilles, bien en place, étonnamment léger. Je le lâche avec prudence et il tient tout seul, comme par magie. Je lève les yeux vers mon reflet.

Une tuerie. Il n'y a pas d'autre mot. Je ressemble à une sorte de demi-dieu venu du futur. J'ai des yeux immenses et menaçants au-dessus du masque noir. Avec la combinaison gris métal en plus, je me sens prêt à relever tous les défis que Babel a prévus pour nous. Je quitte la pièce, fais deux pas dans le couloir et réalise que j'ignore totalement où je me trouve. J'avais oublié à quel point le *Genesis 11* est immense.

Je suis le couloir et passe devant plusieurs sections transparentes qui laissent apparaître l'enchevêtrement de câbles derrière. Après avoir franchi un sas, je débouche dans un autre couloir qui mène à une sorte de puits traversé de passerelles métalliques et d'escaliers. Tous les passages descendent. Je me penche par-dessus la rambarde et j'aperçois plusieurs de mes concurrents rassemblés au niveau inférieur. C'est déjà comme ça que je les vois. Des concurrents. Chacun d'eux convoite ce qui me revient.

Je fais semblant d'admirer l'éclairage artificiel au-dessus de ma tête en élaborant mentalement une stratégie. Petit récapitulatif :

1. Il y a quatre filles.
2. Il y a six garçons.
3. J'habite avec la Japonaise.
4. D'après ce que je vois, il s'agit d'une mission internationale. On va tous se tenir par la main et chanter *Kumbaya.*
5. Sauf que nous ne serons que huit à être retenus. Donc il y a aussi une part de compétition.
6. Babel est riche. Fabuleusement riche.

Il y a différentes manières de jouer le coup. Je peux me faire discret et ouvrir grand les oreilles. J'apprendrai beaucoup de choses mais je risque de passer pour un mouchard. Ou alors, je peux identifier les concurrents les mieux placés et les marquer à la culotte. Peut-être nouer une alliance avec un ou deux. Le problème, c'est que j'ignore quelle forme va prendre la compétition.

Avant que je puisse me décider, quelqu'un me touche le bras et je sursaute tellement que je manque de basculer par-dessus la rambarde. C'est le garçon que j'avais remarqué à la réunion. L'un des deux qui ont tressailli au mot *cancer*. Peut-être qu'il est là pour les mêmes raisons que moi. Peut-être qu'il a quelqu'un comme maman chez lui, quelqu'un qui a besoin de toute l'aide que le contrat de Babel pourra lui apporter. Il a l'air de venir du Moyen-Orient. Ses yeux brassent une galaxie de bruns. Des nuances diverses rassemblées en un puzzle complexe. Sa peau est très mate. Même le convertisseur ne réussit pas à masquer son sourire.

– Salut, dit-il sur un ton hésitant.

Il rajoute un petit geste poli, comme s'il avait peur que l'appareil ne fonctionne pas. Et il indique son torse avec son pouce.

– Je m'appelle Bilal.

Je hoche la tête et lui tends la main.

– Emmett.

On se serre la main. Il se penche au-dessus du vide.

– Waouh, sacrée chute. Il est immense, ce vaisseau, non ?

– Clairement. Ce n'est pas à Détroit qu'on verrait un truc pareil, dis-je en me penchant moi aussi.

– C'est de là que tu viens ? De Détroit ?

Il essaie de nouer connaissance à la manière des adultes, mais je ne suis pas sûr d'avoir envie de jouer le jeu pour l'instant. Alors je hausse les épaules et lui retourne la question.

– Et toi ? Tu viens d'où ?

– De Palestine.

Comme je ne réagis pas, il essaie autrement.

– West Bank… La Cisjordanie.

Devant ma confusion, il explique :

– Le pays de la Bible.

Je ne suis pas vraiment intime avec notre Sauveur Jésus-Christ, mais j'acquiesce de la tête comme si je comprenais maintenant de quoi il parle. Ne sachant pas quoi dire d'autre, je remarque :

– Tu parles très bien anglais.

Il s'esclaffe. Une traction, un déclic et son masque se détache au creux de sa paume. Il affiche un grand sourire et me parle en arabe. J'arrive à peine à distinguer un mot de l'autre. Nouvelle manipulation, et le masque se remet en place sur son visage.

– Tu parles très bien arabe, dit-il.

– C'est plutôt cool.

Bilal se frictionne les bras.

– Frais ? dit-il. Dans ma chambre aussi. Peut-être que ça vient de l'espace.

Je ris.

– Non, cool, ça veut dire que c'est bien.

Bilal me dévisage d'un air surpris.

– Tu aimes avoir froid ?

– Laisse tomber, dis-je.

J'indique les autres au-dessous de nous.

– On les rejoint ?

Bilal regarde en bas, inspire un grand coup et fait oui de la tête. On se met en marche, et je remarque qu'il a les mains qui tremblent. C'est réconfortant de voir quelqu'un de plus nerveux que moi. Nos pas résonnent dans l'escalier. Quatre volées de marches plus bas, on arrive dans une grande pièce qui tient à la fois de la cafétéria et de la salle de sport. Bilal regarde partout avec excitation mais je n'ai d'yeux que pour nos concurrents. Ils sont cinq à nous attendre, assis sous l'éclairage brutal. Les masques leur donnent l'allure d'une confrérie de super-héros. L'un d'eux, le grand Asiatique au physique imposant, se lève et surprend Bilal en le serrant dans ses bras.

– Je m'appelle Katsu, dit-il. Je viens du Japon.

Je lui tends la main avant qu'il ne me soulève à mon tour. En me la serrant, il me chatouille la paume avec l'index. Je me dégage brusquement et il éclate d'un rire à faire trembler le sol.

– Et voilà. Poignée de main à la japonaise. Tu connais tous mes trucs, maintenant. C'est quoi, ton nom ?

– Emmett. De Détroit. Lui, c'est Bilal… Il vient du pays de la Bible.

Bilal rit.

– De Palestine. La West Bank.

Katsu pointe le doigt partout autour de lui.

– Dans l'espace, il n'y a plus d'ouest, de nord ou de sud ! Alors, tu viens simplement de la Bank. Oh, les gars ! s'écrie-t-il. Si vous avez besoin de fric, demandez à Bilal !

Tout le monde rigole et se salue de la tête. C'est étrange de voir la barrière de la langue levée aussi facilement. Je ne connais pas bien la Bible mais je me souviens de l'histoire de la tour de Babel. Je l'ai toujours trouvée bizarre. Dieu qui disperse les peuples et leur donne des langues différentes. Babel Corp. a fait exactement l'inverse. Il y a quelque chose de sacré dans notre conversation libre et sans frontières. De sacré… ou de transgressif.

De l'autre côté de la table, la blonde à l'accent du Sud ramène sa mèche rose derrière son oreille, prend un air de souveraine et nous fait signe d'approcher. Je me souviens que Defoe l'a appelée Jasmine.

– Détroit ? Je connais ! Je m'appelle Jasmine, mais vous pouvez m'appeler Jazzy. Je viens de Memphis, dans le Tennessee. Aux États-Unis.

À côté d'elle, la fille africaine nous salue de la main. Elle a toujours son bracelet au poignet. Ses piécettes argentées cliquettent quand elle me serre la main. Ses yeux sont deux taches sombres dans un visage encore plus sombre. Je lui fais répéter son nom pour être sûr de le prononcer correctement. Il me rappelle le début d'une chanson.

– Azima, dit-elle. Je viens du Kenya.

Les deux derniers, assis en bout de table, nous ignorent et s'ignorent entre eux. Katsu martèle la table avec ses gros poings pour leur faire lever la tête.

– Oh ! Tout le monde se présente, là. Ne restez pas dans votre coin à faire la gueule !

L'un d'eux est le Blanc que j'avais remarqué à la réunion. Dans sa combinaison, il ressemble à n'importe lequel d'entre nous. Il a les cheveux mieux coiffés, avec le genre de visage qu'on voit sur les tableaux dans le hall d'un manoir. Il a les yeux vert clair, le teint très pâle. Il nous tend la main comme s'il s'agissait d'une carte de visite.

– Jaime, dit-il. Je viens de Suisse.

Katsu s'esclaffe.

– Le pays de la neutralité !

L'autre hausse les épaules puis examine ses ongles. Le dernier, c'est l'Asiatique qui me trouvait tellement agaçant pendant la réunion. Il nous toise brièvement, nous juge sans intérêt et ferme les yeux. Je dois admettre qu'il a plutôt la classe. Il est presque entièrement rasé à l'exception d'une rangée de mèches qu'il ramène sur la gauche. Je me souviens que Defoe l'a appelé Longwei. Je me demande d'où il vient ; je me demande quelle est sa stratégie. Tout le monde s'assied, et Katsu se lance dans une longue blague fastidieuse à propos d'un prêtre, d'un zombie et d'un cactus qui entrent dans un bar. Il a oublié la chute, mais ça ne l'empêche pas de partir d'un grand rire tonitruant avant d'indiquer trois autres concurrents qui arrivent de l'escalier.

Ma colocataire japonaise s'avance et tapote poliment Bilal sur l'épaule. Il lui adresse un regard perplexe, puis comprend qu'elle voudrait le voir se décaler d'une place. Il se glisse sur le siège voisin et elle s'assied à côté de moi, comme si on s'asseyait toujours ensemble ou je ne sais quoi. D'une certaine manière, elle me fait penser à PJ. Avec lui aussi, on est devenus amis tout de suite. Il s'est assis à côté de moi à l'école et a décidé que ce serait sa place. Elle ne dit pas un mot, mais il est clair qu'elle observe tout sans en perdre une miette, d'un regard clair et incisif. Je l'aime bien.

Les deux autres s'installent chacun à un bout de la table. J'ai déjà vu la fille à la réunion. Quand elle se dirige vers sa place, je remarque un tatouage au creux de sa nuque. Une sorte de huit, ou peut-être un symbole de l'infini à la verticale, coiffé d'une couronne de travers. Elle salue tout le monde et se présente sous le nom d'Isadora.

– Je viens du Brésil, explique-t-elle. Le meilleur pays du monde !

Katsu lève les yeux au plafond en entendant ça. L'attention générale se tourne vers le dernier garçon. Il a la peau brune, les cheveux marron clair. Il pince les lèvres et rentre les épaules comme pour se préparer à un impact. À croire qu'il s'attend à prendre un coup. Il déclare s'appeler Roathy. Tout le monde attend qu'il nous dise d'où il vient, mais il se gratte un cal au creux de la paume et nous ignore.

Ma colocataire japonaise bat des cils, réalise qu'on est tous là et se présente sous le nom de Kaya. Une fois qu'on est tous installés et que le silence menace de devenir gênant, Defoe fait son entrée par une foutue porte secrète que je n'avais pas remarquée. Son crâne chauve brille sous l'éclairage fluorescent et il affiche un sourire carnassier.

– Bienvenue à notre équipage intrépide ! Saviez-vous que vous êtes officiellement les plus jeunes astronautes jamais envoyés dans l'espace ? Déjà en train de battre des records.

Le mur s'ouvre derrière lui comme un rideau de cinéma. Les panneaux noirs coulissent et dévoilent… la Terre. Tout le monde en reste bouche bée. Je croyais que Vandemeer plaisantait. Il n'y a pas eu de compte à rebours, pas de communication radio avec Houston, rien. On est dans l'espace. Je vois les océans, l'atmosphère, tout. Mais qu'est-il arrivé à l'apesanteur qu'on voit toujours dans les films ? Ne devrait-on pas être en train de flotter dans le vide et de rigoler en voyant notre petite monnaie dériver aux quatre coins du vaisseau ? Defoe attend qu'on ait pris la pleine mesure de la situation puis sourit à nouveau.

– Bienvenue sur l'ultime frontière, dit-il avec un geste ample et théâtral de sa main valide. Permettez-moi de vous présenter le commandant Crocker.

Un astronaute authentique émerge des ombres à notre droite. Il porte une combinaison spatiale imposante, façon costume de cinéma – pas aussi stylée que les nôtres, mais qui lui donne l'air beaucoup plus professionnel. Il est rasé de près, coiffé en brosse. Le seul point commun entre lui et nous, c'est le convertisseur linguistique noxien collé sur sa mâchoire. Je suis surpris de l'entendre s'exprimer avec un accent du Sud à couper au couteau.

– Bienvenue au bout du monde, les gars. Je suis le commandant Crocker, mais vous pouvez m'appeler Crock. C'est moi qui dirige ce vaisseau. Si tout va bien, vous ne reverrez plus ma jolie petite gueule avant la station spatiale *Tower*.

La vue de la Terre réduite à la taille d'une bille est remplacée par les images d'un holocran. On contemple le plan architectural du vaisseau. Crock se sert d'une baguette pour indiquer plusieurs zones grises sur le diagramme.

– C'est ici qu'on travaille en apesanteur. Mon équipage se donne un mal de chien pour que ce vaisseau fasse tout ce qu'on attend d'un vaisseau. La meilleure manière de nous aider à vous protéger, c'est de ne pas vous aventurer dans les secteurs réservés au personnel.

Je jette un coup d'œil en coin à Kaya. Crock utilise un convertisseur linguistique, mais son accent ne complique-t-il pas la traduction ? Ma nouvelle amie a l'air de suivre, mais comment savoir ? Cette idée de nouveaux amis me fait tiquer un peu. Kaya et Bilal ont l'air sympas. Même Katsu est plutôt marrant. Mais il s'agit avant tout d'une compétition. Les points doivent passer avant l'amitié. Voilà comment j'ai intérêt à raisonner si je veux rentrer chez moi les poches pleines.

– Le trait noir indique les couloirs fermés à la noxolyte. Tout ce qui se trouve à l'intérieur de ce périmètre vous est accessible, explique Crock. Juste un petit rappel : vous êtes dans l'espace. Ça fait souvent un drôle d'effet. Alors, signalez aux toubibs tout ce qui vous arrive d'inhabituel. Si vous faites des cauchemars à répétition, si vous avez des crampes d'estomac, si vous vous sentez tristes au moment de vous coucher. Tout. Nous avons un personnel très qualifié, mais il ne pourra rien pour vous si vous ne dites rien. Des questions ?

Azima lève la main.

– Dans les films, il n'y a pas de gravité dans l'espace. C'est connu. Pourquoi est-ce qu'on n'est pas en train de flotter dans le vide ?

Elle fronce les sourcils.

– Je voudrais bien flotter un peu.

Crock sourit.

– Vous connaissez l'histoire des Troyens qui avaient enlevé Hélène, et qui avaient vu la flotte grecque au grand complet rappliquer illico ? Eh bien, Hélène est loin d'être aussi précieuse que la noxolyte. Comment peut-on raccourcir le trajet de vingt ans et quelques ? Grâce à un carburant coupé à la noxolyte. Comment arrive-t-on à boucher des parties entières du vaisseau pour y maintenir la gravité ? Grâce à des joints et des filtres en noxolyte. Comment fait-on caca dans l'espace ? Toujours la noxolyte.

Ça fait rire tout le monde, sauf Jazzy qui prend un air dégoûté.

– En réalité, on a compris ce dernier point depuis un bout de temps. Mais le mot magique est *noxolyte*. Babel a investi l'essentiel de sa récolte initiale dans son programme spatial. Dans cette partie du vaisseau, vous n'aurez même pas l'impression d'être dans l'espace. La noxolyte nous permet de confiner l'environnement. En conséquence, vous ne subirez pas les effets secondaires standards. Mon équipage et moi aurons grandi un peu le temps d'arriver à la station spatiale *Tower*, mais vous autres n'avez pas à vous soucier de ça. Vous serez bien assez occupés par la compétition. Franchement, ce vaisseau, la station et les installations terrestres de Babel ont un bon siècle d'avance sur ce que vous êtes habitués à voir. Tout ça grâce au nouvel or noir.

Je me rends compte à ce moment-là qu'on est les seuls à pouvoir en récolter davantage. Ce qui nous confère un certain poids dans les négociations. Babel nous a peut-être recrutés en raison de notre jeunesse, mais ils nous cachent notre importance sous l'apparence de la compétition. J'archive cette idée à la lettre P pour « Pouvoir ».

Sans nous, plus de noxolyte pour eux. Sans nous, cette opération entière est vouée à l'échec. Mais ce pouvoir est sans valeur pour ceux qui ne sont pas dans les huit. Des malins, ces types de Babel. N'empêche qu'une fois les huit gagnants désignés, on pourra reprendre un peu la main.

– Pas d'autres questions ? demande Crock.

Roathy plisse les yeux et lève la main.

– Et si quelqu'un meurt ?

L'atmosphère se crispe. Même le commandant Crocker blêmit un peu.

– Eh bien, nous avons un protocole pour ce genre de cas, mais l'histoire de l'exploration spatiale comporte très peu d'accidents mortels. Babel n'en a encore jamais connu ; alors, à votre place, je ne m'inquiéterais pas trop pour ça.

Roathy hoche la tête, mais je vois bien qu'il n'est pas convaincu. Crock s'empresse de changer de sujet. Je devrais écouter ce qu'il raconte mais je n'arrive pas à détacher mon attention de Roathy. Il est tellement tendu. Son regard est si perçant qu'à mon avis il voit à travers tout, sans s'arrêter à la surface des choses. Il me faut trente secondes pour mettre le doigt sur ce qui me chiffonne chez lui. Il voit le monde de la même manière que moi. Plus ça brille, plus il y a des chances que ça cache quelque chose. On ne se laisse pas éblouir facilement, tous les deux.

Quand je relève la tête, Crock s'éloigne dans les entrailles du vaisseau et Defoe a repris sa place.

– Comme vous le savez tous, je m'appelle Marcus Defoe. Mon rôle consiste à vous préparer pour votre mission. Notre compétition est conçue pour fonctionner au mérite. Nous tenons à sélectionner les meilleurs d'entre vous pour les envoyer sur Eden. Vous connaissez déjà l'enjeu. Mon travail consiste à développer chez vous les compétences et les connaissances dont vous aurez besoin sur la planète des Adamites. Ça ne sera pas une partie de plaisir.

Il claque des doigts et plusieurs assistants de Babel débouchent dans la pièce. Leurs pas feutrés brisent le silence. Je remarque Vandemeer parmi eux. Je lui adresse un petit signe de tête et il me sourit en retour. Les assistants déposent un anneau noir devant chacun d'entre nous. Des anneaux tout simples, sans aucun ornement. Curieux comme des gosses, on les ramasse pour les examiner. Le mien est froid au toucher. Quelque chose s'en dégage, une sorte d'attraction, que je ressens en le retournant au creux de ma paume. Le matériau qui le compose est actif, vibrant d'énergie. Il réclame quelque chose. Je glisse l'anneau à mon annulaire et, comme on pouvait s'y attendre, il me va parfaitement. Babel n'est pas le genre de compagnie à négliger les détails.

– Vous apprendrez à vous servir de la noxolyte à travers une série d'exercices, explique Defoe. Dont le premier va commencer tout de suite.

De nouveau, c'est le choc tout autour de la table. Déjà ? Il y a encore deux minutes, on ne savait même pas qu'on était dans l'espace. Bilal se tourne vers Kaya et moi. Ses mains continuent de trembler, mais il nous glisse :

– Bonne chance, hein ?

– À toi aussi, dis-je.

Et je le pense vraiment. Je suis content d'avoir fait sa connaissance. C'est un gars sympa.

Un gars sympa que je tiens quand même à battre. Que je dois battre. Quand tout sera fini, Bilal retournera en Palestine et moi à Détroit, et je tiens à rentrer en vainqueur, comme l'un des huit qui auront réussi. Je détourne le regard, espérant qu'il ne se retrouvera pas dans les deux derniers, mais espérant surtout réussir à le battre. Defoe nous montre le poignard qu'il a lancé ce matin, il y a de ça une éternité. La lame miroite dans la lumière.

– L'un des aspects cruciaux de votre entraînement aura trait à la manipulation créative de la noxolyte. Vous aurez besoin de pouvoir utiliser la ressource que vous allez extraire pour nous. Ça demande de la concentration.

D'un claquement de doigts, le poignard se réduit aux dimensions d'une bille parfaitement ronde. Defoe la lève bien haut pour que tout le monde puisse voir.

– Première étape : transformer votre anneau en sphère. Vous pouvez commencer.

Je m'empresse de retirer l'anneau de mon doigt. Un silence concentré s'abat sur le groupe entier. Je ressens de nouveau le même lien que tout à l'heure. Je m'efforce de m'y accrocher, et j'imagine une boule. La pensée sort de mon cerveau. Pendant une seconde, je regarde mes mains fixement. Qu'est-ce que je croyais ? Et puis la pensée se manifeste à la surface du métal noir. La bague ondule au creux de ma paume avant de se reformer en bille. Je souris, soulagé, et regarde autour de la table. La plupart des autres ont réussi aussi.

Seuls Bilal et la Brésilienne, Isadora, ont échoué. Mon premier réflexe consiste à vouloir aider Bilal, mais j'ignore comment faire, et je ne vois pas non plus pourquoi je le ferais. Si c'est un test, qu'il se débrouille. La froideur de ma réaction me donne le frisson tandis qu'une image apparaît à l'écran derrière Defoe. Une paire de gants de conduite en cuir.

– Deuxième étape : manipuler la substance afin de former cette paire de gants.

Cette fois, c'est plus difficile. Ma première pensée s'échappe dans la bille avant que j'aie bien fixé la couleur de l'image dans mon cerveau. Elle n'est pas complètement formée, et je me retrouve avec des gants auxquels il manque des doigts. Je suis surpris par leur douceur, le réalisme de leur texture. Je fixe l'image, me concentre et reformule ma pensée. Encore une fois, je la sens sortir de mon cerveau en me laissant à moitié perdu. Puis la noxolyte réagit, et j'ai mes gants.

Nos scores apparaissent sur les murs autour de nous.

Je suis septième. J'en ai les mains moites. Seuls Bilal, Jazzy et Isadora ont fait moins bien. Longwei, l'Asiatique maussade avec la drôle de frange, est en tête. Largement. Le message de Babel paraît clair : il s'agit de gagner. Defoe jette un coup d'œil aux résultats, et tout le monde attend pendant qu'Isadora s'évertue à former ses gants. Elle transpire à grosses gouttes; j'ai de la peine pour elle mais je suis bien content de ne pas être à sa place. Bilal est huitième. Il m'adresse un regard nerveux.

– Je vais m'améliorer, hein? murmure-t-il.

Je hoche la tête, brièvement, mais je suis trop concentré pour lui accorder davantage. Je ne peux pas à la fois résoudre l'exercice et réconforter tout le monde.

Defoe presse un bouton et l'image disparaît.

– Pour finir, je veux que vous me produisiez une fleur avec une tige violette et dix pétales.

J'attends qu'il nous fournisse une image, mais au lieu de ça il traverse la pièce et se met à trier des papiers. D'accord, pas d'image pour cette fois. J'essaie de me représenter la fleur en question mais je suis distrait par le nom de Longwei qui s'inscrit en gros caractères sur le tableau d'affichage. Des points s'ajoutent à son total. Je jette un coup d'œil par-dessus la table et je le vois ranger sa fleur dans sa poche. Un petit sourire satisfait lui plisse les yeux. Il sait qu'on aimerait bien voir ce qu'il a produit pour nous servir de base d'inspiration. Je m'oblige à me concentrer.

Tige violette, tige violette. Dix pétales, dix pétales.

Mes gants noxiens fondent et se reforment en tige lavande. Il me manque encore les pétales. D'autres noms s'inscrivent au tableau d'affichage ; je transpire, forme une autre pensée et la relâche. La fleur apparaît, mais avec trop de pétales. Pris de panique, je réessaie. Pour échouer de nouveau.

Le temps que je réussisse à créer ma fleur, sept autres concurrents ont déjà terminé. Dont Bilal. Je n'ai battu qu'Isadora et Roathy. Si la sélection avait lieu aujourd'hui, je n'échapperais au couperet que grâce à 4,3 secondes. Je fixe ma pauvre fleur pathétique en refoulant une attaque de panique. Patience et maîtrise, c'est comme ça qu'on peut gagner. Ce n'était qu'une étape. Rien de plus.

Une fois le score finalisé, Defoe se tourne vers nous.

– Au fur et à mesure de votre progression, je vous demanderai de produire des images et des objets de plus en plus complexes. Vous êtes libres de discuter entre vous et d'échanger des conseils, mais à votre place, j'éviterais de confier mes petits secrets à un concurrent. Reformez vos anneaux et suivez-moi, s'il vous plaît.

Je lève la tête et vois Longwei en train de remettre son anneau à son doigt. Kaya et Azima ne tardent pas à l'imiter. Les cinq premiers du classement s'alignent en attendant les autres, dont moi. Je tâche de faire bonne figure mais j'ai déjà l'impression d'être à la traîne. Comment font-ils pour être tellement meilleurs que moi ? Pourquoi Longwei a-t-il autant de facilité ?

Au cours des trois heures qui suivent, Defoe nous fait subir toute une batterie de tests. On doit notamment nager dix minutes dans une turbine qui simule des vents de tempête. Katsu fait une blague à propos de baleines, et les assistants doivent le sortir au bout d'une minute à peine. Il reste allongé sur le sol, à se tenir les côtes en rigolant. Defoe n'a pas l'air de partager son hilarité.

Je ne suis pas le meilleur nageur du groupe, mais je réussis à accrocher le top trois et à remonter un peu au classement. Une fois séchés, on est conduits en classe pour une leçon de une heure sur la flore et la faune d'Eden. Le cours s'achève par un petit quiz surprise, auquel j'échoue. J'avais écouté, pourtant, mais les noms se confondent dans ma tête. Je me ficherais des claques. Chaque point compte, chaque point a son importance.

Longwei expédie le quiz et continue de caracoler en tête du classement. Heureusement, Roathy s'en tire encore plus mal que moi et sa position dégringole à chaque nouveau test. On n'arrête pas de consulter le tableau d'affichage. C'est comme une drogue – chacun veut voir où il se situe, ce qu'il aurait pu mieux faire. Seul Longwei ne regarde jamais, parce qu'il sait très bien qu'il est forcément à la première place.

De temps en temps, Defoe s'interrompt et nous demande de manipuler nos anneaux noxiens pour produire telle ou telle forme. Je m'améliore avec la pratique, mais les autres aussi. Surtout Bilal, dont je vois le nom gravir les échelons et passer devant le mien. À un moment, il se réjouit à voix haute de ses progrès. Je fais comme si je n'avais rien entendu.

On effectue des exercices de simulation d'évasion, et toutes sortes de tests situationnels destinés à nous permettre de mieux comprendre les Adamites.

Quand arrive l'heure de la pause-déjeuner, je glisse un œil vers le tableau d'affichage :

1. Longwei	7 324 points
2. Jaime	4 874 points
3. Azima	4 454 points
4. Kaya	4 200 points
5. Katsu	4 124 points
6. Bilal	4 100 points
7. Emmett	3 843 points
8. Jasmine	3 650 points
9. Roathy	3 324 points
10. Isadora	2 980 points

L'excitation qu'on a pu ressentir plus tôt dans la journée est complètement retombée. On est tous épuisés par la nage, la course et la concentration. Épuisés de voir d’autres noms au-dessus du nôtre sur le tableau d’affichage et de devoir faire la conversation entre deux tests. Defoe et quelques techniciens nous observent dans leur coin à la cafétéria tandis qu’on se laisse tomber sur nos sièges et qu’on se penche sur nos assiettes. Je sais qu’ils sont contents. La compétition est lancée. Leurs guerriers sont en cours de fabrication. *Le fer aiguise le fer*, a dit Defoe. Il a raison. À la fin de cette histoire, je serai plus dur, plus tranchant, plus froid que dans mes rêves les plus fous. Je mastique en silence et me rappelle que ça en vaut la peine. Les efforts, la compétition, les souffrances. Tout ce que j’ai à faire, c’est gagner le jeu de Babel et je rentrerai chez moi comme un prince.

JOUR 1, 16 : 03

À bord du *Genesis 11*

– Les activités de cet après-midi seront consacrées au travail en groupe.

Je jette un coup d'œil autour de moi. Je ne suis clairement pas le seul que cette perspective n'enchante pas. On vient de passer la matinée à se battre bec et ongles pour les places. Ceux qui sont au-dessus de moi dans le classement ? Pas mes amis. En dessous ? Je doute qu'ils m'apprécient beaucoup plus. Defoe ignore les tensions et nous répartit au hasard. Je gémis intérieurement en voyant Longwei dans l'équipe d'en face. Jusqu'ici, personne n'a encore réussi à le battre. Quel que soit le prochain test, son équipe a déjà une longueur d'avance.

Defoe nous fait descendre deux escaliers et franchir une grande porte à double battant. On débouche dans une salle presque entièrement vide à l'exception d'un filet qui la coupe en deux. On dirait presque un filet de tennis, sauf qu'il est installé dans le sens de la longueur et non dans la largeur. De chaque côté de cet obstacle à hauteur de hanche, la salle s'étend sur trente mètres de long, vingt mètres de large et vingt mètres de haut. Le plafond, le sol et les murs sont tous d'un noir noxien. Defoe envoie mon équipe d'un côté et celle de Longwei de l'autre. Je replie les orteils et teste le sol sous mon poids. Il est souple, légèrement rebondissant mais pas au point de me faire perdre l'équilibre. Une sorte de caoutchouc, peut-être ?

Même sans Longwei, on n'a pas une mauvaise équipe. Jaime, Azima et Kaya sont juste derrière lui au classement. Isadora, par contre, est dernière. Je la regarde comme un poids mort jusqu'à ce que je m'aperçoive que Jaime et Azima me regardent de la même façon.

Pour eux, je fais partie des maillons faibles. Je vais devoir changer ça. Et vite.

Defoe longe le filet et va se placer à l'autre bout de la salle, du côté opposé à la porte. Il effleure sa tablette et un mécanisme caché se met en branle. Le sol commence à vibrer tandis que Defoe s'installe sur une plate-forme. Il affiche son sourire carnassier habituel.

– Nous appelons cette pièce la salle du Lièvre.

Il fait un signe en direction des murs noirs. La surface scintille et deux images identiques de forêt se matérialisent de part et d'autre du filet, dans des couleurs chatoyantes. Ça me rappelle les simulateurs de Neverland, sauf que l'imagerie digitale est mille fois plus réaliste. J'ai l'impression de voir à travers un portail vers un autre monde. Je suis convaincu que la technologie à l'œuvre dans cette salle coûte plus cher que mon quartier.

Defoe nous donne ses instructions :

– Si vous touchez le mur du fond, vous êtes éliminé. L'équipe gagnante sera celle qui aura le plus de membres encore debout à la fin de l'exercice.

Sans un mot de plus, Defoe écrase une touche sur sa tablette et le sol se met à bouger. On est tous emportés lentement vers le mur du fond. À l'écran, un coureur fantôme démarre entre les arbres. Je réalise qu'on va devoir courir. Sur un gigantesque tapis roulant.

Jaime est le premier à se secouer.

– Bougez-vous ! nous crie-t-il.

Il part au petit trot dans le sens inverse du mouvement du sol. L'équipe de Longwei a déjà regagné le milieu de la salle. Je les entends discuter stratégie pendant qu'on s'élance derrière Jaime.

– Rapprochons-nous le plus possible de l'écran.

Jaime n'a pas seulement le discours d'un chef ; il en a aussi l'air. Quelque chose me chiffonne là-dedans, mais faute d'un meilleur plan à proposer, je me range derrière lui et Kaya. Les autres nous rejoignent et, une fois à portée de main de l'écran, on ralentit au rythme d'une marche rapide. La forêt est si riche en détails qu'on pourrait presque basculer dans l'autre dimension et s'y perdre.

Au bout de plusieurs minutes, la vitesse augmente. Je commence à souffler fort, et le reste de mon équipe aussi. Le sentier aborde une courbe et un premier obstacle apparaît : un arbre énorme planté au beau milieu du chemin. On continue à courir côte à côte en petites foulées, attendant que le coureur fantôme choisisse une direction.

Raison pour laquelle aucun de nous ne s'attendait à se prendre l'arbre. La seconde d'avant, il n'y avait rien ; et puis, d'un coup, le tronc se matérialise devant nous en taille réelle et cueille Azima de plein fouet. Elle s'écroule bruyamment, entraînant Kaya dans sa chute. Les deux filles se font emporter avec l'arbre, planté de façon absurde dans le tapis roulant.

J'envisage de retourner les aider, quand Isadora crie :

– Attention !

On se baisse tous les deux pour éviter une branche basse qui vient de surgir de nulle part. Jaime en fait autant de son côté puis se rapproche pour combler le vide entre nous. Alors que le sentier se redresse, je regarde par-dessus mon épaule et vois Kaya tenter de relever Azima. Mais Azima est trop secouée pour réagir. Juste avant de s'écraser contre le mur du fond, Kaya roule sur le flanc, se relève et pique un sprint dans notre direction.

Notre côté de la salle pulse. Un éclair blanc balaie les murs, puis la vitesse du sol augmente encore. On doit avancer plus vite que l'autre groupe désormais. La sanction est claire. La perte d'un camarade entraîne une réduction des chances.

Et les obstacles arrivent plus vite également. Un glissement de terrain déboule sur notre gauche et on oblique à droite tous les trois. Kaya est sur le point de nous rattraper quand une espèce d'animal surgit d'entre les arbres. J'ai le temps d'entrevoir des griffes, des crocs et de rouler instinctivement sur le côté. La créature me rate de peu mais attrape Jaime par l'épaule. Je le vois basculer, je l'entends pousser un cri, puis c'est au tour de Kaya de crier. Je jette un coup d'œil derrière moi – l'animal a disparu mais Jaime et Kaya sont au sol, pêle-mêle. Le temps qu'ils se relèvent, le tapis roulant les emporte contre le mur du fond.

Je lâche un juron. Notre côté de la salle pulse deux fois et le tapis roulant accélère encore, de plus en plus.

On court à pleine vitesse maintenant. Isadora se tient le flanc et grimace. Moi aussi, j'ai un point de côté. Je lui crie :

– Ne t'arrête pas !

On s'enfonce à travers la forêt côte à côte. Un grand bruit retentit sur notre droite, et j'entends des cris provenant de l'autre équipe. Leur mur pulse plusieurs fois. Je n'ose pas vérifier combien ils sont. Isadora et moi continuons de courir.

Devant nous, un ruisseau nous barre la route. Je me demande si on va devoir sauter par-dessus mais notre coureur fantôme le traverse directement. Le ruisseau est matérialisé par une bande bleutée, sur laquelle je marche.

Le sol devient collant comme des sables mouvants. J'en perds l'équilibre et m'étale sur le tapis roulant en me cognant l'épaule. Isadora pousse un cri ; on est entraînés tous les deux en direction de l'entrée.

Je réussis à me relever. Isadora, non.

La lumière pulse encore et je me retrouve seul. Un coup d'œil à côté m'indique que Longwei, Bilal et Jazzy sont toujours en course. Je m'étonne de voir Jazzy en tête de leur petit groupe, mais il suffit de l'observer une seconde pour comprendre. Avec sa foulée calme et régulière, on la dirait en pleine course de cross-country. Longwei et Bilal la suivent à travers chaque obstacle.

Je pompe avec les bras et réussis à regagner le centre de notre moitié de la salle. La forêt s'éclaircit, et j'aperçois devant moi des ravines sinueuses. Le sentier plonge brusquement et mon estomac me remonte dans la gorge. Je vais devoir franchir une succession de falaises et de canyons. À commencer par une fissure tortueuse qui coupe le sentier. Le coureur fantôme s'en approche et saute par-dessus.

Dites-moi que c'est une blague…

Une bande rouge apparaît en travers du tapis roulant. Je la saute de justesse et suis le sentier à travers un terrain rocailleux. Un canyon gigantesque s'ouvre sur ma droite, et m'oblige à courir sur la pointe des pieds en me raclant l'épaule contre le mur de gauche. Le rythme s'accélère ; ma seule consolation, c'est de voir Bilal manquer un saut et se faire éliminer. Viennent ensuite deux sauts coup sur coup, et à la réception du second ma cheville se dérobe. Je la sens presque se tordre. Je trébuche et me retrouve du mauvais côté du canyon. Le chemin se rétrécit devant moi et s'achève en cul-de-sac. En désespoir de cause, je jette mes dernières forces dans un saut en diagonale.

Et je me rate. Le sol rouge m'envoie une décharge électrique dans les pieds. Mes jambes s'engourdissent et je me sens partir en arrière, impuissant, vers l'endroit où m'attend le reste de mon équipe, encore à bout de souffle. Le tapis roulant m'envoie contre le mur, puis la salle devient silencieuse. Les écrans s'éteignent tandis que Longwei et Jazzy s'écroulent sur place. On ruisselle de sueur, et la douleur commence à se faire sentir à mesure que l'effet de l'adrénaline s'estompe. C'est affreux.

Defoe se dresse au-dessus de nous.

– Nous reviendrons souvent dans la salle du Lièvre. Toujours avec les mêmes équipes. Les cartes seront différentes à chaque fois, mais je vous conseille quand même d'élaborer une stratégie si vous avez envie de réussir. Les paramètres de jeu seront modifiés au fur et à mesure de votre entraînement. Aujourd'hui, vous avez eu un aperçu de ce qui vous attend. Allez reprendre des forces. Dans la Bible, on se repose au septième jour. Ici, chez Babel, ce sera tous les dix jours.

Les autres se relèvent sur des jambes flageolantes. Jaime me tend la main pour m'aider et me dit :

– Sacrée course, Emmett. On les aura la prochaine fois.

Une part de moi voudrait lui dire qu'on n'est pas amis, qu'aussi longtemps qu'il sera devant moi au tableau d'affichage, je le considérerai comme un ennemi. Heureusement, cette part est trop fatiguée pour se faire entendre. J'accepte sa main tendue.

– Merci.

On remonte les marches en titubant et on débouche dans la cafétéria. Je jette un coup d'œil au tableau d'affichagc ct rcstc bouchc béc. J'ai terminé l'exercice à la troisième place. Seuls deux concurrents s'en sont sortis mieux que moi. Je m'attendais à grappiller quelques places. Alors que j'en ai perdu au contraire :

1. Longwei	9 324 points
2. Katsu	6 124 points
3. Bilal	6 100 points
4. Jaime	5 874 points
5. Jasmine	5 650 points
6. Azima	5 454 points
7. Roathy	5 324 points
8. Kaya	5 200 points
9. Emmett	4 843 points
10. Isadora	3 980 points

Les autres s'arrêtent avec moi. Tout le monde examine les nouveaux scores en essayant de comprendre comment ils sont calculés. Longwei et Isadora sont les seuls à ne pas avoir changé de place. J'indique le tableau à Defoe quand il passe devant nous.

– Je ne comprends pas. J'ai fini troisième pourtant.

Defoe s'arrête, sourcils levés.

– Second, en fait.

– Jazzy et Longwei étaient encore debout, dis-je. Si ce sont les seuls à m'avoir battu, pourquoi est-ce que j'ai reculé au classement ?

– Tu faisais partie d'une équipe. Et ton équipe a perdu.

Je sens la colère bouillonner en moi, et me prendre à la gorge. Je déteste les mauvaises surprises et les clauses en petits caractères.

– Ce n'est pas ma faute.

– C'est ça, le travail d'équipe, réplique Defoe. Les gagnants remportent deux mille points. Les perdants, mille. La prochaine fois, je te suggère de tout mettre en œuvre pour faire gagner ton équipe.

– Ce n'est pas juste.

Ça fait sourire Defoe. Il se redresse et ajuste son nœud de cravate impeccable. Chacun de ses gestes, chacune de ses attitudes nous rappellent qu'ici, dans ce monde, c'est lui le roi.

– Je me demandais qui serait le premier à lâcher ce mot. *Juste*. Oubliez tout ce que vous croyez savoir sur la justice. Nous suivons nos propres règles. Il y aura des blessures, des accidents et des erreurs au cours de la compétition. Il y a de grandes chances que vous vous retrouviez au bloc médical à un moment ou à un autre. Peut-être même que vous y enverrez des camarades. Mais n'oubliez jamais qu'il s'agit de notre compétition. C'est nous qui décidons ce qui est juste et ce qui ne l'est pas.

Là-dessus, il s'éloigne dans un couloir. Je jette un coup d'œil aux autres mais ils n'ont pas l'air particulièrement indignés. Je n'en reviens pas de les voir accepter ça si facilement. Le départ de Defoe fait revenir les autres employés de Babel. J'ai encore les poings serrés, le front couvert de sueur. Vandemeer m'offre une serviette et un sandwich sous plastique mais je suis trop en colère pour manger, trop dégoûté pour faire quoi que ce soit d'autre que m'essuyer le visage.

À l'issue de cette première journée, je suis neuvième. L'idée inacceptable que je pourrais ne pas gagner commence à faire son chemin. Je m'imagine revenir à Détroit et devoir expliquer à mes parents qu'ils n'ont pas décroché le gros lot. Le prix de consolation offert par Babel serait quand même bienvenu, mais je passerais le restant de ma vie à trimer comme mon père pour un salaire de misère, à me demander ce que j'aurais pu devenir si seulement j'avais gagné.

Voyant Bilal s'avancer vers moi à travers la salle, j'enroule ma serviette autour de mon cou et me dirige vers l'escalier. La gentillesse est la dernière chose dont j'ai besoin pour l'instant. Trois volées de marches plus haut, j'enfile un couloir désert et me retrouve dans ma chambre. Je ne suis pas d'humeur à discuter – ni avec Bilal, qui est devant moi, tranquillement installé à la troisième place, ni avec personne. J'arrache ma combinaison, mon masque noxien et mon anneau aussi. Je me glisse en sous-vêtements sous les draps et j'essaie de me croire chez moi. Sauf que les draps sont trop doux, le matelas trop mou et que je ne sens pas dans l'air l'odeur de la tisane de maman. Je ne suis pas chez moi. Avant d'être rattrapé par la réalité, je pouvais encore espérer améliorer le sort des miens. Mais même ça, je n'y arrive pas.

La nuit tombe. Papa ne devrait plus tarder à prendre son service. Je me le représente – mon portrait craché, en plus costaud, plus gris et plus usé. Il porte son uniforme de travail bleu avec son nom agrafé sur le devant : JEREMIAH. Ses épaules s'affaissent quand il pense que personne ne le voit. Le poids des ans, de n'avoir jamais pu s'élever au-dessus de sa condition. Ce n'est pas sa faute ; ce genre de poids se transmet dans ma famille de génération en génération.

J'ai appris notre histoire par des anecdotes, de petites histoires lourdes de sens. Le restaurant de mon arrière-grand-père s'est fait torpiller par un projet autoroutier. Le gouvernement s'est approprié son terrain en lui laissant juste assez d'argent pour tenter vainement d'ouvrir un autre établissement dans le comté voisin. Mon grand-père a dû interrompre ses études à l'université du Michigan à la mort de sa mère. Il aurait pu obtenir un diplôme, mais à la place il a pris un job à l'usine pour s'occuper de ses frères et sœurs. Sur chaque branche de notre arbre familial, on trouve quelqu'un qui a eu brièvement la vraie liberté à portée de main. Mais la vie est cruelle. Il y a toujours quelque part une clause en petits caractères qui vient vous arracher vos rêves avant qu'ils n'aient eu le temps de se concrétiser.

Avec un soupir, je rabats ma couverture, me lève et traverse la chambre. La clé que papa m'a confiée est accrochée au mur. Je la saisis et la retourne entre mes mains, sensible à l'usure du temps. Je connais son histoire. Mes ancêtres ont fui dans le Nord à l'époque où ils étaient encore esclaves. Un forgeron des environs de Détroit a pris les dimensions des fers de mon arrière-arrière-arrière-grand-mère et lui a fabriqué une clé. Et celle-ci se transmet depuis dans ma famille pour rappeler à tous les Atwater que nous n'avons pas toujours été libres de nos choix. D'ailleurs, bon nombre des hommes et des femmes qui ont reçu cette clé ne l'étaient toujours pas, ou pas vraiment.

Papa ? Ce n'est pas un esclave, mais il n'est pas entièrement libre non plus. Il doit trimer dur pour chaque dollar. La plupart du temps, il a l'air de courir un marathon qui ne s'achèvera jamais. Maman et lui n'ont pas eu la chance d'aller à l'université. À part quelques cousins qui ont fait des études, la plupart des membres de ma famille restent prisonniers de leurs origines. En examinant la clé, je réalise que je peux écrire ma propre histoire. Où il ne sera pas question de rêves brisés, mais d'un avenir aussi radieux qu'une plage ensoleillée.

Je me rappelle que ce n'était que le premier jour. Ma famille se bat depuis des décennies, depuis des générations. Ce n'est pas un mauvais départ qui va m'empêcher de réussir. Je refuse de baisser les bras – ni aujourd'hui, ni jamais.

Il serait tentant d'aller dormir. Au lieu de quoi, je m'installe à mon bureau et prends mon anneau noxien au creux de ma paume. Je dresse une liste des objets que je veux créer et me mets au travail. Les images me viennent de plus en plus vite ; les manipulations comportent de moins en moins d'erreurs. Je continue à m'entraîner jusqu'à avoir la sensation de voir double. Je continue jusqu'à avoir la certitude que demain sera un jour meilleur.

JOUR 2, 08 : 38

À bord du *Genesis 11*

Je rêve de trous noirs. Dans un premier rêve, le trou noir me dévore atome par atome avant de m'abandonner dans le néant. Dans un deuxième, c'est moi le trou noir. Sinistre et menaçant, j'engloutis mes concurrents un à un. Leurs hurlements ne font aucun bruit. Je ne sais pas lequel des deux rêves je trouve le plus effrayant, celui où je suis détruit ou bien celui où je suis le destructeur. Face au plafond, je réalise que la compétition de Babel fera de moi l'un ou l'autre. Il n'y a pas de moyen terme à bord du *Genesis 11*.

Je sais que je devrais prendre une douche pour achever de me réveiller, mais j'ai déjà suffisamment de mal à me glisser dans ma combinaison et à me traîner jusqu'à mon bureau. Malgré mes douleurs et mes courbatures, pourtant, je ne peux pas me permettre de m'apitoyer sur mon sort. J'ai besoin d'être au mieux de ma forme. Avant de sortir, je transforme mon anneau noxien en bracelet de caoutchouc noir. Hier, j'ai perdu plusieurs secondes précieuses à l'enlever de mon doigt. Or, je sais désormais que chaque seconde compte. J'enfile donc ce bracelet à mon poignet droit et j'essaie de le retirer et de le remettre. C'est beaucoup plus rapide qu'avec l'anneau. Papa dit toujours que ce sont les petits détails qui font remporter les championnats. Je veux bien le croire.

En quittant ma chambre, j'ai la surprise de tomber sur Kaya qui m'attendait. Assise sur le canapé le plus proche, elle m'adresse un petit signe. Elle a ramené ses cheveux en couettes qui lui donnent un air de petite fille malgré son masque noxien.

– Salut, dit-elle. J'ai une proposition à te faire.

Je hausse les sourcils.

– Un petit déjeuner ?

– Une alliance, réplique-t-elle. Toi et moi.

J'en reste sur le cul. Elle voudrait faire équipe avec moi ? Et s'il s'agissait d'un piège ? Et si la compétition prenait une autre tournure ? Et puis pourquoi maintenant ? Ce n'est pas forcément une mauvaise idée en soi, mais on n'a encore coché qu'un seul jour sur le calendrier. Je m'attendais à voir se nouer des alliances et des relations ; seulement, découvrir ses cartes si tôt dans la partie me paraît risqué. J'ai bien observé Kaya hier. Elle pourrait m'être d'un grand secours, mais je ne vois pas trop ce que je pourrais lui apporter. Et je n'oublie pas non plus mes cauchemars. Les trous noirs. Détruire ou être détruit. Une alliance survivrait-elle à ce que Babel nous réserve ? Et si on se retrouvait face à face au final, elle et moi ?

– Dis-moi pourquoi.

Elle hoche la tête.

– Je suis plutôt stratégique, douée pour résoudre les problèmes. C'est ça, ma spécialité. Trouver des solutions. Si tu butes sur une épreuve, on pourrait élaborer des stratégies ensemble.

– Je veux dire, pourquoi moi ? Je t'ai vue à l'œuvre. Je sais que tu es une bonne concurrente, Kaya, mais pourquoi vouloir t'allier avec moi ? Je suis neuvième.

Elle hoche la tête encore une fois.

– Pas pour longtemps. Je t'ai entendu, hier soir, dans ta chambre. Tu t'entraînais, pas vrai ? Je vois bien que tu es un compétiteur. Babel va faire évoluer la règle du jeu. Il y aura d'autres exercices. Je pourrais t'aider sur tes points faibles ; et toi, tu m'aiderais sur les miens. C'est le principe d'une alliance.

– Comment être sûr que tu ne feras pas équipe avec quelqu'un d'autre ?

– Tu es le choix le plus logique, répond-elle. Réfléchis un peu. On habite ensemble. Passé cette porte, ça va être une compétition de tous les instants. On devra se battre pour chaque point. Tu n'as pas envie d'un endroit dans le vaisseau où ce ne sera pas comme ça ? En faisant équipe, on aura l'impression de rentrer chez nous tous les soirs. J'ai envie d'un endroit où je me sentirai en sécurité.

Je ne peux m'empêcher d'acquiescer. Elle a tout à fait raison.

– Moi aussi.

Elle lève son petit doigt et me le présente.

– Je jure de t'aider dans cette compétition, tant qu'on ne sera pas directement opposés l'un à l'autre. À partir de maintenant, on fait équipe.

J'accroche mon petit doigt autour du sien et je répète ses paroles. Son gros soupir de soulagement me surprend ; je n'avais pas réalisé à quel point elle avait peur de me voir dire non.

– Commençons tout de suite, propose-t-elle. J'ai une stratégie pour la salle du Lièvre.

Je souris.

– Et si tu m'expliquais tout ça pendant qu'on va petit-déjeuner ? Je meurs de faim.

Kaya hoche la tête, et on franchit la porte coulissante. Le couloir est désert ; l'escalier aussi. Tout le monde doit déjà être à la cafétéria.

– Tu connais l'histoire du lièvre et de la tortue ? me demande-t-elle.

– Oui, dis-je en me rappelant l'école primaire. La tortue finit par gagner parce que le lièvre est trop sûr de lui. Il prend le temps de faire la sieste pendant la course ou je ne sais quoi.

– Cette histoire est débile, affirme Kaya très sérieusement. Franchement. À la place du lièvre, j'aurais laissé la tortue sur place. Il vaut mieux être vif et rapide que lent et régulier. Mais je crois avoir une idée qui pourrait donner l'avantage à la tortue.

– Dans la salle du Lièvre ?

Kaya fait oui de la tête.

– Les obstacles disparaissent juste avant le mur du fond. Je l'ai remarqué hier en essayant d'aider Azima. À un mètre du mur environ, ils partent en fumée. On devrait se laisser glisser presque à la fin du tapis roulant la prochaine fois. On pourra plus facilement se protéger là-bas, comme des tortues.

Je hausse les épaules.

– Ça me paraît un bon plan.

Notre alliance me plaît déjà. On rejoint les autres à la cafétéria. La plupart ont déjà fini leur assiette et presque tous ont l'air fatigués, comme s'ils avaient rêvé de trous noirs eux aussi. J'attrape un croissant frais et un fruit. Pas exactement le genre de petit déjeuner dont j'avais l'habitude à Détroit, mais tout est tellement délicieux ici. Bilal m'indique le siège à côté de lui et je m'assieds. Il me dit bonjour poliment mais on dirait qu'il a mal dormi. Le seul qui semble en pleine forme, c'est Katsu.

– Emmett ! me lance-t-il. Regarde ça. Tu ne vas pas en revenir.

Je me penche en avant. Deux ailes sombres se déploient. Katsu a transformé son anneau noxien en une espèce d'oiseau noir de petite taille. Je le regarde picorer dans son assiette et je souris.

– Plutôt cool, dis-je.

– Tu n'as pas encore vu le meilleur, m'assure-t-il. Rapporte une saucisse à ton seigneur et maître !

On regarde tous l'oiseau mécanique voleter jusqu'au buffet. Il cherche parmi les plats, attrape une saucisse entre ses serres et revient vers nous. Katsu s'esclaffe si fort qu'il en fait trembler la table.

– Je suis le roi ! s'exclame-t-il en mordant dans sa saucisse. Le roi du monde !

On est plusieurs à rigoler. À l'autre bout de la table, Longwei fronce les sourcils, comme si le rire devait être interdit. Jaime s'est assis plus près aujourd'hui ; il laisse encore quelques sièges entre lui et nous, mais c'est un début.

– Les rois n'apportent que des ennuis, intervient Azima.

Je ne peux m'empêcher de fixer son bracelet. C'est plus facile que de croiser son regard. Elle a une manière particulièrement intimidante de regarder les gens.

– Les reines font de bien meilleures dirigeantes, poursuit-elle. Tout le monde sait ça.

Katsu s'esclaffe. Avec une rapidité surprenante, il attrape l'oiseau perché sur son épaule et le transforme en couronne. Il est sacrément rapide. Je ne suis pas le seul à m'être entraîné hier soir. Il pose sa couronne en travers de son front et croise les bras avec superbe.

– Mais une reine a besoin d'un roi, affirme-t-il.

– Un roi ? lâche Roathy.

Il examine Katsu d'un air entendu et secoue la tête avec dédain.

– Je ne vois ni rois ni reines, ici, reprend-il.

– Merci, capitaine Stupide, riposte Katsu. On disait ça pour plaisanter.

Roathy encaisse l'insulte sans broncher. Il se contente d'observer Katsu, et je devine qu'il voit au-delà des sourires, au-delà de la bonne humeur affichée. Son regard plonge à un niveau plus profond, plus noir.

– Regarde autour de toi, grosse tête. Quelle est la seule chose qu'on a tous en commun ?

Katsu ne répond pas. On jette tous des regards furtifs autour de nous, comme si la réponse était censée s'afficher sur le mur ou je ne sais quoi. Les autres n'ont peut-être pas encore compris, mais je sais exactement ce qu'il veut dire : on est tous fauchés comme les blés. Voilà ce qu'on a en commun. Alors que Babel dispose de ressources illimitées. Pas difficile d'imaginer comment ils nous ont sélectionnés, en fouillant nos vies dans les moindres recoins. Il leur fallait un moyen de nous manipuler. La pauvreté fait paraître d'autant plus brillant leur ticket d'or.

– On est pauvres, déclare Roathy sans aucun embarras. Ils nous ont choisis parce qu'on est pauvres. On deviendra peut-être des rois et des reines, c'est vrai, mais seulement à condition de courber la tête d'abord.

Personne ne le contredit. Quelques-uns d'entre nous se penchent sur leur assiette. Certains grincent des dents. Jaime continue de mastiquer son bacon avec indifférence. Sa désinvolture me porte sur les nerfs.

– Sauf toi, dis-je sans réfléchir.

Jaime dresse la tête.

– Pardon ?

– Roathy a raison. On est tous pauvres, sauf toi.

Jaime hausse les épaules, l'air de penser que je suis à côté de la plaque.

– Je ne sais pas de quoi tu parles.

– Dans ce cas, raconte-nous, mon petit Suisse : que font tes parents exactement ?

Cela ne devrait pas avoir d'importance, mais ça en a. Cette compétition est tout pour moi. Si on doit se battre comme des chiffonniers pour qu'un gosse de riches me rafle mon ticket gagnant sous le nez dans la dernière ligne droite, je ne vais pas apprécier. Jaime reste calme mais je remarque ses mains, figées de part et d'autre de son assiette. À croire qu'il ne peut pas à la fois mentir et se comporter normalement.

– Ils étaient fermiers, sauf qu'on a perdu notre ferme l'année dernière. Alors va te faire foutre, Emmett.

– Vous produisiez quoi, dans votre ferme ?

Jaime secoue la tête, histoire de gagner un peu de temps pour se rappeler quelle réponse il est censé fournir. Je connais la tactique ; je l'ai employée assez souvent.

– Du lait. Et aussi du fromage.

– Tu parles, dis-je d'un ton cinglant.

On est debout tous les deux maintenant, et je souffle fort par les narines. J'ignore pourquoi ça m'énerve à ce point mais je sais qu'il n'est pas l'un des nôtres. Il n'en veut pas autant que nous ; il est là pour une autre raison. Qu'il puisse éventuellement me priver de ce qui me revient me rend fou. On se fusille du regard jusqu'à l'arrivée de Defoe. En nous voyant prêts à nous jeter à la gorge l'un de l'autre, il n'affiche pas son sourire habituel.

– Y a-t-il un problème, jeunes gens ?

Je grince des dents. Je secoue la tête, les yeux verrouillés sur Jaime.

– Non, m'sieur. Aucun problème.

J'archive la matinée à la lettre C pour « Colère ». Heureusement, la rage sourde que m'inspire le mensonge de Jaime m'aide à me concentrer lors des premières épreuves. On s'échauffe en procédant à diverses manipulations de noxolyte. Grâce aux heures d'entraînement que je me suis infligées la nuit dernière, je vole d'image en image. Defoe nous fait former une cuillère, un manche de couteau, un livre aux pages vierges et à la couverture bleue. Seuls Longwei, Katsu et Azima me grillent la politesse.

– Pour finir, dit Defoe en nous montrant un verre d'eau, je veux que vous transformiez votre noxolyte en eau.

Visualisation, clin d'œil, transformation. C'est aussi rapide que ça, et je me retrouve avec un verre à la main – sauf qu'il est vide. Je recommence depuis le début, mais l'eau manque toujours à l'appel. Je me tourne vers Longwei. C'est une surprise de ne pas voir son nom s'étaler en grosses lettres au tableau d'affichage. Il a beau transformer sa noxolyte encore et encore, il ne se débrouille pas mieux que moi.

Defoe patiente avec un petit sourire.

– On ne peut pas la transformer en eau, dis-je.

Le sourire de Defoe s'élargit tandis que mon nom s'inscrit au tableau. Cette bonne réponse me rapporte mille points. Je regarde mon nom se hisser en cinquième position.

– Bravo, Emmett. On ne peut pas manipuler la noxolyte pour en faire de l'eau, de la nourriture ou quoi que ce soit de purement organique, nous explique Defoe. Donc, une fois sur Eden, vous devrez recourir à la noxolyte pour vous procurer de quoi manger et boire. Vous pourrez en faire une marmite, un épieu de chasse, mais vous ne pourrez pas simplement faire apparaître un banquet, ni même…

Il lève son verre d'un geste théâtral et boit une gorgée.

– … un verre d'eau.

Cette règle fondamentale étant assimilée, on suit Defoe jusqu'à l'espace d'apprentissage, où on répète le même processus que la veille. On nous fait un cours sur les différents types de champignons existant sur Eden. Kaya s'assied à côté de moi. Elle croise mon regard avant de manipuler sa noxolyte pour en produire un calepin et un crayon. Elle me fait signe de l'imiter.

Avec un hochement de tête, je tâche de reproduire sa manipulation. Il me faut plusieurs tentatives pour y arriver, mais tandis que la vidéo commence, je me mets à tout prendre en notes. Defoe nous fera probablement tout effacer à la fin de la séance, n'empêche que le fait d'écrire m'aide à fixer les notions dans mon esprit. À peine ai-je terminé de cataloguer les formes et les couleurs des champignons vénéneux que la présentation s'achève. Defoe nous distribue des tablettes pour nous soumettre à un quiz. En voyant mes notes, il hoche la tête d'un air approbateur avant de passer au suivant.

J'expédie le quiz les doigts dans le nez. J'échoue juste à une question mais je finis largement devant mes concurrents. Sauf Longwei et Jaime. Je ne peux pas m'empêcher de penser que Jaime a de bons résultats parce qu'il sort d'une meilleure école ou qu'il y avait une bibliothèque de folie dans la maison de ses parents. Au fond de moi, une petite voix se demande s'il ne pourrait pas dire la vérité, s'il ne pourrait pas vraiment être un fils de fermiers. J'ai vu plusieurs fois des gens sauter aux conclusions à propos de moi, je sais ce qu'on éprouve quand on est victime de préjugés.

Je souffle un « merci » à Kaya pendant qu'on passe à l'épreuve suivante. Notre alliance est déjà en train de payer. Je suis désormais quatrième au tableau d'affichage.

1. Longwei	11 350 points
2. Katsu	9 124 points
3. Jaime	8 200 points
4. Emmett	7 850 points
5. Azima	7 750 points
6. Kaya	7 400 points
7. Bilal	7 300 points
8. Jasmine	7 050 points
9. Roathy	6 324 points
10. Isadora	5 080 points

Hier, j'étais descendu à la neuvième place et j'avais l'impression que c'était la fin du monde. C'est super de remonter un peu, mais je ne dois pas oublier qu'on n'est jamais en sécurité. Le classement se réactualise tous les jours. Aujourd'hui, ça s'est bien passé pour moi, mais demain, je peux très bien échouer à un test et dégringoler de quatre places.

La compétition va être longue.

Un par un, les autres descendent dans le grand bassin de natation. Le vent reconstitué agite l'eau avec violence, et les concurrents nagent comme si un tsunami les emportait vers le rivage. Tandis que Katsu patauge maladroitement dans les eaux écumantes, je manipule mon anneau noxien pour en faire des lunettes de natation. Je les cache au creux de ma main, derrière mon dos, pendant que Defoe appelle Jazzy.

Quand vient mon tour, je sors mes lunettes et les mets en place. Le plastique se colle autour de mes yeux – me voilà dans ma bulle. Je me glisse dans le bassin et commence à nager. Je sens tout de suite la différence. Hier, je fendais les vagues à l'aveuglette. Je ne m'en sortais pas trop mal mais j'ai dérivé plusieurs fois vers le bord du bassin, ce qui m'a fait perdre du temps. C'est beaucoup plus commode quand on voit clair. Je mouline puissamment avec les bras. Je sais que je vais plus vite que la dernière fois, plus vite que les autres.

Dix minutes plus tard, la houle s'apaise et je sors du bassin en titubant. Il ne reste plus que Kaya à passer derrière moi. Elle sort ses propres lunettes, parce qu'on est une équipe et qu'on met nos idées en commun. Quand les résultats s'affichent, mon nom saute ceux de Jaime et Katsu. Je suis deuxième.

D'instinct, je glisse un coup d'œil en direction de Longwei. Il est encore essoufflé par la nage. Il croise mon regard et hoche la tête. Défi accepté, j'imagine. Cette idée me fait sourire alors qu'on nous emmène vers la salle du Lièvre. Longwei ignore que je garde un atout dans ma manche. Kaya nous réunit sur le tapis roulant. Jaime évite mon regard, mais il écoute Kaya répéter les explications qu'elle m'a fournies ce matin.

– Donc, si on court juste devant le mur du fond, conclut-elle, aucun obstacle ne pourra nous atteindre. Il suffit de faire attention à ne pas s'emmêler les pinceaux. D'accord ?

– Je n'aime pas trop ça, maugrée Jaime. Un seul faux pas, et c'est fini.

– Sauf qu'on aura juste à courir, rétorque calmement Kaya. Pas besoin d'esquiver ni de sauter. Et si le tapis roulant accélère, on pourra toujours s'avancer un peu pour prendre plus de marge. Je pense qu'on devrait pouvoir tenir comme ça au moins jusqu'aux ravines.

Jaime ouvre la bouche pour protester, mais Azima lui coupe la parole.

– Je me souviens avoir vu l'arbre disparaître. C'est une bonne stratégie, on est tous d'accord, seulement l'autre équipe va vite comprendre et chercher à nous imiter, non ?

Kaya hoche la tête.

– Ça ne nous donnera un avantage qu'aujourd'hui. On pourrait démarrer au milieu du tapis roulant et nous laisser glisser en arrière à l'arrivée du premier obstacle.

Azima sourit.

– C'est malin. D'accord, commençons par gagner aujourd'hui. Je suis venue ici pour gagner.

Jaime a l'air agacé, ce qui se comprend facilement. Hier, tout le monde l'écoutait. Aujourd'hui, c'est Kaya qu'on écoute. Être chef d'équipe ne rapporte pas de points au tableau d'affichage, mais je parie que Babel prête attention à ce genre de détail. Après une dernière hésitation, Jaime acquiesce à contrecœur et tout le monde se met en place. L'autre équipe s'est alignée derrière Jazzy. Ils s'écartent légèrement les uns des autres pour éviter qu'une chute les fasse tous s'étaler. Defoe lève la main pour réclamer notre attention.

– Mêmes règles qu'hier. Si vous perdez un coéquipier, la vitesse augmente. Bonne chance.

Le tapis roulant se met en marche. Notre coureur fantôme s'élance à travers une forêt familière, et pendant un moment on n'entend plus que des bruits de respiration et des pas réguliers. On court comme ça pendant quelques minutes, au bout desquelles on aperçoit une série de troncs couchés en travers de notre chemin. Sur un geste de Kaya, toute l'équipe ralentit. Dans l'autre équipe, personne ne nous voit reculer tout au bout du tapis avant d'accélérer de nouveau. Defoe, par contre, nous observe d'un air intrigué.

Les troncs se matérialisent devant nous : un méandre de branchages, à travers lequel les autres doivent zigzaguer. Longwei leur crie ses ordres et ils s'exécutent en bons petits soldats. Nous, on campe sur notre position en fin de tapis roulant. Je sens monter la panique en voyant les troncs approcher, de plus en plus près, puis… disparaître. Les yeux de Kaya brillent dans un sourire triomphant, et on maintient l'allure. Jaime avait raison : la marge d'erreur est mince. Environ cinquante centimètres derrière nous et cinquante centimètres devant. Mais le plan de Kaya fonctionne.

Surgissent au loin deux créatures aux allures de loups. L'autre équipe oblique sur la droite et je vois miroiter des formes noires. Ils ont formé des boucliers avec leurs anneaux noxiens. Les créatures effleurent leur formation compacte mais se font repousser sans difficulté. Je regarde nos deux loups se volatiliser sous nos yeux. Kaya lâche un petit rire. De l'autre côté du filet, Jazzy ralentit un peu pour aider Katsu en le poussant. Il est beaucoup plus corpulent que les autres et peine à suivre le rythme.

On continue à courir. Un gigantesque glissement de terrain se déclenche, que Katsu ne parvient pas à éviter. Jazzy tente de le contourner mais il l'entraîne avec lui dans sa chute et tous les deux sont emportés contre le mur du fond. La salle pulse deux fois, et nos trois derniers adversaires doivent désormais forcer l'allure.

Devant nous, le sentier s'enfonce et j'aperçois la succession de canyons que nous avons dû franchir la veille. Je n'en reviens pas de l'énergie qu'il me reste. On est à peine essoufflés, et on continue de trottiner tranquillement. Alors que Bilal, Roathy et Longwei sont obligés de sprinter.

– Kaya, dis-je. On s'avance un peu ?

Elle aussi a repéré les canyons.

– Passe devant, Emmett. Restez loin du rouge, tous.

J'allonge la foulée. Les canyons sont sinueux, le sol crevassé. Je me déporte sur la gauche et mon groupe me suit comme un serpent. Les autres ont déjà l'air à bout de forces, mais je m'attache surtout à notre performance plutôt qu'à la leur. Alors qu'on vient de bondir au-dessus d'une première grosse crevasse, les lumières flashent sur notre droite et le tapis roulant s'arrête. Dans mon équipe, on est encore debout tous les cinq. Même Jaime affiche un grand sourire, comme si la discussion de ce matin était de l'histoire ancienne.

– Félicitations, nous dit Defoe. Mais attendez-vous à ce que les conditions de course soient un peu différentes demain.

Traduction : « Le bug sera réparé, même si on apprécie que vous ayez su en tirer avantage. » J'archive ça à la lettre V pour « Victoire » et je m'avance vers Kaya pour une étreinte fraternelle. Toute l'équipe se réunit autour de nous. Elle affiche un tel sourire que même son masque noxien ne suffit pas à le cacher. Je ne saurais pas dire pourquoi, mais je ressens une satisfaction encore plus grande que si j'avais remporté une victoire individuelle. J'apprécie d'accorder à Kaya le crédit qu'elle mérite, et je suis content qu'on ait gagné ensemble. Je lui demande de nous préparer une nouvelle stratégie, et tout de suite elle se met à cogiter avec enthousiasme. C'est seulement en regagnant notre suite à la fin de la journée que je réalise la véritable signification de notre victoire : elle m'a hissé en première place.

Je me rappelle que la compétition est loin d'être terminée ; n'empêche que ce soir, je m'endors avec le sourire. Pour la première fois, j'ai la sensation d'être à ma place, de mériter mon ticket pour Eden. Je sais qu'en me réveillant demain, je ne viserai pas simplement le top huit.

J'ai envie de gagner.

JOUR 7, 08 : 38

À BORD DU *GENESIS 11*

1. Emmett	38 900 points
2. Longwei	36 750 points
3. Azima	29 900 points
4. Bilal	29 300 points
5. Kaya	28 450 points
6. Katsu	27 400 points
7. Jaime	26 200 points
8. Jasmine	25 050 points
9. Isadora	22 080 points
10. Roathy	21 324 points

La compétition de Babel n'est pas un sprint.

C'est un marathon dans lequel on nous demande à l'occasion de marcher sur l'eau. Je peux déjà dire que les septièmes jours seront les plus durs. L'aboutissement d'une semaine de travail, mais qui n'aura rien d'un repos dominical. Ce seront les jours où nos amitiés forcées et nos alliances de circonstance seront soumises à rude épreuve. Certains se blesseront ces jours-là, d'autres deviendront cinglés. Jusqu'à présent, les seules pauses que nous avons connues sont les séances de simulation comportementale. Elles sont parfois plus fatigantes que la salle du Lièvre. Mais chaque jour qui passe fait office de piqûre de rappel.

Je suis suffisamment bon. Pour finir dans le top huit, ou même pour gagner. Lors de nos rendez-vous quotidiens, Kaya me conseille de ne pas m'emballer, mais je sais que je représente une vraie menace – à cause de Longwei. Il passe la moitié du temps à me lorgner d'un sale œil. On s'échange la première place à tour de rôle. Je ne baisse pas les yeux quand il me regarde. Pas question de m'écraser, ni devant lui, ni devant personne d'autre.

Le septième jour, Babel fait de nous des guerriers.

Defoe nous entraîne par un nouveau couloir dans une salle inconnue aux allures de fosse capitonnée. On dirait l'une de ces salles de trampoline *indoor*. Elle comporte trois ou quatre niveaux différents, des murs rembourrés et un râtelier d'armes aux lames noires de chaque côté de la porte. Des épées de formes diverses, des masses d'armes à l'aspect menaçant. J'aperçois même des étoiles de jet.

J'ai le ventre qui se noue. Après avoir vu les Adamites tailler en pièces une unité militaire entièrement équipée, j'aurais dû me douter qu'on nous formerait au combat. J'aurais dû me douter que le seul entraînement possible consisterait à nous opposer les uns aux autres. Kaya et moi échangeons un regard. Je ne sais pas qui apprendra le plus de l'autre dans cet exercice. Elle est petite, mais pas besoin d'être un colosse quand on a un couteau.

Defoe allume sa tablette. On regarde le grand écran s'éclairer en scintillant. Une version de Bilal et Azima façon *Combat Kings* s'y affiche. Les visages digitalisés de leurs avatars nous regardent. En plissant les yeux, j'arrive à distinguer une barre de vie et d'autres caractéristiques vitales au-dessus de leur tête.

– Ces armes vous donneront l'impression d'être réelles. Elles sont conçues avec un poids et un équilibre réalistes. Cependant, elles sont recouvertes d'une huile noxienne de notre invention. Elles ne coupent pas vraiment et ne risquent pas de vous faire mal.

Defoe attrape une hache. Il s'approche du mur le plus proche et frappe. L'air ondule, et la lame s'enfonce sans dommages dans le capitonnage.

Jazzy exprime le sentiment général :

– C'est super !

Defoe ramène sa hache.

– Les dégâts que vous infligerez à votre adversaire seront pris en compte dans l'affichage vidéo. Il y aura des vainqueurs et des vaincus. Tranchez un membre à votre adversaire et il ne pourra plus s'en servir. Coupez-lui une artère, et il se videra de son sang. Si vous le tuez, c'est gagné. Compris ?

Tout le monde hoche la tête. Ils vont vraiment nous faire nous affronter. Je jette un coup d'œil vers Jaime.

Ça ne m'étonnerait pas de me retrouver face à lui. C'est toujours comme ça, dans les films. C'est le type qu'on déteste depuis le début qu'on doit affronter. En général, il vous massacre.

Azima et Bilal s'avancent.

– Choisissez bien vos armes, leur conseille Defoe.

Azima prend une lance aussi grande qu'elle. Elle en donne quelques coups dans le vide avant de descendre dans l'arène. Bilal, par contre, a l'air perdu. Je doute qu'un garçon aussi gentil se soit jamais battu contre qui que ce soit. Il s'arrête devant le râtelier et contemple les armes comme des serpents. Il finit par choisir une épée courte. Il la tient maladroitement et descend dans la fosse. Les deux se font face. À l'écran, leurs avatars les imitent. Et bien que les deux restent immobiles en vrai, leurs avatars se mettent en garde.

– Vous pouvez commencer, déclare Defoe.

Nos combats ne sont pas aussi spectaculaires qu'au cinéma. Les vrais combats ne s'éternisent pas. Ils s'achèvent en quelques secondes. Bilal brandit son épée et fait mine de reculer tandis qu'Azima lui allonge un coup de lance. Il n'a pas le temps de poser le pied par terre que le fer de lance plonge dans sa cuisse. À l'écran, le sang jaillit de la plaie et je vois sa barre de vie se réduire. Bilal joue le tout pour le tout et se jette en avant, mais Azima se dérobe sur la droite et remonte sa lance.

Le fer traverse la gorge de Bilal, qui s'écroule à l'écran dans une mare de sang.

Pour la première fois, je regrette que ces images soient aussi réalistes.

– Aux suivants, dit Defoe.

Bilal serre la main d'Azima et la complimente sur sa rapidité. Je vois Defoe froncer les sourcils. Il veut voir une compétition acharnée, et Bilal est trop fair-play pour ça. C'est au tour de Katsu et Longwei de s'afficher à l'écran. Katsu choisit une grande hache qui a l'air particulièrement redoutable. Longwei opte pour une épée à la garde ouvragée. Ils se font face au centre de l'arène, et Defoe leur donne le feu vert.

Je m'attends à ce que Longwei soit aussi bon dans ce domaine que dans les autres, et au début c'est l'impression qu'il donne. Ils échangent quelques coups maladroits, et Longwei inflige à Katsu une estafilade à la cuisse. Son avatar grimace, mais quand Longwei tente un deuxième assaut, Katsu le bloque d'un revers de hache. L'avantage que lui confère sa taille apparaît évident. Il fait sauter l'arme des mains de son adversaire. Son torse puissant se gonfle tandis qu'il lève sa hache. Longwei essaie de rouler sur le côté mais il n'est pas assez rapide. La hache s'enfonce dans sa cuisse, et son avatar s'écroule. Le vrai Longwei, sur le sol, cherche désespérément à ramasser son épée, quand Katsu l'achève.

– C'est moi le roi ! rugit-il.

Tout le monde rit, sauf Longwei.

C'est ensuite à Kaya et Jaime. Au lieu de l'affronter en face, elle utilise l'un des trampolines pour gagner les niveaux supérieurs. Il est tout de suite évident qu'elle a profité des premiers combats pour réfléchir à une stratégie. Elle se faufile entre les obstacles et entraîne Jaime exactement où elle le voulait. Il s'épuise à la poursuivre et finit par se prendre une étoile de jet entre les deux yeux. Elle aura peut-être des choses à m'apprendre là aussi, après tout. Jaime commence à protester que le combat n'a pas été loyal, mais Defoe ne fait pas attention à lui et appelle les combattants suivants.

Jazzy et Isadora. Je pose les yeux sur Roathy. Ce sera donc mon premier adversaire. Il est beaucoup moins costaud que moi, mais je m'attends à ce qu'il se batte comme un enragé. Je suis sûr que c'est le genre à ne rien lâcher. Je parie qu'il prendra tous les risques. Le mieux à faire dans ce cas, c'est d'adopter une posture défensive et d'attendre une ouverture.

Je ramène mon attention sur le combat en cours. Jazzy prend une seconde pour nouer ses cheveux blonds en queue-de-cheval. Isadora s'accroupit face à elle. Je la regarde effleurer avec le pouce son tatouage sur la nuque avant de soulever deux poignards et de se mettre en garde.

Après nos séances dans la salle du Lièvre, j'aurais cru voir Jazzy prendre l'avantage, mais sa supériorité athlétique ne s'étend pas au combat. Elle frappe dans le vide à deux reprises puis se prend deux coups de couteau. Isadora s'était montrée plutôt discrète jusque-là, mais il n'y a aucune retenue dans sa manière de manier le couteau. Elle se recule, lève les yeux vers l'écran et constate que Jazzy est en train de saigner à mort. Elle est suffisamment maligne pour battre en retraite le temps que sa victoire devienne officielle.

La place est libre pour Roathy et moi. Il attrape la même épée que Longwei, mais je prends mon temps pour choisir. Les haches ne me disent rien qui vaille, les autres épées ont l'air trop lourdes. Je ne me vois pas combattre avec une lance ; quant aux masses d'armes, je ne saurais même pas m'en servir. Je pose les yeux sur une paire de griffes métalliques. Je n'ai jamais utilisé de coup-de-poing en laiton, mais mon oncle m'a appris à boxer. Je glisse les mains dans les trous et fais jouer mes doigts. La main droite comporte un bouclier en demi-lune. La gauche a des phalanges tranchantes qui se prolongent par trois lames en argent.

C'est un ensemble conçu pour un gaucher, comme moi.

Je viens me placer face à Roathy et j'attends. Quand Defoe donne le signal, Roathy passe à l'action exactement comme je m'y attendais. Il se jette sur moi avec de grands moulinets désordonnés de son épée. Je me sers de mon bouclier pour bloquer les deux premiers coups, puis je frappe sous le troisième. Pas besoin de lever la tête pour savoir que je viens de répandre ses entrailles sur le sol. Roathy réagit à la douleur de son avatar et bat en retraite, les jambes flageolantes. Il repart à l'assaut et j'écarte son épée avec ma main droite. Sa lame m'entaille l'épaule, mais un pas en avant me permet d'envoyer tout mon poids dans mon punch. La noxolyte lui traverse la gorge sans dommages tandis que mon poing s'écrase contre sa trachée.

Le vrai Roathy et son avatar s'écroulent tous les deux. Je recule d'un pas, survolté par l'adrénaline, le frisson de la victoire et la souffrance, mais ça ne dure pas. Roathy reste au sol. Il respire à grand-peine, et son souffle est entrecoupé de râles inquiétants. Defoe se précipite auprès de lui avec deux médecins.

Isadora, la colocataire de Roathy, se met à crier. Defoe doit l'empoigner par les épaules pour l'empêcher de suivre les toubibs hors de la salle. Je me sens mal, n'empêche que je me rappelle l'expression du visage de Roathy au début du combat. S'il avait pu, il m'aurait réglé mon compte lui aussi. Vaincre ou être vaincu… Je me tourne vers les autres concurrents, qui ont tous l'air sous le choc. Certains me regardent différemment, comme si je venais de dévoiler une facette plus sombre de ma personnalité. J'enlève mes gants et sors de l'arène, tâchant de ne pas penser à des trous noirs ni à des choses cassées.

Au déjeuner, le tableau d'affichage proclame mon triomphe. Je devrais être ravi, mais l'absence de Roathy me gâche le plaisir. Je me suis contenté de jouer le jeu. Je ne voulais pas lui faire de mal. Je pioche dans mon assiette en me répétant en boucle dans ma tête : *Je ne voulais pas lui faire de mal. Je ne voulais pas lui faire de mal. Je ne voulais pas…*

1. Emmett	41 900 points
2. Longwei	36 750 points
3. Azima	32 900 points
4. Kaya	31 450 points
5. Katsu	30 400 points
6. Bilal	29 300 points
7. Jaime	26 200 points
8. Isadora	25 080 points
9. Jasmine	25 050 points
10. Roathy	21 324 points

On gagne la salle du Lièvre sans que Roathy nous ait rejoints. Je n'arrête pas de regarder par-dessus mon épaule, dans l'espoir de le voir arriver accompagné par un médecin. Mais les portes se referment sur nous. Visiblement, la course va commencer sans lui. Defoe nous fait signe à l'autre bout de la salle.

– Longwei, ton équipe compte un joueur de moins. Conformément aux règles, votre tapis roulera donc plus vite dès le début. Bonne chance.

L'équipe d'à côté me jette des regards mauvais, comme si je connaissais les règles et que j'avais envoyé Roathy à l'infirmerie exprès pour nous donner un avantage. C'est complètement injuste, mais je ne dis rien parce que Defoe nous a déjà expliqué ce que Babel pense de la justice. Kaya nous réunit autour d'elle. Je sens de mauvaises vibrations dans notre équipe également. Isadora garde ses distances, et Jaime me surveille du coin de l'œil. Kaya n'y prête pas attention.

– Emmett, je veux que tu fasses le lièvre aujourd'hui.

Je la dévisage fixement. Je n'apprécie pas beaucoup qu'on me donne des ordres.

– Pourquoi moi ?

– C'est toi qui as le temps de réaction le plus rapide, répond-elle. On te suivra juste derrière. Tu ouvriras la marche. Annonce les obstacles au fur et à mesure pour nous permettre d'anticiper. D'accord ?

Il me faut une seconde pour réaliser ce qu'elle essaie de faire. Kaya veut s'appuyer sur moi pour montrer aux autres qu'elle me fait confiance. Elle veut leur faire oublier ce que j'ai infligé à Roathy et leur rappeler ce que j'ai accompli dans la salle du Lièvre. Je la remercie d'un hochement de tête, puis Defoe grimpe sur sa plate-forme et le sol de caoutchouc se met en marche.

Nos adversaires s'en tiennent à leur stratégie habituelle, sauf qu'ils ont mis Katsu en tête de peloton et que Longwei se tient déjà prêt à le pousser dans le dos. Kaya et les autres reculent d'un pas tandis que je viens me placer devant. Le chemin s'enfonce à travers la forêt, et je lance des regards de part et d'autre.

Un tronc couché en travers du sentier s'approche et je préviens mon équipe. J'oblique sur la droite pour sauter par-dessus au seul endroit où il n'y a pas de branches. Tout de suite après, on doit éviter deux ruisseaux et quelques branches basses. J'annonce les obstacles à chaque fois, et je commence à me sentir bien dans ma course, quand j'entends quelqu'un crier. Je tourne la tête sans cesser de pomper avec les bras.

Le mur du fond a pris vie. Il affiche une autre vue de la forêt, avec les arbres qui s'éloignent. En y regardant de plus près, je remarque deux loups qui nous poursuivent. Defoe nous avait promis que le jeu évoluerait, il a tenu parole. Des obstacles devant, une menace derrière. Sans prévenir, notre tapis roulant accélère le rythme. On n'a pourtant perdu personne, mais c'est comme si notre coureur fantôme avait repéré les loups et décidé de forcer l'allure. Les obstacles se multiplient, et j'entends Kaya ordonner à l'équipe de courir plus vite.

Les autres me rattrapent et tout le monde pique un sprint. Par-dessus mon épaule, je vois l'un des loups se détacher de l'écran. Il est énorme, plus grand que ceux des jours précédents, et contrairement à ses prédécesseurs il ne donne pas l'impression de vouloir s'évaporer dans la nature. On esquive une série de branchages et

Isadora trébuche. Je rate la main qu'elle me tend et vois le loup bondir et la clouer au sol. Elle hurle. Les deux sont entraînés au fond de la salle. La lumière pulse et la cadence augmente. Je sens la sueur ruisseler sur mon visage.

De l'autre côté de la salle, Katsu finit par s'effondrer. Je l'entends pousser un cri en glissant à toute vitesse vers le mur du fond. Son équipe est réduite à trois personnes. Je me rends compte qu'ils n'ont pas de loups aux fesses, eux. On voit parfaitement la forêt dans leur dos, mais aucune trace de poursuite.

Notre second loup se matérialise derrière nous. Il court sur notre flanc gauche, bondissant sous les branches et par-dessus les rochers. Kaya nous entraîne le plus loin possible sur la droite, sauf que ce n'est pas évident de tenir le rythme tout en gardant un œil sur le loup. Kaya voulait me voir jouer le rôle du lièvre aujourd'hui, mais j'ai une meilleure idée.

Je me concentre et transforme mon bracelet en poignard comme celui qu'a utilisé Defoe le premier jour. Il glisse entre mes doigts moites. Je serre le poing et me laisse distancer par les autres. Conscient que c'est du suicide, je me déporte en direction du loup. Avant qu'il puisse nous sauter dessus, c'est moi qui me jette sur lui. L'impact me vide les poumons mais ma lame le cueille au niveau de l'épaule. Le loup et moi roulons au sol, mais je me cramponne à mon poignard et enroule mon autre bras autour de son cou. Ses mâchoires claquent au ras de mon visage ; heureusement, il disparaît à l'instant où on touche le mur du fond.

Les lumières pulsent de notre côté, mais mon sacrifice permet aux autres de sprinter sans distraction. L'équipe de Longwei court plus vite depuis plus longtemps, et bientôt Bilal trébuche et se fait emporter au fond de la salle. Longwei craque peu après, et le reste de mon équipe résiste le temps d'éliminer Jazzy au passage des canyons. Allongé sur le dos, je fixe le plafond et lève les bras en triomphe. J'adore ce genre de victoire. Kaya est la première à me complimenter pour la manière dont je nous ai débarrassés du loup. Même Jaime convient que c'était super.

Azima me tend la main pour m'aider à me relever, mais Longwei l'écarte d'un coup d'épaule et m'envoie son pied en plein dans la figure. Ma tête part en arrière et du sang gicle sur le sol. Mon regard se trouble, et en quelques secondes je sens mon visage passer d'une douleur fulgurante à une insensibilité complète. Avant que je ne puisse me relever et répliquer, Jaime et Azima s'interposent. Longwei me crie :

– Sale tricheur ! C'est uniquement parce que tu as triché que vous avez gagné.

Jaime le repousse avec rudesse.

– Dégage, Longwei. Fous-lui la paix.

Longwei tourne les talons et commence à s'éloigner. Chaque fibre de mon corps me crie de me lever. Je brûle d'envie de me relever et de lui faire sa fête. Il est peut-être plus vif et plus malin, mais je suis plus grand et plus costaud. Je l'ai vu combattre et je connais son style. Seulement, les autres – et Babel aussi, d'ailleurs – m'ont déjà vu dans le rôle du vainqueur. J'ai besoin qu'ils me voient comme en ce moment, sous les traits d'une victime. Je m'essuie le nez d'un revers de manche et laisse Kaya m'examiner. Defoe s'approche à travers la salle.

– Besoin d'un médecin ? me demande-t-il.

Je hausse les épaules.

– Ce n'était qu'un coup de pied.

– J'ai vu ça. Je vais lui dire deux mots. Ce genre de violence n'est pas autorisé. As-tu besoin d'un médecin ?

– Non, je ne crois pas. Je n'ai rien de cassé, si ?

Defoe secoue la tête.

– Va te nettoyer.

Kaya m'aide à me relever. Elle garde son bras autour de ma taille en me raccompagnant. Au lieu du silence fatigué qui suit habituellement nos séances, les autres font cercle autour de nous, soit pour s'inquiéter de mon nez, soit parce qu'ils sont tout excités d'avoir enfin un peu d'animation. Jazzy est la première à choisir son camp.

– Bien joué, Emmett, me dit-elle. Pour moi, ce n'était pas de la triche.

– Merci, Jazzy.

Bilal me donne une tape sur l'épaule.

– Tu veux que je te prépare un thé, Emmett ?

– Du thé ? dis-je. Ce sera bon pour mon nez ?

Il secoue la tête.

– Non, mais je le fais drôlement bien.

Je ris.

– Non, ça va, mec. Merci.

Azima s'immisce dans la conversation.

– S'il ne veut pas de ton thé, j'en veux bien, moi.

Bilal a l'air surpris.

– Tu… Tu voudrais que je te prépare un thé ?

Katsu s'esclaffe.

– Puisqu'on peut passer commande, Bilal, je prendrai un mimosa. Avec une de ces petites ombrelles dans le verre, tu sais ? C'est mon péché mignon.

Tout le monde éclate de rire. On repart ensemble par le couloir principal, et je m'aperçois que je suis au centre de l'attention générale. Seul Longwei marche un peu plus loin devant, à l'écart. Je devrais le remercier. Sans lui, je serais encore le méchant du groupe. À cause de sa frustration, il m'a remplacé. C'est une chose de cogner un adversaire dans l'excitation du combat. Mais les coups en traître, c'est minable.

Au bout du couloir, il se retourne dans notre direction. On est suffisamment près pour voir la colère briller dans ses yeux. Il ramène sa mèche sur le côté et disparaît dans l'escalier.

J'archive son regard à la lettre E pour « Ennemi ».

JOUR 10, 11 : 38

À bord du *Genesis 11*

Quand arrive enfin le jour de repos, je dors comme une bûche.

Je me réveille avec tous les muscles endoloris, le cerveau dans le potage. La compétition et l'adrénaline m'avaient fait oublier la douleur. Mais ma première grosse nuit de sommeil fait remonter à la surface tous mes petits bobos. Quand j'émerge en titubant dans notre salon commun, je trouve Kaya assise en tailleur sur le sofa. Elle referme son livre, attrape son masque noxien sur la table et me dit en riant :

– Tu ressembles à un grand-père.

– Je me sens vieux, dis-je en me laissant choir à côté d'elle. Tu as des projets pour aujourd'hui ?

Elle tapote le livre posé sur ses genoux.

– Alice et moi, on va s'en payer une tranche.

Je hausse les sourcils.

– Alice ?

Elle me montre la couverture. Une fillette blonde en robe bleue a l'air de s'attirer le genre d'ennuis qui poursuivent invariablement les petites blondes en robe bleue.

Avec une ribambelle de personnages grotesques accrochés à ses basques.

– Je le lirais bien avec toi, mais on dirait que c'est écrit en japonais.

Les yeux de Kaya pétillent.

– C'est vrai ? Tu voudrais le lire ?

Je jette un coup d'œil en direction des étagères.

– Pourquoi, il existe aussi en anglais ?

– Bien sûr, répond Kaya. Mais qui a besoin d'une version anglaise alors que tu m'as moi ? Installe-toi mieux que ça.

Je m'assieds plus confortablement, et Kaya se met à lire à voix haute. Elle reprend depuis le début, même si je vois bien qu'elle a corné une page au milieu du bouquin. Elle ménage des pauses dramatiques, change sa voix pour imiter les différents personnages. La seule personne à m'avoir jamais fait la lecture comme ça, c'est maman. Il y a quelque chose là-dedans qui dépasse le cadre d'une simple alliance. J'ai presque l'impression d'être en famille.

Et j'avais raison au sujet d'Alice. Elle n'arrête pas de se fourrer dans le pétrin.

– Une minute, dis-je en interrompant Kaya. Elle se met à rétrécir ?

– Oui, répond Kaya, suivant une ligne avec son doigt. Le contenu de la bouteille la rend minuscule.

Je fronce les sourcils.

– Pas très réaliste.

– Tu n’as rien dit pour le lapin avec la montre à gousset.

– Parce qu’il a l’air trop cool.

Elle me fusille du regard.

– Tu veux que je te lise la suite ou non ?

Je ris.

– Oui, oui, vas-y.

Avant qu’elle puisse reprendre, notre porte s’ouvre en chuintant. Defoe pénètre dans la pièce, nous regarde tous les deux et m’adresse un signe de tête.

– Viens avec moi, Emmett.

Il a dit ça comme un roi qui s’adresserait à un sujet. Je me lève en grommelant et je fais un clin d’œil à Kaya.

– Merci pour la lecture. Ne continue pas sans moi, d’accord ?

Son visage entier s’illumine.

– Oui, promis.

Defoe me pousse dans le couloir. Je ne sais pas dans quel terrier il a l’intention de m’envoyer, mais je suis prêt à parier qu’on n’y trouve pas d’élixirs magiques. On emprunte plusieurs couloirs à la suite, et je m’efforce de suivre la cadence qu’il imprime. J’observe à la dérobée notre mystérieux directeur des opérations. Rien ne l’ébranle jamais. Il semble toujours calme, parfaitement maître de lui. Sa seule faiblesse visible, c’est sa main. De près, on voit à quel point elle est racornie. Il n’a jamais cherché à la cacher, depuis le premier jour. Les os ont l’air difformes et la peau définitivement brûlée.

– Qu'est-ce qui vous est arrivé à la main ? dis-je.

Ce ne sont pas mes affaires, mais il est grand temps de le tester un peu lui aussi. Je voudrais bien savoir quels squelettes il cache dans son placard.

Il lève sa main et l'examine.

– Je me suis fait ça au cours d'une rencontre avec un Adamite.

J'écarquille les yeux.

– Sérieux ? Vous en avez vu ?

– Toi aussi, Emmett, réplique-t-il avec un regard en coin. Sur la bande vidéo.

– Sauf que vous les avez vus en vrai. Et vous en avez affronté un ?

– Ce n'était pas censé virer à l'affrontement. Ç'aurait dû être une discussion pacifique.

– Et il vous a fait ça ?

– Oui, mais as-tu déjà entendu la phrase : « Si tu avais vu l'autre en face... » ?

Je hoche la tête.

– Bien sûr.

– Eh bien, si tu avais pu voir l'autre en face... dit-il avec son sourire inquiétant.

Je repense à la vidéo avec les Adamites. Une poignée d'entre eux a suffi à éliminer une escouade de soldats bardés de technologie. Pourtant, je crois l'histoire de Defoe. Il y a chez lui quelque chose de dangereux. Babel a besoin de nous parce qu'elle est incapable de vaincre les forces adamites et leurs défenses pour exploiter la noxolyte comme elle le voudrait, mais pour ce qu'on en sait, il doit y avoir des millions d'Adamites sur Eden. Il est possible qu'un affrontement individuel puisse tourner à l'avantage d'un humain, surtout d'un humain comme lui.

– Vous ne cherchez jamais à la cacher ni rien, fais-je observer.

– Non, reconnaît-il doucement. C'est pour me souvenir.

– De quoi ?

– Que je n'ai pas besoin d'être parfait. Il me suffit d'être meilleur que l'autre en face.

Il nous conduit au sommet d'un escalier en spirale. C'est bizarre, de marcher et discuter ensemble comme deux personnes normales. J'ai une certaine admiration pour ce gars. C'est un peu le modèle d'un âge nouveau. Mais au fond de moi, instinctivement, je ressens de la peur. Je sais que sous le vernis, Defoe n'est que chaos et furie.

– Vous ne portez pas de masque.

Il me jette un coup d'œil.

– Pas mon style.

– D'accord, mais comment se fait-il que tout le monde vous comprenne ? Sans masque…

Il hausse les sourcils, comme un magicien qui hésite à faire part d'un de ses trucs. Après quelques pas, il lève sa bonne main et se tapote la joue.

– J'ai un implant de traduction permanent dans une molaire. Ce qui se fait de mieux en matière de technologie. Les avantages d'être le patron…

Donc Babel est loin de nous avoir montré toutes ses cartes. Je me demande ce qu'ils ont encore en magasin.

– Est-ce que je vais avoir des ennuis ? dis-je. J'ai l'impression qu'on m'emmène au bureau du proviseur.

– Pas exactement. Nous devons simplement suivre de près la santé de nos participants. Vu que vous n'êtes que dix à bord du *Genesis 11*, il est primordial de vous maintenir en vie et en excellente forme.

– Ma santé ? Mais je me sens bien.

– Comment t'es-tu senti après avoir blessé Roathy ?

Je prends mon temps pour répondre.

– Je n'avais pas l'intention de lui faire du mal, si c'est ce que vous me demandez.

– Ah bon ?

– Non. Je voulais juste gagner.

– Gagner, c'est important, convient Defoe. Je comprends. C'est simplement le protocole, Emmett.

On continue en silence. Le couloir se rétrécit pour conduire à une porte de taille presque normale. Elle ouvre sur l'une des cabines de détente du vaisseau. Il y a des coussins partout et des couleurs apaisantes aux murs. Sauf que maintenant on voit l'espace par les hublots. Je m'approche et plisse les yeux. Ce spectacle me fait repenser aux trous noirs.

– Assieds-toi, Emmett. Le docteur Vandemeer sera là bientôt.

Defoe se sert un expresso. La machine crachote un liquide noir dans une tasse en céramique. Il verse du sucre dedans et touille. Même le café me rappelle un trou noir.

– Le gars qui s'occupe de moi s'appelle Vandemeer aussi.

– C'est la même personne.

– Mais il n'est pas médecin.

– Bien sûr que si, réplique Defoe en se tournant.

La porte s'ouvre avec un chuintement et Vandemeer fait son entrée. Il m'offre un sourire amical mais paraît complètement transformé. Il porte des lunettes à présent, ainsi qu'une blouse blanche par-dessus son uniforme. À l'instar de Defoe, il tient une tablette à la main.

– Bonjour, monsieur Atwater.

Defoe nous salue avec son café avant de s'éclipser.

– Alors comme ça, vous êtes docteur ?

– En quelque sorte.

Vandemeer s'assied en face de moi. Il a un visage anguleux, des cheveux rares coupés court. C'est la première fois que je le vois comme ça. La plupart du temps, il débarque sans crier gare et disparaît de la même façon. Après avoir pianoté un instant sur sa tablette, il lève les yeux vers moi.

– Donc, vous avez été impliqué dans un incident l'autre jour.

J'acquiesce de la tête.

– C'était un accident.

– J'en suis sûr, dit Vandemeer. Et qu'avez-vous ressenti après ?

Oh. Alors c'est ce genre de médecin. Je souffle par les narines et laisse mon regard s'égarer vers le hublot. L'espace est tellement rempli d'inconnu qu'il en paraît vide. Je n'ai aucune envie de partager mes sentiments avec un psy. En deux minutes, il est passé de sympathique membre du personnel à thérapeute. Voyant que je ne réagis pas, il tente une autre approche.

– Emmett, chaque employé remplit plusieurs fonctions à bord de ce vaisseau. Mon rôle consiste principalement à veiller à votre confort. Je vous sers d'assistant dans la journée et je fais office de médecin le reste du temps. On m'a assigné à vous, mais je ne peux pas vous aider si vous refusez de me parler.

– Je n'ai pas besoin de votre aide, d'accord ?

– D'accord. Si vous le dites. Puis-je vous montrer quelque chose ?

Je me tourne vers lui. Avec un soupir, je lâche :

– Allez-y.

Il me présente sa tablette. Il tapote le centre de l'écran, et je vois la séquence tournée plus tôt dans la semaine. Celle où j'esquive le coup de Roathy avant de lui broyer la gorge avec mon crochet du gauche. Mon adversaire s'écroule, et la caméra reste braquée sur moi pendant que je recule. J'affiche une expression d'une neutralité complète, terrifiante.

– Comprenez-vous ce qui a retenu notre attention ? demande Vandemeer.

Je fais oui de la tête.

– Je vais donc vous reposer la question. Qu'avez-vous ressenti à ce moment-là ?

– C'était horrible, dis-je. Je n'avais pas l'intention de le blesser. Je me suis senti très mal.

– Et pourtant, ça ne s'est pas vu un seul instant sur votre visage. Vous avez camouflé cette émotion.

– Je ne l'ai pas fait exprès. Simplement… Je ne sais pas, tout paraît tellement factice, ici.

Vandemeer hoche la tête d'un air entendu.

– Exactement, Emmett. L'une de nos principales inquiétudes vis-à-vis de votre entraînement concerne sa dimension de simulation. Nous avions peur qu'elle n'amène les participants à se distancier de leurs actions.

– Je comprends, dis-je.

Où veut-il en venir ? Je déteste avoir l'impression d'être mené quelque part, comme un chien au bout d'une laisse.

– Si vous saviez déjà que ça se produirait, pourquoi en faire toute une histoire ?

Vandemeer retourne sa tablette face à lui. Il passe le doigt sur l'écran sans cesser de m'observer.

– Parce que ces symptômes n'auraient dû apparaître qu'au cent douzième jour.

Je le dévisage fixement.

– Alors quoi, vous avez peur que je sois une espèce d'assassin de sang-froid ou je ne sais quoi ?

Vandemeer secoue la tête.

– Bien sûr que non. Avez-vous peur d'en être un ?

Je lève les yeux au plafond. Je déteste cette manie de vous retourner votre propre question. Je jette un coup d'œil en direction de l'espace et me remémore mes rêves récurrents. Vaincre ou être vaincu. Je ne suis pas un meurtrier, mais je suis bien décidé à gagner. Plus que jamais.

On est partis depuis dix jours à peine et Babel se demande déjà si elle n'aurait pas misé sur le mauvais cheval. J'essaie d'imaginer ce que la compagnie doit penser de moi. Un gamin des quartiers pauvres de Détroit. Si elle a mené son enquête, elle sait que je n'ai jamais appartenu à un vrai gang. Je traîne avec les Très Excellents Frères, mais ils sont inoffensifs selon les critères de Détroit. N'empêche qu'aux yeux des élites et des gosses de riches, j'imagine que j'ai tout de la racaille ordinaire.

– Écoutez, dis-je. Quand on me cherche, on me trouve. C'est comme ça que j'ai grandi.

– Et ça explique votre absence de réaction ? demande Vandemeer.

– Je suppose que je n'ai pas eu l'impression d'être en tort, parce que je ne faisais que me défendre. Vous avez vu comme il s'est jeté sur moi.

– En effet ; vous avez raison. Donc vous avez eu l'impression de vous défendre ?

– Oui.

– Et ça vous a fait perdre toute empathie pour lui ?

– Pas complètement. Je me sentais mal, au fond. Mais ça ne s'est pas vu sur mon visage parce mon premier instinct, c'est de rendre les coups, de me protéger. Je n'étais pas encore sûr que ce soit fini.

Vandemeer fronce les sourcils.

– Mais il était au sol à ce moment-là, Emmett.

Je ris, sachant que je le tiens désormais.

– Avez-vous déjà participé à une bagarre ?

– Non, et vous ?

– Quelques fois, oui, dis-je. Et j'en ai vu un paquet.

Vandemeer écarte les mains.

– Et ?

– Eh bien, le premier au sol n'est pas toujours celui qui perd à la fin, doc.

– Je vois. Donc il s'agissait simplement… d'instinct ?

– C'est ça. Je me défendais, et ça ne s'arrête pas quand l'autre gars se retrouve par terre. Si vous le laissez se relever, alors vous méritez de vous en prendre une. C'est tout. Fin de l'histoire.

Comme il ne paraît pas convaincu, je décide de lui lâcher quelque chose en plus :

– Il y a un rêve que je fais sans arrêt, dis-je.

Je prends un air distant, comme si je rechignais à me confier.

– Je ne sais pas trop comment l'interpréter.

– Désirez-vous en parler ?

Je le soupèse du regard.

– Je n'en suis pas sûr.

– Allez, Emmett. Cela pourrait rendre les choses plus faciles.

Je hoche la tête. Lui faire part de mon rêve est maintenant son idée. Les gens adorent que l'idée vienne d'eux. Je lui raconte :

– Je suis aspiré dans l'espace. Il y a des trous noirs qui ressemblent aux autres concurrents. Je suis aspiré vers eux, comme s'ils cherchaient à me détruire.

Vandemeer prend des notes sur sa tablette. Il pianote rapidement, en hochant la tête comme si tout lui semblait parfaitement logique. Il me pose des questions, auxquelles je réponds. On en parvient à la conclusion que ma vie dans la rue m'a rendu méfiant, mais que je ne devrais pas ériger un mur entre mes émotions et moi. J'omets de lui raconter mon autre rêve dans lequel c'est moi le trou noir, le destructeur. Je suis celui que Babel veut croire que je suis. C'est beaucoup mieux comme ça.

JOUR 10, 14 : 18

À BORD DU *GENESIS 11*

Vandemeer me libère, mais ses paroles font leur effet sur moi, et sans même y prêter attention je pars dans la mauvaise direction. Je ne regagne plus ma chambre, je descends. Niveau après niveau, jusqu'à ce que je voie les panneaux de l'aile médicale. En principe cette partie du vaisseau nous est interdite, mais j'ai besoin de voir Roathy. Il est confiné à l'infirmerie depuis que je l'y ai envoyé au jour sept. J'ai essayé de m'arranger avec ma conscience, de me convaincre que ça faisait partie du jeu ; seulement, Babel a organisé notre deuxième manche dans l'arène sur le mode revanche. Chacun a combattu le même adversaire que la première fois. L'avatar de Roathy est apparu auprès du mien juste le temps d'enregistrer son forfait. Quand j'ai vu les points s'ajouter à mon score, j'ai ressenti une pointe de culpabilité. J'ai dit la vérité à Defoe. Je n'ai jamais eu l'intention de blesser ce mec.

L'aile médicale comprend plusieurs chambres en nid d'abeilles. Six des sept portes sont grandes ouvertes. Les lits sont faits au carré. Des instruments médicaux luisent doucement sous les lampes. Mon estomac se noue un peu. Les hôpitaux me font toujours penser à maman.

Je ravale mes émotions et passe devant les chambres vides. Un coin de lumière s'échappe de la septième porte, restée entrouverte. Je m'arrête sur le seuil pour jeter un coup d'œil à l'intérieur. Isadora est assise dos à moi. Ses cheveux sont ramenés en chignon et je peux voir le huit couronné tatoué sur sa nuque. Je suis du regard ses lignes délicates avant de remarquer son bras tendu. Elle tient la main de Roathy dans la sienne. Il a les yeux fermés et son pouls s'affiche sur un écran. Il est en vie, mais bon sang, il n'en mène vraiment pas large !

J'hésite et envisage de m'en aller, puis je change d'avis. Ce n'est pas parce que Babel souhaite une compétition acharnée que je dois oublier tout ce que mes parents m'ont appris. Je frappe deux fois. La porte s'ouvre tandis qu'Isadora se retourne vers moi.

– Salut, dis-je. Comment va-t-il ? J'ai eu envie de passer lui rendre visite.

Elle se lève, et toute sa beauté se transforme en arme. Elle me fixe avec la même férocité que quand elle a planté sa lame dans le ventre de Jazzy.

– Tire-toi.

– Je voulais simplement lui dire que…

Elle fait un petit geste avec son poignet. Un bracelet noxien s'en détache, se coule dans sa main et prend la forme d'un poignard. Mon pouls s'accélère en la voyant montrer les dents.

– Je t'ai dit de te tirer.

Je suis beaucoup de choses, mais pas complètement idiot. Je lève les mains en l'air et sors de la pièce à reculons. Je la sens me suivre du regard jusqu'à l'escalier. Je m'applique à respirer calmement, régulièrement, en regagnant ma chambre. Je comprends mieux ce qu'avait voulu dire Kaya, maintenant : *En faisant équipe, on aura l'impression de rentrer chez nous tous les soirs. J'ai envie d'un endroit où je me sentirai en sécurité.*

À Détroit, on savait tous où il était possible d'aller ou non. Il y avait des lignes invisibles tracées autour de chaque pâté de maisons, et se trouver au mauvais endroit au mauvais moment entraînait des conséquences. Chacun devait respecter les règles s'il tenait à rester en vie. La menace d'Isadora constitue un rappel bienvenu. Il y a des endroits dans ce vaisseau qui ne sont pas sûrs. Certains coins sont plus dangereux que d'autres. Je note mentalement d'apprendre les nouvelles règles, et vite.

Kaya m'attend dans notre suite. Avant que je puisse lui raconter en détail ce qui vient de m'arriver, elle m'interrompt.

– Tu devrais prendre une douche, me dit-elle. Peut-être même deux.

– Sérieusement ?

Elle se penche vers moi, renifle deux fois et feint de s'écrouler sur le canapé.

– Tu charries, Kaya.

Mais elle reste allongée là, comme si elle s'était évanouie. Je lui jette un coussin et elle ne bouge toujours pas.

– D'accord, j'y vais. Mais après, tu veux qu'on regarde ce qu'Alice est en train de faire ?

Elle ouvre un œil.

– Bonne idée. Grouille-toi !

Je ris et je m'éclipse dans ma chambre. Kaya est déjà devenue ma préférée. Bien sûr, il est facile d'apprécier Bilal. Il n'est pas avare en compliments, toujours poli, mais il se comporte comme ça avec tout le monde. Si c'était Longwei qu'il avait croisé dans l'escalier le premier jour, je suis sûr qu'il lui aurait souri et qu'il aurait plaisanté avec lui aussi. En tout cas, il aurait essayé.

Mais en ce qui concerne Kaya, c'est elle qui m'a choisi. D'abord comme coéquipier, et maintenant comme ami. C'est une première pour moi, de voir quelqu'un m'apprécier sans raison particulière. Chez moi, il fallait mériter ce genre de chose. Par un exploit quelconque, ou une blague bien racontée. Il fallait se tailler une réputation pour se faire des amis. Kaya a modifié ces règles, et je crois que c'est une bonne chose.

Après m'être séché et avoir enfilé un peignoir, je la rejoins dans le salon. Mais en m'asseyant face à elle, je vois bien qu'elle n'est plus du tout la même qu'une demi-heure plus tôt. Une humeur maussade perce à travers ses défenses. Ses cheveux noirs s'emmêlent sur le canapé, et elle serre un coussin dans ses bras.

– Je n'arrête pas de penser à ce que Roathy a dit l'autre jour. Qu'on était tous fauchés.

Je viens m'asseoir à l'autre bout du canapé.

– Il n'avait pas tort.

– N'empêche qu'il se trompait, dit-elle. Ce n'est pas pour ça que Babel nous a choisis.

Kaya glisse un regard dans ma direction. Ses yeux sont dcux puits sombres. J'essaie de ne pas penser au fait qu'elle est vraiment jolie. Elle m'a toujours traité comme un frère ; j'ai envie de la traiter comme une sœur. Au-delà de sa beauté, on sent une tristesse profonde.

– Alors pourquoi nous a-t-on choisis ?

– À cause de nos fêlures. On a tous quelque chose de cassé.

Il y a là-dedans une vérité qui me dérange. Je m'agite sur mon siège, mal à l'aise. Ne sachant pas quoi dire, j'essaie de la dérider un peu. Je me tapote les bras et les jambes et je souris :

– Tu es sûre ? Je ne vois aucune pièce manquante.

– Tu es cassé, insiste-t-elle doucement. Comme moi. On est de la même couleur, tous les deux. Ce n'est pas la pire des couleurs mais ça fait mal quand même.

Je détourne le regard. Vandemeer est peut-être diplômé en psychologie, mais j'ai l'impression que Kaya est plus clairvoyante que lui. Elle a raison. Je suis cassé. Depuis le temps, j'aurais dû être capable de recoller les morceaux, mais je pense trop à me préparer au prochain impact. Je revois maman perdre sa bataille contre la maladie qui lui grignote les reins. Je revois tous les enseignants qui ont jeté l'éponge à mon sujet parce que je restais dans mon coin. Je revois PJ flirter avec Shae Westwood alors qu'il savait parfaitement que je craquais pour elle. J'ai pris des coups de tous les côtés. À force, j'ai appris que la distance pouvait être une armure.

C'est peut-être pour cette raison que je me suis engagé chez Babel. Pour mettre de la distance entre moi et le prochain impact. Une part de moi voudrait quitter cette pièce, échapper au regard pénétrant de Kaya. J'ai l'impression qu'elle voit en moi des choses que j'ai essayé d'ignorer toute ma vie.

– Tu vois vraiment tout ça ? dis-je.

– Les couleurs, dit-elle en hochant la tête. C'est comme ça depuis que… depuis que je suis toute petite. Chaque type de fêlure a sa couleur. Les autres ont tous leur couleur propre. Longwei, Jazzy et Bilal sont rouges. C'est le fardeau. Ils ont un gros poids sur les épaules tous les trois. Azima est blanche. Elle cherche une paix qu'elle a perdue. Et Roathy est noir, parce qu'il n'a jamais connu la paix. Katsu et Isadora ont tous les deux été trahis. Ils ont un peu la couleur de l'or, en plus terne. Et puis, il y a toi, Jaime et moi. On est bleus.

Tout ça me paraît bien étrange. Mais, je demande :

– C'est quoi, le bleu ?

– L'oubli, répond-elle. On est ceux que tout le monde voudrait bien oublier.

Ses mots font mouche, au point que j'ai du mal à reprendre mon souffle. Elle allonge le bras et me tapote la cuisse, comme si elle savait exactement ce que je ressens.

– On nous a choisis parce qu'on est cassés, pas parce qu'on est pauvres, dit-elle.

– Quelle différence ça fait ?

Kaya sourit maintenant.

– Quelqu'un de cassé, on peut le remonter comme on veut. Alors que si on était juste fauchés, il faudrait d'abord nous briser avant de pouvoir nous remonter.

Je ricane.

– Je croyais que c'était le but, de nous briser. Tu sais, comme quand on jette des pièces à des mendiants et qu'on les regarde se battre. Ce genre de truc.

– C'est peut-être l'impression que ça donne, mais ça ne durera pas. Babel a des projets précis pour nous. Ils essaient de nous modeler dans leur intérêt.

Elle soupire.

– De toute façon, je me fiche de l'argent.

J'en reste abasourdi. L'argent est une telle préoccupation pour moi que j'ai peine à imaginer qu'on puisse s'en moquer. J'aurais cru ça de Jaime, pas de Kaya.

– Je croyais que tu avais dit que tu étais cassée…

Le regard de Kaya s'égare vers le plafond.

– Je le suis. Ce n'est pas l'argent qui changera ça.

– Pourquoi être venue, alors ?

– Pour Eden.

Dans sa bouche, ce nom sonne comme une promesse, un rêve.

– J'ai envie d'aller sur Eden. Imagine un peu, Emmett. Une autre planète. Avec des espèces, des habitants, des endroits inconnus. Il n'y a plus rien pour moi sur Terre. Je veux m'en éloigner le plus possible. Et pour ça, quoi de mieux qu'une autre planète ?

Elle ferme les yeux une seconde.

– Mais ce qu'on ne te dit pas, poursuit-elle, c'est que la douleur t'accompagne. Personne ne te prévient que la douleur voyage à la vitesse de la lumière, elle aussi.

Elle se coule hors du canapé, me presse l'épaule et se retire dans sa chambre. Je reste assis là un moment. Ça me coûte de le reconnaître, mais elle a raison. Quand Babel m'a sélectionné, j'ai voulu croire que c'était parce que j'avais quelque chose de spécial. Jusque-là ma vie n'avait été qu'une longue succession de galères, et je croyais entrevoir enfin la lumière au bout du tunnel. Les paroles de Kaya viennent tout assombrir.

Je suis sur le point d'aller me coucher quand on frappe à la porte. Je reste planté là quelques secondes, à me demander si c'est un effet de mon imagination, mais le bruit se répète. Qu'y a-t-il encore ?

Je traverse la pièce, scanne ma combinaison, et la porte s'ouvre en chuintant. Bilal se tient sur le seuil.

– Bonsoir, Emmett.

– Salut, mec. Tout va bien ?

– Oui, bien sûr, dit-il. J'étais juste passé t'inviter officiellement dans ma chambre.

Je hausse les sourcils.

– Maintenant ?

Il lâche un rire nerveux.

– Non, pardon, c'est une invitation ouverte. Viens quand tu veux.

– Dans ta chambre ?

Il hoche la tête.

– C'est ça.

– Genre… pour jouer aux cartes, ou un truc comme ça ?

Bilal fronce les sourcils.

– Aux cartes ? Je suppose qu'on pourrait, oui. C'est juste une invitation.

Je ris à mon tour, complètement perdu.

– Une invitation à quoi ?

– Eh bien… je…

Il inspire un grand coup.

– Je n'ai peut-être pas été très clair. Là d'où je viens, la coutume veut qu'on ouvre sa maison à ses amis. Je voulais juste te faire savoir que ma maison vous est ouverte, à Kaya et toi. J'ai beaucoup d'estime pour vous deux et j'apprécie votre compagnie. C'est tout.

– Oh. Merci, mec. Ça me touche.

Il hoche la tête, comme si sa visite s'était bien passée, mais ensuite il reste là, à attendre.

– Quoi, tu veux dire tout de suite ?

– Non, bien sûr que non.

Il rougit et fait machine arrière.

– Bonne nuit, Emmett.

Je lui souhaite bonne nuit moi aussi, et je ris doucement pendant que la porte se referme. Il est bizarre mais je l'aime bien. Je me glisse dans ma chambre et passe plusieurs heures à pratiquer différentes manipulations. J'essaie de me représenter les autres en train de se détendre pendant que je m'entraîne comme un enragé. Mais finalement, la fatigue me rattrape bien avant l'heure à laquelle je comptais arrêter. Allongé sur mon lit, je tâche de me rappeler les bons moments de la journée.

J'aimerais m'endormir avec l'image de Kaya en train de me faire la lecture, ou de Bilal un peu gêné avec son invitation maladroite. Mais je n'y arrive pas. C'est toujours le visage d'Isadora qui revient. Mes rêves sont pleins de huit couronnés. Ils se multiplient, m'encerclent, et chacun d'eux brandit un poignard noir.

JOUR 11, 09 : 45

À bord du *Genesis 11*

Alors qu'on entame la deuxième semaine, Longwei change son angle d'attaque.

Au lieu de la violence physique, il me manifeste sa haine en m'écrabouillant à chaque épreuve du matin. Il arrive premier dans tous les exercices de manipulation de noxolyte. Il expédie le quiz sur les principaux mammifères d'Eden. Il nous surprend même dans le bassin de natation. Au lieu de se fabriquer des lunettes en noxolyte, il confectionne des sortes de souliers spéciaux. On le regarde tous avec curiosité les enfiler avant de plonger dans l'eau. Je ne sais pas trop comment ça fonctionne, mais en tout cas il nage comme un champion olympique et pulvérise mes temps.

Après chaque épreuve, il me fixe jusqu'à ce que je croise son regard. Il tient manifestement à me faire savoir que tout ça – tous ses efforts, tous ses talents – est dirigé uniquement contre moi. Pourtant, au lieu de m'agacer, ça me fait sourire. J'aime bien le nouveau Longwei. Je le trouve plus humain.

Quand arrive l'heure du déjeuner je suis deuxième au tableau d'affichage, mais la discussion tourne surtout autour de ce qui nous attend cet après-midi. Pour les neuf prochains jours, il est prévu que la course dans la salle du Lièvre soit remplacée par une nouvelle épreuve. Tout le monde se demande en quoi elle consistera, comme si on allait bien s'amuser. Jusqu'ici, Babel nous a imposé des duels à mort digitaux, des séances de nage dans des eaux démontées et des courses d'obstacles jusqu'à épuisement total. Je doute qu'ils nous proposent subitement des parties de bowling ou de minigolf.

– Et s'ils nous faisaient piloter, je ne sais pas, des vaisseaux miniatures ? suggère Jazzy. J'adorerais piloter un truc.

Katsu secoue sa fourchette.

– Non, aucune chance.

– Tant que c'est différent de la salle du Lièvre, je m'en fiche, avoue Bilal.

Il a l'air fatigué, à croire qu'il n'a pas suffisamment dormi. Je suppose qu'on a tous la même tête.

– Je déteste la salle du Lièvre.

Je dresse la tête, surpris. Je ne pensais pas que Bilal pouvait détester quoi que ce soit.

– Parce qu'on gagne à tous les coups, rétorque Azima d'un ton moqueur. Moi, j'adore la salle du Lièvre. J'adore courir. Et je n'avais encore jamais vu d'arbres aussi jolis.

Bilal fronce les sourcils.

– Tu t'en es quand même pris un en pleine figure. Tu as déjà oublié ?

– Il était très joli quand même, affirme Azima. Je me demande pourquoi ils nous font courir autant. Vous croyez qu'on devra courir, sur Eden ?

Du coin de l'œil, je vois Kaya perdue dans ses pensées, comme si elle se trouvait très loin, dans un endroit où aucun de nous ne peut la suivre. Aujourd'hui elle a tressé ses cheveux en une longue natte qui lui tombe sur l'épaule. Il lui faut une minute pour se rappeler qu'elle n'est pas seule au monde.

– Azima pose une bonne question.

Kaya a dit ça tellement bas qu'elle éteint immédiatement la conversation.

– Ah bon ? s'étonne Azima.

– Quel est le but de cet entraînement ? demande Kaya, le regard pensif. Les exercices avec la noxolyte, d'accord : ils nous apprennent à manipuler la substance qu'on devra récolter. Je suppose que si on peut lui donner la forme qu'on veut, elle sera plus facile à ramener dans l'espace. Pour la nage, ça veut sûrement dire qu'il y aura des rivières ou des océans. La salle du Lièvre sert à nous maintenir en forme ou à nous préparer à courir d'un endroit à l'autre. Mais pourquoi nous font-ils nous battre ?

– T'as pas vu ce qui est arrivé à ces soldats dans la vidéo ? dis-je.

Jazzy fait la grimace.

– Sauf qu'on n'aura pas besoin de les affronter. Monsieur Defoe a dit que les Adamites nous aimeront bien. Qu'on sera traités en invités.

– Peut-être qu'il existe d'autres espèces, suggère Bilal. Elles seront peut-être moins accueillantes.

– Rien n'est fait au hasard, ici, déclare Kaya. Et je vous parie que la prochaine épreuve non plus. On n'a pas encore appris à récolter la noxolyte. C'est ça, la suite logique.

Katsu hausse ses épaules massives.

– Tout ça n'aura aucune importance si on n'est pas dans le top huit.

Il dit ça avec d'autant plus d'assurance qu'il est solidement installé dans le top quatre. Roathy et Isadora traînent en queue de peloton. Chaque jour supplémentaire voit le retard de Roathy s'accentuer un peu plus, tandis que ma culpabilité augmente, mais c'est Isadora la grosse surprise. Elle n'avait pas des résultats faramineux au départ, mais désormais on dirait qu'elle lâche complètement la compétition. Tout le contraire de Longwei. La seule similitude qu'il y a entre eux, c'est leur isolement, la distance qu'ils mettent entre eux et nous. Mais tandis que Longwei suit chaque conversation en prenant des notes pour plus tard, Isadora semble ne plus s'intéresser à rien.

Elle fixe les portes d'un air absent, à attendre le retour de Roathy. La semaine dernière, Kaya a tenté de lui remonter le moral. Isadora l'a envoyée bouler. Roathy et elle ne se connaissaient même pas avant l'embarquement, mais son accident semble les avoir soudés à la vie à la mort. Comme si le fait de le voir blessé avait fait basculer Isadora dans son camp. Ça me rappelle les types qui revenaient à l'école après une fracture. Des filles qui ne leur auraient même pas donné l'heure en temps normal se bousculaient pour signer leur plâtre ou porter leurs livres.

Tout ça pour dire que le retard d'Isadora s'accumule presque aussi vite que celui de Roathy. C'est moche pour elle, mais au fond c'est tant mieux pour moi. Ça fait une concurrente de moins à surveiller. Et à chaque fois que je me dis ça, je me sens mal, vaguement honteux.

Defoe arrive avec un peu de retard. Il a ressorti son costume anthracite et son attitude conquérante, à croire que le monde lui appartient.

– Changement d'équipes pour l'épreuve de cet après-midi, annonce-t-il.

Kaya hoche la tête comme si elle s'y attendait. Un bref coup d'œil me laisse voir une Azima désemparée. Pour moi, je ne sais pas trop quoi penser. Je trouve logique que Babel ait envie de nous mélanger, de ne pas trop nous laisser nous rapprocher les uns des autres. Mais j'aimais bien faire partie d'une équipe, gagner en équipe. Et voilà qu'ils changent la règle du jeu.

– Emmett, Longwei, Roathy, Katsu et Jasmine.

Je ne peux m'empêcher de me tourner vers Longwei. Nos regards se croisent; il n'a pas l'air content. Enfin une épreuve dans laquelle il n'a aucune chance de me battre. L'idée me fait sourire. Espérons simplement qu'il n'en profitera pas pour me poignarder dans le dos. Il nous manque un coéquipier à cause de l'absence de Roathy, mais même sans lui, on garde une bonne chance de gagner. Je regrette juste d'être opposé à Kaya. Mon amie, mon alliée mais aussi la meilleure stratège du groupe.

– L'équipe de Kaya, vous préférez passer en premier ou en deuxième ?

Je suis surpris d'entendre Defoe les appeler l'« équipe de Kaya », mais ses coéquipiers semblent l'accepter sans broncher. Elle s'est fait un nom dans la salle du Lièvre. Longwei affiche peut-être le meilleur score, mais c'est elle le leader naturel. Elle est futée, gentille et toujours prompte à réagir. On regarde les autres se rassembler autour d'elle tandis qu'elle leur murmure un plan. Puis Jaime émerge du cercle.

– On passera en deuxième, annonce-t-il.

Defoe pivote et nous conduit directement à la salle du Lièvre. Bilal pousse un grognement dépité en voyant s'ouvrir les portes. Je regrette d'avoir mangé autant. Ils vont nous faire courir encore longtemps comme ça ? À notre arrivée, pourtant, on voit tout de suite que la pièce a changé. On a retiré le filet, pour commencer. Au-dessus de nous, le faux plafond ouvert dévoile des câbles et du matériel. Des cordons blancs pendent du plafond comme des toiles d'araignées. J'en compte cinq plus épais que les autres. Un pour chaque membre de l'équipe.

– Initiation de la séquence de forage, ordonne Defoe.

L'éclairage s'atténue. Chaque gros cordon se scinde en cinq terminaisons nerveuses. Ces filaments plus minces se terminent par des petits disques blancs de la taille d'une pièce de monnaie. Ils se redressent tout seuls et se disposent en halos. Personne ne fait le moindre geste, parce qu'on a l'impression de voir un film de science-fiction prendre corps sous nos yeux. La technologie déployée par Babel est largement plus évoluée que tout ce que nous connaissions chez nous. Mais pour la première fois, elle nous semble aussi étrangère que celle des Adamites.

Qui sont ces gens ? Je jette un coup d'œil à Kaya et la vois hausser les sourcils. Au moins ne suis-je pas le seul qui soit décontenancé par la liste interminable des gadgets de Babel. J'archive ça à la lettre C pour « Creuser la question ».

– Première équipe, à vous de jouer, dit Defoe. Suivez le tutoriel et vous pourrez commencer. Pour gagner, vous devez accomplir la mission en moins de temps que l'autre équipe. Bonne chance.

Longwei nous conduit aux cordons. Katsu parle d'engins de contrôle mental, pour rigoler, mais personne ne rit parce que ça paraît trop proche de la réalité. De près, j'entends crépiter des électrodes et je sens une chaleur étrange se diffuser autour des cordons. Je prends une grande inspiration, je me place sous un halo et je me dresse sur la pointe des pieds.

Un par un, les petits disques viennent se coller sur mon visage. Au premier, la température de la salle grimpe de vingt degrés ; la seconde d'après, je sue comme un porc dans ma combinaison. Au deuxième, je vois de la fumée monter autour de moi. Le troisième me fait parvenir une odeur de soufre. Le quatrième me laisse la bouche pâteuse, avec un goût de vieux cigare. Et quand le dernier se colle sur moi, toutes mes synapses s'embrasent d'un coup et je bascule dans une autre réalité.

Une part de moi s'accroche à la conviction que ce que je vois n'est pas réel. À ma gauche, Katsu, Longwei et Jazzy ressemblent à des statues de cire. Aucun ne bouge, ne parle ou ne respire. *Tout ça n'est pas réel*, me dis-je. Mais cette part de moi est mise en minorité. Ça semble très réel. Je passe une main à travers la fumée. Je balaie du regard un paysage de collines désertiques et de vallons rocailleux. Le ciel n'a rien d'un ciel. C'est un souverain brumeux qui écrase tout ce qui se trouve au-dessous de lui.

– Cool, commente une voix.

Katsu est agenouillé au sol. Il tient un morceau de verre volcanique. Il le brise en deux et se met à rire.

– Super cool ! répète-t-il.

Derrière lui, Longwei se déplace. Jazzy s'écarte, les yeux plissés.

Je lui demande :

– Ça va, Jazzy ?

Elle ouvre les yeux, et sourit.

– Oui, désolée. C'est la chaleur. Ça me rappelle un peu chez moi.

Je souris à mon tour et on commence à explorer les environs. Il y a une excitation contagieuse dans le fait d'être précipités dans cet environnement inconnu, qui nous fait rire et pointer le doigt partout comme des enfants. Impossible de voir à plus de deux cents mètres, cependant. Je sens pulser le sol, comme une matière vivante. Ça me rappelle le jour où Defoe nous a remis nos anneaux noxiens, ce sentiment que quelque chose attend dans la pierre. On est en train de marcher au hasard quand le plus grand camion de chantier que j'aie jamais vu émerge de la brume. Ses roues font deux fois ma taille. Une galerie à rambarde et une échelle sont fixées à l'avant.

Le conducteur nous évite, et je peux voir que le camion se décompose en trois parties. Il y a d'abord la cabine du conducteur avec une nacelle bardée de panneaux de contrôle et d'interrupteurs. Le milieu ressemble à un grand oiseau robotique perché à l'intérieur d'une cage en acier. Enfin, derrière, le plateau de chargement pourrait facilement recevoir deux ou trois maisons. On y voit un rover miniature, chargé de toutes sortes d'appareils et d'instruments.

La fumée continue de tourbillonner autour de nos chevilles tandis que le conducteur gare son engin et descend l'échelle. Il ressemble aux soldats de la première vidéo que Defoe nous a montrée. Les cheveux en brosse, une ceinture à outils, la voix plus grave que le ronronnement de son moteur au ralenti.

– Bienvenue dans le tutoriel de formation à l'exploitation de la noxolyte. Tout le monde est là ?

On regarde tous autour de nous. Pour la première fois, l'absence de Roathy va me pénaliser. J'adresse aux autres un regard coupable, puis Longwei répond :

– Oui, chef.

Le militaire se redresse.

– Je suis le lieutenant Light. Ce que vous voyez derrière moi, c'est un petit bijou de technologie minière. Cette machine est beaucoup plus maligne que vous, si bien que la plupart du temps, vous aurez juste à la laisser faire. Quand vous arrivez sur un site d'exploitation, la première étape consiste à analyser le gisement. Tout commence avec le tableau de commandes.

Il s'approche du camion et fait coulisser un panneau. Les voyants et mécanismes qu'on découvre dessous m'ont l'air aussi indéchiffrables que des hiéroglyphes. Il y a toutes sortes de boutons autour d'un écran noir. Il presse un bouton gris métallisé et le maintient appuyé trois secondes.

– Chaque fonction nécessite une activation de trois secondes, par mesure de précaution contre les accidents. Ce bouton-là lance la procédure d'analyse.

Des trappes s'ouvrent entre les roues, et une nuée de drones s'en échappe en bourdonnant. Ils entreprennent de scanner le terrain au laser. Une image digitale des données qu'ils recueillent s'esquisse au fur et à mesure sur l'écran. Manifestement, Babel n'a pas fini de nous étonner.

Puis les drones regagnent leur logement, et le soldat attire notre attention sur l'écran.

– Il y a deux graphiques pour chaque mine de noxolyte. Le premier vous indique l'étendue et la profondeur du gisement.

Une image 3D montre un gisement souterrain de noxolyte de forme irrégulière. La noirceur s'enfonce en spirales sur trois cents mètres et s'étale sur cent cinquante environ. Un point rose clignote à la surface du gisement. Le soldat le tapote du doigt.

– Voilà votre point d'origine. Le centre exact du gisement et, par conséquent, le meilleur endroit pour commencer à creuser. Malgré tout, il vaut toujours mieux consulter le second graphique avant d'entamer le forage proprement dit.

Il pose le doigt sur l'écran et fait défiler l'image sur sa gauche. La tache noire est remplacée par un entrelacs de traits rouges, peu nombreux et regroupés pour la plupart au fond de la mine.

– Comme dans la plupart des opérations minières, il peut y avoir des poches de grisou. Ce qu'il faut vous rappeler avant tout, c'est que le rouge, c'est mauvais. Très mauvais. Votre commandant devra garder un œil sur l'emplacement des poches pour vous empêcher de forer en plein dedans et de vous faire pulvériser. Les plus petites peuvent parfois être siphonnées, mais l'ordinateur vous indique celles qui sont trop dangereuses pour qu'on s'en approche.

Il fait défiler l'écran encore une fois et les deux images fusionnent. Une spirale noire de noxolyte teintée de poches de gaz rouges qui, d'après ce type, n'attendent que d'exploser. Super.

– L'ordinateur prendra toujours la décision la moins risquée. Tenez-en compte. Si votre ingénieur voit un moyen plus lucratif de contourner le gaz, la décision lui appartient. Tant que vous ne mettez pas en danger la vie de votre équipe, vous êtes libres d'ignorer le choix de l'ordinateur.

Le militaire presse un bouton rose et compte trois secondes avec les doigts de son autre main. Quand il en arrive au majeur, le moteur du camion rugit. On s'écarte tous précipitamment tandis que les roues pivotent et que l'engin s'ébranle de lui-même. Ça n'étonne personne, les voitures sans conducteur font depuis longtemps partie de notre quotidien. C'est surtout le déchargement de la foreuse qui nous intéresse.

Le pilote automatique conduit le camion légèrement sur la gauche, où il s'immobilise après une cinquantaine de mètres. Le lieutenant Light lève la main pour réclamer l'attention générale. Un crissement métallique résonne autour de nous. Des ailes en acier se déploient. D'énormes bras griffus s'étendent et plongent dans le sol. Le reste de la machine les suit pesamment, se dépliant comme une patte géante.

Katsu s'exclame :

– Non mais vous avez vu ça ? C'est dingue !

Trente secondes plus tard, notre foreuse dresse sa silhouette menaçante au-dessus du sol. Elle culmine à quinze mètres de haut. On s'écarte sur le côté pour que le camion puisse reculer et laisser un peu de place à la machine.

– Vous fonctionnerez par équipes de cinq, explique le militaire. Le chef d'équipe supervise les opérations. C'est lui qui donne les instructions et s'assure que chacun fait bien son travail. Ensuite, il y a le conducteur. Il s'installe à bord de la foreuse. Il doit avoir de bonnes mains, de la force, et réagir très vite au moindre changement sous la surface. Et savoir garder son sang-froid. Si les choses tournent mal deux cents mètres sous terre, vous avez intérêt à avoir des nerfs d'acier. Ensuite, il faut deux manœuvres pour installer le convoyeur à bande, et la dernière personne transforme la noxolyte aux dimensions de transport idéales. Des questions ?

Longwei lève la main.

– Comment fait-on pour communiquer les uns avec les autres ?

Le militaire acquiesce avec raideur.

– Maintenez appuyé le bouton sur votre épaule.

Tout le monde s'exécute. Après trois secondes, des casques se déploient hors de notre col. Je sens le mien me recouvrir le front, puis une visière transparente coulisse devant mon visage. Mon haleine forme de la buée dessus. Comme toujours, c'est Jazzy qui exprime ce qu'on pense tous.

– C'est dément ! Non ?

– Carrément, approuve Katsu dans l'intercom.

On a l'air de vrais astronautes, maintenant.

Le lieutenant nous demande s'il y a d'autres questions, mais aucune ne me vient à l'esprit. On est sur notre petit nuage. Katsu avait raison et tort à la fois, tout à l'heure : ils ne vont pas nous laisser piloter des vaisseaux, mais ils nous confient les clés d'un matériel de forage à un million de dollars. Ça témoigne d'une sacrée confiance de la part de Babel. J'imagine qu'ils n'ont pas le choix : sans nous, pas de noxolyte.

Après un bref silence, le lieutenant nous salue.

– Votre première mission consiste à creuser un tunnel opérationnel. Vous devrez creuser à cent cinquante mètres exactement. Bonne chance, les gars.

Il s'éloigne dans la brume. Tout le monde s'active dans le désordre et la précipitation. Comme on ne sait pas vraiment par où commencer, on se regroupe autour des schémas digitaux et on fait comme si on y comprenait quelque chose. Le sol vibre au rythme régulier du moteur du camion. Longwei consulte les diagrammes, puis se détache du groupe. Il attrape un barreau et commence à grimper l'échelle installée sur le flanc de la foreuse. Une fois parvenu au sommet, il soulève une trappe et se coule à l'intérieur.

Je proteste :

– Pourquoi c'est lui qui conduit la foreuse ?

– Parce que je suis le meilleur, répond Longwei.

J'ouvre de grands yeux ahuris. J'avais oublié l'intercom. Katsu rit comme un idiot en voyant ma tête. Un instant plus tard, la foreuse se met en marche avec un grondement. On regarde la tête se mettre à tournoyer à une vitesse inquiétante. On ne s'entend pratiquement plus au milieu du vacarme. La voix de Longwei crépite dans l'intercom.

– Gardez un œil sur l'écran. Prévenez-moi si vous me voyez m'approcher d'une poche de gaz.

Les pistons hydrauliques chuintent et l'engin s'enfonce dans le sol. De la boue en gicle en flaques glissantes et on perd de vue la tête de la foreuse. On se masse autour de l'écran, où elle apparaît en blanc sur le diagramme. Elle pénètre dans la noxolyte figurée en noir, tandis que le vacarme ambiant atteint un niveau de décibels douloureux. Tout tremble autour de nous.

Alors que la foreuse n'a pas encore complètement disparu, je réalise que cette séance va nous sembler très, très longue. On n'a rien d'autre à faire que de surveiller les petites taches à l'écran.

On surveille donc. Pendant près de une heure. Une fois, on prévient Longwei qu'une poche rouge grossit à moins de cinq mètres en dessous et à gauche de sa position. Il presse un bouton qui disperse les gaz avant de continuer. Il a encore creusé dix mètres quand un nouveau bruit nous parvient par-dessus le vacarme assourdissant. On pivote tous les trois pour voir deux formes sinueuses onduler dans le brouillard.

– On a de la compagnie, dis-je.

Le hurlement du foret s'atténue. Longwei demande :

– Hein ?

– En surface, explique Jazzy. Des monstres.

À entendre ce mot, on croirait que c'est une petite fille qui parle. Je ne me sens pas beaucoup plus à l'aise face aux créatures qui rôdent à la lisière de notre champ de vision. Ce sont bien des monstres. Ils se déplacent à quatre pattes, avec une démarche traînante et chaloupée. Plus ils se rapprochent, plus on peut voir les muscles saillants de leur poitrail et de leurs avant-bras. Le plus proche équivalent dans notre monde qui me vient à l'esprit, ce serait un gorille, sauf que la ressemblance est lointaine. Ils ont des écailles en losanges à la place de fourrure, et des pattes griffues. Leurs épaules se hérissent de piquants, et ils tirent une langue frétillante du fond de leur gueule noire.

Je suis le premier à m'écarter de la protection du camion pour m'avancer vers les intrus. Je me concentre et transforme la moitié de ma noxolyte pour reproduire le gantelet bouclier dont je me suis servi dans l'arène. Une seconde manipulation me procure mon coup-de-poing aux phalanges coupantes. J'enfile mes armes alors que les bêtes sauvages s'avancent vers la foreuse. Un bref regard m'indique que Jazzy m'accompagne. Je ne sais pas pourquoi je m'attendais à ce qu'elle ait peur, mais elle a le menton relevé et tient une arme. Katsu reste figé près du camion.

– Réveille-toi, Katsu. On va avoir besoin de toi.

De la chaleur s'élève du trou foré par Longwei. La fumée qui s'en échappe tourbillonne et se disperse quand l'une des créatures s'arrête auprès d'un des bras de soutien de la machine. Elle descend les deux pattes le long du bras et raye le métal. Puis elle recommence, pendant que l'autre nous regarde tranquillement. Nous ne sommes plus qu'à vingt mètres désormais. Je continue d'approcher.

Je crie :

– Hé !

Je n'ai pas de plan à proprement parler, mais si ces sales bêtes abîment notre machine, je suis bien certain qu'on ne pourra pas creuser à la profondeur requise.

– Allez, tirez-vous !

L'autre monstre tourne son attention vers nous, et franchit d'un bond la distance qui nous sépare. Je me laisse glisser sur la droite et je le frappe au niveau de l'avant-bras avec mon coup-de-poing. Mon arme ripe sur les écailles mais je réussis à accrocher la peau à la jointure du coude, et la bête rugit de douleur. Le sang gicle, tandis qu'un coup d'épaule m'envoie rouler sur le côté. Jazzy pousse un cri, abat son épée et tranche la patte du monstre.

Celui-ci rugit de plus belle et bat en retraite alors que son congénère s'élance à son secours. Je bloque deux coups avec mon bouclier avant de me faire toucher à la hanche. Et là, tout s'écroule. Je sens l'os se briser, l'air est chassé de mes poumons et j'ai l'impression de tomber de très haut. La bête se dresse au-dessus de moi en rugissant, puis une grande épée lui traverse le torse. Katsu l'enfonce jusqu'à la garde, esquivant plusieurs coups de patte frénétiques avant que le monstre ne gémisse et meure dans un dernier râle. On est tous à bout de souffle, et je sais qu'il n'est pas question que je bouge, même pour me relever. Je reste allongé dans la poussière.

– Tout va bien, là-haut ? s'inquiète Longwei.

– Occupe-toi de creuser, réplique sèchement Katsu.

Le grondement de la foreuse augmente à nouveau, pendant que ma douleur redouble d'intensité. Je me palpe le flanc avec une grimace. Un seul coup de griffes a permis à la créature de rayer le métal. Mes os ne sont pas aussi solides. J'ai la hanche en miettes, et j'ai l'impression d'en sentir des fragments partout dans le reste de mon corps.

– Qu'est-ce qu'on fait ? demande Katsu, paniqué. Jazzy, qu'est-ce qu'on fait ?

Jazzy paraît beaucoup plus calme sous la pression. Je la vois revenir en courant avec une trousse médicale à la main. Ma vision se trouble à mesure que la souffrance se précise. Je n'ai jamais eu aussi mal de ma vie. Pas même lors de ma commotion cérébrale l'an dernier. Pas même toutes les fois où je me suis cassé le nez au football. Ni quand je me disloquais l'épaule à force de chahuter avec PJ. Jazzy me crie quelque chose dans l'intercom, mais je ne parviens pas à distinguer les mots.

J'ai l'impression de sentir le monde se refermer sur moi. Et puis tout s'arrête.

La poussière redevient caoutchouc, la brume s'efface devant les câbles qui pendent du plafond. La salle du Lièvre réapparaît tandis que ma douleur s'évanouit. Les autres émergent avec moi. Defoe est là, en compagnie de deux assistants. Ils nous débranchent et nous tendent une bassine à chacun.

– C'est pour quoi faire ? demande Katsu.

– Le corps et le cerveau ont parfois du mal à se mettre d'accord, explique Defoe.

À peine a-t-il dit ça que Jazzy se met à vomir. Katsu tombe à quatre pattes et fait la même chose. Longwei et moi, on se dévisage, lèvres pincées, comme s'il s'agissait là aussi d'un affrontement entre nos deux volontés. Je prends comme un coup au creux du ventre ; je sens remonter un goût acide, et je suis le premier à craquer. Longwei gagne encore une fois, n'empêche que lui aussi se retrouve à dégobiller dans une bassine. Les assistants nous fournissent des serviettes et des bouteilles d'eau pendant que l'autre équipe arrive pour nous succéder.

Bilal me tend la main.

– Dire que j'espérais ne pas vomir aujourd'hui. Ça va aller ?

– Oui.

Je me frotte la hanche. Je n'arrive pas à croire que l'os n'est pas cassé. Je sens encore l'effet de la réalité virtuelle sur mes sens et mon estomac. Je suis tenté de parler à Bilal des espèces de lézards-gorilles, mais je me retiens à temps. Pourquoi le prévenir ? C'est son équipe contre la nôtre. Voyant qu'il me regarde d'un air gêné, je dis simplement :

– Bonne chance. Tu vas voir, ça fait bizarre.

Il hoche la tête avant de rejoindre le reste de son équipe. On nous entraîne à l'écart mais on nous autorise à rester au fond de la salle pour assister à la suite. Les cordons blancs se fixent sur les concurrents, et bientôt ils se retrouvent à flotter dans les airs tous les cinq. Est-ce qu'on flottait comme ça nous aussi ? Je ne sais même pas comment c'est possible, mais on les voit remuer les mains et agiter les jambes tandis qu'ils arpentent un monde invisible. Ils ne s'écartent jamais de plus de quelques pas à droite ou à gauche, n'empêche que c'est un peu effrayant. On dirait des marionnettes humaines au bout de leurs fils. Azima se baisse pour ramasser une poignée de quelque chose. Bilal pointe le doigt à distance. J'imagine facilement son émerveillement en voyant le camion pour la première fois.

J'observe un moment avant de m'adosser au mur et de fermer les yeux. J'ignore pourquoi mais je ne me suis jamais senti aussi fatigué dans la salle du Lièvre. Comme si mon cerveau et mon corps avaient travaillé plus dur pour basculer dans une autre réalité que pour les courses d'obstacles.

Personne ne dit rien au sein de notre groupe, et je réussis même à m'endormir. Puis Katsu me réveille alors que les autres émergent de la simulation. Comme nous, ils vomissent dans des bassines et se relèvent en titubant comme des ivrognes. C'est aussi moche à voir qu'à vivre.

Defoe annonce :

– Félicitations à l'équipe deux. Vous avez atteint votre but avec cinq minutes d'avance sur l'équipe un. C'est vous qui remportez la victoire.

Mes épaules s'affaissent. Je me demande si c'est l'absence de Roathy qui a fait la différence. Je pencherais plutôt pour Kaya. On s'attendait tous à voir Longwei endosser le rôle de chef, mais il a sauté dans la foreuse et nous a complètement oubliés. D'habitude, c'est le genre de problème dont je parlerais avec Kaya, mais cette fois elle ne pourra m'offrir aucun conseil puisque notre alliance est suspendue. Azima commence à se vanter de leur victoire mais elle vomit de nouveau au beau milieu de sa phrase. Après ça, les deux équipes sortent en silence.

Le tableau d'affichage brille sur notre gauche.

Tous les regards se tournent dans sa direction. Le rappel quotidien de nos réussites et de nos échecs :

1. Longwei	50 750 points
2. Azima	49 900 points
3. Emmett	48 900 points
4. Kaya	41 450 points
5. Katsu	41 400 points
6. Bilal	40 300 points
7. Jaime	37 200 points
8. Jasmine	33 050 points
9. Isadora	29 080 points
10. Roathy	21 324 points

Ç'aurait pu être pire. Je suis troisième, avec une grosse marge de sécurité par rapport à Isadora et Roathy. Je me rappelle qu'on n'en est qu'au onzième jour de voyage. Je ne dois surtout pas me relâcher. Je dois continuer à travailler pour faire en sorte – au cas où je serais le prochain à me blesser ou à tomber malade — de ne pas avoir à craindre de sortir du top huit. Sachant cela, je regagne ma chambre tout de suite après le dîner et je m'oblige à pratiquer mes manipulations de noxolyte.

Plus vite, plus vite, toujours plus vite. Je repousse mes limites tellement loin que lorsque je pose enfin la tête sur l'oreiller, je m'endors immédiatement.

JOUR 12, 08 : 23

À bord du *Genesis 11*

Roathy fait son apparition au petit déjeuner. Tout le monde l'accueille chaleureusement, le félicite pour son rétablissement, mais il choisit de nous ignorer. Comme il ne peut toujours rien avaler de solide, il passe quelques fruits dans le mixeur au buffet pour se préparer un smoothie et va s'asseoir avec Isadora. Elle se penche et l'embrasse sur la joue. Kaya et moi échangeons un regard. L'attachement d'Isadora pour son colocataire est inquiétant. Si Roathy me considère comme son ennemi, ça veut dire qu'Isadora aussi. Je les observe à la dérobée et ne peux m'empêcher d'éprouver une pointe de jalousie. J'aimerais bien qu'on me regarde comme ça, moi aussi. Je voudrais être désiré.

Defoe arrive pour les exercices du matin. Alors que tout le monde se lève de table, je tente une fois de plus d'aplanir les choses. Isadora rejette mes excuses, mais il me reste un espoir auprès de Roathy.

– Sans rancune, mec ? lui dis-je. J'essayais simplement de jouer le jeu.

Il affiche un petit sourire. Roathy me regarde comme il regarde tous les autres. Comme s'il voyait clair dans ma stratégie. Je me crispe tout entier quand il se penche pour me chuchoter à l'oreille :

– Quand tu cognes quelqu'un comme ça, tu as plutôt intérêt à t'assurer qu'il ne se relève pas.

Il m'adresse un clin d'œil avant de s'éloigner. Bilal, qui a assisté à la scène, m'attend dans le couloir.

– Tout va bien ? s'inquiète-t-il.

– Mais oui, dis-je. Roathy, c'est le genre qui aboie mais qui ne mord pas.

Bilal paraît encore plus soucieux.

– Je ne crois pas, Emmett. Tu ferais bien de faire attention.

– On n'y peut plus rien maintenant, dis-je. Amène-toi, sinon on va être en retard.

Le retour de Roathy n'est pas la seule surprise de la journée. Nos manipulations habituelles sont remplacées par une nouvelle sorte d'exercice. Jusque-là, on testait surtout notre concentration et notre vitesse. Aujourd'hui, c'est notre force que Defoe veut mettre à l'épreuve. Une rangée de formes géométriques s'aligne contre le mur du fond. Je vois des cubes, des sphères, des pyramides et des cylindres. Tous d'un noir de jais comme la noxolyte, et de plus en plus gros de gauche à droite.

– Longwei, appelle Defoe. Avance-toi d'un pas.

Il s'exécute. Sa mèche est en désordre aujourd'hui, et il a les yeux gonflés. La simulation semble l'avoir vidé de son énergie, comme nous tous. On le regarde poser la main sur une sphère de la taille d'une pomme.

– Quand je te le dirai, je veux que tu la transformes en un solide tridimensionnel de taille égale. Prêt ?

Longwei hoche la tête.

– Cube.

L'air ondule, et un cube se forme sous sa main. Il passe à la forme suivante. Cylindre, cube, cube, sphère, pyramide, et ainsi de suite. Longwei a parcouru environ les trois quarts de la rangée quand il s'arrête devant une sphère de la taille d'un ballon de plage. Il ne lui reste plus que six objets.

Il tend la main, ferme les yeux, et… s'écroule. Il s'étale sur le dos, agité de spasmes comme si on l'avait branché sur un transformateur électrique. Je fais mine d'aller l'aider mais, d'un geste de la main, Defoe me l'interdit.

– Il faut qu'il se sorte de là tout seul, prévient-il.

J'étouffe un juron. Même si je ne peux pas encadrer Longwei, c'est dur de le voir secoué comme ça, comme une marionnette. Le phénomène dure une trentaine de secondes. Quand il rouvre enfin les yeux, il aspire l'air à pleins poumons et pousse un cri de terreur.

Longwei, le plus coriace, le plus méchant du groupe, hurle jusqu'à ce que deux assistants viennent l'emmener hors de la salle. Defoe appelle ensuite Azima.

Elle s'approche des objets avec prudence. C'est la première fois que je la vois manifester la moindre peur, la moindre réticence. On dirait une petite fille qui a peur de s'avancer dans le noir, à cause des dangers qui la guettent. Elle s'écroule à la moitié de l'exercice. Une force invisible s'abat sur elle, la cloue au sol et la laisse inerte. Au bout de dix secondes, elle refait surface en haletant. Elle ne crie pas, mais ne parvient pas non plus à se relever toute seule. Bilal se précipite et passe la tête sous son bras. Avec son aide, elle sort de la pièce en boitillant.

Qu'est-ce que c'est que cette épreuve ? C'est maintenant Kaya qu'on appelle.

– Non, dit-elle.

Defoe hausse les sourcils.

– Non ?

– Non.

– Kaya, si tu refuses de participer, tu ne marqueras aucun point.

– Pas grave. Je ne le sens pas, votre exercice. Je préfère passer mon tour.

Un silence de mort s'abat sur la pièce. Pour la première fois, les méthodes de Babel sont remises en cause. Ils n'ont que l'autorité qu'on veut bien leur accorder, et voilà que Kaya choisit de faire passer sa santé avant les points. Je me souviens que l'argent qui nous fait si cruellement défaut ne l'intéresse pas. Mais je sais qu'elle veut se rendre sur Eden. Elle veut découvrir une planète inconnue et échapper à son existence sinistre sur Terre.

Donc elle veut gagner. N'empêche qu'elle leur dit non. Maximum respect.

Defoe se renfrogne.

– Je te retire cinq cents points. Cette pénalité sera doublée à chaque fois que les autres participeront à cette activité et pas toi.

Son regard se tourne vers moi.

– Emmett.

Kaya me jette un regard en coin. Ses yeux sont deux puits sombres dans lesquels je lis la même tristesse que lors de notre discussion sur le canapé. Elle n'essaie pas de jouer les fortes têtes ; elle est simplement terrifiée. Quoi qu'aient pu découvrir les deux concurrents précédents derrière le rideau noir de Babel, elle ne tient pas à le voir. Moi non plus, mais la compétition continue. Chaque point compte. Je lui adresse un hochement de tête avant de m'avancer.

Depuis le temps que je porte mon anneau, j'ai appris à ignorer la tentation de la noxolyte. Je perçois toujours son énergie, sa vibration, mais je n'en ai plus peur. La première sphère sur laquelle je pose la main exerce une attraction beaucoup plus forte. Je sens quelque chose pulser à l'intérieur de la substance. Puis j'entends Defoe me dire :

– Cube.

Je me focalise sur l'image et regarde la sphère se contracter en cube. Chaque objet successif dégage une sensation plus intense. J'en suis au sixième quand la noxolyte commence à résister. Je suis obligé de me concentrer de toutes mes forces pour vaincre ses défenses et la modeler en pyramide. Ma respiration ralentit ; j'ai l'impression que mon cœur ne bat presque plus. Je passe l'objet qui a fini par avoir raison d'Azima. Puis le suivant, et le suivant, jusqu'à finir par dépasser le record de Longwei.

Je suis plus fort que toi, Longwei.

Plus dure sera la chute… À l'avant-dernier objet, je suis coupé du monde.

J'ai la sensation de me noyer dans des profondeurs insondables. Je coule trop vite pour mon propre corps. Je sens mes bras se déboîter et se remboîter. La traction s'atténue, s'arrête, puis une force extérieure s'insinue en moi. Je la sens m'explorer dans les moindres recoins, frôler des parties de moi que je ne verrai jamais. Au sein de cette noirceur impossible, je distingue un visage… juste avant que les lumières ne se rallument.

Mes poumons appellent de l'air à grands cris. Je hurle pendant qu'on m'emporte.

Vandemeer reste auprès de moi dans une cabine de détente. Il se montre patient et compréhensif. J'évite de regarder dans l'espace, parce que le néant possède désormais un visage. Quand il s'en aperçoit, Vandemeer appuie sur un bouton et une image de sommets enneigés vient recouvrir le hublot. Avec Babel, il y a toujours un bouton sur lequel appuyer. Ça commence à me porter sur les nerfs.

– Vous êtes qui, les gars ?

– Des gens comme tout le monde, répond Vandemeer.

– Non. Mes amis sont des gens comme tout le monde. PJ et les Très Excellents Frères sont des gens comme tout le monde. Moi, je suis quelqu'un comme tout le monde. Mais vous ? Tu parles. Qu'est-ce que vous voulez vraiment ?

– De l'argent, dit Vandemeer. Tout est toujours une question d'argent, Emmett. Babel veut devenir la corporation la plus riche et la plus puissante du monde. Je me suis engagé pour la même raison. La paie est bonne et les ressources illimitées. Tout le monde aime bien faire partie de l'équipe qui gagne.

Et l'équipe qui perd ? ai-je envie de rétorquer. Je voudrais savoir tout ce qu'ils tiennent à me cacher. Les petits secrets qui me travaillent depuis le premier jour, les craintes exprimées par mon père, tout remonte à la surface. Ce voyage doit leur coûter des milliards de dollars. Alors que veulent-ils ? Juste de la noxolyte ? S'agit-il simplement de dépenser quelques milliards pour en ramasser des centaines ?

– Que s'est-il passé tout à l'heure ? dis-je. Qu'est-ce qui m'est arrivé ?

– La noxolyte est un élément interactif. On peut la manipuler en se concentrant suffisamment fort.

N'importe qui peut y arriver, mais seulement jusqu'à une certaine limite. Nous avons découvert qu'en cas de manipulation excessive, la noxolyte peut parfois renverser le processus. Comme si la substance prenait votre peau, votre sang, vos os, pour essayer d'en faire… autre chose.

Je le dévisage avec effroi.

– Quoi, vous êtes en train de dire qu'on fait office de cobayes ?

– Bien sûr que non.

– Alors expliquez-moi.

– Nous avons procédé à des tests très complets, affirme Vandemeer.

Il m'adresse un regard ambigu, puis se penche sur sa montre. Il l'éteint en quelques clics.

– Entre vous et moi, nous avons découvert la limite au cours de la première mission. L'un de nos hommes a essayé de manipuler une mine entière. Il s'est fait dévorer.

– Comment ça ?

– Vous l'avez senti, à l'intérieur de vous, non ?

Je frissonne et hoche la tête.

– Oui.

– Imaginez ce que ça pourrait donner avec une autre quantité de noxolyte que la dose sécurisée de tout à l'heure. Imaginez ce que vous avez ressenti, multiplié par mille.

– Ça doit être horrible.

– La vidéo n'était pas jolie à voir. La victime a eu une sale mort, confirme Vandemeer.

Il rallume sa montre.

– À mon avis, vous devriez y aller plus doucement. Vous ne vous êtes pas économisé aujourd'hui. La prochaine fois, je vous conseille d'arrêter quand vous sentez que ça commence à bloquer. Comme ça vous pourrez quand même marquer des points, en évitant de…

– … d'avoir la sensation d'être déchiré de l'intérieur ?

– Voilà, dit Vandemeer. C'est exactement ça.

– Super conseil, doc.

Vandemeer se renfrogne. Cela lui fait un visage encore plus anguleux.

– Emmett, je suis vraiment là pour m'occuper de vous. Ma mission principale à bord de ce vaisseau consiste à veiller sur votre santé, à Kaya et vous. Est-ce que vous comprenez ?

– J'apprécie, Vandy. N'empêche qu'au final, vous êtes l'un d'entre eux. Pas vrai ?

Vandemeer s'enfonce dans son fauteuil, jette un coup d'œil à sa montre, et hoche la tête.

– Oui, Emmett. Je suis d'abord et avant tout un médecin au service de Babel.

Je me lève et passe devant lui en le frôlant au passage.

– Je suis content qu'on ait pu éclaircir ce point.

Les vieilles habitudes ont la dent dure. Je n'ai pas volé trop de choses quand j'étais petit, mais j'étais constamment à l'affût. Toujours à me demander si telle montre ne pourrait pas glisser du poignet d'Un tel, si telle paire de chaussures ne pourrait pas disparaître du casier de Tel autre. Quand on passe suffisamment de temps à porter les mêmes vieux jeans, tout vaut la peine de risquer de se faire prendre.

Mais à bord du *Genesis 11*, il existe des choses autrement plus précieuses que des baskets neuves. Je lorgne la ceinture à outils de Vandemeer depuis le premier jour. Il se sert de sa tablette pour se déplacer à travers le vaisseau, mais il possède aussi une carte d'identification secondaire avec son visage scanné dessus. Il ne s'en sert jamais ; sauf en cas d'urgence, j'imagine. D'habitude, elle est soigneusement rangée à l'arrière de sa ceinture, mais maintenant elle se trouve dans ma poche. J'ai fait ça en partie pour savoir si j'aurais le cran de le faire. Mais la vraie raison ? Je veux explorer le reste du vaisseau. Babel a ses petits secrets, ça ne fait aucun doute. Peut-être que même Vandemeer n'est pas au courant de tout.

J'ai besoin de fouiner, de découvrir ce que la compagnie cache dans ses placards. Savoir ce qui nous attend me donnera peut-être un avantage décisif dans la compétition. C'est ma seule chance de pouvoir soulever un coin du voile. Les réponses m'attendent. Il me suffit de les trouver.

JOUR 18, 11 : 23

À bord du *Genesis 11*

La présence de Roathy me hante constamment. Il est toujours à traîner autour de moi, mais chaque fois que je lève les yeux vers lui, il s'éloigne. De tous mes concurrents, c'est probablement celui qui me ressemble le plus. Je me reconnais tellement chez lui, sauf qu'il a suffi d'un faux pas pour m'en faire un ennemi. Je sais qu'il va essayer de se venger ; ce que j'ignore, c'est la forme que prendra sa vengeance. Si j'étais à sa place, quiconque m'aurait empêché de gagner autant de points aurait une cible dans le dos. J'ai la désagréable sensation que sa vengeance sera parfaitement déloyale. Le pire, c'est de ne pas savoir à quoi m'attendre.

Babel nous a soumis à une série de tutoriels sur le forage. On en a saisi l'importance après l'explosion accidentelle de Longwei au cours d'une simulation. On n'apprend pas seulement à se servir d'un équipement coûteux. On apprend aussi à rester en vie en effectuant le travail pour lequel on nous a embauchés.

Malheureusement, notre équipe connaît plus de difficultés que celle de Kaya. Cette fille est beaucoup plus maligne que le reste d'entre nous, et on perd des points tous les jours. Longwei dit que c'est de notre faute – il n'a aucun esprit d'équipe. Je ne m'en fais pas trop, je sais que bientôt on recommencera à courir à travers une forêt digitale. Dans cette compétition, la stratégie de Kaya travaille pour moi. Les points gagnés ou perdus collectivement donnent plus de poids aux épreuves individuelles. Nos combats répétés sont des opportunités sur lesquelles je dois capitaliser.

En arrivant dans l'arène, je jette un coup d'œil au tableau d'affichage :

1. Longwei	62 750 points
2. Azima	61 900 points
3. Emmett	58 900 points
4. Kaya	53 450 points
5. Katsu	51 400 points
6. Bilal	50 300 points
7. Jaime	47 200 points
8. Jasmine	43 050 points
9. Isadora	39 080 points
10. Roathy	32 324 points

J'ai perdu un peu de terrain. Kaya a vu l'écart se creuser entre son score et celui d'Azima. Si Isadora et Roathy n'avaient pas autant de retard, je subirais la pression. Mais le classement peut se modifier dans les deux sens.

En me donnant à fond, il n'y a pas de raison que je ne puisse pas remonter à la première place. L'écran des avatars se charge, et je sens l'excitation monter. Au fond de moi, je brûle d'envie de me battre.

Azima et Longwei ouvrent le bal. Azima attrape sa lance et Longwei s'en tient à son épée. Il s'améliore, mais ça ne change rien contre Azima. Elle est plus vive qu'un serpent qui jaillit des hautes herbes. Pour la première fois, je remarque la qualité de son jeu de jambes. Elle glisse sur la droite, sur la gauche, bondit en avant pour frapper ou en arrière pour esquiver les coups. Elle sait jouer des épaules également. Elle s'incline pour modifier son angle d'attaque, se tord pour ramener sa lance de l'autre côté. C'est presque une danse. Longwei tient une vingtaine de secondes, puis son avatar s'écroule.

Vient ensuite le tour de Roathy et Isadora. Defoe a l'air curieux de voir comment les deux tourtereaux vont gérer l'affrontement. Mais après qu'il a donné le signal, Isadora lâche ses poignards et Roathy s'avance pour trancher sa gorge imaginaire. Ils nous rejoignent au bord de l'arène et rangent leurs armes. Au temps pour le duel des amants maudits.

Mon double digital apparaît à l'écran. Celui de Jaime s'affiche de l'autre côté. Je souris malgré moi. Jaime n'est pas si mauvais, mais notre première prise de bec ne s'est jamais vraiment résolue. Au fond de moi, j'attendais ce combat avec autant d'impatience que lui. Il s'avance et choisit les mêmes épées courtes que Roathy. J'enfile mes coups-de-poing et lui fais face.

Il a l'air en colère. Tant mieux. La colère est souvent mauvaise conseillère.

Defoe nous donne le signal et on commence à se tourner autour.

Contrairement à Roathy, Jaime n'est pas le genre à foncer tête baissée. Je pare son premier coup d'essai et vise sa cage thoracique. Il bloque mon attaque et on se remet à décrire des cercles. Mon oncle m'a appris à faire preuve de patience dans un combat. Laisser l'autre faire des erreurs avant de passer à l'offensive. Jaime est presque trop prudent pour en commettre. Il frappe une deuxième fois sans s'engager, je réplique sur le même mode, et puis il pousse enfin son arme un peu trop loin.

J'abats mon bouclier sur son poignet, passe sous sa riposte et lui entaille l'épaule avec mes griffes. Il recule en titubant et je presse mon avantage. Cogner, cogner, cogner.

– Tu ne t'es jamais bagarré pour de bon, dis-je en soufflant. Tu n'as jamais eu besoin de te défendre.

Je vois bien que c'est la vérité. À sa façon de se déplacer, de garder les yeux grands ouverts au lieu de les plisser. Ce gars ne s'est jamais battu. Il laisse échapper une de ses épées et je l'achève d'un uppercut au menton. Babel a modifié mon arme pour que ma vraie main ne puisse pas entrer en contact avec son visage, n'empêche qu'il bascule quand même en arrière sur le tapis. Il est furax, mais le temps qu'il se relève, son avatar est mort et je suis déclaré vainqueur.

– Tu ne sais rien, dit-il en me poussant dans le dos avec rudesse.

Ma fureur se rallume instantanément. Je pivote si vite qu'il en reste abasourdi. Je sens la noxolyte frétiller dans ma poche – à croire qu'elle se nourrit de ma colère. J'envisage de lui exploser la lèvre, mais je me ravise et lui souris. Mieux vaut jouer à long terme.

– Je sais que je vais encore gagner demain. Et après-demain, et après-après-demain, et toutes les fois où on se retrouvera ici l'un contre l'autre. Tu peux en être sûr.

Defoe arrive pour interrompre une bagarre qui n'allait pas éclater. J'en prends note. D'habitude, il n'est pas aussi prompt à séparer deux concurrents qui se provoquent. Il laisse toujours la situation dégénérer un peu, comme s'il appréciait de voir l'impact des épreuves sur notre humeur. Mais quand il s'agit de Jaime, il se précipite à son secours ? J'archive ça à la lettre S pour « Suspect ».

Je pose mes armes et rejoins les autres pour assister aux deux derniers combats. Kaya se montre plus maligne que Katsu, et Bilal élimine Jazzy d'un coup superbe. On laisse le matériel sur place et on se dirige tous vers la cafétéria.

Dix-huit jours à bord du *Genesis 11* et voilà que nos morts virtuelles ne nous font plus rien. On en plaisante même autour de nos sandwichs au poulet. Vandemeer avait raison. Tout ça ne paraît pas réel. On se moque des conséquences parce qu'on sait que demain il y aura de nouveaux combats, que les lames et les étoiles de jet ne font pas vraiment mal. Je me demande si on sera capables de transposer notre entraînement dans une vraie situation de combat, de forage ou de quoi que ce soit d'autre. Babel cherche à nous transformer en robots. En exécutants dépourvus d'émotions. Qui ne pensent qu'à accomplir leur mission.

Si le but ultime de Babel demeure un mystère, le tableau d'affichage en revanche ne recèle aucun secret. Je suis troisième et j'ai intérêt à le rester. Après le repas, on se rend à la salle du Lièvre. Comme prévu, l'éclairage est tamisé et les câbles blancs attendent de nous transporter dans les méandres d'un Eden virtuel. Avant qu'on ait eu le temps d'élaborer une stratégie, Longwei traverse la salle et se connecte. Son corps se met à flotter devant nous.

– Super, je grommelle. Le capitaine qui oublie son équipage.

– Il m'a l'air un peu tendu, concède Katsu. On devrait peut-être lui offrir un massage.

Jazzy se joint à nous.

– Vous croyez qu'il pourrait se débrouiller tout seul ?

– Peut-être, dis-je, mais je voudrais au moins retirer un petit quelque chose des exploits de Sa Magnificence.

– Moi aussi.

La voix est si proche que je me fige d'un bloc. Roathy me contourne comme un chacal, sans me quitter des yeux un seul instant. Son rire résonne encore à mes oreilles. Il sait que, pendant une seconde, j'avais oublié sa présence. Et je sais qu'il aurait pu en profiter pour changer sa noxolyte en couteau et me le planter dans le dos.

J'ignore son sourire mauvais pour venir me placer sous les câbles. Un à un, mes sens basculent dans une autre réalité. La foreuse est là, mais pas Longwei. Une grosse main flasque claque contre ma visière et me fait sursauter ; je manque de tomber à la renverse. Katsu éclate de rire dans l'intercom et m'agite sous le nez la patte de lézard qu'on a tranchée le premier jour.

– Tu aurais dû voir ta tête, dit-il en rigolant.

Je me tourne vers la foreuse en grommelant.

– Longwei, tu es là-dedans ?

Les choses ont l'air différentes aujourd'hui. Lors des dernières simulations on a suivi plusieurs tutoriels, appris à nous servir de toutes sortes d'outils, mais aujourd'hui j'ai l'impression qu'on reprend directement après les événements du premier jour. On entend ronronner la foreuse au fond du puits. Mais pas de réponse de Longwei, et aucun signe des monstres.

– Longwei, dis-je en haussant la voix, à moins que tu tiennes à ce qu'on termine seconds comme d'habitude, on aimerait bien savoir ce que tu fabriques. Histoire de pouvoir donner un coup de main.

– Je remonte, répond-il. Il faut d'abord retirer la foreuse avant de passer à l'étape suivante.

Le décor se brouille sur notre droite et le lieutenant Light surgit de nulle part. Puis le bug se corrige et il sourit, comme si de rien n'était. Il indique la foreuse.

– Maintenant que la foreuse est en place, il est temps qu'un premier groupe commence la récolte pendant que l'autre s'occupe de creuser le tunnel secondaire. Venez avec moi.

On le suit sur le côté du camion pour examiner les schémas. Il pointe le résultat des efforts de Longwei. La foreuse est figurée par une ligne blanche qui s'enfonce dans un océan noir de noxolyte. La ligne penche un peu ici et là, mais dans l'ensemble elle me paraît bien.

– Pas mal, mais votre conducteur doit peser davantage sur les commandes pendant qu'il s'enfonce. Plus le tunnel sera rectiligne, plus votre travail sera facilité. Cette zone, tout en bas ? C'est là que la noxolyte s'accumule. Tout ce que votre conducteur décroche des parois verticales coule au fond. Le tunnel secondaire vous permettra de la récupérer pendant que le conducteur s'occupe d'élargir le puits initial.

Il presse un bouton bleu et le maintient appuyé. Je compte trois secondes avant qu'un mouvement s'esquisse à l'écran. Un point bleu apparaît en surface à une cinquantaine de mètres du premier point d'entrée. Sous nos yeux, une ligne de la même couleur se dessine en diagonale pour rejoindre le fond de notre tunnel. Le militaire s'écarte.

– Maintenant, tout ce qu'il vous reste à faire, c'est appuyer encore une fois sur le bouton bleu. Le minirover se mettra en marche et votre tunnel secondaire sera lancé. Votre mission d'aujourd'hui consiste à commencer l'exploitation dans le tunnel principal, installer le convoyeur à bande et extraire cinq cents grammes de noxolyte. Oh, une dernière chose, ajoute-t-il en posant sa grosse main sur son arme dans son étui. Comme vous avez pu le remarquer, le forage attire parfois les goudrons. Et ils cognent dur. Alors assurez-vous d'activer le système de défense sur la console à chaque fois que vous avez de la visite. Bonne chance, soldats.

Et de nouveau, il s'éloigne dans la brume. Avant qu'on puisse discuter de quoi que ce soit, Roathy écrase le bouton bleu. Trois secondes plus tard, un grincement métallique se fait entendre à l'arrière du camion. On fait le tour du véhicule et on manque de se faire décapiter par une rampe télescopique. Elle s'abaisse au sol pour laisser descendre une sorte de kart survitaminé. Il s'éloigne dans la poussière sur cinquante mètres, et on regarde une autre foreuse miniature se décharger toute seule de son dos.

– Katsu, dis-je. Toi et Jazzy, allez vous occuper du tunnel secondaire.

Katsu hoche la tête. Ils partent tous les deux vers le kart en petites foulées, et je me rends compte que je suis capable de donner des ordres. Je réalise aussi que ça me laisse seul en compagnie de Roathy. Il affiche un air narquois, comme pour me mettre au défi de lui donner un ordre. Puis il sourit et dit :

– Ne t'en fais pas. Je vais les accompagner.

Il s'en va et me laisse seul. Je reporte mon attention sur l'écran. On y voit tout. Les poches rouges sous la surface, la foreuse principale désormais rétractée, et même le rover à l'œuvre au-dessus du point bleu. Je fixe tout ça jusqu'à en avoir marre, puis je me tourne vers le site de forage principal.

Je demande :

– Comment ça se passe, Longwei ?

– Je ne sais pas, répond-il. C'est coincé.

– Qu'est-ce qui est coincé ?

– La foreuse. Je fais exactement comme hier pourtant, mais elle refuse de bouger.

Je me dirige dans cette direction quand la voix de Katsu résonne dans l'intercom.

– Emmett ! crie-t-il. Hé. Active ce truc de défense. Les lézards-gorilles sont de retour ! Les goudrons, ou je ne sais quoi. Ils arrivent en force.

Je regagne précipitamment la console et trouve l'interrupteur marqué *DÉFENSE*. Après avoir vérifié que c'est le bon, je l'actionne. Deux tourelles se déploient sur le toit du camion dans un fracas métallique. Le processus est aussi rapide et aussi peu réaliste que dans un jeu vidéo. Dans *KillCall* par exemple, quand on active une tourelle, elle sort de nulle part et se met à tirer. Apparemment, c'est la même chose avec le matériel de Babel. Les deux canons pivotent à la recherche d'une cible et ouvrent le feu. Ça soulève un boucan d'enfer, mais pas au point de couvrir les cris des goudrons blessés dans le lointain. Katsu et Jazzy poussent des exclamations triomphales dans l'intercom.

Je retourne donner un coup de main avec la foreuse.

– Tu veux que je jette un coup d'œil, Longwei ?

Il répond simplement :

– Oui.

J'escalade l'un des bras de soutien de l'engin. Je fais bien attention à ne pas tomber en marchant comme un funambule jusqu'à la trappe. Je tourne la poignée, tire d'un coup sec et me penche à l'intérieur. Le visage de Longwei ruisselle de sueur. Sa visière est tout embuée, et il a les mains crispées sur deux manettes noires. Il lève les yeux vers moi et abaisse les manettes pour me montrer.

– Ça ne veut pas descendre, m'explique-t-il.

– Tu as essayé les autres manettes ?

Il secoue la tête.

– Ce sont celles-là, pour descendre. Les autres commandent les forets latéraux. Il n'y a pas de raison de s'en servir au-dessus de la surface.

– Essaie toujours, dis-je. Ça débloquera peut-être celles qui ne fonctionnent plus.

– C'est n'importe quoi ! proteste-t-il.

Je fronce les sourcils et jette un coup d'œil en direction des autres. Depuis mon perchoir, je peux distinguer le rover et leurs silhouettes à moitié noyées dans la brume.

– Jazzy, dis-je. Comment ça se présente avec le tunnel secondaire ?

– On en est à la moitié, répond-elle avec son accent à couper au couteau. Ça avance bien, mais on aura peut-être besoin d'aide pour installer le convoyeur à bande. Ça n'a pas l'air simple.

Je me retourne vers Longwei. Il continue à s'entêter sur ses fichues commandes. Je presse mon bouton d'épaule et mon casque se rétracte dans le col de ma combinaison. Mon intercom disparaît avec lui et je respire de l'air frais.

– Longwei ! dis-je.

Je suis obligé de crier. Le casque étouffait les bruits extérieurs. Même si la foreuse tourne au ralenti, son moteur et ses pistons font un vacarme infernal. Je me penche vers lui pour qu'il m'entende.

– Longwei, laisse-moi essayer. Ça va aller. Ils ont besoin de toi pour le convoyeur à bande.

Je perçois le conflit qui se déroule en lui. Il aime gagner à peu près autant qu'il me déteste. En me laissant sa place il admet sa défaite, mais s'il s'obstine on continuera à perdre au profit de Kaya. Au bout d'une seconde, il hoche la tête et déboucle sa ceinture. Je l'aide à s'extraire de son siège.

Une fois dehors, il ôte son casque lui aussi. Le vent soulève sa mèche et il s'essuie le front avec le dos de son gant.

– J'aurais pu m'en sortir, dit-il. Je n'avais pas besoin de ton aide.

– Je sais. Tu aurais trouvé une solution.

Je me tourne vers le camion et décide de servir à Longwei le mensonge qu'il a besoin d'entendre. Il est incapable d'accepter ses propres faiblesses mais sera ravi d'utiliser les miennes comme excuse.

– Je n'arrive pas à déchiffrer ce que je vois sur l'écran, dis-je. Toi, tu sauras. On a besoin de toi comme chef d'équipe. Donne-nous les instructions, d'accord ?

On remet nos casques tous les deux. La chaleur s'intensifie tandis que je me glisse dans le cockpit de la foreuse. Le siège est brûlant, l'air est suffocant et je transpire comme un porc dans ma combinaison. J'ai l'impression d'être assis au milieu d'un tremblement de terre. J'essaie de maîtriser ma respiration et d'empêcher mes dents de claquer.

J'ai une tonne de données digitales sous les yeux. J'ignore à quoi elles correspondent, mais je sais qu'il me faut activer cet engin et commencer à miner si on veut avoir une chance de gagner. Comme les manettes noires ne répondent pas, j'essaie les autres. Je sens la foreuse réagir quand je pose la main sur le joystick chromé à ma droite. Les vibrations s'accentuent. Je pousse le joystick et provoque un ronronnement métallique. Sur mon écran, le foret droit s'est mis à tourner. C'est un début.

J'empoigne le joystick gauche et les actionne tous les deux en même temps. Les deux forets latéraux s'emballent tandis que les précieuses manettes noires de Longwei s'enfoncent dans le tableau de bord. Mon fauteuil bascule en arrière et la console suit le mouvement, si bien que je me retrouve pratiquement allongé, avec l'écran au-dessus de moi. À mes pieds, un panneau lumineux s'allume comme pour une partie d'*ElectraDance*. Je le frappe avec les talons et la foreuse s'ébranle. Les hublots s'assombrissent. Sur mon écran, je vois la pointe de la foreuse s'enfoncer dans le puits et les forets latéraux à quelques mètres du premier contact.

J'entends un sifflement bref puis je me retrouve secoué comme un prunier tandis que les forets s'enfoncent en rotation dans les parois de noxolyte à ma gauche et à ma droite. Mon écran montre la substance qui se détache en bandes épaisses. Je m'efforce simplement de ne pas lâcher les joysticks quand celui de gauche se met à briller. Le métal devient blanc pendant une seconde, puis plus rien. Le joystick droit fait la même chose. Je continue à m'enfoncer dans le puits pendant que mes deux forets rabotent tout ce qui se présente à leur portée. Malgré les vibrations démentielles et mes paumes à vif, j'ai la sensation de jouer au meilleur jeu vidéo de tous les temps.

Je suis à quinze mètres de profondeur quand le lieutenant Light vient remplir la moitié gauche de mon écran. Il fait à peine vingt-cinq centimètres de haut mais sa voix est toujours aussi grave.

– N'oubliez pas d'utiliser vos impulsions une fois les forets latéraux entièrement déployés, soldat. Et si vous descendez trop vite, vous progresserez sans exploiter la veine au maximum. Bonne chance.

Je regarde autour de moi à la recherche de ces fichues impulsions. À quoi sont-elles censées ressembler ? Mes deux manettes s'allument simultanément. Je réalise qu'elles me signalent que mes forets, comme le lieutenant vient de me le rappeler, sont entièrement sortis. Alors où est la commande d'impulsion ? Je tâtonne avec mon index et trouve un bouton. Avec un petit rire, je m'exclame tout haut :

– C'est vraiment un jeu vidéo !

La deuxième fois que mes manettes s'allument, je presse le bouton et un coup de tonnerre retentit. La pierre explose sur mon écran, et mes hublots sont cinglés par des débris. Malgré la chaleur, je sens un frisson glacial me parcourir l'échine. Ça, c'est de la puissance.

– Emmett, m'avertit la voix de Longwei. Tu as une poche de gaz dix mètres en dessous. Sur ta gauche, à deux ou trois mètres dans la roche. Arrête le foret dans cinq mètres.

– Bien reçu, dis-je, parce que c'est ce qu'on dit toujours dans les jeux vidéo comme *KillCall* ou *Gadget Swing*.

Je laisse la foreuse s'enfoncer encore un peu puis je ramène le joystick gauche contre moi. Le foret correspondant se rétracte, et je passe sans dommages le long de la poche de gaz. Puis Longwei me donne le feu vert, et le tonnerre et les vibrations reprennent de plus belle des deux côtés tandis que le monde s'écarte autour de moi. Voilà longtemps que je n'avais pas eu l'impression d'accomplir quelque chose d'aussi utile.

Une demi-heure plus tard, on ressort du simulateur en vomissant. Jazzy a dû descendre jusqu'au milieu du tunnel pour débloquer le convoyeur, mais tout le reste s'est déroulé sans accroc. Longwei a été bon et même Roathy a donné un coup de main. Le fait d'échanger nos rôles a permis à l'équipe de beaucoup mieux tourner.

On attend avec impatience que l'équipe de Kaya en termine, et Defoe nous gratifie d'un sourire.

– Félicitations pour votre première victoire, équipe un. Je vous libère, c'est l'heure du dîner.

Kaya nous félicite elle aussi, et on s'en va tous ensemble, quand une sensation désagréable me chatouille la nuque. Derrière moi, juste hors de vue. Roathy m'envoie le même message qu'il s'est employé à me faire passer toute la semaine. *Je suis là. Je t'ai à l'œil. Je me vengerai.*

Seulement, ma patience commence sérieusement à s'effilocher.

Je pivote brusquement, l'empoigne par le col et le plaque contre le mur le plus proche.

Sauf que ce n'est pas Roathy – c'est Jaime. Il écarquille ses yeux vert pâle, et je vois que je lui ai cogné la tête contre la cloison. Kaya et Bilal reviennent sur leurs pas ; ils me surveillent comme une bombe sur le point d'exploser. Je relâche Jaime en grommelant :

– Je n'aime pas qu'on me suive comme ça.

– Je ne faisais que marcher, proteste Jaime. Le couloir est à tout le monde, espèce de maboul.

Il me jette un regard façon Longwei et s'en va. Je le regarde s'éloigner, suivi des autres. Après leur départ à tous, je m'adosse contre le mur froid et ferme les yeux. Je pense au vide intersidéral, à ma crainte de me noyer dans l'obscurité, d'être la menace que redoutent les autres. Suis-je leur Roathy ? Se méfient-ils de moi ? Il a suffi de trente secondes à peine pour me faire oublier l'excitation que j'ai pu ressentir à l'intérieur de la foreuse. Maintenant, j'ai peur. Je me sens perdu.

Le seul avantage d'être un trou noir, c'est que les autres trous noirs vous reconnaissent.

– Amène-toi, Emmett, dit Kaya.

Elle est revenue me chercher. Elle passe son bras dans le mien pour me guider, comme si j'avais oublié le chemin.

– Tu n'as pas faim ?

– Non.

Non, je n'ai pas faim. Je n'ai envie de rien.

– Moi non plus, dit-elle. Viens.

Elle me reconduit patiemment jusqu'à notre suite. Elle me pousse devant mon placard et se retourne pendant que j'enfile mon pyjama. Puis elle me met au lit.

– Reste un peu, dis-je. Je n'ai pas envie de dormir. Je fais toujours mes cauchemars.

Elle hoche la tête.

– Une seconde.

Alors qu'elle se glisse hors de la chambre, je m'aperçois que je pleure. Pas uniquement à cause de l'ombre que je sens rôder en moi. Mais aussi parce que mon père et ma mère me manquent. Mon école me manque, avec ses attentes normales et ses gens ordinaires. Je voudrais retrouver les odeurs de la ville et les cheminées d'usines sur le chemin de l'école. À ce stade, je serais même prêt à payer pour garder mes petits cousins pour la soirée. Tout pour retrouver une sensation de normalité.

Kaya revient avec trois livres sous le bras. Elle grimpe sur le lit, s'assied sur la couette et s'adosse au mur.

– Je vais te faire la lecture.

Je souris, jusqu'à ce qu'elle me montre les titres. Ce sont tous des livres en japonais. Les couvertures me font halluciner. La première, avec un crâne dans le coin, montre un garçon au torse nu qui se cache le visage dans les mains. Sur la deuxième, on voit un Blanc qui a dans les cheveux la silhouette transparente d'une hachette plantée dans le crâne. Ça ne ressemble pas à des histoires pour s'endormir. Et ça paraît beaucoup moins drôle qu'*Alice*.

– Qu'est-ce qui t'a pris de choisir des livres d'horreur ? dis-je en riant.

Elle hausse les épaules.

– Ils avaient des garçons en couverture. Je ne sais pas !

Je souris de nouveau. La dernière couverture montre un garçon et une fille. Le garçon est adossé à un grand arbre. La fille est assise sur les racines, avec un livre sur les genoux. La scène baigne dans une lumière dorée, et les deux protagonistes ont le regard fixé sur l'horizon.

– Celui-là. Lis-moi celui-là.

Kaya laisse les autres livres tomber sur le sol. Elle croise les jambes et commence sa lecture.

Comme la première fois, elle fait vivre l'histoire. Sa voix est si chaude, si mélodieuse que je me sens emporté loin des manigances obscures de Babel. Je me retrouve en train de courir à travers bois en compagnie des personnages, de franchir un pont vers un pays imaginaire. J'entends des respirations paisibles et des petits rires, encore plus doux que les feuilles mortes dont Kaya me décrit la chute. Elle continue à lire jusqu'à ce que je m'endorme, jusqu'à ce que je n'aie plus peur.

JOUR 19, 07 : 58

À BORD DU *GENESIS 11*

1.	Azima	65 900 points
2.	Longwei	63 750 points
3.	Emmett	61 900 points
4.	Kaya	60 450 points
5.	Bilal	57 300 points
6.	Katsu	54 400 points
7.	Jaime	49 200 points
8.	Jasmine	45 050 points
9.	Isadora	42 080 points
10.	Roathy	34 324 points

Au petit déjeuner, la conversation tourne entièrement autour d'Azima.

C'est la première fois qu'elle ne porte pas son bracelet traditionnel. Son poignet brun paraît nu sans lui. Katsu en fait toute une histoire. Il affirme qu'il y a désormais une nouvelle concurrente à bord, qu'il présente sous un surnom japonais dont la traduction donne « Jolie Fleur ». Azima rit de bon cœur, jusqu'à ce que Katsu déclare que la concurrente précédente, Azima, a convenu de lui faire cadeau de ses points.

– Je suis le roi de nouveau, proclame-t-il. Et vous êtes tous mes fidèles sujets.

Azima le menace avec une fourchette.

– Ce sont mes points. Il n'est pas question que je te les donne.

– C'était quoi, dis-je en indiquant mon propre poignet, ce bracelet que tu portais ?

– Un pense-bête. Je descends d'une des dernières tribus nomades d'Afrique. On est sédentaires, aujourd'hui, mais ce bracelet me rappelle que nous sommes nés pour le mouvement. Il raconte mon histoire. Chez moi, les jeunes filles portent aussi ces bracelets pour se trouver un mari.

Jazzy fronce le nez.

– Quoi, tu voulais te trouver un mari ?

– Oui, répond Azima entre deux bouchées. Au début.

– Comment ça, « au début » ? dis-je.

Azima me toise.

– J'ai conclu un accord avec monsieur Defoe.

– Comme nous tous, fait observer Katsu. Je crois me souvenir qu'il y avait un paquet de fric à la clé.

– Non, dit Azima, j'ai ajouté une clause. Je voulais avoir la permission de me marier si je trouvais un candidat digne de moi parmi vous.

Trois d'entre nous s'étranglent sur leur nourriture. Un silence gêné s'installe autour de la table. Se marier ? Les yeux d'Azima se plissent au-dessus d'un grand sourire camouflé par son masque noxien. J'évite soigneusement de croiser son regard, au cas où ce serait un élément décisif dans son choix.

– Ne vous en faites pas. Ce sont nos coutumes. Il faut qu'une femme soit forte. Qu'elle apprenne à se défendre. Qu'elle grandisse en sachant ce qu'elle veut. Comme ça, seul un homme de grande valeur osera la demander à son père.

On la dévisage tous avec des yeux ronds. Azima est très sérieuse. Elle a vraiment l'intention de se marier. Peut-être bien avec l'un d'entre nous.

– Je me suis donné beaucoup de mal pour mériter un excellent mari. Participer à cette mission m'a permis de mettre la barre encore plus haut. Si j'habitais encore dans mon village, mes parents se mettraient en quête d'un jeune homme aussi doué que moi, qui puisse se hisser à mon niveau. Il me paraît normal d'envisager ceux qui ont été invités à prendre part à cette mission avec moi. Vous avez accompli la même chose que moi.

– Et alors, qui as-tu choisi ? demande Katsu en bombant le torse. Tu as vu de quoi je suis capable avec une hache. Je ne veux pas dire que je suis un choix évident, mais…

– Non. Aucun d'entre vous, parce que c'est moi la meilleure guerrière.

Elle pointe sa fourchette vers le tableau d'affichage. Son nom brille au sommet.

– Tu ne pourrais pas me protéger. En fait, c'est moi qui serais obligée de te protéger. La seule option réaliste consiste à m'épouser moi-même.

Tout le monde éclate de rire quand Katsu propose de présider la cérémonie. Et puis Defoe arrive, et l'atmosphère redevient sérieuse. On nous conduit encore une fois au mur des objets noxiens. L'un après l'autre, nous sommes précipités dans un gouffre noxien. Les deux seuls qui n'en sortent pas en hurlant sont Jazzy et Roathy. Après s'être débattue dans les spasmes pendant dix secondes, Jazzy se relève, inspire un grand coup puis reprend sa place dans la ligne sans un mot. Je suppose que ça n'a rien de très surprenant. C'est toujours elle la plus calme sous la pression.

La résistance de Roathy à la noxolyte est d'un autre ordre. L'ombre s'empare de lui, mais il s'en débarrasse d'un haussement d'épaules, comme s'il avait connu bien pire qu'une force mystérieuse qui lui ronge les entrailles.

Quand vient mon tour, je m'en tiens au conseil de Vandemeer parce que je ne veux pas revivre ce que j'ai vécu la dernière fois. Je convertis donc les objets jusqu'à ce que la noxolyte commence à résister avec trop de force. Je m'écarte des objets et hoche la tête à l'adresse de Defoe.

– J'arrête là.

Il se renfrogne.

– Comme tu voudras.

Il me retire des points, avant d'appeler Kaya. Elle refuse à nouveau, et on attend qu'Azima et Longwei bouclent l'exercice. Ils aiment trop la compétition l'un et l'autre pour savoir s'arrêter à temps. Azima prend sa punition, puis c'est au tour de Longwei. Il progresse aussi loin que moi avant de s'écrouler au sol, plus sèchement et plus longtemps que la dernière fois. On le regarde s'agiter en tous sens. Il ouvre grand la bouche mais parvient à ne pas crier. Quand il se relève, il pointe un doigt rageur sur les blocs. Pour une fois sa colère n'est pas dirigée contre l'un d'entre nous, mais contre Defoe.

– Vous ne devriez pas nous demander l'impossible.

– L'impossible ? répète Defoe.

Ses questions sont toujours mordantes, dégoulinantes de venin.

– Ces objets sont trop gros, proteste Longwei. Vous avez conçu ça pour qu'on échoue.

– Nous avons conçu ça pour vous pousser au-delà de vos limites actuelles.

Defoe vient se placer à côté du dernier objet. C'est un cube qui lui arrive presque à la hanche. Il pose la main sur la substance noire et ferme les yeux. Le cube frissonne et prend la forme d'une pyramide.

– Impossible ? insiste-t-il.

Il transforme ensuite la pyramide en sphère, en cube, de nouveau en pyramide et enfin en cube. La transformation s'effectue de plus en plus vite à chaque fois. Je vois des gouttes de sueur perler sur son front, mais pour le reste on dirait que ça ne lui coûte aucun effort.

– Stupéfiant, murmure Azima.

– Mais pas impossible, conclut Defoe. Oubliez ce que vous croyez savoir concernant l'impossible.

Sacrée démonstration. Jusqu'à présent on ne savait pas de quoi les autres employés de Babel ou lui-même étaient capables. Maintenant, si. On sait qu'il est fort. Plus fort que nous. Impossible de l'affronter avec de la noxolyte. J'archive ça à la lettre D pour « Danger ».

On se dirige vers l'arène. Je jette un coup d'œil au tableau d'affichage et me félicite d'avoir écouté Vandemeer. Ça m'a épargné la torture de la noxolyte sans me coûter trop cher en points. Alors qu'on s'aligne à l'intérieur, je me réjouis d'avance à l'idée d'affronter Jaime. Notre ami constamment tiré à quatre épingles. Je lui ai fait une promesse hier, et j'ai bien l'intention de la tenir.

Mon pouls ne cesse d'accélérer pendant les autres combats. Tous les résultats se répètent, sauf que cette fois Roathy lâche ses épées et s'offre en sacrifice à Isadora. Quand Jaime et moi prenons place au centre de l'arène, je suis devenu un homme dangereux, très dangereux. Il se tient devant moi, avec ses cheveux bien coiffés et ses yeux verts. Il n'a pas l'air content. Il serre les dents et ses phalanges blanchissent sur les poignées de ses épées. Il essaie de se motiver pour le combat.

Les gens croient toujours que ça marche. Je le faisais moi aussi, quand j'affrontais PJ au basket en un contre un. Ça ne l'empêchait pas de m'écraser comme une punaise. La plupart du temps, c'est juste une question de compétence.

Defoe donne le signal. Cette fois, Jaime ne danse pas. Il frappe avec l'épée dans sa main droite, puis aussitôt après avec celle dans sa main gauche. Et il enchaîne comme ça, très vite, en avançant sans arrêt pour tenter de me déborder. C'est une tactique désespérée. Je détourne les quatre premiers coups, plante solidement les pieds dans le sol et me sers de son déséquilibre contre lui. Une feinte de corps me permet de lui lacérer la cage thoracique. Son avatar saigne. Je pourrais m'écarter et laisser la blessure laminer sa barre de vie. Mais ça ne m'intéresse pas. Je veux le punir, l'achever, le massacrer.

Jaime repart à l'assaut, avec sa main gauche. Je le bloque, lui place deux jabs dans le ventre et glisse entre ses bras. Mon jeu de jambes est parfait. J'arme un crochet terrible pour le finir. Seulement, il n'hésite pas. Il était censé hésiter. Au lieu de quoi, il avance dans mon crochet et relève l'une de ses épées.

Dans la vraie vie, Jaime n'aurait plus de menton.

Dans la vraie vie, je perdrais un organe.

Une douleur m'explose dans le ventre tandis que nos jambes se dérobent sous nous. La souffrance simulée ressemble beaucoup à la vraie. Jaime et moi, on s'écroule l'un contre l'autre, trempés de sueur. La douleur redouble et je vois Jaime écarquiller les yeux de terreur. Pris de panique, je me dis que je l'ai blessé comme Roathy. Puis je suis son regard jusqu'à mon ventre. La douleur triple. Un cercle écarlate s'agrandit sur ma combinaison. Sa lame a traversé le tissu et les chairs. Ce n'est pas une simulation. Ce n'est pas pour de faux. Ce n'est pas mon avatar qui souffre et le fait savoir à mon cerveau. J'ai vraiment une épée plantée dans le ventre.

Je bascule en arrière. Quand j'essaie de parler, je n'arrive à produire qu'une toux sanguinolente. Des visages masqués se penchent sur moi, tout le monde parle en même temps dans des langues étrangères, puis je me sens glisser dans une noirceur noxienne.

JOUR 21, 01 : 37

À bord du *Genesis 11*

Vandemeer se repose dans un fauteuil installé dans un coin. Enfin, le Hollandais n'est jamais *complètement* au repos. Il a toujours une jambe repliée, ou les bras croisés, ou alors il fait tournoyer un stylo entre ses doigts. Je fais semblant de lire un livre pendant qu'il surveille l'évolution de mes données médicales sur sa tablette. Il est assis là depuis vingt-quatre heures au moins. On pourrait presque croire qu'il s'inquiète. Mais je n'oublie pas qu'il travaille pour Babel. Il ne fait que son boulot. Je suis son gagne-pain, rien de plus.

Pour la énième fois, je demande :

– Quand vais-je pouvoir sortir ?

– Monsieur Atwater, vous avez subi une opération. Une transfusion sanguine. Vos blessures sont graves.

J'insiste :

– Quand ?

Il soupire, passe un doigt sur sa tablette et hausse les épaules.

– Dans une semaine.

– Je peux faire certains exercices. Les manipulations de noxolyte, au moins.

– Non, dit-il. Vous ne pouvez pas.

– Si, je peux.

Il soupire encore une fois. Il se lève, marche jusqu'au panier à fruits et me ramène une orange.

– Épluchez-moi ça, m'ordonne-t-il.

Il pose l'orange au creux de ma main. Je fronce les sourcils, me concentre et commence à l'éplucher. Très vite, je sens la sueur perler sur mon front. J'en suis à peine à la moitié quand mes mains se mettent à trembler. Vandemeer m'arrache le fruit et termine de l'éplucher.

– Vous êtes fatigué ? me demande-t-il. Vous avez mal ?

– Ça va.

Je m'adosse contre mes oreillers et respire tant bien que mal. Je suis vidé.

– Je peux y arriver.

– Si vous acceptiez de prendre des antidouleurs, peut-être, suggère Vandemeer encore une fois.

– Non, dis-je. Pas de médicaments.

– Dites-moi au moins pourquoi vous n'en voulez pas.

– Peu importe. Je refuse, c'est tout.

Vandemeer soupire. Il a cherché à me tirer les vers du nez toute la journée, mais je tiens bon. Babel a la mainmise sur moi en ce moment, je ne vais pas en plus leur faire cadeau de mon passé. Ils n'ont pas besoin de savoir que j'ai côtoyé bon nombre de camés dans mon école ou mon quartier. J'ai vu des types très bien plonger dans la dépendance, et je me suis promis il y a longtemps de ne jamais suivre leurs traces. Les antidouleurs peuvent paraître inoffensifs, mais pour moi c'est le début d'un chemin que je n'ai aucune envie d'emprunter. J'archive ça à la lettre N pour « Non merci ».

Vandemeer se replonge dans la lecture de mes données médicales.

– Comme vous voudrez. Dans ce cas, vous devrez attendre d'être complètement rétabli. Vous n'êtes pas en état de reprendre la compétition.

– Je suis sûr de pouvoir tenir le coup.

– Non, je ne crois pas.

– Laissez-moi essayer.

La patience de Vandemeer commence à se fissurer. Une lueur d'agacement brille dans ses yeux.

– Levez les bras.

Je serre les dents et j'écarte les deux mains le plus loin possible.

– Plus haut, aboie-t-il.

Je parviens à les lever à hauteur des épaules avant de l'éprouver – une douleur cuisante, qui s'aggrave et me déchire de l'intérieur. Je garde la position d'un air de défi jusqu'à ce que Vandemeer m'abaisse les bras le long du corps.

– Ce serait plus impressionnant si votre rythme cardiaque ne crevait pas le plafond.

Il attrape une serviette et m'essuie le front avec douceur.

– Je peux y arriver, dis-je. Laissez-moi simplement essayer.

– Si quelqu'un en est capable, c'est bien vous, concède Vandemeer. Mais vous n'irez nulle part. Pas avant d'avoir eu mon feu vert. Reposez-vous. Prenez le temps de vous remettre. Nous entamerons la rééducation d'ici quelques jours et vous serez autorisé à rejoindre les autres.

Il pose sa main sur mon épaule pour couper court à mes protestations.

– Emmett, vous n'allez pas perdre. Je vous ai observé. Vous êtes trop coriace. Vous en voulez trop pour laisser échapper la victoire.

Je croise son regard.

– Ça n'a pas d'importance.

– Bien sûr que si, réplique-t-il calmement. Je sais ce que ça représente pour vous.

– Si c'était le cas, vous me laisseriez reprendre la partie.

Il secoue la tête.

– Vous ne gagneriez que quelques points. Vous en feriez trop, et vous retarderiez votre guérison. La moindre blessure vous renverrait directement à l'infirmerie.

– Bon. Alors laissez-moi dormir, au moins.

Frustré, Vandemeer éteint sa montre et se penche vers moi.

– Il va falloir me faire un peu confiance, Emmett, chuchote-t-il. N'avez-vous jamais envisagé que je puisse avoir un intérêt direct à votre réussite ?

Je lui retourne un regard noir.

– Quoi, vous me demandez un pourcentage ?

Vandemeer s'esclaffe.

– Non, pas du tout. Mais vous avez peut-être remarqué que Babel croit beaucoup aux vertus d'une saine concurrence.

– Saine ? Je me retrouve dans un lit d'hôpital !

– Vous comprenez très bien ce que je veux dire, insiste-t-il. Il n'y a pas que vous qui êtes mis en compétition.

Dites-moi qu'il plaisante.

– Quoi, le meilleur toubib décroche une prime ? Comment ça marche exactement ?

– On nous a permis de choisir, avoue-t-il.

Ses joues se colorent.

– Choisir ?

– J'ai choisi Kaya et vous. Il y a une grosse prime en jeu pour le médecin du meilleur duo. Plus vous irez loin, mieux je serai payé.

Je hoche la tête. Bien sûr. Babel ne fonctionne que de cette manière. Fixer un objectif à quelqu'un, puis lui rappeler que d'autres cherchent à l'atteindre avant lui. De cette manière, tout le monde travaille deux fois plus dur pour une seule et même récompense au final. C'est malin, et ça veut surtout dire que nous ne sommes pas les seuls à être considérés comme des pions sur un échiquier. Tout le monde est logé à la même enseigne. Vandemeer est un authentique médecin. Il a mis sa carrière entre parenthèses pour devenir le pantin de Defoe à bord du *Genesis 11*. En contrepartie d'un gros salaire. Au fond, il n'est pas différent de moi.

Vandemeer hoche la tête et se dirige vers la porte. Juste avant qu'il ne sorte, je lui demande :

– Savez-vous ce qui s'est passé ? Avec l'épée ?

Son expression s'assombrit. Ce qui m'est arrivé lui fait de la peine. Je vois bien qu'il ne fait pas semblant. Sa réussite dépend en partie de la mienne. Et peut-être qu'il se soucie sincèrement de moi.

– Quelqu'un s'est servi d'un morceau de noxolyte pour la reproduire, m'explique-t-il. Et l'a échangée avec la version émoussée que nous gardions dans l'arsenal. La copie n'était pas parfaite, mais personne ne s'en est aperçu.

– C'était Jaime, dis-je.

Le visage de Vandemeer ne trahit aucune émotion.

– Une enquête est en cours.

Nous en voilà revenus à la diplomatie et aux réponses prudentes, soigneusement calculées, d'un employé de Babel. Il veut peut-être que je lui fasse confiance, mais il est un peu trop caméléon pour ça. J'archive cette conversation à la lettre C pour « Cause toujours ». La porte s'ouvre en sifflant et se referme derrière lui.

Je ferme les yeux. Je revois encore Jaime dans ma tête. Sa façon d'avancer dans mon crochet, de relever l'épée pile au bon moment. Je revois aussi la surprise sur son visage. Une part de moi s'obstine à y voir un jeu d'acteur. L'autre part plus réaliste concède qu'il n'était sans doute pas au courant. Ce n'est pas difficile de faire remonter l'épée jusqu'à Roathy. Il s'en était servi dans le combat précédent. Il aurait pu la manipuler n'importe quand, sachant qu'il n'avait pas l'intention d'affronter Isadora. Il lui suffisait d'échanger les lames avant de les remettre à Jaime. Je déteste sentir une telle colère en moi sans personne contre qui la tourner.

De toute manière, je suis coincé ici. Alors qu'eux sont dehors.

Il n'y a pas de tableau d'affichage dans l'infirmerie. Je peux seulement imaginer l'avance que les autres sont en train de prendre sur moi. Je ne sais pas du tout combien de temps je vais rester là, combien de points de retard j'aurai accumulés. Je presse un bouton qui atténue l'éclairage des tubes fluorescents au-dessus de moi. Dans cette ambiance plus feutrée, j'ouvre le livre en version anglaise que Kaya m'a apporté. Apparemment, je l'aurais réclamé à Vandemeer quand on m'a descendu ici pour me recoudre. Je n'ai jamais vraiment lu tout seul. Trop de petits cousins dont je devais m'occuper. Trop de soirées à veiller ma mère endormie sur le canapé. À rester assis là, à guetter son prochain souffle. Et le suivant. Et le suivant.

Je n'ai jamais eu l'idée de m'évader dans un livre.

Et donc, à mesure que je lis, je suis surpris de constater à quelle vitesse les mots m'emportent loin de ma chambre d'hôpital pour me transporter dans les bois. Je me retrouve à me balancer au bout d'une liane dans un pays imaginaire. Je me plais bien là-bas. Je me plais moins quand je dois affronter la brute de l'école dans les couloirs. J'aime moins quand mes amis s'en vont et me laissent seul. Les mots du livre résonnent en moi.

L'histoire parle d'une trahison, d'une invitation dans un monde nouveau qui se solde par un abandon. Le héros se retrouve livré à lui-même, comme un astronaute largué dans l'espace. Je me demande pourquoi Kaya n'est pas venue me rendre visite. Ou Bilal. Je mets le livre de côté et j'éteins la lumière. Je n'aime pas ce livre ni ce qu'il évoque en moi. Je ferme les yeux pour tirer le rideau sur la douleur qui me lance dans le ventre et celle qui me serre le cœur.

Le sommeil finit par me prendre, miséricordieusement.

JOUR 25, 19 : 38

À BORD DU *GENESIS 11*

Le moindre mouvement me fait souffrir le martyre.

– Doucement, me recommande Vandemeer.

Il me fait enchaîner patiemment divers exercices de yoga. Des fentes, des squats, des respirations profondes. Sans antidouleurs, le processus est laborieux. Beaucoup plus lent que je le voudrais. Ça dure déjà depuis six jours. Vandemeer refuse de me donner le classement, et les autres ne viennent pas me rendre visite. Pas même Kaya. Je suis aussi seul que l'astronaute oublié du bouquin.

– Pourquoi ne pas vous contenter d'utiliser la noxolyte pour me soigner ? dis-je en grommelant.

Vandemeer m'a fait m'allonger sur le dos, et décoller les jambes à quinze centimètres au-dessus du sol. C'est un enfer de deuxième classe.

– Ça ne marcherait pas, répond-il. La noxolyte ne peut pas guérir une blessure qu'elle a causée.

– Pourquoi ? C'est nul.

Il se redresse. Il me fait signe d'écarter les mains, lentement, tout en rentrant le menton.

– C'est comme ça, explique-t-il. Votre plaie a été ouverte par de la noxolyte. Si nous tentions d'en utiliser pour la refermer, elle refuserait. La substance est suffisamment maligne pour reconnaître son œuvre et ne pas défaire ce qu'elle a fait. Vous comprenez ?

– C'est nul. Vous vous rendez compte à quel point c'est nul ?

Vandemeer me fait respirer profondément, puis décoller le dos du sol.

– Nous parlons d'une substance interactive. Beaucoup plus intelligente que Babel ne veut bien l'admettre. Nous ne savons pas exactement comment elle fonctionne, mais nous en apprenons tous les jours.

– Donc la totalité de la noxolyte est connectée ? dis-je.

– Comment ça ?

– Vous avez dit que la noxolyte saurait qu'elle a ouvert ma plaie. Donc ça veut dire qu'un morceau de noxolyte sait ce qu'un autre a fait ? Comme si tous les morceaux de noxolyte étaient reliés les uns aux autres ?

– Ou peut-être qu'elle reconnaîtrait un changement dans vos cellules. Nous ne savons pas exactement.

Je hausse les épaules.

– Ça paraît débile d'investir autant dans un truc que vous comprenez si mal.

– L'électricité, l'essence, la vaccination… Il n'y a pas de progrès sans une certaine part de risque.

– D'accord, dis-je. Mais est-ce que vous êtes sûrs au moins que ce truc ne cause pas le cancer ni rien de ce genre ?

– Tout cause le cancer, rétorque froidement Vandemeer. Sauf la noxolyte. Nous l'avons testée.

– Sur quoi ?

Il croise les doigts.

– Je ne peux pas le dire.

Je ris. Ça me donne l'impression que deux géants me rouent de coups de pied dans les côtes. Je m'écroule au sol en me tordant de douleur et Vandemeer me jette une serviette.

– Bonne séance aujourd'hui. Vous serez bientôt apte.

– Je le suis déjà.

Il m'ignore.

– Nous procéderons à quelques derniers tests demain. Vous êtes encore limité dans vos mouvements. Je doute que vous soyez en état de combattre dans l'arène, mais pour le reste vous devriez vous en sortir. Ça vous convient ?

– Oui, oui. Ça me convient.

– En attendant, m'annonce Vandemeer en pianotant sur sa tablette, j'ai une surprise pour vous.

Un écran sort d'un compartiment mural. Il s'avance au-dessus de mon lit. J'adresse à Vandemeer un regard perplexe.

– Vous avez raté votre premier appel à domicile. J'ai pris la liberté de vous en organiser un autre pendant votre convalescence. La communication sera établie dans deux minutes.

– Vous êtes sérieux ?

Il sourit.

– Très sérieux.

Là-dessus, il sort de la chambre. J'avais oublié que j'avais le droit de parler à mes parents. Je n'avais pas réalisé qu'ils me manquaient à ce point. Ça me manque, de ne plus voir maman me tendre mon cartable tous les matins et m'attraper par le cou pour m'embrasser. De ne plus voir papa confortablement installé dans son fauteuil, en train de consulter les scores des matchs de boxe de la veille. On était peut-être pauvres, mais au moins je savais à quoi m'attendre en me réveillant. Alors que les trois prochaines années seront faites d'inattendu et d'imprévisible. Je fixe mon reflet dans l'écran noir. Je ne suis pas prêt pour ça, pour rien de tout ça.

Les deux minutes d'attente donnent l'impression d'en durer trente.

Puis l'image s'allume enfin. Je ne m'étais pas rendu compte que je retenais mon souffle. J'essaie de me redresser contre les oreillers trop mous pendant que les pixels s'organisent et que mon père s'affiche à l'écran. Je ne peux m'empêcher de chercher maman à l'arrière-plan, mais elle n'est pas là.

Un grand sourire fend son visage.

– Le voilà. Mon garçon.

– Salut, papa, dis-je. Tu m'as manqué. Maman et toi, vous me manquez tous les deux.

J'ai mal au visage à force de sourire, de me retenir de pleurer. Il s'excuse, pour maman. Il n'a pas besoin de me dire pourquoi elle n'est pas là. Je comprends parfaitement. Voyager n'est pas facile pour elle, et je suppose que le centre de communication de Babel n'est pas la porte à côté. Il s'empresse de me rappeler qu'elle m'aime, me dit les mots qu'elle aurait prononcés si elle n'était pas si malade, si fatiguée, si mal en point. Je suis dégoûté de savoir que trois semaines ont suffi à m'emporter à plusieurs millions de kilomètres. Je déteste ne pas pouvoir sentir les odeurs d'usine ou le parfum de son savon bon marché. Avec un sourire, il se frise les coins de la moustache entre son pouce et son index.

– C'est quoi, ça ? dit-il. Tu te laisses pousser du duvet de poussin ?

Je passe un doigt sur ma lèvre supérieure. On commence à y sentir quelques poils.

– Tu crois que je devrais me raser ?

– À toi de voir, répond-il. Assure-toi simplement d'utiliser de la mousse. Regarde dans quel sens vont les poils, et rase-toi dans ce sens-là, pas en sens inverse. Pigé ?

Je hoche la tête.

– Merci, papa.

Il est tout sourire.

– Allez, raconte-moi un peu. Comment ça se passe ?

– Ça va, dis-je. Un peu dur, mais on est tous logés à la même enseigne.

– Donc tu t'en sors bien ?

– Au début oui, dis-je. J'ai eu quelques difficultés depuis, mais je m'accroche.

Il hoche la tête d'un air encourageant. Je n'ose pas lui raconter que j'ai failli mourir. Il en perdrait encore plus le sommeil.

– Bon, ça fait seulement quelques semaines. Une saison ne se joue pas sur les premiers matchs. Tu te souviens des Lions, l'année dernière ?

– Ils ont commencé par se prendre quatre-zéro, dis-je.

– Les gens ont toujours tendance à paniquer. On aurait cru que c'était la fin du monde à Détroit. Mais ils ont continué à leur rythme, s'en sont tenus à leur plan de jeu et ont fini par remporter le championnat.

Je hoche la tête. Il a raison. Même si j'ai accumulé quelques milliers de points de retard, j'ai encore largement le temps de me refaire. Les autres aussi vont tomber malades, ou se blesser. Tout ce que j'ai à faire, c'est rester régulier. D'être meilleur qu'au moins deux personnes. Si je réussis, je rentrerai à Détroit comme un prince. Détroit me fait penser à PJ, à mes copains, et j'ai le cœur qui se serre à cette idée.

– Ils ont choisi qui, pour la draft ?

– Ce jeune arrière du Wisconsin, répond-il. On dirait qu'il a trois poumons.

– Et comment ça se présente pour nous ?

Il sourit.

– Je crois que cette année le championnat est soit pour nous, soit pour Londres. Ça devrait être une sacrée saison.

Entendre parler de Détroit me rend nostalgique. Je lui demande ce qu'il peut me raconter d'autre.

– PJ passe très souvent, dit-il. Il réclame de tes nouvelles. C'est un bon garçon, quand il n'essaie pas de prouver qu'il est invulnérable. Je me souviendrai toujours de lui comme le cinglé qui a sauté à travers notre fenêtre.

Je souris. Comme la plupart de nos quatre cents coups d'adolescents, cette histoire de fenêtre était ma faute. J'avais observé que les super-héros se construisaient dans l'épreuve. Comment être sûrs que PJ en était bien un sans le soumettre d'abord à quelques expériences ? Alors je lui avais fait courir quelques cent mètres, soulever les haltères de mon père, et… sauter à travers notre fenêtre après une course d'élan. Ses parents l'avaient tenu éloigné de chez moi le plus longtemps possible après ça. Soit environ une semaine. On était trop proches pour être séparés. Quand j'y repense maintenant, j'ai l'impression que c'est arrivé à d'autres personnes dans une autre vie.

– Il me manque lui aussi.

Je me fais la réflexion qu'aucun des autres concurrents ne m'a rendu visite. Je considérais Kaya, Bilal et Katsu comme des amis. Mais ils ne sont pas venus, pas une seule fois.

– Vous me manquez tous.

– Tu nous manques aussi. Mais pour l'instant, tu as une mission, me rappelle-t-il. Travaille dur, garde la tête haute, et on sera là pour t'accueillir à ton retour. D'accord ?

Je hoche la tête mais j'évite son regard. Il croit en moi plus que je n'y crois moi-même.

– Papa, dis-je. Je peux te demander un truc ?

– Tout ce que tu veux.

Je pose la question qui me travaille depuis un moment.

– Est-ce que je suis une mauvaise personne ?

Toute gaieté s'efface aussitôt de son visage. Il m'examine comme s'il cherchait des cicatrices.

– Quelqu'un t'a dit ça ? Ces types de Babel ?

Je secoue la tête.

– Non, c'est juste un truc que je ressens. Je me mets tellement en colère, des fois. Contre les autres, contre moi…

– Emmett.

Il prononce mon nom comme pour me rafraîchir la mémoire.

– Tu es la meilleure part de moi et la meilleure part de ta mère. Depuis que tu es tout petit, ç'a toujours été comme ça.

– Ce n'est pas du tout l'impression que j'ai, dis-je.

– Tu es au fin fond de l'espace en train de te battre à un contre neuf. Il y a de quoi être déstabilisé. Simplement, n'oublie pas qui tu es. Es-tu une mauvaise personne ? Bien sûr que non. Est-ce que ça veut dire que tu prendras toujours la bonne décision ? Sûrement pas. On fait tous des erreurs.

– Je veux juste gagner. Plus que tout.

– Que tu gagnes ou que tu perdes, dit-il avec un haussement d'épaules, comme si ça lui était bien égal, sache que je suis fier de toi. On est tous fiers de toi.

Serait-il aussi fier s'il savait ce que j'ai fait à Roathy ? Ou la manière dont j'ai provoqué Jaime parce qu'il était différent ? Un sentiment de honte me comprime le cœur.

– Hé, je ne t'ai pas encore dit ! reprend-il avec enthousiasme. Ta mère a commencé son traitement. Ces médecins recommandés par Babel sont incroyables. Elle…

Mais la communication s'interrompt brusquement avant qu'il ne puisse me donner plus qu'un avant-goût d'espoir. Je me regarde dans l'écran vide. Un astronaute solitaire égaré dans l'espace. Je m'enfonce dans mon lit et attrape mes oreillettes sur la table de chevet. Je fais défiler plusieurs chansons.

J'en choisis une où les percussions se mêlent d'abord en sourdine avant de s'affronter dans un choc titanesque au moment du refrain. J'y retrouve le même chaos que je sens bouillonner en moi. Je me repasse le morceau trois fois, de plus en plus fort, jusqu'à ce que je n'entende plus que la musique, les pulsations et le rythme.

JOUR 28, 05 : 30

À BORD DU *GENESIS 11*

Le matin de mon retour programmé à la compétition, je découvre à mon réveil une silhouette sur le seuil de ma chambre. Souple comme un chat, Marcus Defoe se glisse à l'intérieur. Je ne l'ai pas vu une seule fois pendant ma convalescence. Je cherche Vandemeer du regard, mais il n'est pas là. Defoe s'arrête au pied de mon lit.

– Alors, complètement rétabli ? me dit-il.

Il me demande ça sur le même ton que si on était à l'arrêt de bus en train de discuter de la pluie et du beau temps.

Je hoche la tête.

– Je suis prêt.

– Tant mieux. Parce que tu as pris du retard.

Je brûle d'envie de lui demander combien de points. Ou de protester que ce n'est pas juste, que j'ai été victime d'une tricherie. Mais il s'en moque. Tout ça fait partie du jeu, pour lui. Alors je reste silencieux. J'essaie d'avoir l'air indifférent. Je veux qu'il me croie capable de regagner chaque point. Au fond de moi, je cherche son approbation.

– Je suis là pour une affaire personnelle, m'annonce Defoe.

Il passe un doigt sur sa tablette et une porte s'ouvre sur ma droite. Je suis dans cette chambre depuis presque une semaine et je ne l'avais encore jamais remarquée. Un vigile de Babel pousse dans la pièce un individu menotté, le visage dissimulé sous une cagoule. Mon cœur tambourine contre ma cage thoracique. Qu'est-ce que ça veut dire ?

Les jambes de l'homme se dérobent sous lui et il tombe à genoux sur le sol de l'infirmerie. Defoe lui retire sa cagoule. Des cheveux gris poissés de sueur. Une mâchoire molle et mal rasée. Je regarde un filet de sang couler de son nez, goutter sur son col blanc. C'est l'un des assistants. Je n'avais jamais vraiment fait attention à eux jusqu'ici. À l'exception de Vandemeer, ils se ressemblaient tous à mes yeux.

– Emmett, dit Defoe, je te présente le docteur Karpinski. C'est lui qui a essayé de te tuer.

Je me change en bloc de glace. Je suis plus froid qu'une nuit sans lune, que la caverne la plus noire.

Karpinski lâche un geignement. Ce bruit remue quelque chose d'encore plus sombre et plus froid au fond de moi. C'est un homme trapu, la quarantaine bien tassée. Pourquoi a-t-il souhaité ma mort ? Tout sonne faux, chez lui. Il a sans doute ses raisons tordues, mais je m'en fiche. Je veux qu'il soit puni pour ce qu'il a fait.

Defoe m'observe.

– Il a trafiqué les bandes vidéo après coup, mais l'enquête a fini par remonter jusqu'à lui. C'est lui qui s'occupe de Roathy et Isadora. Il espérait leur donner un coup de main en faussant la compétition.

Ma main se pose d'elle-même à l'endroit où l'épée s'est enfoncée entre mes côtes. Karpinski ne sollicite ni mon pardon, ni ma pitié. Il se contente de respirer fortement et de me fixer avec des yeux éteints. Defoe jette quelque chose – qui glisse au sol avant de s'arrêter au pied de mon lit avec un tintement métallique. Une épée. Le regard de Karpinski s'allume en la voyant.

– Voilà comment les choses vont se passer, Emmett, m'explique Defoe. En Chine, le docteur Karpinski serait jugé et exécuté. Aux États-Unis, il serait condamné à la perpétuité sans possibilité de libération conditionnelle. S'il était adamite, il serait enchaîné aux tâches éternelles du Créateur.

J'ai le cerveau qui travaille à toute vitesse. Où Defoe veut-il en venir ? J'essaie de ne pas regarder l'épée au pied de mon lit. De ne pas penser à ce que ça me ferait de l'empoigner.

– Et même s'il existe plusieurs traités internationaux concernant le bon usage de l'espace, nous sommes un peu en dehors de toute juridiction, ici. C'est notre territoire, et nos lois sont différentes.

– Ah oui ? dis-je froidement.

– Dans cette affaire, nous avons décidé d'invoquer la loi primaire. Sais-tu ce que ce mot signifie ?

– Premier. Ça veut dire premier.

– Exactement. Dans ce cas précis, le premier concerné. La principale victime. Le docteur Karpinski a préparé et mis en œuvre une tentative d'assassinat contre toi. C'est toi, le premier. Donc c'est à toi de décider.

– Je ne comprends pas.

Defoe m'indique l'épée d'un signe de tête.

– Crois-tu que le docteur Karpinski mérite de mourir ?

Je serre les poings.

– Oui.

– Alors prends l'épée.

Je me penche pour la ramasser. La poignée est en noxolyte, mais pas la lame. La lumière scintille sur son tranchant quand je la soulève. Karpinski mérite de mourir, mais je ne suis pas sûr de mériter de le tuer. L'arme est si légère ; ce serait facile. Je verrouille mon regard sur lui.

– Pourquoi avez-vous fait ça ? dis-je.

Il baisse les yeux.

– C'est eux qui m'ont obligé. Ils m'ont menacé. Je ne savais pas.

– Le docteur Karpinski oublie qu'il est un adulte, intervient Defoe. Quoi que ses recrues puissent lui demander, il reste libre de ses choix. C'est lui le responsable.

Je me tourne vers Defoe.

– Qu'arrivera-t-il si je refuse de le tuer ? Il y aura un jugement ?

Defoe secoue la tête.

– Loi primaire. Si la principale victime peut pardonner, nous aussi.

– Alors quoi ? Il sera mis aux arrêts et c'est tout ?

– Bien sûr que non, réplique Defoe sur le ton de l'évidence. Il reprendra ses fonctions.

Ma main se crispe sur le manche de l'épée.

– Ce n'est pas juste.

– Alors fais ce qu'il faut, rétorque-t-il. Tu ne peux pas crier à l'injustice lorsque c'est toi le juge.

– Donc soit je le tue, soit il est blanchi ? C'est ridicule.

– Si tu veux administrer la sentence, c'est à toi de manier l'épée.

Je sens peser sur mes épaules le défi que me lance Defoe. Il m'en demande trop. Le docteur Karpinski regarde dans le vague, comme un fantôme. Il s'agit encore d'un test. Babel cherche à savoir quel genre de juge je suis. Le crime de Karpinski est une ombre qui planera au-dessus de moi aussi longtemps qu'il restera en vie. Un meurtrier potentiel en liberté dans le même vaisseau que moi. Il pourrait recommencer. La prochaine fois, il pourrait réussir.

– C'est vraiment la seule solution ?

Je pose la lame contre son cou. Karpinski ne réagit même pas à la froideur de l'acier. Une part de lui est déjà morte. Defoe acquiesce de la tête.

– La seule, répète-t-il en écho.

Je hoche la tête à mon tour. La décision est facile. *Tu es la meilleure part de moi et la meilleure part de ta mère.* C'est vrai, c'est mon père qui l'a dit. Je laisse tomber l'épée. Elle tinte sur le sol à côté de Karpinski, comme une promesse brisée. J'ai l'impression de lui rendre mon arme, de lui tourner le dos et de lui montrer où la planter. Détruire ou être détruit…

Qu'importe – je ne tuerai pas pour eux. Babel voudrait faire de moi son bourreau. Que je sois la main qui arrache la grappe pourrie dans sa vigne immaculée. Qu'ils aillent se faire voir. Mon père ne voudrait pas ça. Je suis sûr qu'il me dirait que je vaux mieux que ça.

Defoe s'avance.

– C'est ta décision ?

– Oui.

Karpinski évite mon regard. Ses épaules s'affaissent et il semble se tasser sur lui-même. Defoe ramasse l'épée pour en admirer le tranchant.

– Docteur Karpinski, vous avez de la chance.

Il abat l'épée d'un geste nonchalant. J'ai d'abord l'impression qu'il rate son coup, mais ensuite Karpinski se met à hurler alors que le sang gicle en fontaine sur son épaule et retombe sur le sol. Les mains entravées, il ne peut rien faire pour étancher le saignement. Son oreille a disparu – tranchée net, comme ça.

– Vous ne mourrez pas aujourd'hui, mais vous resterez marqué. Encore une incartade et je vous expulse dans l'espace avec les déchets ménagers. C'est bien compris ?

Entre deux geignements, le malheureux acquiesce de la tête. Defoe essuie sa lame avant de se retourner vers moi.

– Tu es déclaré apte, Emmett. Tu peux reprendre la compétition aujourd'hui. Et maintenant, si tu veux bien nous excuser, j'ai encore deux mots à dire au docteur Karpinski.

À peine a-t-il dit ça que la porte s'ouvre au fond de la chambre. Je me dirige vers la sortie et le docteur Karpinski pousse un cri. J'ai un pied dans le couloir quand je réalise qu'il me supplie de ne pas l'abandonner. Je quitte cet endroit abominable sans me retourner.

De retour dans ma chambre, il me faut un long moment pour calmer ma respiration. J'en veux à Karpinski d'avoir essayé de me tuer. J'en veux à Defoe d'avoir cherché à me ravaler au rang de bourreau. Toute cette situation est une injustice, une souillure que je ne peux pas me contenter d'archiver. Les tiroirs sans fond de mon cerveau ne sont pas suffisamment grands. Ça n'avait jamais raté, pourtant, depuis que mamie m'avait appris le truc.

J'avais neuf ans. On jouait au football américain. Six garçons qui couraient dans la poussière en faisant comme si c'était du gazon. Qui se lançaient un ballon en faisant comme s'il était gonflé. J'étais rapide à l'époque, un peu plus grand et plus fort que tous les autres. On n'est jamais fatigué à cet âge-là. On peut courir, rire et crier toute la journée jusqu'au moment de s'écrouler sur l'oreiller. Alors j'ai couru. Tout droit, en zigzag, en leurre, en faisant des bonds de côté pour échapper aux plaquages maladroits. Au bout d'un certain nombre de touchdowns, ils ont commencé à en avoir marre. Et à grommeler. *Ce n'est pas juste*, a dit l'un. *Tu es trop rapide*, a ajouté un autre. Mes deux coéquipiers m'ont lâché. Je me suis retrouvé à un contre cinq. Et ce n'étaient pas les Très Excellents Frères, non plus ; seulement des copains du quartier. Les amitiés se forment comme ça, avant même qu'on ne se connaisse soi-même.

J'ai oublié qui m'a bousculé le premier. J'ai oublié les insultes qu'ils m'ont lancées.

Mais je n'oublierai jamais ce premier coup de poing. Il est arrivé de la droite. Je n'ai rien vu venir ; j'ai eu l'impression de me prendre un semi-remorque. J'ai pivoté. Ils se sont jetés sur moi. Je suis tombé. Ils m'ont roué de coups de pied. Et ils ont continué jusqu'à ce que je ne bouge plus. Ensuite, ils m'ont laissé me relever. Tu parles d'une erreur ! À neuf ans, on ne connaît pas encore les règles. Plus tard, je l'apprendrais. Il ne faut jamais laisser l'adversaire se relever.

Je ne sais même pas si j'ai attrapé le bon. Je sais seulement qu'une fois sur lui, je n'ai plus voulu le lâcher. J'ai continué à le frapper jusqu'à ce que plus rien n'existe à part nous, la poussière et les sirènes de police. Ce n'était pas beau à voir. On m'a arrêté, emmené au poste et on m'a relevé mes empreintes. J'étais trop jeune pour le tribunal pour enfants, mais j'ai bien vu les regards qu'on me jetait, la manière dont on parlait de moi dans mon dos. Tout ça alimentait ma colère.

Un peu plus tard, mamie m'a pris par la main. Elle m'a emmené dans son jardin, un petit coin minuscule entouré d'un grillage rouillé, et on s'est assis dans l'herbe.

– Alors, Emmett, a-t-elle murmuré. Ça bouillonne, en toi, pas vrai ?

Je me suis mis à pleurer, et elle m'a laissé faire. Il n'y avait pas de honte à pleurer, pas devant elle.

– Ton grand-père n'a pas vécu assez longtemps pour t'apprendre, mais je vais le faire, a-t-elle dit. Lui aussi avait des raisons d'être en colère. Tous les jours, il en avait de nouvelles. Mais on ne peut pas toujours passer sa colère sur les bonnes cibles. La plupart du temps, ces cibles n'ont même pas de nom. Tu comprends ce que je veux dire ?

Je ne comprenais pas, non, mais j'aurais tellement voulu que j'ai hoché la tête quand même.

– Tant mieux parce que je ne te le répéterai pas. Donc, ce que faisait ton grand-père, à chaque fois qu'une chose le rendait furieux, c'était l'archiver. Des fois, je l'entendais marmonner dans sa barbe des trucs comme : « I pour "Injustice". » J'ai d'abord cru qu'il était cinglé, mais ce n'était pas le cas. Il mettait sa colère de côté. Il la rangeait soigneusement dans un coin. Pour s'en servir plus tard, contre autre chose, de manière à ne pas se laisser ronger de l'intérieur.

Elle a posé sa main sur la mienne.

– N'oublie jamais ça. Si tu t'abandonnes à la colère, c'est fini. Tu t'engages sur une route solitaire, et sacrément longue. Mais si tu trouves un moyen de contrôler tes émotions, si tu peux dominer cette colère et en rester le patron, tu devrais t'en sortir pas trop mal. Alors archive-moi tout ça. Celle-ci, appelons-la B pour « Bande de lâches ». Ça te plaît ?

Ça me plaisait beaucoup. Ensuite, mon oncle a commencé à me donner des cours de boxe. À chaque fois qu'on m'insultait à l'école, qu'on me bousculait dans la rue ou qu'on ignorait mes textos, j'archivais l'incident. J'attendais le dimanche avec impatience. Là, je rouvrais mes dossiers et j'évacuais contre le sac de frappe toute la colère accumulée dans la semaine. Ça me permettait de gérer. Pendant des années, PJ m'a surnommé le Duc du cool. Il se demandait toujours comment je faisais pour afficher un détachement pareil. *Tu devrais voir ta gueule, mec*, disait-il. *On dirait qu'elle est taillée dans la pierre*. Et c'était le cas.

Je me souviens de tout ça en réfléchissant à Karpinski et à Defoe. Je ne peux pas contrôler ce qui m'arrive, mais ce n'est pas Defoe qui décide de ce que je suis. Même si Babel a toutes les clés en main, ils ne savent pas ce qu'ils gardent en cage. Pas encore. Ils le découvriront bien assez tôt.

JOUR 28, 08 : 31

À BORD DU *GENESIS 11*

Vandemeer m'accompagne jusqu'à la cafétéria. Il a l'air très excité par mon retour. Il n'est pas difficile de comprendre qu'il n'est pas au courant pour Karpinski. Cette tentative de meurtre est une leçon que je n'oublierai pas. Karpinski a prétendu qu'Isadora et Roathy lui avaient forcé la main. Les autres concurrents veulent gagner tout autant que moi. Mais ils ont mal choisi leur cible. Je n'oublie rien et je ne pardonnerai pas.

Pendant qu'on marche, je sens mes entrailles se nouer, et en même temps je suis impatient de revenir, impatient de rattraper le temps perdu. On emprunte l'escalier qui mène à la cafétéria. J'ai hâte de revoir les autres, n'empêche que mon premier regard est pour le tableau d'affichage.

1. Longwei	97 750 points
2. Bilal	91 300 points
3. Azima	90 900 points
4. Kaya	87 450 points
5. Katsu	84 400 points

6. Jaime	80 200 points
7. Jasmine	75 050 points
8. Roathy	74 324 points
9. Isadora	74 080 points
10. Emmett	64 900 points

Je suis sous le choc. Les résultats sont logiques, mais j'en reste abasourdi. Mon cœur s'emballe tandis que je réalise l'ampleur de mon retard. Tout ça est relatif. Je ne dois pas oublier que d'autres aussi peuvent se blesser. D'autres peuvent tomber malades. J'ai quand même le sentiment de me retrouver au fond du trou, sans la moindre lueur d'espoir.

Je suis à dix mètres de la table quand ils me remarquent enfin. On dirait qu'ils voient un fantôme. Je cherche des signes de culpabilité, d'évitement, de gêne. Mais ils sont trop secoués pour trahir quoi que ce soit. Kaya est la seule à manifester une émotion. Elle a l'air furieuse.

Katsu brise le silence :

– On te croyait mort.

– Il en faut plus que ça pour me tuer, dis-je.

Voilà qui fait naître quelques sourires. Roathy et Isadora échangent un regard. Dont je prends note.

– Sérieusement, continue Katsu. Ils ne voulaient rien nous dire. Tu n'avais pas l'air bien quand ils t'ont emmené. Je n'en reviens pas qu'ils nous aient laissés croire que tu étais mort.

Kaya se lève pour me serrer dans ses bras. Elle en profite pour me glisser à l'oreille :

– Vandemeer m'avait interdit de te rendre visite. On était sans nouvelles. Je suis désolée. Je ne voulais pas te laisser seul. J'ai essayé de passer te voir presque tous les jours, Emmett, je te promets.

Je hoche la tête et tâche de faire comme si ça n'avait pas d'importance. Mais au fond de moi, je sens que ça bouillonne. L'idée que Vandemeer, malgré la relation de confiance qu'on a bâtie dans l'infirmerie, empêche Kaya de me rendre visite… Ça me dépasse. Et s'il ne faisait que suivre le protocole, qu'est-ce que Babel avait à gagner à me tenir loin des autres ? Je m'arrache à l'étreinte de Kaya, ne sachant pas trop qui blâmer ou à qui en vouloir. J'attaque donc mon petit déjeuner, écoutant d'une oreille distraite Katsu qui me fait promettre de lui montrer ma cicatrice.

Defoe ne fait pas attention à moi quand il vient nous chercher pour les activités du matin. Je retrouve les exercices de vitesse en manipulation de noxolyte. Je finis dans les trois derniers à chaque fois. Je suis lent, rouillé ; les autres ont eu neuf jours de plus pour s'entraîner. J'arrive encore à suivre le rythme en cours mais je reperds du terrain dans le bassin de nage. Mes poumons ne sont plus habitués à l'exercice. Mon score ne progresse pas d'un iota par rapport aux autres.

Dans l'arène, je suis aligné contre Azima. C'est un sacré retour à la compétition.

Je m'étais trompé à son sujet. Elle n'est pas un serpent qui bondit des hautes herbes. On dirait plutôt trois serpents. Je prends des coups de tous les côtés. Je voudrais pouvoir mettre ça sur le compte de ma blessure, mais en reculant pied à pied et en loupant des parades, je me rends compte qu'elle est tout simplement trop forte. Et qu'elle continue de s'améliorer. Au cinquième coup, mon avatar s'écroule tandis qu'Azima lève les bras en triomphe.

La matinée me laisse à bout de forces, trempé de sueur. Je n'ai pas perdu autant de terrain qu'à l'infirmerie mais Vandemeer avait raison. Je ne suis pas prêt. Trop faible, trop diminué. Ça ne s'arrange pas dans l'après-midi. On reprend les simulations de forage. Les autres s'activent à une vitesse stupéfiante. Ils ont des plans maintenant, des stratégies pour maximiser leur efficacité. Longwei travaille dans la foreuse, et les autres finissent par me reléguer à la manipulation de noxolyte.

Notre défaite est sans appel. Katsu marmonne quelque chose à propos de maillons faibles. Ça ne devrait pas, mais ça m'atteint quand même. Cette nuit-là, je rêve que je déambule à travers des pièces vides de plus en plus petites. Et à mesure que les pièces rétrécissent, je rapetisse avec elles. Je me réveille juste avant d'être réduit à néant.

Le jour suivant se passe encore plus mal. Je suis contraint d'abandonner au milieu de ma séance de natation, avec la sensation d'avoir tout le côté gauche du ventre en feu. Vandemeer me propose de déclarer forfait mais je refuse. Alors, il m'applique une pommade sur la plaie et on passe à l'arène. La douleur s'estompe juste assez pour qu'Azima me fasse passer pour une chiffe molle. J'essaie de me servir des trampolines pour prolonger le combat. J'essaie de jouer un peu à cache-cache. Sauf qu'elle est bien meilleure pour me débusquer que moi pour me cacher. Je me prends un coup de lance dans le cou, et c'est l'heure d'aller déjeuner.

Tout en mordillant dans une aile de poulet, je ne peux m'empêcher de jeter un coup d'œil à mon score. Je ne décolle pas. Au contraire, je continue de m'enfoncer. Dire que j'ai été premier... J'en rirais presque, aujourd'hui. Longwei ne fait plus attention à moi. Je ne suis plus une menace. Pour les autres, je ne suis plus qu'un objet de pitié. Eux aussi m'ont rayé du tableau. Je serais bien tenté de renoncer moi-même, sauf que je me rappelle papa qui enchaîne le travail de nuit, maman soignée par des médecins qu'on n'aurait jamais cru pouvoir se payer. Je me rappelle que si je ne réagis pas très vite, je rentrerai à la maison avec un lot de consolation.

Vouloir quelque chose et l'obtenir sont deux choses différentes. J'ai beau me concentrer, j'arrive quand même à casser une pièce sur le site de forage et je prends trop de temps pour manipuler notre récolte de noxolyte. L'autre équipe pulvérise notre temps. Mes coéquipiers me regardent d'un sale œil. Quand Defoe nous réunit, je reste comme un fantôme au fond de la pièce.

– Une nouvelle semaine se termine, annonce-t-il à la fin de l'exercice. Vous allez avoir un jour de repos bien mérité. Nous ouvrirons la salle de récréation comme la dernière fois. En attendant, allez donc dormir et reprendre des forces.

Je traîne à l'arrière du groupe dans le couloir qui nous ramène à nos chambres. J'aperçois mon reflet sur les murs et je me demande qui je regarde, où est passé le vrai moi. Bien sûr, Kaya ralentit pour m'attendre. Elle me donne un petit coup d'épaule.

– Tu m'as manqué, dit-elle.

– Ah oui ? Tu as une drôle de façon de me le montrer.

Son regard s'assombrit.

– Vandemeer m'avait interdit de te voir. C'est le protocole à bord, Emmett. C'est Babel qui a décidé ça. À chaque fois qu'il y a une blessure par noxolyte, la victime doit être mise en quarantaine. Il n'y a que le médecin chef qui peut la voir. Quoi, tu crois que j'inventerais un truc pareil ?

Son explication se tient, mais la journée a été longue et j'ai bien le droit d'être furieux contre quelqu'un, quand même. Je hausse les épaules et m'éloigne.

– Pas grave.

Elle me retient par le bras avec plus de force que je ne l'en aurais cru capable. Je m'arrête net, et elle attend que j'accepte de croiser son regard.

– Ne te sens pas obligé de jouer les caïds avec moi, dit-elle.

Je me dégage d'une secousse.

– Qu'est-ce que ça peut te faire ? Dis-moi un peu.

– On est dans la même équipe, Emmett. On est amis. On est de la même couleur. Tu crois que je pourrais oublier tout ça ?

– Kaya, je ne sais même pas de quoi tu parles.

– Tu es bleu, Emmett, comme moi. Tu te souviens ? On est tous les deux des laissés-pour-compte. Les gens nous regardent sans nous voir. Je suis bleue, moi aussi. Je sais ce qu'on ressent.

Je secoue la tête, et je vois bien que ça l'agace.

– Pour moi, ç'a été mes deux parents, raconte Kaya d'une toute petite voix. On était très pauvres. Il a fallu qu'on déménage. Ils m'ont emmenée dans notre nouvel appartement, ont déballé toutes nos affaires et m'ont mise au lit. À mon réveil, ils étaient partis. En me laissant mes affaires. Et un mot d'adieu.

Son récit me brise le cœur. Je vois bien à quel point c'est pénible pour elle d'en parler, d'admettre qu'elle a été abandonnée. Mais au lieu de pleurer, elle serre les dents et relève le menton. Elle me regarde droit dans les yeux et attend obstinément que je dise quelque chose. Je n'ai pas envie qu'on m'aime, ni elle ni personne d'autre à bord de ce vaisseau. J'ai juste envie de rentrer chez moi et de tout réparer. Je veux sauver maman, papa, moi-même… Ce n'est pas en me faisant des amis que j'y arriverai.

Mais Kaya ne se décourage pas.

– Je sais qu'il t'est arrivé un truc à toi aussi, insiste-t-elle. Je n'ai pas besoin que tu me dises quoi, ni pourquoi c'est arrivé. Mais tu veux savoir pourquoi je me fais du souci pour toi ? Pourquoi je t'aime bien ? Parce que je me suis fait une promesse quand j'étais petite. Que si jamais je croisais des gens bleus, comme moi, ils pourraient toujours compter sur moi. Alors je ne vais pas te laisser tomber simplement parce que tu as eu une mauvaise journée. Je ne vais pas te laisser tomber simplement parce que tu en veux au monde entier. On n'est pas que des colocataires, Emmett ; on est de la même famille. Je reste là, et je n'irai nulle part.

Elle me dévisage fixement, et je suis obligé de me détourner. Je sens mon armure soigneusement constituée glisser au sol. Je ne veux pas qu'on connaisse mes secrets. Je ne veux pas qu'on lise en moi comme ça.

– Tu es vraiment venue tous les jours ?

– Aussi souvent que j'ai pu.

Je hoche la tête.

– Je suis désolé. La journée a été dure.

– Je sais, mais tu n'as pas tant de retard que ça. J'ai fait le calcul, Emmett. La victoire ne va pas se jouer en quelques milliers de points. Il reste encore beaucoup de temps avant d'atteindre les scores finaux.

– Sauf que chaque point est important.

– Exact. Alors, continue à en gagner. Je m'entraînerai avec toi demain pendant notre jour de repos. Tu t'es suffisamment tourné les pouces à l'infirmerie. Il est temps de te remettre un peu d'aplomb.

Je lui jette un regard en coin.

– Tu ferais ça ?

Elle rit.

– Tu n'as pas écouté un mot de ce que j'ai dit, en fait ? Quelle tête de mule.

– Je ne comprends pas, c'est tout.

Elle passe son bras dans le mien.

– Je t'aime bien. C'est si difficile à comprendre ?

Pour la première fois, je ne remets pas en question ce qu'elle me dit. J'ai besoin d'un peu de réconfort, et son discours me fait du bien. On regagne notre suite et on fixe une heure pour commencer l'entraînement demain. Avant d'aller prendre notre douche chacun de notre côté, elle me montre un truc sur lequel elle travaille. Un vieil appareil photo, vintage au possible. Tout en noxolyte.

– Ma grand-mère en avait un, dit-elle. Approche.

Elle tient l'appareil à l'envers et passe son bras autour de ma taille. Je l'attrape par les épaules et on sourit tous les deux à l'objectif. L'appareil crache une petite photo carrée. Kaya s'en saisit, l'agite en l'air, puis me la tend.

– Même pas besoin de la regarder pour savoir qu'elle est bonne. Tiens, garde-la.

Je la pose sur ma commode et la regarde prendre vie devant moi. On a l'air à mille lieues de cette compétition. On ressemble à de vrais amis. Si seulement une douche pouvait me laver de la réalité. Après, je me place tout nu devant mon miroir. Ma cicatrice forme une bande de peau plus claire sous mes côtes noires. Mes caractéristiques vitales s'affichent en clignotant. J'ai perdu six kilos. Ça se voit à mes côtes et à mes joues. Le miroir scanne l'intérieur de mon ventre. Tous les signaux sont au vert.

N'empêche qu'il me reste une fêlure que le miroir ne peut pas déceler. Je la ressens plus que jamais.

Contrarié, j'attrape mon baladeur et j'ouvre la coque. La carte d'accès de Vandemeer en tombe. Elle me fait miroiter mille possibilités. Connaissant Kaya, elle a sûrement prévu de veiller tard et de lire avec moi. Demain, c'est relâche, si bien qu'on peut se coucher aussi tard qu'on veut. Mais j'ai un programme plus excitant à lui proposer. J'enfile une tenue décontractée et retourne dans le salon. Kaya m'y attend, un livre à la main, mais elle le pose quand je lui agite ma carte d'accès sous le nez.

– Tu l'as volée ? s'exclame-t-elle, les yeux écarquillés.

– Il y a un moment, dis-je en glissant la carte dans une de mes poches. C'est son passe de secours.

Kaya tambourine sur la table basse avec ses doigts.

– Tu l'as déjà essayée ?

– Pas encore. Ça te dit de partir en exploration ?

Elle sourit sous son masque.

– Voyons jusqu'où s'enfonce le terrier du lapin.

On passe la tête dans le couloir. Aucun signe de Vandemeer. Pas de techniciens de Babel en vue. La plupart de nos concurrents se sont enfermés dans leurs suites. J'entraîne Kaya dans un couloir que j'avais repéré. Je n'ai peut-être pas encore testé la carte, mais ça ne veut pas dire que je suis resté sans rien faire. Depuis l'instant où je l'ai fauchée, j'ai étudié les couloirs, les galeries et les escaliers.

On descend quelques volées de marches, et je m'arrête devant ma première découverte.

– Je te présente un mur parfaitement banal, dis-je sur un ton théâtral. Sauf entre les mains d'un magicien.

Je frappe un panneau du plat de la paume, et il s'écarte. Un passage dérobé s'ouvre devant nous. Kaya en reste bouche bée.

– Cool, murmure-t-elle. Mais comment as-tu trouvé ça ?

– Un magicien ne dévoile jamais ses secrets.

Elle fronce les sourcils et m'écrase le gros orteil d'un coup de talon.

– Aïe ! C'est bon, c'est bon !

J'indique le sol.

– Regarde les éraflures. Pourquoi y aurait-il des éraflures à cet endroit-là, sinon ? C'était facile.

Elle me gratifie d'un grognement approbateur tandis que les lumières au plafond s'allument devant nous. Ça me rappelle les lampes à économie d'énergie du *Food First* près de chez moi, à Détroit. L'éclairage baissait dans les rayons quand personne n'y passait pendant un certain temps. Le système est tombé en panne au bout de trois mois. Le rayon frais s'est retrouvé plongé dans le noir complet, et le magasin a pris son temps pour le faire réparer. Je faisais comme si j'étais en mission secrète pour ramener des yaourts. Le seul objectif de la mission de ce soir est de nous amuser, mais j'éprouve la même sensation qu'à l'époque. Le sentiment d'être invincible.

– C'est quoi, ces passages, à ton avis ? me demande Kaya.

– Des raccourcis, j'imagine. Je parie qu'il y en a partout dans le vaisseau.

Le chemin se termine en cul-de-sac, et je pousse un nouveau panneau. On se glisse dans un autre couloir qui mène à une imposante porte blindée. Je dézippe la poche de mon blouson, j'en sors la carte de Vandemeer et je la passe dans le lecteur. Le voyant vire au vert, la porte coulisse et on se faufile de l'autre côté. Kaya me dévisage avec des yeux ronds.

– Tu es doué, dit-elle.

Je lui fais un clin d'œil.

– Il n'y a pas que Babel qui a des petits secrets.

Ça la fait rigoler, mais à mesure qu'on avance elle remarque certains détails qui m'auraient échappé. Comme l'immensité du vaisseau, ou le fait que Babel a inséré de la noxolyte un peu partout dans les murs et les câblages. Elle voit toujours les choses dans leur ensemble. Alors que moi, j'ai souvent du mal à prendre du recul. Pas étonnant qu'elle soit si forte pour élaborer des stratégies. Une bifurcation s'ouvre devant nous.

– À toi de décider, Alice, dis-je.

Elle emprunte la voie de gauche sans ralentir, sans même se donner la peine de répondre. Je lui emboîte le pas en riant.

– Sérieusement, c'est trop cool, Emmett.

– Je t'en devais une. Pour avoir été si patiente avec moi. J'espère qu'on est quittes, comme ça.

Je devine son sourire sous le masque.

– Je n'aurais jamais découvert tout ça sans toi.

– À quoi sert d'avoir des amis, sinon pour faire les quatre cents coups ?

Elle rougit à ces mots. Je suis très sérieux. J'ai besoin d'elle. Je ne m'en étais pas rendu compte jusque-là, mais sans elle je ne donne pas cher de mes chances de survie dans cette compétition. On avance en catimini, sans plus penser à rien, et j'en oublie presque mes propres règles.

– Attends, dis-je en la retenant par le col. Colle-toi au mur.

Je lui montre l'exemple. Je tourne le coin avec prudence, le dos plaqué contre le mur. Une caméra flotte au ras du plafond. On voit cligner son œil robotique en passant dessous. Je fais signe à Kaya de se plaquer contre le mur d'en face et on répète le processus pour se glisser sous une deuxième caméra. Au bout du couloir, une autre porte noire nous attend.

– Où as-tu appris à faire ça ? me demande-t-elle.

– Il m'arrive d'aller piller le frigo pendant la nuit.

Je passe ma carte dans le lecteur encore une fois et la porte s'ouvre avec un appel d'air. On passe dans une antichambre. Au-dessus de nous, l'air siffle à travers des conduits métalliques. On attend quelques secondes le temps que les capteurs de la pièce s'adaptent à notre présence. J'espère juste que Babel n'a pas l'œil collé aux écrans de surveillance. Je ne serais pas surpris de voir des vigiles débarquer pour mettre fin à notre petite escapade. N'empêche, ce petit moment de liberté vaut bien la peine qu'on prenne le risque.

La deuxième porte s'ouvre en grinçant et je m'avance sur le seuil. La pièce ressemble à un puits d'entretien, brillamment éclairé. Ses parois tapissées de tuyaux et de câbles s'enfoncent sur une trentaine de mètres.

– Un cul-de-sac ? dit Kaya.

– Je ne crois pas.

J'avance une main au-dessus du vide.

À l'intérieur de l'antichambre, on reste soumis à la gravité artificielle, mais dès que ma main passe le seuil, je ne sens plus son poids. Kaya la regarde s'élever toute seule et hausse les sourcils.

Je ris, pousse un petit cri de triomphe et saute dans le vide. La sensation est extraordinaire. La légèreté, la liberté, la peur. Je jette un coup d'œil vers le haut en dérivant à l'horizontale. Le puits mesure une quinzaine de mètres de large, mais une bonne centaine de mètres du fond jusqu'au sommet. Mon élan m'emporte jusqu'au mur opposé. J'attrape une poutre métallique et reste accroché là. Kaya me suit en flottant avec grâce, transfigurée. Elle pivote sur elle-même et s'accroche au mur environ cinq mètres au-dessus de moi.

– Ça mène où, à ton avis ? dit-elle.

– On va bien voir.

Je me repousse contre le mur et la dépasse. Elle me suit en riant. On s'élève ainsi dans le puits, en zigzag, nageant dans les airs, dansant et nous comportant comme des enfants pour la première fois à bord du *Genesis 11*. Au-dessus de moi, Kaya s'accroche à la porte noire d'un deuxième sas. Je m'oriente dans sa direction et bondis. J'ai visé trop haut, mais elle me retient par la jambe de mon pantalon et me ramène à sa hauteur.

– Je ne vois pas de lecteur pour la carte, dis-je.

Kaya glisse les pieds sous le rebord du seuil et se plie en deux. Il y a un trou gros comme le poing au centre de la porte. Elle fourre la main à l'intérieur et tâtonne un instant. Puis elle panique. Sa main est coincée, son visage déformé par la terreur. Affolé, je la saisis par les épaules et tente de la dégager, quand elle éclate de rire.

– Je t'ai eu, me dit-elle avec un clin d'œil.

– Tu es insupportable.

Je me repousse contre le mur et m'éloigne en flottant. On passe une heure à explorer les lieux. Il n'y a que deux issues dans ce puits. Celle par laquelle on est venus, et celle qu'on n'arrive pas à franchir. Kaya passe un long moment à l'examiner, à se demander pourquoi il n'y a pas d'œilleton sur celle-ci contrairement à l'autre. Je finis par la faire renoncer en lui faisant miroiter des oursons gélifiés que j'avais mis de côté à la cafétéria. On se raconte des histoires, on se jette l'un à l'autre des oursons à différents parfums, jusqu'à se rendre malades.

Je m'attends sans cesse à voir surgir Defoe ou des vigiles de Babel, mais personne ne vient nous gâcher la fête. On regagne notre suite sans croiser âme qui vive. Kaya glousse comme une folle en se laissant tomber sur notre canapé. On savoure le fait de s'en être sortis sans dommages. On écoute des chansons sur mon baladeur et on joue aux cartes jusqu'à ce qu'on soit enfin terrassés par la fatigue. Jusqu'à ce que la douleur, la colère et la frustration nous semblent à des millions de kilomètres.

JOUR 50, 11 : 47

À BORD DU *GENESIS 11*

On dit que la douleur, c'est la faiblesse évacuée par le corps. Si c'est vrai, on doit tous être devenus assez forts pour porter le monde sur nos épaules. Les journées de compétition commencent à se confondre. Qu'on perde ou qu'on gagne dans la salle du Lièvre, chaque course devient le prolongement de la précédente, comme si on n'arrêtait pas de se poursuivre jour après jour à travers une forêt simulée.

Les explosions virtuelles sur le site de forage et les capteurs de douleur nous rappellent qu'un jour, les conséquences de nos erreurs seront autrement plus graves que des pixels cassés. Babel exige de nous la perfection parce que c'est ce qui nous gardera en vie sur Eden. Notre programme se déroule avec une telle régularité que je remarque uniquement les petits changements. Les petits incidents qui m'en apprennent un peu plus sur mes concurrents.

Au cinquième jour de repos, Bilal m'invite à jouer aux cartes dans sa chambre. Je suis d'abord tenté de refuser, de le remercier et de me retirer en sécurité dans ma suite.

Et puis, je me dis que ce serait peut-être agréable de casser la routine. Ce n'est pas comme si Bilal était mon ennemi. Depuis le début, il s'est toujours montré ouvert et amical avec moi. J'accepte son invitation et je le suis dans l'escalier.

– Longwei occupe l'autre chambre, m'explique-t-il. Mais il n'aime pas avoir de la compagnie.

Leur espace de vie est identique au nôtre. La seule différence est que la porte de la chambre de Bilal est grande ouverte. Je jette un coup d'œil à l'intérieur et je vois ses habits soigneusement pliés, ses affaires bien rangées sur la table de chevet. Je hoche la tête dans cette direction.

– Ta porte est cassée ?

Il secoue la tête.

– Je leur ai demandé de la bloquer comme ça. Je veux que tout le monde se sente bienvenu.

Je souris malgré moi. Drôle de type… On s'installe de part et d'autre de la table et Bilal commence à battre les cartes. Je le regarde retirer les jokers et couper deux fois, pour être sûr. Ensuite il pose les cartes et lève les yeux vers moi.

– Maintenant, on n'a plus qu'à attendre les autres.

Je le dévisage avec stupeur.

– Comment ça ?

– J'ai invité tout le monde. Ce sera super de pouvoir faire une grosse partie.

Je ravale ma frustration. J'aurais dû m'en douter. Bilal n'est pas le genre à écarter qui que ce soit. Il ne passe pas son temps à compter ses ennemis, contrairement à moi. Je jette un coup d'œil vers l'entrée et je commence à me sentir mal à l'aise. On frappe à la porte et Bilal va ouvrir. Jazzy fait son entrée et vient s'asseoir près de moi.

– Ça faisait un bail que j'avais envie de jouer aux cartes, avoue-t-elle.

Kaya est la suivante, puis Katsu, peu de temps après. La soirée démarre comme tous nos cours ou repas en commun. On échange quelques blagues, mais très vite l'ambiance se dégrade. Jaime arrive, suivi d'Isadora et de Roathy. Les voir dans un endroit où j'aimerais me sentir en sécurité me retourne l'estomac. Tout le monde s'installe dans un fauteuil ou sur un coussin. Azima est la dernière à nous rejoindre, et nous voilà réunis autour de la même table, tous ensemble – sauf Longwei.

Et il se produit une chose magique.

Bilal nous explique les règles de son jeu favori, distribue les cartes et nous jette un sort à tous. La tension se dissipe, les épaules se relâchent, les mains se dénouent. On étale des fulls, on cherche à réunir des quintes flush, on rit quand une reine s'échappe de la manche de Katsu. Pour une fois, on n'est plus des concurrents catapultés à travers le noir infini. On est des gosses assis au dernier rang. Le professeur nous a donné quartier libre, et le moment prend un parfum d'éternité.

On joue pendant des heures. Assez longtemps pour que la conversation légère prenne une tournure plus grave. Jazzy est la première à prendre le risque de se confier, de nous parler de ce qu'elle a laissé derrière elle. Je l'écoute en me disant qu'elle commet une grosse erreur – elle nous livre des secrets, se rend vulnérable –, mais en même temps je suis fasciné par sa franchise.

– Mes parents voulaient toujours m'inscrire à des concours de beauté et d'intelligence, mais je finissais chaque fois troisième ou quatrième. Au bout d'un moment, tous ces voyages les ont mis sur la paille.

Bilal nous distribue une autre main. On regarde nos cartes, mais en réalité on est surtout impatients d'entendre la suite de l'histoire de Jazzy.

– Tout cet argent fichu en l'air. Au début, ça ne nous manquait pas, mais ensuite on a appris que maman avait un cancer du sein.

Elle soulève sa mèche rose familière, dont la couleur s'estompe.

– Vous croyez que ça porte malheur si le rose s'efface complètement ?

Personne ne répond. On baisse tous les yeux sur nos cartes. Une minute se passe, puis Katsu part d'un grand rire tonitruant. Azima lui adresse un regard noir mais il l'ignore. On le regarde se lever maladroitement et partir en direction de la porte.

– Attendez-moi ici, nous ordonne-t-il. Ne bougez pas, hein ? Je reviens tout de suite.

Azima fronce les sourcils avant d'allonger le bras et de presser la main de Jazzy. J'en suis encore à disséquer la gravité du moment. Kaya aussi a partagé son histoire avec moi, mais uniquement parce qu'on forme une équipe. Ce n'est pas la même chose. On a beau apprendre quelques petites choses par-ci par-là sur les autres concurrents, je me vois mal leur faire part de mes faiblesses. On reste assis en silence jusqu'à ce que la porte se rouvre et que Katsu fasse irruption dans la pièce. Il tient une boîte en carton entre ses mains. Il a l'air hors d'haleine. On le regarde soulever le couvercle et pousser la boîte au centre de la table. Tout le monde se penche pour mieux voir.

– Un *higashi*, annonce Katsu. Mon dernier. Préparé avec du vrai *wasanbon*.

J'entends Kaya émettre un grognement appréciateur. Le biscuit est petit et délicat. Enfin, je crois que c'est un biscuit. Il est en forme de barque, couleur menthe à l'eau. Jazzy hausse les sourcils.

– Je ne comprends pas, avoue-t-elle. Quel rapport avec moi ?

Katsu referme le couvercle de sa boîte.

– Roathy a bien dit qu'on était tous fauchés, pas vrai ?

Tous les regards se tournent vers Roathy, qui hausse les épaules en guise de confirmation.

– Il a raison, continue Katsu. Je veux dire, Babel a clairement choisi les pires moutons noirs qu'elle a pu trouver. Alors considérez ça comme un autre épisode de la compétition. Celui qui racontera l'histoire la plus triste aura le droit de manger mon dernier *higashi*. Pour l'instant, c'est Jazzy qui tient la corde.

Il pousse la boîte dans sa direction avant de reculer d'un pas. Je m'attends à ce que tout le monde rejette l'idée, mais Azima se penche sur la table avec excitation.

– Je ferais n'importe quoi pour des sucreries.

Elle nous explique qu'elle appartient à la première génération de Rendille à s'être complètement sédentarisée dans les villes kenyanes. Autrefois, prétend-elle, il n'y avait pas de plus grand péché pour son peuple que l'immobilité. Ils dormaient à la belle étoile, poursuivaient le soleil jusqu'à l'horizon et voyageaient partout où l'eau les attendait. Elle nous raconte que son prénom, Azima, signifie « poussée au mouvement par la magie ». D'ordinaire réservé aux garçons, ce nom lui a été donné parce qu'elle remuait sans arrêt quand elle était petite.

Elle a le mouvement dans le sang, dans les os, mais les anciens ont décidé que la survie de leur peuple exigeait qu'ils s'arrêtent, qu'ils intègrent le monde moderne. Alors elle a regardé ses oncles et ses tantes s'établir en ville et perdre leur âme derrière des bureaux, à fixer des écrans. Sa famille s'est cantonnée à vivre dans des boîtes, et à mourir dans des cercueils. À inhumer leurs proches dans des villes aussi étrangères qu'une autre planète.

– J'ai peur, admet-elle. Je sais que cette mission représente un grand honneur, mais que se passera-t-il à mon retour ? Quel homme osera demander ma main alors que j'aurai voyagé dans les étoiles ? Ma vie ne sera plus jamais la même.

Elle lâche un petit rire nerveux pour briser le silence qui suit sa confession. On distribue de nouvelles cartes en faisant comme si ses craintes n'éveillaient pas d'échos chez nous. Au lieu de pousser son *higashi* vers Azima, Katsu se lance dans sa propre histoire.

– Papa est parti quand j'avais trois ans. Il vit en Amérique. Maman n'a plus jamais été pareille, après. Je la revois encore fixer la fenêtre de notre appartement. J'ai vécu chez ma grand-mère un moment. Je ne sais pas… Je n'ai pas l'impression qu'il y ait grand-chose qui m'attende à mon retour.

Jaime hoche la tête d'un air compréhensif. Ce mouvement capte l'attention générale. Il nous lance un regard gêné, regarde le *higashi* puis se racle la gorge et se jette à l'eau à son tour.

– Ma famille possédait une ferme, raconte-t-il. On vivait plutôt bien. Dans une petite ville de montagne. Et puis on a eu une mauvaise année, et comme nos voisins nous détestaient, on a fait faillite. On a tout perdu.

Je replie mes mauvaises cartes et lance à Jaime un regard mauvais. Je suis tenté de l'insulter, de l'accuser de mentir, mais il sort une vieille photo aux couleurs fanées.

– C'est la dernière photo qu'on a prise de la ferme.

Il la fait passer autour de la table. Les bords sont tellement usés que l'image est devenue informe. Sa mère est une très belle femme. C'est clairement de son père que Jaime tient ses yeux vert pâle et son menton pointu. Ils se tiennent tous les trois devant une ferme avec des vaches à l'arrière-plan. Je fixe la photo un long moment, au point de rater mon tour d'enchérir. Quand je relève enfin les yeux, je vois Jaime en train de m'observer. Il m'offre un sourire poli, et je réalise que je me suis comporté comme un trou du cul depuis le début. Ses parents étaient vraiment des fermiers. Il nous a dit la vérité. Tandis que Bilal nous distribue d'autres cartes, je me sens tout honteux mais je n'ai pas le courage de l'avouer à voix haute.

Katsu m'épargne cet embarras. Il éclate de rire et rafle la photo.

– Tu marques un point avec ton accessoire, Jaime, reconnaît-il. Mais c'est quand même Jazzy qui reste en tête. Il n'y a rien de plus triste que des gamines coiffées d'un diadème qui défilent sur une estrade.

Jazzy et Jaime échangent un sourire. Katsu repousse la boîte encore plus près de Jazzy avant de faire un tour de table.

– À qui le tour ? Qui veut le dernier *higashi* ? Je vous signale que c'est un cadeau de ma grand-mère, bande de clowns. Alors vous avez intérêt à prendre ça au sérieux. Qu'en dis-tu, Bilal ? Et d'abord, pourquoi nous avoir tous invités ici ce soir ?

Je ne suis pas sûr que Bilal apprécie beaucoup ce nouveau jeu, mais il est trop poli pour refuser l'invitation de Katsu. Il sourit donc et déclare :

– L'hospitalité n'est pas une option. C'est le devoir de tout homme honorable. J'ai été éduqué comme ça. C'est ce que mon père m'a enseigné.

Il continue en nous décrivant son village dans les collines de Palestine. Ses meilleurs amis étaient deux moutons. Plus je l'écoute, plus je ressens la distance qui nous sépare. Je ne comprendrai jamais les gens comme lui. Sa maison a brûlé deux fois. Sa famille a souffert de la famine. Avec une histoire pareille, il paraît impossible qu'il ait appris à sourire. Et pourtant, il n'arrête pas. Il y a en lui une lumière qu'aucune noirceur ne peut éteindre.

Une fois que Bilal a terminé, Jazzy fait glisser la boîte dans sa direction.

– Il faut savoir reconnaître sa défaite.

Mon ami suit le contour de la boîte du bout du doigt avant de se tourner directement vers moi.

– Et toi, Emmett ? demande-t-il. Tu crois pouvoir me prendre cette boîte ?

Je secoue la tête.

– J'en doute, mec.

Il sourit.

– Laisse-nous en décider.

Je sens tous les regards peser sur moi. J'ai grandi dans l'ombre des arrière-cours. Je ne me suis jamais senti à l'aise sur une scène, mais l'intérêt amical de Bilal me persuade que tout se passera bien. Les mots se bousculent dans ma bouche.

– Maman est tombée malade il y a quelques années, dis-je. Ses reins ont lâché. Babel l'a fait remonter sur la liste des receveurs, n'empêche que ça n'a pas été drôle tous les jours. Papa fait de son mieux, bien sûr, mais on dirait que ses patrons s'amusent à le voir se tuer au boulot pour gagner chaque dollar. Je ne sais pas, mec. J'ai quelques bons copains dans mon quartier, sauf que j'ai l'impression de vivre dans un monde où tout le monde aimerait mieux me voir rester assis au dernier rang, prendre ce que la vie me donne et fermer ma gueule. Enfin, c'est toujours un peu comme ça, non ?

Je hausse les épaules pour indiquer que j'ai terminé, que je n'en dirai pas plus. Bilal hoche la tête comme s'il comprenait exactement ce que je ressens. Il fait mine de pousser le *higashi* vers moi, mais s'interrompt en voyant Roathy se lever. Je m'attends à moitié à ce qu'il s'en aille en bougonnant que tout ça n'est qu'une perte de temps. Au lieu de quoi, il se met à raconter.

Il est né dans l'Empire triarque. Cet immense conglomérat de pays voisins de la Chine s'est affirmé comme une vraie puissance économique depuis dix ans, mais Roathy fait partie de ces milliers de gamins qui grandissent sans domicile fixe et se battent pour arracher leur subsistance dans les décharges et les ruelles.

– Les pires combats, dit-il, c'est contre les chiens.

Pendant qu'il poursuit son récit, je m'aperçois que je le comprends beaucoup mieux que Bilal. Roathy n'est pas du genre à sourire à un monde qui l'a rejeté. Je saisis très bien ça, comme je saisis Roathy. La vérité le rend dangereux. Il a tourné le dos à une existence à laquelle il ne compte surtout pas retourner. Quand il se tait enfin, Bilal nous regarde tous les deux, hésitant sur la conduite à tenir. Je hoche la tête en direction de Roathy.

– Je crois que c'est lui qui gagne.

– Pas si vite, intervient Katsu. On n'a pas encore entendu Kaya et Isadora.

J'entends un grognement de protestation sur ma gauche. Les yeux de Kaya sont noirs et menaçants au-dessus de son masque. Je sais ce qu'elle va dire avant même qu'elle ouvre la bouche.

– Il y a des compétitions que je n'ai pas envie de gagner.

Katsu se renfrogne mais ne fait pas de commentaire. L'attention générale se déplace vers Isadora. Elle se lève, traverse la pièce et accepte la boîte que lui tend Bilal. Des exclamations de surprise s'élèvent quand elle soulève le couvercle, attrape le biscuit et l'enfourne dans sa bouche.

On entend la croûte céder. Un peu de poussière de sucre flotte devant son visage.

– Pas besoin de vous raconter mon histoire pour savoir que je l'emporterais haut la main, déclare-t-elle.

Là-dessus, elle quitte la pièce. Son départ sonne la fin de la soirée comme les douze coups de minuit dans un conte de fées. La magie suscitée par Bilal se dissipe. Roathy sort à la suite d'Isadora. Le reste d'entre nous continue à jouer un moment, mais plus personne ne rit. On parle d'Isadora à voix basse. Même si elle s'est toujours montrée la moins loquace du groupe, elle a quand même laissé échapper quelques indices. Un jour, elle a dit à Jazzy qu'il n'y avait rien de plus important qu'être mère. Et de temps en temps, Katsu et elle déplorent le fait qu'ils vont rater la prochaine Coupe du monde.

C'est seulement après avoir examiné ces maigres éléments que la conversation s'oriente sur le vrai mystère d'Isadora – son tatouage. Tout le monde a vu le huit couronné qu'elle porte dans le cou, mais il est clair que chacun d'entre nous en a fait une interprétation très différente.

– C'est le numéro de son joueur favori, explique Bilal.

Azima secoue la tête.

– Elle m'a dit que c'était la date de la mort de sa mère.

– Je croyais que c'était pour symboliser le top huit, suggère Jazzy. Ce n'est pas pour ça, la couronne ?

Katsu s'esclaffe.

– Comment veux-tu qu'elle ait su pour le top huit ? Tu crois qu'elle s'est fait tatouer après l'embarquement ?

– Elle est la benjamine d'une famille de huit, affirme Kaya. C'est pour ça qu'elle a voulu ce tatouage. Parce qu'elle a toujours l'impression d'être la petite dernière. En tout cas c'est ce qu'elle m'a raconté.

Quand on pose la question à Isadora le lendemain, elle plisse les paupières d'un air moqueur.

– J'aurais cru que c'était évident. Huit, comme le nombre de crétins qu'il faut pour deviner la signification d'un tatouage.

Cette soirée à jouer aux cartes a ramené un peu de couleur dans l'environnement lugubre que Babel élabore autour de nous. On continue à se battre et à se déchirer pour le moindre point, mais on sait maintenant qu'il y a une personne derrière chaque masque. Je connais certains secrets de mes concurrents, une partie de leur histoire. Je sais que je ne suis pas le seul à venir d'un monde cassé, que je ne suis pas le seul qui cherche désespérément à le réparer.

Seul Longwei continue de se tenir à l'écart. Les semaines passent et il refuse toujours de s'asseoir avec nous pour discuter. Il ne joue pas aux cartes pendant les jours de repos. Il ne raconte rien sur son enfance. Par contre, son comportement est éloquent. Il se jette à corps perdu dans chaque exercice. L'échec n'est pas une option pour lui. Arriver deuxième est une marque d'infamie. Même muré dans le silence, Longwei valide la théorie de Kaya. Elle a dit qu'on était tous brisés. Elle a raison. Elle a dit qu'elle pouvait le voir en chacun de nous, aussi clair que les couleurs d'un tableau. Nos histoires personnelles n'ont fait que le confirmer, ce qui m'amène à me demander comment Babel nous a choisis.

Je repense au cours de maths où on est venu me chercher. Le principal m'a conduit dans une salle de conférence. Ils étaient trois à m'attendre. Tous en costume. On peut dire que je n'en menais pas large.

Quand je me suis assis, ils ont fait glisser le premier contrat vers moi et m'ont dit que j'avais été sélectionné. Sacré coup de chance, hein ? J'avais été tiré à la loterie parmi des milliers de participants.

Le plus drôle, c'est que je ne m'étais jamais inscrit.

JOUR 99, 16 : 35

À BORD DU *GENESIS 11*

À mesure qu'on se rapproche de la station spatiale *Tower*, on découvre que cette compétition est parsemée de hauts et de bas. Avec des fractures, des entorses, des déchirures musculaires.

Babel nous précipite du sommet d'une falaise et s'attend à nous voir voler. Parfois, ça marche.

Je me tiens devant le miroir. Je ne suis plus comprimé au niveau du ventre. Les tablettes de chocolat figurées sur ma combinaison représentent vraiment les muscles qui se trouvent dessous, maintenant. Il a suffi de quelques semaines à Babel et Karpinski pour m'endurcir mentalement. Il aura fallu un peu plus de temps pour le physique, mais mon corps est désormais un outil redoutable, fort et tranchant.

Vandemeer m'attend avec Kaya dans le salon. On s'entraîne tous les matins. Le soir, on étudie Eden et les Adamites. Ils m'aident à grignoter petit à petit mon retard au tableau d'affichage. Notre alliance fait des merveilles. Après une série de squats et de pompes, Vandemeer m'interroge sur le climat d'Eden. Plus j'en apprends, plus ce monde me paraît mystérieux. Eden n'est pas la Terre. Les Adamites ne sont pas humains. Il existe des similitudes, mais sous-estimer les différences risque de nous faire tuer. Il n'est pas inutile de savoir que la quasi-totalité de la population adamite est regroupée au sein d'une seule et même ville. Il n'est pas inutile de savoir que leur espérance de vie dépasse le double de la nôtre. Même des petits détails, comme le fait qu'ils ne communiquent jamais par des hochements de tête ou des gestes de la main, pourraient avoir leur importance quand on se retrouvera en surface, nez à nez avec une civilisation étrangère.

On descend prendre le petit déjeuner. Les autres aussi ont changé. Katsu est toujours aussi imposant, mais il a pris du muscle dans les bras et dans le torse. Kaya avait vu juste à son sujet. Par moments, il a du mal à cacher sa tristesse derrière les reparties fines. Ces jours-là, il se montre plus sombre et plus amer que n'importe lequel d'entre nous.

Bilal a carrément grandi de plusieurs centimètres. Ça lui donne un air de grand ahuri, maintenant, mais il reste toujours aussi souriant. Le visage de Jaime s'est aminci. Ça souligne ses pommettes, lui donne encore plus l'air d'un prince médiéval. J'ai progressivement réussi à me débarrasser de mon a priori sur lui. Il a progressivement réussi à me pardonner mes accusations antérieures. Seule Azima est toujours la même. Elle prétend avoir ce genre de chaos dans le sang. Elle dit qu'elle est née pour survivre à des conditions bien pires.

Avant, je croyais pouvoir en dire autant de moi.

L'entraînement de Vandemeer n'est pas seulement physique. Il porte aussi sur le mental. Il m'exhorte à ne pas me focaliser sur le tableau d'affichage, mais c'est une leçon qui refuse de rentrer. Malgré ses rappels à la psychologie et à la pensée positive, je le consulte après chaque activité, chaque repas, chaque étape.

1.	Longwei	370 900 points
2.	Bilal	363 300 points
3.	Azima	362 750 points
4.	Katsu	361 450 points
5.	Kaya	348 050 points
6.	Jaime	325 200 points
7.	Emmett	295 350 points
8.	Isadora	288 080 points
9.	Jasmine	280 050 points
10.	Roathy	274 324 points

Il m'a fallu plusieurs semaines pour rattraper mon retard et consolider ma position. Mais je ne dois pas m'arrêter là. Il suffirait que je me torde la cheville, que je me perfore un poumon ou que je me casse quelque chose pour que les points cessent à nouveau d'affluer. Désormais, mon objectif est d'accentuer mon avance sur les deux dernières places. S'il y a une chose que j'ai apprise, c'est que personne n'est en sécurité. Pas tant qu'ils n'auront pas validé le score final qui nous enverra sur Eden.

Une autre chose que j'ai apprise, c'est qu'aucun de mes concurrents ne ressemble au lièvre désinvolte de la fable de La Fontaine. Ils se donnent tous à fond. Ils se lèvent le matin avec la ferme intention de mettre le paquet.

Chacun a une spécialité qui lui rapporte des points. Azima est imbattable dans l'arène. Bilal et Jazzy dominent les cours de science de la tête et des épaules. Katsu fait partie des meilleurs manipulateurs de noxolyte, et Kaya reste toujours la plus forte en matière de stratégie. Jaime est assez bon dans tous les domaines, quant à Longwei il excelle partout. Je suis de taille à rivaliser avec chacun d'eux mais je dois procéder avec méthode. La victoire se construit par petites touches, étape par étape.

Ce matin, Defoe nous fait pratiquer la manipulation en opposition. De tous les exercices concoctés par Babel, c'est celui que je préfère. On dresse un piédestal entre deux concurrents. Defoe manipule un bloc de noxolyte et le cache sous une serviette. Puis il découvre l'objet, et les deux adversaires s'affrontent pour en prendre le contrôle.

Je prends place face à Bilal. Une grande inspiration me permet de faire le vide dans mes pensées. Je me transporte dans un lieu de pierres froides et d'eaux paisibles avant que Defoe ne retire la serviette.

Une pendule en bois verni. Bilal et moi nous projetons tous les deux vers la noxolyte, mais c'est moi le plus rapide. Je le perçois dans mon esprit, qui essaie de jouer des coudes et d'empoigner le matériau que je serre fort dans mes mains mentales. Je ferme les yeux et m'accroche à l'image de la pendule, avec ses chiffres noirs et ses aiguilles en or. Quand je l'ai bien en tête, je repousse Bilal et manipule la substance pour en faire un livre relié en cuir.

– Temps écoulé ! annonce Defoe.

On ouvre les yeux tous les deux, et c'est ma création qui trône sur le piédestal, avec le titre et tout.

Bilal secoue la tête avec incrédulité, mais il me lance :

– Bien joué.

Les points s'additionnent à mon score. Étape par étape… J'ai récolté des points et pas Bilal. Il faut juste que ça se reproduise quelques centaines de fois. La plupart du temps, j'arrive à battre tout le monde sauf Longwei. Il est tellement fort dans cet exercice que se mesurer à lui, c'est comme s'avancer face à un quinze-tonnes. Et il ne sourit même pas quand il gagne. Je ne sais pas s'il décrochera un seul sourire avant qu'une navette ne le dépose sur les rivages brumeux d'Eden. Et même là, ce n'est pas sûr.

Bilal et moi, on retourne à la fin de la queue et on regarde Longwei s'aligner contre Katsu. Il ferme les yeux, parfaitement immobile. Defoe soulève la serviette, et on a tout juste le temps d'entrevoir la forme et la taille de l'objet que Longwei a déjà mis la main dessus. Katsu grommelle en voyant le médaillon d'or habituel de Longwei étinceler sur le piédestal. Il ne sourit pas quand Defoe nous donne quartier libre pour la soirée.

– Comment tu t'y prends ? me demande Bilal. Tu me grilles la politesse à chaque fois.

– Je ne sais pas. Question de concentration, je crois. Il ne faut surtout pas penser à autre chose.

Je marche sur des œufs avec lui. Bilal vient dans notre suite tous les jours de repos et me raconte des histoires. Il nous lit des vers de ses poèmes favoris, à Kaya et moi. Il est toujours souriant avec tout le monde. N'empêche qu'il occupe la deuxième place. Alors, puis-je me permettre de l'aider ? Dois-je vraiment répondre à ses questions alors que je dois encore combler mon retard ?

– Toi, je ne sais pas, mais moi, je suis crevé, avoue Bilal. Si on ne faisait pas relâche demain, j'aurais probablement pris la journée pour faire examiner mon genou.

Son genou le tracasse depuis des jours. Son toubib pense qu'il s'est déchiré le ménisque. Ce genre de blessure peut lui faire rater une semaine au moins s'il a besoin d'une opération. Après mon séjour à l'infirmerie, je ne souhaite à personne d'avoir des soucis de santé. Mais ça nous arrive à tous. Jazzy a perdu une semaine à cause d'une entorse à la cheville. Isadora a souffert d'une espèce de vertige de l'espace. Les rouages bien huilés de Babel continuent de tourner avec ou sans nous. Longwei est le seul à n'avoir manqué aucune journée.

Ce qui paraît somme toute logique : ce type est une machine.

– Tu es deuxième, dis-je à Bilal. On échange nos places, si tu veux. Ces dernières semaines m'ont coûté un bras. C'est tout juste si j'arrive à garder la tête hors de l'eau.

– J'ai eu de la chance, c'est tout. Accroche-toi, pigé ?

Je hoche la tête.

– Oh, crois-moi, je pige.

Piger, maboul, bavasser... On a développé une sorte de jargon au fil des mois. Une variante d'argot terrien revisité à notre sauce. Chacun l'enrichit avec des expressions de chez lui. Jaime a été le premier à me traiter de *maboul* le jour où je lui suis tombé dessus. Avec *couillon*, ce sont les deux principaux termes par lesquels on signale à quelqu'un qu'il se comporte comme un idiot. J'ai introduit *piger*. Azima nous a donné *bavasser*. Jazzy a popularisé l'expression : *Va gober un œuf* – j'ai beau parler la même langue qu'elle, moi-même je ne suis pas certain de comprendre ce que ça veut dire. L'emploi de ce jargon nous donne l'impression de former une famille. Comme dans la plupart des familles, on connaît des rivalités, des disputes, des squelettes qui s'empilent dans les placards. Comme dans la plupart des familles, on est plus prompts à se brouiller qu'à se réconcilier.

– Écoute, va montrer ce genou à quelqu'un demain, dis-je à Bilal. Moi, j'ai du sommeil en retard, alors on se verra au petit déjeuner.

Bilal hoche la tête et on se cogne les phalanges. Il part de son côté et moi du mien. Kaya m'attend dans notre suite.

– J'ai dû mentir à Bilal, dis-je. Je me sens toujours coupable quand je fais ça. J'ai l'impression de mentir à un ange.

– Parce que *c'est* un ange, réplique Kaya. Raison pour laquelle il ne convient pas du tout à ce que j'ai en tête pour demain.

Je lève les yeux au plafond.

– Laisse-moi deviner… On repart en exploration ?

La compétition n'est pas la seule chose qui change. L'intérêt que Kaya porte à Babel tourne à l'obsession. C'est un peu de ma faute. La découverte du puits à gravité zéro n'a fait qu'exciter sa curiosité. Alors que je rêve de remonter au tableau d'affichage, elle rêve de découvrir ce que Babel cache dans ses placards.

Pour ne rien arranger, Vandemeer s'est mis à imprimer des journaux qu'il nous fait lire. Il appelle ça du « renforcement positif ». En nous abreuvant d'informations sur Babel et les Adamites, il croit renforcer notre détermination. Sauf que ses lectures qui devaient focaliser notre attention sur Eden ont entraîné chez Kaya le résultat inverse. Elle n'arrête pas de relever des indices qui alimentent ses soupçons. Elle est convaincue que Babel nous cache quelque chose, et nous considère comme les seuls à même de percer le mystère. On comprend facilement pourquoi. Elle adore trouver des solutions à n'importe quel problème. Et la porte au sommet du puits est la dernière énigme qui lui résiste encore.

Elle me ramène constamment au puits à gravité zéro, même si on n'arrive jamais à franchir le deuxième sas. Si j'en juge par son expression, on va encore remettre ça demain. Sérieusement, je suis toujours surpris de revenir sans être encadré par deux soldats. Vandemeer n'a pourtant pas les yeux dans sa poche. Peut-être qu'il a remarqué la disparition de sa carte et qu'il n'a rien dit à personne de peur d'affronter les conséquences. L'image de Karpinski ligoté et à genoux me revient à l'esprit. Si c'est comme ça que Babel punit les erreurs de ses employés, je comprends que Vandemeer préfère se taire.

– On repart en exploration, confirme Kaya. Mais cette fois, j'aurai une surprise pour toi.

Je ris.

– Comme tu veux. J'ai un appel à la maison qui m'attend, et une séance de sauna dans l'après-midi. On se retrouve à l'heure habituelle ?

Elle hoche la tête.

– Dors bien, Emmett.

JOUR 100, 10 : 33

À BORD DU *GENESIS 11*

Les repas ne se déroulent pas à heure fixe lors de nos jours de repos. Chacun modifie son emploi du temps à sa guise. Certains mangent plus tard, ou plus tôt, ou pas du tout. Une fois, Katsu a dormi toute la journée. Il s'est réveillé juste à temps pour entamer une nouvelle semaine harassante.

Alors c'est uniquement par hasard que je tombe sur Bilal dans le couloir en allant prendre mon petit déjeuner. On se dit bonjour et on descend l'escalier ensemble. Naturellement, Longwei est le seul autre concurrent à être réveillé d'aussi bonne heure. Notre glorieux leader ne daigne même pas nous accorder un regard quand Bilal et moi passons au buffet. J'ai tellement l'habitude de plaisanter avec Bilal et de m'asseoir avec lui pour le repas que je ne remarque pas tout de suite à quel point il se comporte bizarrement. Il est toujours un peu mal à l'aise, mais aujourd'hui il a les nerfs à fleur de peau. Ses cheveux sont en bataille, ce qui ne lui ressemble pas. Tout en mastiquant mon bacon, je réalise qu'il est tout rouge. Et qu'il transpire, aussi.

Je pointe ma fourchette sur lui.

– Dis donc, qu'est-ce qui t'arrive aujourd'hui ?

Son regard dérive vers l'autre bout de la table, en direction de Longwei. Ce dernier se tient devant le buffet et nous tourne le dos, occupé qu'il est à se servir des œufs brouillés. Bilal se penche vers moi, visiblement rassuré à l'idée que ce qu'il va me dire restera entre nous.

– Hier soir, Azima m'a embrassé.

Je le dévisage fixement.

– Pardon, Bilal, mais je crois que ton masque a un problème. Il a traduit qu'Azima t'avait *embrassé* hier soir.

Son visage s'empourpre encore plus.

– C'est ça.

– Azima ? Elle t'a embrassé ?

Il hoche la tête.

– Sur les lèvres.

Je souris d'une oreille à l'autre. Pas étonnant qu'il se comporte comme si c'était la fin du monde. Bilal est sans doute le garçon le plus adorable au monde, mais je suis prêt à parier qu'il s'agissait de son premier baiser. Hilare, je lui tends mon poing. Il me cogne les phalanges, riant à moitié lui aussi, mais ensuite il secoue la tête.

– Je ne devrais pas rire. Ce n'est pas honorable.

– Quoi, s'embrasser ? dis-je. Il n'y a rien de mal à ça, mec.

Bilal secoue la tête encore une fois.

– Je devrais d'abord demander l'approbation de ses parents.

– Eh bien, bonne chance, dis-je avec un coup de pouce par-dessus mon épaule. Ils sont à des millions de kilomètres par là.

– Justement, répond Bilal, le front barré d'un pli soucieux. Ce n'est pas convenable de…

Un fracas de porcelaine brisée l'interrompt. On dresse la tête tous les deux comme des oiseaux apeurés. Longwei se tient en bout de table, ses œufs brouillés répandus sur le sol. Mais ce n'est pas son assiette en miettes qu'il contemple, ni sa nourriture étalée à ses pieds. Ses yeux sont verrouillés sur Bilal. Il me faut une seconde pour réaliser qu'il est tout rouge lui aussi.

– On peut faire quelque chose pour toi, Longwei ? dis-je.

Il n'arrête pas de serrer et desserrer les poings.

– *J'ai* embrassé Azima, crache-t-il.

Bilal blêmit d'un coup. Ils se fusillent du regard tous les deux pendant que j'éclate de rire. Je suis désolé, mais c'est trop drôle. Depuis le début Longwei s'est donné le rôle du concurrent intouchable. Il travaille plus dur que tout le monde, se montre plus rapide et plus malin que chacun d'entre nous, mais par ces quatre mots il vient de balayer toutes mes illusions. Je n'arrive même pas à l'imaginer embrasser quelqu'un. Ou faire quoi que ce soit qui ne rapporte pas de points au tableau d'affichage.

Un coup d'œil à Bilal me coupe l'envie de rire. Le regard qu'il jette à Longwei fait froid dans le dos. Ce n'est même pas la colère qu'on y lit, au fond. C'est l'absence de son sourire habituel.

– Les gars, allons, dis-je, tâchant de jouer les conciliateurs. Je suis sûr que c'est un malentendu.

Longwei m'ignore.

– C'est moi qui l'ai embrassée le premier.

Avant que Bilal ne puisse répliquer, Longwei quitte la cafétéria d'un pas furieux. Je me retiens de pouffer, parce que, sérieusement… Il l'a embrassée en premier ? C'est ça, son argument ? Bilal respire profondément pendant que je cherche les mots justes. Heureusement, il les trouve avant moi.

– Comment a-t-elle pu faire ça ? marmonne-t-il.

Je hausse les épaules.

– On n'est plus en 2020, mec. Une fille a bien le droit d'embrasser qui elle veut.

– Non, je ne te parle pas de ça, rétorque Bilal. Je suis d'accord qu'elle a le droit. Mais Longwei ? Comment peut-on avoir envie d'embrasser Longwei ? Il faut que j'aille prendre une douche. Je me sens sale.

Il s'éloigne dans la mauvaise direction.

– Bilal ? dis-je. C'est par là. Ta chambre est de ce côté-là.

Il hoche la tête et change de direction.

– Longwei… Non mais, je te jure…

J'attends qu'il soit sorti avant de m'écrouler de rire. Il faudra que je remercie Azima plus tard. Je crois que c'est mon moment préféré à bord du *Genesis 11*. Je me rappelle encore de son discours à propos de trouver un homme digne d'elle ; je ne m'étais pas rendu compte qu'elle faisait passer des entretiens. Aucun de ses choix ne me surprend vraiment. Longwei a toujours été premier ou deuxième au tableau d'affichage, et Bilal est le garçon le plus gentil que j'aie jamais rencontré. En plus, il n'est pas mauvais dans la compétition. Chacun d'eux serait probablement digne d'elle à sa manière, même si j'ai du mal à voir Azima craquer pour l'un ou l'autre.

Avec un soupir, je prends note d'en parler à Bilal plus tard. Le connaissant, il y a peu de chances qu'il essaie de se venger de Longwei mais je suis sûr qu'il va tourner et retourner cette histoire dans sa tête. Je me ressers un deuxième petit déjeuner quand Vandemeer passe me prendre.

– Prêt pour votre appel dans la salle de contact ?

On quitte la cafétéria tous les deux. Vandemeer aussi a des jours de repos, mais il les passe quand même avec nous. Je n'aurais pas pu rêver d'un médecin plus déterminé. Il me répète sans arrêt de ne pas m'occuper du tableau d'affichage, n'empêche qu'il ne peut s'empêcher de jeter un coup d'œil à tous ceux qu'on croise.

– C'est relâche, aujourd'hui, monsieur Vandemeer. Les scores ne risquent pas de changer.

– Je sais, dit-il avec un sourire. Je suis seulement fier de vos progrès.

– Oui, eh bien, ne sortons pas le champagne tout de suite. La route est encore longue.

– Vous êtes drôlement positif.

Vandemeer nous fait entrer dans la salle de contact. Quelques techniciens sont installés devant des écrans lumineux. J'entrevois des alignements lunaires, des cartes solaires, des rangées de chiffres. Je suis déjà venu plusieurs fois pour établir la communication entre ici et chez moi et je ne comprends toujours rien à tout ce fatras.

Vandemeer m'indique d'un signe de tête la salle de communication et engage la conversation avec l'un des techniciens. Mais quand je pousse la porte, je m'aperçois qu'il y a déjà un appel en cours. Jazzy est assise dans le fauteuil de réception. Une femme occupe l'écran face à elle. D'une maigreur frappante, elle a le crâne entièrement chauve. Le cancer n'a pas atténué l'éclat de ses yeux bleus, cependant. Elles se tournent vers moi l'une et l'autre et je vois tout de suite de qui Jazzy tient sa beauté.

– Pardon, Jazzy. Je ne m'étais pas rendu compte que j'étais en avance.

Je fais mine de partir, mais Jazzy me fait signe d'entrer.

– Emmett ! Viens que je te présente maman !

Quelque chose dans son sourire enthousiaste me fait avancer malgré moi. Il ne lui reste qu'une minute de communication avec sa famille, et elle m'invite à entrer ? Elle s'écarte pour me faire de la place dans le fauteuil et m'attrape par la taille tandis que je m'assieds.

– Maman, voilà mon ami Emmett ! dit-elle.

La femme m'adresse un sourire cordial.

– Vous prenez bien soin d'ma fille, là-haut ?

Son accent du Sud me fait sourire.

– Oui, m'dame.

– Il fait partie des gentils, maman, déclare Jazzy, à ma grande surprise.

Avant que sa mère puisse me poser une autre question, je m'éclipse discrètement pour les laisser se dire au revoir. Je sens une rougeur gagner mon cou et me descendre dans le dos pendant que j'attends sur le seuil la fin de leur appel. Je n'avais encore jamais considéré Jazzy comme une amie, mais il est vrai qu'elle n'est pas comme Roathy ou Longwei. Elle s'est toujours montrée plutôt gentille avec moi. Le seul truc à lui reprocher, c'est qu'elle pourrait éventuellement me faire sortir du classement. Je n'ai jamais voulu l'envisager comme une amie parce que j'ai toujours pensé qu'elle incarnait la concurrence, et rien de plus.

La communication se coupe et Jazzy se lève. Je la regarde prendre une seconde pour recouvrer son sang-froid. C'est une chose que j'ai remarquée depuis longtemps chez elle. Elle sait respirer profondément à l'abri des regards. C'est pour ça qu'elle paraît toujours aussi maîtresse d'elle-même en toutes circonstances. Au moment de quitter la pièce, elle me presse le bras avec douceur.

– Je suis contente que tu aies pu faire sa connaissance, me souffle-t-elle.

Son départ me laisse un sentiment de culpabilité. Je m'en veux de ne voir en elle qu'un nom de plus au tableau d'affichage.

Vandemeer me rejoint.

– Vous serez en ligne dans une minute, Emmet, m'annonce-t-il.

Je hoche la tête et m'assieds dans le fauteuil pendant qu'il ferme la porte. On a déjà eu droit à cinq ou six appels. Parfois, le signal est trop faible pour établir la connexion. Maman a raté tous mes appels à cause de son traitement. Babel a tenu parole, ils s'occupent de tout, mais ça veut dire qu'elle se bat d'arrache-pied pour aller mieux. Ça veut dire qu'elle est trop malade, trop faible pour faire le long voyage jusqu'au centre de communication de Babel. Elle me manque. À chaque fois que l'écran s'allume, j'espère la voir assise à côté de papa. L'espoir est une drôle de chose. Elle a beau être absente à chaque fois, je continue d'y croire.

Mais quand l'image se charge, je ne vois que mon père.

– Salut, fiston, dit-il. Tu as l'air en forme.

Ça doit être l'été à Détroit. Il porte un débardeur noir et les cheveux courts. Je l'imagine assis chez le coiffeur, en train de raconter à Terry que l'été arrive et qu'il doit se faire beau pour sa femme qui va pouvoir se remettre en robe.

– La dernière fois qu'on s'est vus, tu avais un peu la tête dans le guidon, dit-il. Le travail finit par payer ?

Je ne sais plus exactement quels détails je lui ai racontés et lesquels je lui ai cachés. Il sait que quelqu'un s'est fait poignarder par accident. Il ignore que c'est moi. Il sait que Babel nous offre des billets de loterie. Il ne sait rien des clauses en petits caractères. J'ignore si c'est puéril ou si c'est une marque de maturité de ma part ; en tout cas, je rechigne à lui raconter toute la vérité. Je me dis qu'il est grand temps de porter mon propre fardeau sans me décharger sur ses épaules.

– Oui, dis-je avec un sourire. Je suis remonté au tableau d'affichage. Je me débrouille bien.

Il hoche la tête, me dit de continuer, m'encourage à ne pas me relâcher. Parfois, je me laisse tellement absorber par la compétition à bord du *Genesis 11* que j'en oublie mes parents restés sur Terre, qui prient, espèrent et rêvent à ce qui pourrait se produire si j'emportais le morceau. Il m'a dit de le faire pour moi, de me battre pour mon avenir, mais il ne sait pas à quel point j'ai désespérément envie de gagner pour lui, pour maman.

– Donc, tout va bien ? résume-t-il.

– Il me reste encore du boulot, mais je suis en bonne santé et j'ai toutes mes chances.

Papa me sourit comme si nous n'étions pas séparés par un milliard de kilomètres. Il semble disposé à m'en demander plus, à m'interroger sur le vaisseau, sur moi, sur l'espace. Mais cet endroit commence à me fatiguer. Trop pour gâcher de précieuses minutes à en parler.

– Comment va maman ? dis-je. Elle me manque. Vous me manquez tous les deux.

– Ça va. Elle va bien, fils. On dirait que son traitement produit son effet.

On ne prononce jamais les mots *chronique*, *échec*, *mort*. On parle de sa maladie sans jamais l'aborder de front. J'étais encore petit quand ma mère a appris qu'elle avait un problème aux reins, avant la dégringolade. Papa s'est occupé de tout après qu'elle a perdu son travail, quand l'argent de l'assurance s'est tari. Je ne saisissais pas ce qui se passait. Je m'agaçais de la voir constamment à bout de forces. J'avais l'impression qu'elle ne se préoccupait pas de moi. En grandissant, j'ai fini par comprendre, mais parfois on enfouit la vérité sur ses proches au plus profond de son cœur.

Je hoche la tête.

– Elle n'a pas repris le travail, quand même ?

– Pas encore, mais elle regrette son ancien boulot chez Moore Square. Tu sais qu'elle a postulé pour le récupérer ? Ça lui donnait l'impression d'être comme tout le monde. De pouvoir rentrer le soir et raconter sa journée. Tu sais ce qu'elle dit toujours à propos du travail.

– Que ce n'est pas quelque chose qu'on ramène à la maison, dis-je en souriant.

Il rit.

– Exactement. Donc elle va mieux, mais elle n'est toujours pas en état de voyager. C'est pour ça qu'elle n'est pas là. Le centre Babel est quand même à six heures de route. Je ne crois pas qu'elle pourrait supporter de faire autant de voiture pour l'instant. N'empêche que l'autre jour, elle m'a demandé de l'emmener faire du shopping, Emmett. C'est là que j'ai compris qu'elle était en train de remonter la pente.

– Du shopping ?

– Elle voulait s'acheter des fringues pour le boulot. Tu verrais comme elle est belle dans son nouveau tailleur.

Je hausse les sourcils. Il a raison. C'est bon signe. Quand elle se sentait au plus mal, elle parlait de donner ses anciens vêtements. Comme si elle pensait qu'elle n'en aurait plus jamais besoin, vu ce qui l'attendait. L'idée qu'elle veuille s'acheter de nouveaux habits est une excellente chose.

– Et puis, elle s'est pris une robe, soupire papa. Waouh… Ça me rappelle quand on était jeunes…

Je gémis.

– Papa… Sérieux ?

– Hé, comment crois-tu que tu es venu au monde ?

– Cinq minutes, dis-je. On n'a que cinq minutes, et c'est de ça que tu veux qu'on parle ? Il y a quelque chose qui ne tourne pas rond chez toi… Tu le sais, pas vrai ?

Il rit de nouveau.

– Tu comprendras un jour, fais-moi confiance. En tout cas, son état s'améliore tous les jours. Je suis ravi. Elle n'a pas pu venir aujourd'hui, mais j'ai amené une surprise pour toi.

Je le regarde se pencher sur le côté et frapper à la porte. Un instant plus tard, la porte s'ouvre et PJ McQueen entre dans la pièce, avec un sourire trop large pour l'écran et des yeux qui pétillent.

– Mon pote ! Regardez-moi cette mine superbe !

PJ s'assied à côté de papa, sans cesser de sourire.

– Dis-donc, Emmett. Je sais que tu avais la honte de te prendre la pâtée chaque fois qu'on sortait un ballon, mais ce n'était pas la peine de quitter le système solaire pour te cacher, tu sais ?

Je me gondole.

– PJ, t'emballe pas. Tu es fort, mais quand même pas à ce point.

– C'est ça, c'est ça. Le mec part dans l'espace, attrape la grosse tête et fait comme si je ne pouvais pas le passer les yeux fermés avec une main dans le dos.

Je ris de plus belle et me tourne vers mon père.

– Qu'est-ce qui t'a pris d'emmener ce bouffon avec toi ? Il est censé suivre un programme d'entraînement très strict, tu sais. S'il veut décrocher sa bourse pour l'année prochaine. Tu as bien fait tes deux mille lancers francs aujourd'hui, PJ ?

Il fait la grimace.

– C'est bon, je pouvais bien m'accorder une journée pour passer saluer notre célébrité.

– Votre célébrité ? Je ne sais pas ce que papa t'a raconté, mais je ne suis pas une célébrité.

– Bien sûr que si, rétorque PJ. C'est la folie, ici. L'article de la semaine dernière est devenu viral.

Je fronce les sourcils.

– Viral ? De quoi tu parles ?

– Des « Babel Files », m'explique-t-il. On ne parle plus que de ça à l'école. Toutes les filles racontent qu'elles sont sorties avec toi. Ne t'en fais pas… J'ai calmé la rumeur et je t'ai mitonné un retour aux petits oignons.

Je secoue la tête, complètement largué.

– Mais qu'est-ce que tu racontes ?

PJ sourit, et feint de s'épousseter l'épaule.

– Eh bien, pour commencer, j'ai dit à la plupart des filles d'aller se faire voir. Mais je t'ai arrangé un rendez-vous avec Shae Westwood. Considère-moi comme une sorte d'entremetteur intergalactique.

– Ce n'est pas ce que je te demande, PJ, dis-je. Je parle de l'autre truc. C'est quoi, les « Babel Files » ?

– Un article, répond papa. On ne te l'a pas montré ?

– Non, dis-je avec un haussement d'épaules. On est dans l'espace.

– Oh, tu devrais le lire, s'exclame-t-il en battant des mains. C'est super ! Il y a une page entière rien que sur toi. Avec ta photo prise dans l'annuaire de l'école et une interview de tes professeurs.

Les idées se télescopent dans ma tête.

– Il y a un article sur moi ?

– Oui, et sur tous les autres concurrents aussi. J'ai trouvé ça très bien. Tu m'en parles sans arrêt ; maintenant, je sais à quoi ils ressemblent. Je peux mettre un visage sur leurs noms. Je vois ce que tu voulais dire à propos de ce Longwei.

– Par contre, intervient PJ, les Très Excellents Frères ne sont pas mentionnés une seule fois. Ça craint, mec. C'était l'occasion ou jamais de faire parler de nous. Tu as intérêt à lâcher des noms dans tes prochaines interviews.

Je ris encore une fois.

– Mais qui a publié ça ?

Papa ouvre la bouche pour répondre, mais le son se coupe brusquement. J'entends un bourdonnement sourd, puis un grésillement strident. Sa voix revient, brouillée, avant de se couper de nouveau. Au bout de trente secondes d'interférences, je me lève d'un bond et passe la tête par la porte.

– Hé, dis-je à la technicienne la plus proche, le son ne marche plus !

La femme examine son écran en fronçant les sourcils avant de se lever. Elle s'avance jusqu'à la porte avec un air soucieux. Alors qu'elle me rejoint, l'image clignote à l'écran, deux fois, puis revient avec le son.

– … matin ou quelque chose comme ça. Mais comme je te l'ai dit, c'est la folie.

PJ marque une pause.

– Emmett ? Tu es toujours là ?

– On dirait que ça remarche, observe la technicienne.

Je m'empresse de me rasseoir dans le fauteuil.

– Oui. Désolé. On a été coupés.

– Ah, d'accord. Bref, comme je te le disais, Vegas prend des paris sur vous. Les gens ne savent pas vraiment sur quoi ils parient, mais c'est cool. Tu n'en reviendrais pas de…

L'image se coupe. Je vois dans le coin que mes cinq minutes sont écoulées. Si j'en crois mon reflet sur l'écran noir, j'ai l'air crevé. Je me relève en soupirant et repasse dans la salle de contact. Vandemeer m'attend à l'extérieur. Je suis tenté de lui faire part de mes soupçons, et puis je me souviens que même lui est surveillé en permanence. Il porte toujours sa montre Babel et touche son chèque à la fin de chaque mois. Il est à leur merci au même titre que moi. Alors je lui raconte plutôt que maman va mieux, je lui parle des stats de PJ dans l'équipe universitaire, mais je ne parle pas du bug de connexion ni de ce que j'en pense.

Je ne lui dis pas que le son s'est brouillé précisément à l'instant où papa allait m'en dire plus sur l'article des « Babel Files ». Je ne lui dis pas que je ne crois pas à une coïncidence, parce que rien ne se détraque jamais à bord de ce vaisseau. Quand Babel veut faire marcher quelque chose, ça marche. Qu'allait-il me révéler qu'ils préfèrent que j'ignore ? Quelle que soit la réponse, mieux vaut me préparer au pire. Encore un truc à garder à l'esprit, encore une menace qui se profile à l'horizon.

JOUR 100, 14 : 45

À BORD DU *GENESIS 11*

Ce que j'apprécie le plus pendant nos jours de repos, c'est le sauna. Je m'y installe nu comme un ver et je me détends en transpirant. Il fait tellement froid, certains jours, à Détroit. Mon plaisir coupable est simple : une douche brûlante. Il m'arrive de rentrer de l'école et de filer directement sous la douche. Je ne m'embête pas avec le savon ou le shampooing, je veux simplement m'immerger dans la chaleur. Le ballon d'eau chaude se vide en quelques minutes, mais ça reste quand même mon moment préféré de la journée.

Le matériel de Babel ne vous déçoit jamais. Si je veux prendre un bain de vapeur, j'obtiens toute la vapeur que je veux. Si j'ai envie de m'allonger dans le simulateur et de me croire dans les Alpes, je peux. La compagnie ne connaît pas les demi-mesures ni les défaillances techniques. C'est à la fois réconfortant et inquiétant. Réconfortant, parce que je n'oublie pas qu'on est en route pour Eden. Et je sais qu'on arrivera à bon port, sans exploser en vol ou nous crasher à l'atterrissage. Inquiétant, parce que ça veut dire que Babel ne prévoit jamais de plan B. La compagnie élabore plutôt ses plans de A à Z, et je ne suis même pas sûr qu'on sache tout du plan A pour l'instant. C'est comme regarder un puzzle auquel il manquerait une vingtaine ou une trentaine de pièces.

Quand je sens mes doigts tout fripés, j'écrase le bouton de vidange et le maintiens appuyé. Les volets s'ouvrent et la vapeur est aspirée devant moi comme une brume. Je prends une douche rapide et me sèche avant de retourner à la cafétéria.

J'espérais y retrouver Bilal, et c'est le cas, sauf qu'il n'est pas tout seul cette fois. Avant même d'arriver au bas de l'escalier, je surprends des bribes d'une conversation animée.

– Ça veut dire qu'on est célèbres, est en train de s'exclamer Katsu. Tout le monde nous connaît !

– Je me suis toujours demandé ce que ça ferait d'être une célébrité, dit Jazzy. Au bout d'un moment j'ai commencé à détester les concours, mais je trouvais plutôt marrant de me retrouver sur scène.

Je descends les dernières marches et tout le monde se tourne vers moi. Katsu se lève d'un bond et lève les bras au ciel comme s'il venait de remporter un marathon.

– Emmett ! On est célèbres, mec ! Tu peux m'appeler Hollywood !

– Hollywood, dis-je en le détaillant de la tête aux pieds. C'est à propos des « Babel Files » ?

Katsu me décoche un petit coup de poing dans le bras et se tourne vers les autres avec excitation.

– Il est au courant lui aussi. C'est dingue.

Je passe devant lui et m'assieds sur une chaise vide à côté d'Azima. Elle est en train de tresser les cheveux d'Isadora, laquelle tresse les cheveux de Jazzy, qui dessine un tatouage sur le bras de Jaime. C'est le genre de choses qui ne se produisent qu'à l'occasion des jours de repos. Une sorte de respiration entre deux courses de fond. Les seuls moments où on peut se détendre et se comporter comme des ados normaux.

Bilal me fait signe depuis l'autre bout de la table. Il semble s'être calmé depuis la dernière fois, même s'il a encore les joues un peu rouges. Il est en train de terminer une part de tarte. Je me retiens de me tourner vers Azima après l'avoir vu. Naturellement, Longwei n'est pas là pour prendre part aux réjouissances. Il a tendance à s'éclipser à chaque fois qu'on est réunis en nombre. Je remarque que Kaya et Roathy sont absents également.

– Combien d'entre vous en ont entendu parler ? dis-je.

– Tout le monde, répond Azima. D'une manière ou d'une autre.

Je hoche la tête.

– Je me demande pourquoi ils ont publié ça.

– On s'en fiche ! réplique Katsu. Je suis célèbre. À mon retour au Japon, je ne sortirai plus qu'avec des mannequins. Je conduirai des voitures de sport. Je serai le type qu'on repère dans la foule à l'occasion des matchs, vous savez ? Celui sur lequel le cameraman fait un gros plan. Qui porte en permanence des lunettes de soleil.

Isadora s'esclaffe.

– Je ne crois pas qu'on soit célèbres à ce point, Katsu.

– Pourquoi pas ? dit-il. On est comme… des espèces d'astronautes sexy !

Jazzy fait la grimace.

– Tu es vraiment obligé de sortir ce genre de trucs en permanence ?

– Oui ! répond fièrement Katsu. Je suis là pour apporter une touche d'extravagance. Tout le monde le sait.

– Il n'a pas tort, dis-je. À propos de notre célébrité. On est les plus jeunes personnes à se retrouver dans l'espace. Je suis quasiment sûr que ça doit faire les gros titres.

– Vous y croyez vraiment ? demande Bilal la bouche pleine. Qu'on sera tous célèbres à notre retour ?

Jazzy lui jette un regard incendiaire.

– Tu es le garçon le plus gentil que je connaisse, Bilal, mais on ne t'a jamais appris à te tenir correctement à table ?

Il termine sa bouchée et sourit.

– Il n'y avait pas de table chez moi. On était trop pauvres.

Avant que Jazzy ne se sente trop mal à l'aise, Azima dit :

– Ça ne me dit rien d'être célèbre.

– Sérieux ? s'exclame Jazzy, stupéfaite. Quand on est célèbre, on peut faire tout ce qu'on veut. On est invité partout. On obtient toujours une table dans les grands restaurants. Moi, j'ai envie d'être célèbre.

– Les gens célèbres sont pourris, dit Azima. Ils ne sont pas heureux. Tout le monde sait ça.

– Moi non plus, je ne tiens pas à être célèbre, intervient Bilal. On attire trop l'attention.

Je remarque le regard plein d'espoir qu'il lance à Azima et je me retiens de pouffer. Katsu, sous le choc, regarde le reste d'entre nous.

– Eh bien, vous n'aurez qu'à continuer votre petite vie tranquille tous les deux pendant qu'Isadora et moi on ira faire la fête. Emmett ? Jaime ? Vous viendrez danser avec nous, ou pas ?

Jaime hausse les épaules.

– Je ne sais pas danser.

Katsu gémit avant de se tourner vers moi.

– Emmett, s'il te plaît. Dis-moi que toi, au moins, tu viendras t'amuser avec moi.

– Au Japon ou à Détroit ?

Il s'esclaffe.

– Disons… à mi-chemin.

– Quoi, au milieu de l'océan ?

Il part d'un rire tonitruant.

– Vous êtes tous officiellement invités à ma grande fête au milieu de l'océan. On mangera ce qu'il y a de meilleur, on dansera sur des yachts, on fera tout ce que font les gens célèbres. Et pour être sûrs de faire venir Jazzy, la fête aura pour thème les astronautes sexy.

Tout le monde éclate de rire. Pendant un moment, chacun s'épanche sur ses célébrités favorites. Bilal nourrit une fascination pour je ne sais quel philosophe palestinien. Isadora avoue qu'elle sortirait bien avec l'équipe brésilienne de foot au grand complet. Je les écoute un moment puis je me souviens que j'ai autre chose à faire. Je m'excuse auprès des autres et retourne dans notre suite, espérant ne pas avoir fait attendre Kaya trop longtemps.

Quand je passe la porte, j'entends le bruit de sa douche, alors je m'assieds à notre table et j'attrape l'un des rapports sur les Adamites. Il s'agit de la théorie d'un savant sur leur mythologie. Avant, je me serais endormi au premier paragraphe, mais les tests de Babel ont affûté mon esprit. Certaines choses qui me paraissaient difficiles autrefois sont devenues plus faciles. Je me demande quel genre d'élève j'aurais pu devenir dans d'autres circonstances. Si j'avais pu rester chez moi et passer mon temps à faire mes devoirs au lieu de garder mes petits cousins. J'archive ça à la lettre O pour « On ne saura jamais ».

Une fois Kaya prête, on emprunte notre chemin habituel. Avec ses points de contrôle, ses caméras et ses panneaux secrets. Je suis presque sûr qu'à ce stade on pourrait le suivre les yeux bandés. Si Babel nous surveille, personne ne nous a encore rien dit de nos escapades nocturnes. Peut-être qu'ils se fichent de nous voir fouiner un peu tant qu'on ne découvre rien de sérieux. Ou alors, ils savent ce que Kaya refuse d'accepter – qu'on a atteint les limites de notre exploration.

Tout en marchant, je lui raconte les potins du jour. Elle n'avait pas entendu parler des « Babel Files », mais apparemment elle était au courant depuis un moment pour Bilal et Azima. Je suis toujours surpris d'apprendre qu'elle passe du temps avec les autres concurrents, mais je suppose que c'est logique. Quand je n'ai plus rien à raconter, elle me parle d'une nouvelle stratégie qu'elle a imaginée pour la salle du Lièvre. Je ris, parce que c'est le genre de plan génial qu'elle est la seule à pouvoir concocter.

On patiente dans l'antichambre et puis on se glisse dans la zone à gravité zéro. Kaya ne joue plus à rebondir sur les murs ou à lancer des oursons en gelée. La Kaya rigolote a progressivement cédé la place à la Kaya obsessionnelle. Sa fascination pour Babel lui enlève toute envie de plaisanter. J'espère secrètement qu'on finira par trouver un moyen d'ouvrir la porte, qu'on puisse enfin percer le mystère et passer à autre chose. Kaya fait comme s'il s'agissait d'une grande aventure, mais au fond je crois qu'elle cherche simplement à résoudre l'énigme de la porte. Elle se propulse directement au deuxième sas et cale ses pieds sous le cadre. Il ne me reste qu'à la suivre.

– Tu as remarqué mon collier ? demande-t-elle.

Au fil de la compétition, Babel nous a fourni de plus en plus de noxolyte. J'en possède actuellement trois bandes sur un poignet plus un anneau sur l'autre main. Kaya garde la sienne sous la forme d'un collier. Des petites amulettes noxiennes pendent sous sa clavicule, en forme d'étoiles, de cœurs ou d'ailes. J'y jette un coup d'œil et je hoche la tête.

– Tu n'as plus ton tournesol.

– Bien vu, me complimente-t-elle. J'en ai eu besoin pour manipuler ça.

Elle fouille dans sa poche et en sort un cylindre noir.

– Il m'a fallu plusieurs semaines pour le mettre au point. Essaie-le.

Je lui prends le cylindre et le présente devant le trou de serrure. Il s'y insère à la perfection. Kaya me fait signe de l'enfoncer à fond, ce que je fais. On entend un petit *clic*. Des rouages se mettent en branle. J'ouvre des yeux ronds en voyant la porte coulisser.

– Tu es un génie, dis-je avec stupéfaction. Un génie, Kaya.

On flotte dans une antichambre, et la gravité s'empare de nous d'un coup. On tombe à genoux tous les deux ; il nous faut quelques secondes pour nous relever. La porte suivante possède une poignée.

– On continue ? dis-je.

– Bien sûr, qu'on continue ! Je rêve de ce moment depuis des *mois*.

On passe le seuil ensemble pour déboucher dans un nouveau couloir brillamment éclairé. Il n'a rien de particulier, sinon qu'on n'y remarque aucune caméra. Il se prolonge sur une vingtaine de mètres avant de décrire un virage en épingle à cheveux. En descendant lentement. On marche encore vingt mètres de plus, et puis il y a un nouveau virage. Aucune trace d'escalier, pas de rayures sur le sol, rien.

– Ils ne se sont pas servis de noxolyte dans ces couloirs, observe Kaya.

Je hoche la tête, comme si j'avais remarqué moi aussi. Les murs sont en nanoplastique sur une armature métallique. Quelque chose me chiffonne dans leur disposition. Je suis sur le point de suggérer à Kaya de faire demi-tour, quand une porte apparaît devant nous après le dernier virage. Comme les murs, elle ne comporte pas de noxolyte. Elle est équipée d'un lecteur, en revanche. On s'arrête devant. Je garde ma carte dans ma poche.

– Enfin ! murmure Kaya, tout excitée. On va enfin savoir ce qu'ils cachent là-dedans.

J'essaie de feindre le même enthousiasme, mais quelque chose me dérange. Cette porte n'est pas comme les autres.

On reste là un moment jusqu'à ce que Kaya se tourne vers moi.

– Eh bien ? Vas-y !

– Je ne sais pas si on devrait, dis-je. J'ai un mauvais pressentiment.

Kaya me dévisage comme si j'étais cinglé.

– Emmett, ça fait des semaines, des mois qu'on essaie d'entrer. Si on s'arrête ici, c'est comme arriver au bout d'un livre et ne pas lire la fin.

– Je ne le sens pas.

– Maintenant qu'on est là, on ne peut plus reculer.

J'avale ma salive et je hoche la tête.

– Comme tu veux.

Je passe la carte dans le lecteur et la porte s'ouvre.

L'éclairage est tellement fort de l'autre côté qu'on plisse les paupières tous les deux. Je cligne deux fois avant de pouvoir distinguer des formes vagues et éthérées. Ma vision s'adapte peu à peu. Des bras mécaniques articulés sortent du plafond. Cinq, dix, une vingtaine au moins. Ils pendent à travers la salle, d'un air menaçant, terminés par des roulettes ou des scies circulaires. Des écrans plasma s'alignent le long des murs. Je ne comprends rien aux diagrammes ni aux chiffres qui s'y affichent en vert. Une lumière bleue pulse à travers la pièce. Elle souligne les dalles de sol et les articulations des bras mécaniques.

Kaya fait un pas à l'intérieur. Aussitôt, le sol blanc vire au noir. Comme si une ombre tombait sur la salle, comme si un monstre gigantesque se dressait au-dessus de nous. L'éclairage s'atténue, et on peut enfin voir à qui cette pièce est destinée.

Un homme. Il est solidement suspendu contre le mur du fond par trois sangles entrecroisées. Son visage est à moitié recouvert d'une cagoule, jusqu'à ses lèvres incurvées vers le haut. Deux cordons blancs pénètrent aux coins de sa bouche. D'autres s'enfoncent dans son torse, ses bras, son ventre. Il a une plaie béante juste sous la gorge. Les bords de la plaie fument encore et présentent un aspect répugnant. Comme si quelque chose s'était trouvé logé là, et qu'on l'avait arraché.

Kaya et moi sommes attirés dans la pièce comme les voisins sont attirés par une maison en feu. Babel a oublié de tendre un cordon de sécurité ; on peut s'approcher de l'incendie aussi près qu'on en a envie. On n'entend aucun bruit, à part un pouls lent et régulier qui sort d'un moniteur. Les battements sont si espacés que je me retrouve à guetter le suivant à chaque fois.

– Il est en vie, dis-je dans un souffle.

Mais qui est-ce ? Et pourquoi le garder ici, comme un prisonnier ?

– Regarde ses cicatrices, souffle Kaya d'une voix triste.

Sa peau ressemble à de l'argile sèche. Sa couleur devait être plus chaude à l'origine. Je remarque des brûlures sur ses bras. La peau forme des cloques par endroits ; d'autres sont complètement écorchés. Son épaule gauche est couverte d'hématomes. La conclusion s'impose d'elle-même, mais Kaya la formule à voix haute :

– Il a été torturé.

On s'arrête. Suffisamment près pour pouvoir toucher le malheureux en tendant le bras. Je baisse les yeux. Il porte une espèce de sous-vêtement, ainsi qu'une sorte d'armure de pierre sur les deux genoux. Je les montre du doigt.

– C'est quoi, à ton avis ? dis-je.

Kaya s'accroupit et lâche un petit bruit pensif.

– J'ai déjà vu des croix comme ça.

– Des croix ?

Elle écarte les bras.

– Des croix.

Elle a raison. On dirait qu'on a fondu une pierre centrale sur chaque rotule. Des bras irréguliers en partent vers le haut, le bas et sur les côtés. Je plisse les paupières pour examiner ça de plus près. Le métal paraît soudé dans la peau – comme des écailles, presque. Je passe sur le côté et j'entends Kaya retenir son souffle.

– Fais attention, murmure-t-elle.

– Ne t'inquiète pas.

Sous cet angle, on détaille mieux le physique du personnage. Il n'est pas grand, mais compact et bien bâti. Taillé comme un tronc d'arbre. Je ne pourrais même pas en faire le tour avec les bras. Ses épaules sont particulièrement impressionnantes. Au niveau des coudes, je remarque le même genre de pierres que sur ses genoux. Elles se fondent parfaitement dans la peau. Pour la première fois, je réalise qu'il n'est pas humain. C'est un Adamite. Ici, à bord du vaisseau.

– Kaya, c'est l'un d'entre eux.

– Un Adamite, confirme-t-elle. Comment peuvent-ils lui faire ça ?

Un bip soudain du moniteur nous fait sursauter. On échange d'abord un regard paniqué, puis un sourire gêné. Après quoi un mouvement efface ces expressions sur nos deux visages.

Malgré les sangles qui lui barrent le torse et les biceps, le prisonnier soulève une main. Seul le bip du moniteur brise le silence. La main s'élève comme un pont-levis fantomatique. Je suis suffisamment près pour remarquer tous les détails : la manière dont les veines s'épaississent, dont les doigts se referment en poing puissant, dont les lèvres de l'homme s'entrouvrent. Je me tiens devant lui, frappé d'horreur, incapable de bouger ou de parler.

Le collier de Kaya se met à frémir. Ses amulettes se redressent, pivotant sur leurs attaches comme des petites planètes. Kaya baisse les yeux ; moi, je reste bouche bée. On regarde des mains invisibles découper la noxolyte, millimètre par millimètre. On est terrorisés tous les deux mais l'instinct de Kaya finit par prendre le dessus. Elle referme le poing sur ses amulettes et plaque son collier contre sa poitrine.

Un coup de tonnerre retentit dans la pièce.

Kaya tombe à genoux avec un cri étranglé. Je sens une présence s'insinuer dans les airs, et je recule malgré moi tandis qu'une force puissante vient combler la distance qui nous sépare. Vent, pluie et chaos. J'essaie de résister pendant que Kaya se met à hurler.

Des voix résonnent de très loin. L'homme attaché au mur serre les poings, et Kaya ouvre de grands yeux. Son collier se resserre, lui rentre dans la chair. Je me précipite pour l'aider mais je ne parviens pas à glisser mes doigts entre la noxolyte et son cou. L'une des amulettes se brise avec un claquement sec. Elle fend l'air et le prisonnier la change en fumée, qui s'enroule autour de son poing. Je crie moi aussi : pour appeler à l'aide, pour que quelqu'un vienne. Les yeux de Kaya sont injectés de sang, son visage terrifié. Elle se bat bec et ongles mais ni elle ni moi ne parvenons à détacher son collier qui continue de se resserrer, encore et encore.

Je hurle d'effroi quand la noxolyte commence à tirer vers le haut. Kaya est soulevée, au point que ses pieds ne touchent plus le sol. J'essaie de la tirer vers le bas mais je ne suis pas assez lourd. La force qui la tient est trop grande. Kaya cesse de se débattre. L'une de ses mains retombe mollement le long de son corps. Puis l'autre. J'entends un raclement métallique, et je crie toujours tandis que les lumières de la pièce clignotent deux fois. L'homme attaché au mur lâche un grognement.

Puis Defoe surgit entre nous.

Son costume anthracite ondule. Le tissu se transforme en armure noire. Il saisit le poing du prisonnier. Des ombres fusent dans toutes les directions. Defoe pousse un râle, puis enfonce son épaule renforcée par la noxolyte dans le ventre du prisonnier. Ligoté, aveuglé, l'autre ne peut pas le voir venir. Defoe lui assène un coup d'épaule et l'homme pousse une exclamation de douleur. D'un geste brusque, Defoe lui arrache sa noxolyte et l'intègre à son armure au prix d'une manipulation rapide. Il se campe fermement sur ses pieds et frappe à trois reprises : dans le ventre, dans le ventre et dans le bas-ventre.

Kaya s'écroule au sol. Je glisse les doigts sous son collier et le lui arrache. Des lignes rouges sombres lui barrent le cou, comme des sillons. Defoe pivote ; son armure se retransforme en costume tandis qu'il s'accroupit pour soulever Kaya par un bras. Je la soulève de l'autre côté et on l'emporte hors de la pièce. Mon champ de vision se rétrécit.

Ce n'est pas possible ; ça ne peut pas être vrai.

– Elle ne respire plus ! je crie. Elle ne respire plus.

Elle ne bouge pas non plus.

– Bon sang, elle ne respire plus !

Defoe referme la porte et allonge Kaya à même le sol. Des pas précipités s'approchent. Kaya, les yeux rougis, fixe le plafond. Vandemeer et les autres médecins surgissent au bout du couloir. Un frisson d'espoir me traverse. Ils vont réussir à la sauver. Il le faut ! Je m'écarte pendant qu'ils s'agglutinent autour du corps. Vandemeer entame le massage cardiaque. Quelqu'un prépare un défibrillateur. On lui administre plusieurs chocs électriques. Vandemeer tente la respiration artificielle. Ses mains pompent sur la poitrine de mon amie. J'attends la fin du film. Le souffle libérateur. Les yeux qui s'ouvrent en grand, les paupières qui clignent. La promesse d'une suite.

Mais ça ne se termine pas comme ça. Vandemeer se redresse. Il a l'air effondré.

– Heure du décès : vingt et une heures zéro deux.

Alors qu'on me raccompagne, je jette un dernier regard à Kaya. Elle ressemble à un pétale de fleur, détaché trop tôt. Personne ne lui ferme les yeux, si bien qu'elle continue à fixer le monde qu'elle a quitté. Je me rappelle le deuxième livre qu'on lisait ensemble. Un pont vers un pays imaginaire. Je me rappelle les nouveaux mondes qu'on devait explorer ensemble, mais aussi l'astronaute solitaire avec son amie morte. Son cœur brisé, et l'absence qui le hante. Je n'ai plus besoin de faire semblant de le comprendre. Plus maintenant.

JOUR 100, 22 : 15

À bord du *Genesis 11*

– Vous en êtes certain ? me redemande Vandemeer.

Je hoche la tête.

– C'était un Adamite.

– À bord de ce fichu vaisseau, dit-il doucement.

Ses yeux se posent sur sa montre. Il pèse toujours ses mots avec le plus grand soin, parce qu'il sait que Babel l'écoute. Pour la première fois, je réalise qu'il est tout aussi surveillé que moi.

– Je n'étais pas au courant, avoue-t-il.

– Il était attaché. Ils l'ont torturé. Voilà pourquoi il a tué Kaya. Parce qu'il a cru qu'elle était avec eux. Alors il l'a tuée en essayant de s'échapper.

Vandemeer prend un air gêné.

– Que faisiez-vous là-bas, Emmett ?

Je n'ai pas de réponse à lui fournir. Dire que c'était la faute de Kaya ressemblerait à une trahison. C'est pourtant elle qui a insisté pour continuer nos explorations. Mais si je n'avais pas volé cette carte, elle serait encore en vie.

Est-ce ça qu'il a envie d'entendre ? La culpabilité me tenaille un peu plus à chaque seconde qui passe. Ne sachant pas quoi dire pour me réconforter, Vandemeer s'emploie à vérifier mes bandages pour la millième fois. Je me suis fait des centaines de petites coupures en m'efforçant d'arracher le collier de noxolyte. Mais les vraies cicatrices sont cachées sous la surface. Je n'oublierai jamais les marques rouges sur le cou de Kaya. Je n'oublierai jamais ses yeux sombres et malicieux injectés de sang. Je ne pourrai jamais me pardonner ce qui est arrivé.

Je n'arrive pas à dormir. Vandemeer me branche à des machines pour me forcer la main. Je me réveille en hurlant toutes les heures. Abruti par les médicaments et le chagrin, je suis pris au dépourvu quand Defoe passe me rendre visite. J'ignore quel jour on est, quel retard j'ai pris dans la compétition. J'ai à peine conscience d'être encore en vie. Il s'avance au pied de mon lit d'hôpital, dans son costume scintillant.

– Emmett, dit-il. Je suis venu pour qu'on parle de ta punition.

L'idée me ferait presque rire. Il ne peut rien faire pour me punir. Ce ne sera jamais suffisant. Sait-il seulement ce que Kaya représentait pour moi ? Le genre de personne que c'était ? Il ne peut pas me punir et il ne peut pas me pardonner. Personne ne le peut.

– La baguette et le reproche, continue Defoe. Erone a fourni la baguette de la discipline. Elle répond aux erreurs passées ; le reproche guide les actions futures. Ensemble, ils mènent à la sagesse. J'espère que la mort de Kaya t'aura appris l'importance de nos règles, la raison des limites qu'on vous impose.

La colère s'empare de moi. Je suis peut-être responsable, mais Babel n'a pas les mains propres pour autant.

– Vous torturez ce pauvre type, dis-je. C'est pour ça qu'il nous a attaqués.

– Nous effectuons des tests, rétorque Defoe. Comme les Adamites l'ont fait avec nous.

– Il a tué Kaya parce qu'il l'a prise pour l'une des vôtres.

Defoe me regarde fixement. Son visage ne trahit aucune émotion.

– Alors ce serait notre faute si vous avez enfreint les règles ? C'est vraiment ce que tu penses ?

Des larmes brûlantes coulent le long de mes joues. Non, ce n'est pas ce que je pense. Je sais le rôle que j'ai joué dans cette histoire. Defoe fait pivoter sa tablette et me montre le tableau d'affichage en gros caractères. Mon score a pris une grosse claque.

– Nous t'avons retiré trente mille points. Dix mille pour avoir volé la carte de ton responsable médical. Dix mille pour avoir enfreint le protocole spatial. Dix mille pour avoir mis en danger la vie de tous les passagers de ce vaisseau.

– Parce que vous croyez que je me préoccupe de mon score ? Que j'en ai quelque chose à faire ?

Defoe rectifie son nœud de cravate impeccable.

– Alors c'est comme ça que tu comptes réagir ? Kaya est morte, donc tu baisses les bras ? J'aurais cru que tu attacherais plus de valeur à sa vie. Pour ton information, je te signale que l'Adamite a été expulsé du vaisseau. Tu ne parleras de son existence à personne d'autre. Tu n'enfreindras plus nos règles. Et si je te connais un peu, tu n'insulteras pas la mémoire de Kaya en renonçant. Elle aurait attendu autre chose de toi.

Il sort de la chambre. Je reste allongé dans mon lit, en hyperventilation. Pour la millième fois, l'image de Kaya me brise le cœur. Ça me rend fou, mais Defoe a raison. Ça me rend fou que ce soit lui qui me rappelle qui elle était et ce qu'elle aurait voulu. Je sais que je vais me battre pour elle. Je sais que je vais continuer, même si je ne mérite pas d'être là alors qu'elle n'y est plus.

Defoe croit me connaître. Il sait que je ne me pardonnerai pas ce qui est arrivé, mais il ne réalise pas que je ne pardonnerai pas à Babel non plus. Sous ses dehors policés, la compagnie est aussi dangereuse et malfaisante qu'on l'a toujours imaginé. Sa manière de traiter la mort de Kaya. La torture de l'Adamite. Tout le reste.

Ils sont prêts à tout pour parvenir à leurs fins. J'en ai le sang qui me cogne aux tempes rien que d'y penser. Je pensais pouvoir maîtriser la situation. Je me disais que si on jouait le jeu, on pourrait dicter nos conditions à Babel parce qu'ils ont besoin de nous sur Eden. Mais c'est faux. Sans eux, on est coincés dans l'espace. À des milliards de kilomètres de chez nous, et sans le moindre contrôle sur ce qui nous arrive.

La réalité est d'une simplicité saisissante. Nous sommes des esclaves. Babel possède la nourriture, l'argent, le vaisseau. C'est eux qui décideront lesquels d'entre nous descendront sur Eden. Si on est bien sages, peut-être qu'ils nous laisseront rentrer à la maison. La mort de Kaya me l'a fait comprendre sans détour. Je sais qu'il n'y a qu'une seule chose que je puisse faire, pour elle, pour moi et pour ma famille.

Si Babel a l'intention de nous tenir en laisse, j'irai où personne ne pourra me suivre.

Sur Eden.

JOUR 101, 08 : 01

À bord du *Genesis 11*

L'efficacité de Babel ne connaît pas de limites. Le lendemain matin, le nom de Kaya est rayé sur chaque tableau d'affichage. Les autres sont en train d'en discuter quand je les rejoins pour le petit déjeuner. Ils pensent qu'elle a jeté l'éponge. Je n'arrive pas à me résoudre à leur dire la vérité. Ils méritent de l'entendre de quelqu'un d'extérieur à Babel, mais j'ai trop honte pour arriver ne serait-ce qu'à les regarder dans les yeux. Je me sers une assiette de nourriture pour tuer le temps, sauf que je ne peux rien avaler.

Defoe fait son entrée. Son costume noir pourrait être une marque de deuil, mais on ne lit aucune tristesse dans ses yeux ou dans sa voix quand il annonce la nouvelle. Pour lui, Kaya n'était qu'une employée potentielle. Je le déteste.

– La nuit dernière, Kaya est morte dans un accident.

La vérité frappe comme un coup de tonnerre. Les autres le dévisagent avec des yeux ronds. J'ouvre la bouche pour parler, pour dire que c'était de la faute de Babel, mais Defoe me fait taire d'un regard. Il laisse aux autres le temps de digérer l'information. Il y a une leçon là-dedans. Personne n'est en sécurité. Chacun d'entre nous peut trébucher, même la plus maligne du groupe. J'entends les autres murmurer, et je m'en veux de ne rien dire. Ce n'est pas bien.

– Vous n'êtes plus que neuf.

Là aussi, il nous laisse un temps de réaction. Je voudrais le détester pour avoir dit ça, mais j'ai pensé la même chose en me réveillant ce matin. Une personne de moins pour me prendre ma place. Aucune douche brûlante n'aurait pu laver la culpabilité que j'ai ressentie, pas même avec toute l'eau chaude du *Genesis 11*.

– Cela change un peu la donne. Nous n'avions pas envisagé de perdre l'un d'entre vous avant d'arriver sur Eden. Sans Kaya, il ne nous reste plus que trois concurrentes. Nos projections opérationnelles indiquent que c'est l'effectif minimum pour un fonctionnement optimal de l'équipe. Nous pensions que l'issue serait déterminée par la compétition, mais la mort de Kaya nous oblige à réviser nos plans.

Roathy frappe du poing sur la table.

Je suis trop fatigué, trop confus pour comprendre. Les autres ont l'air à cran. Defoe continue.

– Jasmine, Isadora, Azima… Vous irez toutes les trois sur Eden.

Les filles ont l'air choquées. Azima avait peu de chances de perdre, mais Jazzy et Isadora étaient dans les quatre dernières. J'aurais déjà eu suffisamment de mal à en rattraper une après ma sanction. Maintenant, je ne peux même plus espérer ça. Je jette un coup d'œil au tableau d'affichage.

1.	Longwei	373 900 points
2.	Bilal	365 300 points
3.	Azima	364 750 points
4.	Katsu	363 450 points
~~5.~~	~~Kaya~~	~~351 050 points~~
6.	Jaime	328 200 points
7.	Isadora	292 080 points
8.	Jasmine	283 050 points
9.	Roathy	277 324 points
10.	Emmett	268 350 points

On m'a retiré mes points. La sanction de Babel est peu de chose à l'égard de ma faute. Je n'ai qu'un peu moins de neuf mille points de retard sur Roathy, n'empêche que ça pourrait aussi bien être quatre-vingt-dix mille. Comment puis-je continuer si Kaya n'est plus là ?

L'espace d'une seconde, je m'inquiète pour la victoire, pour l'argent, pour mon retour chez moi. Cette préoccupation s'efface aussitôt quand je me rappelle le nom de Kaya rayé sur le tableau d'affichage. J'en veux à Defoe de ramener la discussion sur la compétition. Je déteste le fait qu'on soit en train de penser à se battre les uns les autres au lieu d'honorer la mémoire de celle qu'on a perdue. De celle que j'ai tuée. C'est le genre de colère, de frustration qu'on ne peut pas sublimer ; dont on ne peut pas se nourrir.

La semaine s'écoule et j'enchaîne les défaites. Dans le bassin de nage, j'ai la sensation de me noyer. En classe, la voix de nos professeurs semble me parvenir de très loin. Dans l'arène, je n'ai pas le cœur à décocher mes coups. Bilal s'assied à côté de moi à chaque repas.

– Si tu as envie de parler, dit-il, je suis là.

Je secoue la tête et il n'insiste pas. Il ne pose pas de questions sur les points que j'ai perdus ou sur ce qui s'est passé. Il reste à côté de moi et honore la disparition de Kaya par sa présence silencieuse. Je ne sais pas comment je pourrais le remercier.

Defoe est le seul à savoir ce qui est arrivé, et pourtant c'est le seul à se comporter comme si rien n'avait changé. Je réalise que, pour lui, rien n'a changé. J'archive ça à la lettre S pour « Salopard ». Il nous conduit à la salle du Lièvre pour une nouvelle journée interminable dans une semaine qui s'annonce déjà fastidieuse. Je me tiens là, planté comme un idiot, jusqu'à ce que Jaime suggère qu'il nous faudrait une nouvelle stratégie. J'éclate de rire. Ma réaction est aussi soudaine qu'effrayante. Je ne peux pas m'en empêcher : je me souviens de l'une des dernières choses que m'a dites Kaya avant de mourir. Sa dernière stratégie pour la salle du Lièvre.

– D’accord, dis-je. Voilà ce qu’on va faire. Pour Kaya.

Azima, Isadora, Jaime et moi nous alignons près du centre de la salle. Defoe clique sur sa tablette et le tapis roulant se met en branle. La forêt digitale s’affiche sur l’écran mural et la course commence. Isadora se déporte complètement à gauche comme convenu. Elle court à un rythme régulier tandis que Jaime, Azima et moi transformons nos anneaux noxiens en gros boucliers. À mesure que la vitesse augmente, on se déporte vers le centre de la salle, où le filet de tennis nous sépare de l’autre équipe. À mon signal, on bondit tous les trois par-dessus pour nous retrouver en territoire ennemi.

Je crie :

– Pour Kaya !

Mon cri de guerre est repris en chœur, et ceux de l’autre équipe nous jettent des regards terrifiés en nous voyant débouler dans leur formation. C’est le chaos. Je renverse Longwei et fais un croche-patte à Bilal. Jazzy réussit presque à s’échapper, mais Azima la retient par le bras et tout le monde s’écroule pêle-mêle. Malgré mon cou pris en étau au creux d’une jambe, je ne peux m’empêcher de rire alors qu’on est tous emportés contre le mur du fond. L’éclairage de la salle crépite comme un feu d’artifice.

Isadora court toujours pour notre équipe, en revanche, et quelques secondes plus tard le sol s’immobilise.

Defoe est radieux. Il s'approche en applaudissant.

– Enfin quelqu'un qui pense en dehors du cadre.

Il me regarde, comme si l'idée venait de moi.

– C'est Kaya, dis-je d'une voix ferme. C'était son plan.

– Pour Kaya, répète Azima.

Elle m'attrape par la taille et les autres se regroupent autour de nous. On répète tous sa phrase en quittant la salle du Lièvre tous ensemble. Ce soir-là, je reste un long moment dans la salle polyvalente. J'ai peur de regagner notre suite sans Kaya. J'ai peur de me réveiller pour ma première journée de repos sans ma coéquipière, mon amie. Les autres finissent par me laisser, malgré tout, et je suis bien obligé de retourner sur les lieux de notre première rencontre.

Ma combinaison s'allume et la porte s'ouvre en coulissant. Je passe dans ma chambre et je me déshabille. Le miroir ne laisse rien paraître de mon cœur brisé. Il ne trahit pas non plus l'étendue de mon désespoir. Il affiche simplement mes pulsations et le décompte des calories que j'ai brûlées, comme si ces indications avaient la moindre valeur pour mesurer la vie. Je suis assis au bord de mon lit quand on frappe à ma porte. Le bruit fait trembler les murs. J'emporte ma combinaison devant le lecteur pour ouvrir.

Mes amis font irruption à l'intérieur.

Katsu brandit un grand pot de crème glacée.

– On vient taper l'incruste ! crie-t-il.

Bilal a apporté des oreillers et des couvertures. Il les jette au sol et me serre dans ses bras. Jazzy, Azima et Jaime se bousculent derrière lui.

– Merci, dis-je dans un murmure. Merci beaucoup.

Bilal indique Jaime d'un coup de menton.

– C'était son idée.

Jaime m'adresse un hochement de tête.

– On ne voulait pas que tu sois tout seul.

Sa gentillesse me serre le cœur. Je lui tends la main, et il l'accepte.

– Je suis vraiment désolé, dis-je. Pour tout ce que j'ai pu dire au début.

Il secoue la tête.

– Ce n'est rien. C'est oublié.

Après que Jaime a expliqué son idée aux autres, Katsu s'est rendu en cuisine pour voler la crème glacée. Bilal nous a trouvé plusieurs films, et Jazzy a rassemblé les oreillers supplémentaires.

La nuit passe comme un songe. On s'empiffre de crème glacée en regardant des vieux Disney sans sous-titres. Tout le monde honore la mémoire de Kaya, tout le monde a quelque chose de gentil à dire sur elle. Je suis étonné de voir à quel point elle comptait pour les autres. Égoïstement, je croyais qu'elle ne parlait qu'à moi, mais j'apprends qu'au cours des derniers mois elle a aidé chacun d'eux quand ils en avaient besoin.

Je m'endors à même le sol à côté de Bilal. Allongé de l'autre côté, Katsu ronfle comme un moteur d'avion. Jazzy et Azima prennent mon lit pendant que Jaime va dormir sur mon canapé. L'absence de Kaya a rassemblé les filles et les garçons cassés, même si ce n'est que pour une nuit.

INTERLUDE

Les Babel Files
Marcus Defoe

– Il ne s'agit pas d'un reporter à la petite semaine qui cherche à se faire du fric, explique Roman. C'est sorti dans *Time*. Certains de nos objectifs sont déjà grillés.

Notre coordinateur des opérations terriennes passe une main dans ses cheveux en bataille. Roman Beckett est toujours dans l'urgence, toujours en train de brasser de l'air. Il a gravi les échelons parce que certaines de ses décisions initiales ont lancé Babel Corp. sur sa pente ascendante actuelle. Mais les flammes les plus vives sont aussi les plus rapides à s'éteindre, et cette erreur pourrait bien lui être fatale.

J'ai l'article sous les yeux sur ma tablette. Vingt-trois pages bien remplies qui détaillent la vie présente et passée de chacun de nos concurrents. Les informations sont presque aussi fournies que celles que nous avons recueillies. Un travail d'enquête stupéfiant. Le fait qu'on ait pu nous suivre au cours de chaque visite à domicile sent la trahison à plein nez. Le travail de Roman consiste à débusquer les taupes et à garder les petits secrets de la compagnie bien au chaud. Il n'y est pas arrivé. Pas cette fois.

Dans le carré digital au-dessus de lui, Katherine Ford ramène une mèche blond-roux derrière son oreille droite. C'est notre experte en technologie, spécialiste du développement. Roman vient de passer vingt minutes à essayer de lui remettre une part de responsabilité sur le dos, et de toute évidence elle n'apprécie pas.

– Nos programmes de cryptage fonctionnaient, explique-t-elle. Ça vient de chez vous, Roman. N'essayez pas d'impliquer mon service dans cette histoire.

– Je sais, Katherine, réplique sèchement Roman. Ils ont procédé à l'ancienne pour éviter de se faire repérer. Avec des vrais films. Et des machines à écrire. Une nanoseconde pour la mise en ligne et l'article s'est retrouvé dans la presse digitale.

– Bande de fouille-merde, grommelle David Requin. Ils n'ont rien de mieux à faire.

Requin. Un type très froid, le plus froid que je connaisse. Je résiste à l'envie de me frotter les yeux. Trop de temps passé à scruter les écrans. Cette réunion ne devrait même pas avoir lieu. La prochaine n'était pas programmée avant des mois, mais l'urgence de la situation en a décidé autrement. Le monde entier sait désormais que nous avons emmené des recrues dans l'espace. Toutes les chaînes d'informations diffusent des émissions spéciales pour discuter de nos projets et des liens nébuleux qui unissent les jeunes gens que nous avons choisis.

– Fouille-merde ? dis-je doucement. Simplement parce que c'est nous qu'on espionne, pour une fois ? Vous refaites preuve d'étroitesse d'esprit, Requin.

Requin hausse les épaules.

– Vous voyez ce que je veux dire. Ce genre d'histoire ne fait qu'alimenter les parasites qui en raffolent. Ils veulent soulever un coin du rideau et entrevoir le magicien. Très bien ! Ce qu'ils ne savent pas, c'est que nous avons une vingtaine de rideaux et autant de magiciens. À tel point qu'il m'arrive d'en oublier quelques-uns moi-même. Alors je dis : laissons faire. Laissons-les croire qu'ils ont percé une partie du mystère. Cela ne change rien à nos plans. N'oubliez pas que nous sommes tout seuls dans cette affaire.

Roman hoche la tête, mais Katherine a les yeux qui brillent. Elle voit la même chose que moi. Cet article n'est pas un vulgaire hématome qui va rapidement s'estomper ; c'est une plaie qui risque de s'infecter.

– Vous comprenez ce que ça signifie, n'est-ce pas ? dis-je. Ils en savent suffisamment sur nous pour découvrir les mêmes choses que nous, de la même manière que nous, et en évitant de se faire prendre. Des fouille-merde ? Je dirais plutôt des employés potentiels.

Roman ricane.

– Vous plaisantez, j'espère.

– Bien sûr que je plaisante. On ne peut pas régler tous les problèmes en signant quelques chèques. Cet article nous épingle sous le microscope, Roman. C'est aussi une porte ouverte aux autres compagnies. Si deux pigistes peuvent nous coller un sac sur la tête et balancer quelques coups, à quoi faut-il nous attendre de la part de nos concurrents qui ont autrement plus de moyens ?

Roman ne ricane plus. Il grogne :

– Je vais m'en charger.

– Non, certainement pas.

Je touche ma tablette. Un cercle bleu apparaît dans le coin de leurs écrans.

– Je vous ai préparé une explication officielle, avec les réponses aux questions les plus probables et un programme détaillé pour notre service de presse au cours des prochaines semaines. Première étape, faire connaître les bénéfices financiers que nous avons accordés aux familles. Que notre générosité fasse un peu les gros titres, pour changer. Ça peut commencer dès demain.

Roman a l'air furieux, mais tous les trois touchent leur écran pour télécharger le fichier. Des flèches vertes tournent autour des cercles bleus et les données se copient sur leurs disques durs. Ils parcourent le texte en diagonale. Requin est le premier à terminer sa lecture.

– Excellent, commente-t-il. Bon, c'est réglé.

Katherine hoche la tête.

– La prochaine fois, j'aimerais autant que Roman résolve ses problèmes tout seul.

– Moi aussi, dis-je. J'ai mon propre cirque à gérer.

Roman vire à l'écarlate, mais pour une fois il se tait. Sa première décision intelligente de la journée. Il n'est pas encore mort, pas tout à fait. N'empêche qu'il aurait dû repérer les journalistes et flairer ce qui se tramait. C'est le genre d'erreur qu'on commet quand on se laisse aller. Nous avons tous commis des erreurs par le passé, mais ces derniers temps il semble que Roman les accumule. Babel ne tolère pas la faiblesse. Nous préférons tailler dans le vif, reconstruire et repartir à l'assaut. Roman le sait ; il a conscience d'être tout près de la porte.

– En parlant de cirque, dit Requin avec un sourire, pour changer de sujet. Tout est prêt pour vous, Marcus. Le Torrent est pleinement opérationnel. Ça promet d'être drôlement excitant, même à votre âge.

Je ne peux m'empêcher de sourire.

– Vous avez plutôt intérêt à ne pas tricher.

Requin s'esclaffe.

– Oh, je n'en aurai pas besoin, mon vieil ami. Pas cette fois.

– Vous seriez prêt à parier là-dessus ? dis-je dangereusement.

La question lui fait perdre le sourire. Nos paris sont d'envergure planétaire. Voilà deux ans, Roman a perdu toute une galerie de Picasso au profit de Katherine à l'occasion du derby du Kentucky. Moi, je ne perds jamais, car j'ai pour habitude de m'assurer du résultat avant de mettre de l'argent sur la table.

Requin riposte :

– Et si nous fixions un enjeu un peu spécial ?

– À quoi pensez-vous ? dis-je.

– Au choix du commandant.

Katherine sourit.

– Je peux jouer, moi aussi ?

– Non, ce ne serait pas juste, dis-je. C'est à moitié un pari à l'aveugle.

– D'accord, concède Katherine. Je vous laisse vous amuser entre vous. J'ai une compagnie à diriger.

Elle éteint son écran. Roman l'imite, trop content de ce prétexte pour prendre congé, et il ne reste plus que Requin et moi dans la discussion. Chaque minute coûte des millions, alors je vais droit au but.

– Erone a failli se libérer. Deux de nos recrues avaient volé une carte d'accès. Il a mis la main sur un peu de noxolyte, mais j'ai pu intervenir à temps. Nous avons quand même perdu Kaya.

– Vous devriez faire plus attention, me reproche Requin. S'il avait réussi à prendre le dessus, il aurait pu détruire tout le vaisseau.

– J'en doute, dis-je. Connaissant Erone, il aurait plutôt remonté le plan de vol pour détruire *votre* vaisseau. Il m'aime bien. Alors qu'il vous déteste.

– Eh bien, c'est moi qui l'ai capturé, reconnaît Requin en riant.

– Ce sera tout ?

Requin fronce les sourcils.

– Attendez, et notre pari ?

– Non merci, dis-je. Je ne prends pas de paris que je suis sûr de perdre.

– Et comment pouvez-vous en être sûr ?

– Je me lève de bonne heure chaque *matin*...

Je laisse le mot résonner dans l'air. Requin glousse, comme un enfant surpris la main dans le pot de confiture.

– Vous savez ce qu'on dit : la fortune appartient à ceux qui se lèvent tôt, tout ça.

– Donc vous admettez la défaite ?

– Oui. Au moins jusqu'à ce que je remette la main sur les as que j'ai égarés dans ma manche.

– Alors, à plus tard.

Requin hoche la tête, et coupe la communication.

LIVRE 2

TROUS NOIRS

JOUR 188, 07 : 48

À bord du *Genesis 11*

1. Longwei	686 900 points
2. Katsu	633 450 points
3. Bilal	529 300 points
4. Azima	528 750 points
5. Jaime	519 200 points
6. Jasmine	474 050 points
7. Roathy	470 324 points
8. Emmett	468 350 points
9. Isadora	413 080 points
~~10. Kaya~~	~~351 050 points~~

Vandemeer m'attend dans le salon. Durant les premières semaines qui ont suivi la mort de Kaya, on ne s'adressait quasiment plus la parole. Il négligeait ses devoirs et moi les miens. On s'est repris d'un seul coup tous les deux. Son allégeance envers Babel est devenue secondaire à mes yeux. On se bat ensemble pour Kaya.

J'ai l'impression qu'il s'imagine qu'en m'envoyant sur Eden, il réussira à se pardonner sa part de responsabilité. Sauf que ça ne marchera pas. Ça ne marche jamais comme ça. Une culpabilité pareille ne s'efface pas. On peut éventuellement la mettre de côté mais elle reste toujours là, tapie dans l'ombre.

Après mon échauffement, je m'avance devant la porte de Kaya et je baisse la tête. Je n'ai jamais été très intime avec Dieu ou Jésus, mais j'imagine qu'on est plus proches d'eux ici, dans l'espace. Peut-être qu'ils peuvent m'entendre, allez savoir. Je répète les mêmes paroles tous les jours.

Vandemeer me dévisage avec curiosité.

– Pour quoi priez-vous ?

– Pour le repos.

– Et à qui adressez-vous vos prières ?

– Je ne sais pas.

Les petits déjeuners se succèdent. On se traite tous comme des amis jusqu'à ce qu'on soit forcés de redevenir adversaires. Ces revirements incessants sont plus fatigants que si on se détestait en continu. Par moments, je me dis que Longwei a tout compris. Lui ne s'embarrasse pas d'amitié. C'est peut-être ça qui le rend si fort. Toute son énergie est consacrée à nous considérer en ennemis. C'est peut-être plus facile comme ça.

N'empêche que la mort de Kaya m'a fait changer. Elle a tout changé. Je suis incapable de retourner à une compétition acharnée, au désir de gagner à tout prix. Je n'ai plus envie de ça. Kaya nous faisait rire et sourire. Elle aidait tous ceux qui en avaient besoin, même ceux qui n'osaient pas le demander. Pour elle, je m'efforce de devenir meilleur. Bilal me propose régulièrement d'en parler, mais je ne veux pas lui confier ce qui m'accable.

Ces derniers mois ont transformé chaque affrontement. On a vu émerger de nouvelles stratégies, de nouvelles tendances, de nouvelles manières de nous faire du mal. La plupart des salles subissent encore l'influence de Kaya. Son cerveau décomposait chaque défi en compartiments qu'elle résolvait comme de simples énigmes. Voir les autres imiter son approche après tout ce temps ne fait qu'agrandir, creuser le trou que j'ai dans le cœur.

Comme d'habitude, on descend dans l'arène. À ce stade, tout le monde est devenu redoutable. De l'entraînement découle la perfection, et Babel a fait de nous des tueurs très efficaces. La seule question, c'est : pourquoi ?

La nouvelle règle de Babel a changé beaucoup de choses. Les filles sont désormais immunisées, assurées de décrocher une place. Vandemeer a pesté là-dessus pendant des mois. Il ne trouve pas ça équitable. Il a consacré des semaines entières à éplucher mon contrat pour essayer de faire annuler cette décision. Mais les différentes clauses comportent tellement de circonvolutions qu'il a fini par renoncer. En ce qui me concerne, je me moque bien de savoir pourquoi Babel a décidé de qualifier les filles, et si c'est juste ou pas.

Tout ça n'a aucune importance. Babel a tranché. C'est comme ça, voilà tout. Il ne me reste plus qu'à essayer de gagner malgré tout. Et ce n'est pas facile. Isadora n'a plus besoin de défendre sa place. Elle ne se bat plus que pour Roathy. Contre les autres filles, elle se laisse faire. Mais contre nous, elle se bat d'arrache-pied pour chaque point. Ils ne se quittent plus d'une semelle, tous les deux.

Au-dessus de moi, l'avatar de Kaya s'affiche brièvement à l'écran. Il faut huit secondes pour enregistrer son forfait et attribuer la victoire à Azima. Huit secondes qui suffisent à me ramener mentalement dans cette pièce brillamment illuminée pleine de choses sombres. Je secoue la tête pour en chasser cette image pendant que l'avatar de Kaya est remplacé. Je déteste l'idée que son souvenir s'efface peu à peu dans ma tête au profit de cette représentation digitale créée par Babel. Elle représentait bien plus que ça, plus qu'une somme de pixels et d'effets de lumière ne pourra jamais saisir.

C'est maintenant le tour de Bilal et Longwei.

Pendant plusieurs semaines, Longwei a tenté de faire de Bilal son nouveau rival. Il voulait partir en guerre contre mon ami pour conquérir le cœur d'Azima. Mais on ne peut pas nourrir de haine durable contre quelqu'un qui refuse de vous détester. Et ses derniers espoirs de consolider leur rivalité se sont envolés quand Azima a déclaré que c'était peut-être parmi les Adamites qu'elle trouverait enfin quelqu'un qui soit digne d'elle. Bilal a mis plusieurs jours à s'en remettre après avoir entendu ça.

Le premier et le troisième du classement se saluent au centre de l'arène. Defoe donne le signal et Bilal s'élance à l'assaut. Longwei se replie. Je le suis du regard tandis qu'il saute sur un trampoline, se catapulte au deuxième niveau et disparaît hors de vue. De là où on se tient, on aperçoit encore le sommet de son crâne derrière la corniche. Puis il se catapulte au troisième niveau. Il s'accroupit et revient sur ses pas à l'abri du rebord capitonné. Bilal, lui, fait le tour du deuxième niveau en vérifiant tous les coins et recoins derrière lesquels on se cache d'habitude. Il est plus grand que Longwei, plus visible. On les regarde converger lentement l'un vers l'autre.

Puis Longwei s'élance dans le vide.

Sa mèche claque au vent et ses yeux brillent. Bilal lève ses hachettes, mais trop tard. L'impact lui arrache ses deux armes et il titube vers le rebord du deuxième niveau. Avant qu'il puisse reprendre l'équilibre, Longwei lui assène un coup de pied au creux des reins et l'envoie voler. On lâche une exclamation horrifiée en le voyant basculer dans le vide. Il tend la jambe par réflexe et se réceptionne de la façon la plus désastreuse possible. L'os se brise avec un craquement écœurant. Bilal s'écroule dans une mare de sang. Tout le monde fixe le morceau d'os très blanc qui perce sa combinaison noire. C'est horrible.

Je me précipite. Le visage de Bilal est déformé par la douleur ; il pousse des hurlements déchirants. Les assistants me talonnent. Longwei, qui est le plus près, saute à côté de Bilal. Mais au lieu de l'aider, il pose son épée en noxolyte émoussée contre son cou. Au-dessus de nous, l'avatar de Bilal perd sa tête. Le vrai Bilal hurle de douleur tandis que Longwei s'éloigne tranquillement. Je vois rouge. Je me détourne de Bilal, sachant que les assistants vont s'en occuper, qu'ils sauront mieux que moi ce qu'il convient de faire. Longwei ne m'entend pas fondre sur lui. À la dernière seconde, je baisse les épaules et le plaque par derrière. Le choc me secoue de la mâchoire jusqu'à la hanche. On roule au sol et je me retrouve sur lui.

– Espèce de salopard.

Il tente de se dégager, mais je suis plus costaud. Je lui coince les deux bras entre mes genoux et lui arrache son masque noxien. Le masque vole, et je lui envoie un crochet. Sa tête rebondit contre le sol. Il vocifère en mandarin, le nez en sang. Je l'ignore et le frappe à nouveau. Encore deux fois et son regard se trouble.

Je suis en train de lui crier dessus, de lui jeter à la figure toutes les insultes que je connais, quand Vandemeer m'attrape par les épaules. J'ai encore le temps de lui asséner un coup de pied dans les côtes avant que Vandemeer ne m'entraîne de force et ne me pousse en dehors de l'arène. Je ne regarde pas les autres, mais je sens leurs regards peser sur moi pendant qu'on me reconduit hors de la salle.

JOUR 188, 13 : 13

À BORD DU *GENESIS 11*

Vandemeer ne me presse pas trop durement. Il me fait plutôt pratiquer le yoga. J'inspire, j'expire, je m'étire, je fais rouler mes épaules et ma colère se retire petit à petit tout au fond de mon cerveau.

– Il faut que je le voie, dis-je une fois qu'on a terminé.

– Bilal ? demande Vandemeer.

– Quand j'étais à l'infirmerie, j'ai cru qu'ils m'avaient tous abandonné. Je ne veux pas qu'il ait la même impression.

– Votre blessure avait été causée par la noxolyte. Dans ce genre de cas les visites sont interdites, c'est le protocole standard. La blessure de Bilal est parfaitement naturelle. Vous aurez le droit de passer le voir, d'accord ? Je vous y emmènerai après la séance dans la salle du Lièvre, propose Vandemeer. Qu'en dites-vous ?

– C'est nul.

Les points avant les gens, c'est ce que Babel nous enseigne. Ce que je pensais avant Kaya.

– Vous croyez que je me préoccupe plus de mon score que de mon ami ?

– Réfléchissez un peu, Emmett, réplique Vandemeer avec impatience. Il est sur la table d'opération en ce moment même. Sous anesthésie générale. Vous ne pourrez pas lui parler avant ce soir. Inutile de gâcher une occasion de continuer à vous battre. Vous avez travaillé trop dur pour ça.

Je grince des dents. Il a raison. Je me sens quand même un peu couillon.

– Les autres sont toujours à la cafétéria ?

– Ils doivent se rendre à la salle du Lièvre à cette heure, répond-il. Je vais vous y conduire.

Je n'arrête pas de revoir l'os qui sortait de la combinaison de Bilal. Tout en marchant, Vandemeer essaie de me remettre en mémoire les climats qu'on a étudiés plus tôt. Mais je n'ai pas la tête à ça.

Je préfère l'interroger à propos de Bilal.

– Il va mettre combien de temps à guérir, à votre avis ?

Vandemeer fait la grimace.

– Sur Terre, il en aurait pour un an.

J'insiste :

– Mais ici ? Ce n'est pas une blessure noxienne comme la mienne.

– Non, c'est vrai. Ici, ce sera beaucoup plus rapide. Avec des broches et des plaques de noxolyte, un traitement sanguin, une bonne reconstruction musculaire… Il pourra reprendre la compétition dans un mois.

– C'est une éternité.

Vandemeer m'arrête devant la salle du Lièvre.

– Je sais que vous l'aimez bien. C'est un bon garçon, qui a bon cœur. Mais il ne reste pas tellement de places pour le voyage sur Eden. Nous avons travaillé très dur pour vous permettre d'en gagner une. Alors ne me lâchez pas maintenant, d'accord ?

Je hoche la tête d'un air piteux et je rejoins mon équipe. Avec Bilal à l'infirmerie on sera à égalité avec nos adversaires, pour une fois. Non pas que ça change grand-chose. Depuis quelques mois, on règne sans partage sur la salle du Lièvre. Une autre manière d'honorer la mémoire de Kaya. On exploite ses stratégies et on gagne à tous les coups.

Briser l'illusion qu'on courait dans deux salles séparées a tout changé. Désormais, il faut défendre le filet. Chaque groupe doit réfléchir à qui envoyer de l'autre côté. Defoe ne nous fait plus poursuivre par des loups digitaux. C'est nous les loups à présent.

Un coup d'œil à Longwei m'indique qu'il est encore bien groggy. Je suis même surpris de le voir là. Je me porte volontaire pour passer de leur côté. C'est toujours mieux de se montrer agressif envers un animal blessé. Jaime et Isadora protégeront notre frontière pendant qu'Azima courra sur le côté le plus éloigné. Defoe supervise l'exercice depuis sa plate-forme. Un geste de lui et la salle s'anime.

La supercherie est devenue un élément clé de la course. Si l'autre équipe voit un bouclier, elle vous croit en patrouille le long de la frontière. Si elle voit une perche, elle se dit que vous allez tenter d'envahir son territoire. Je manipule mon anneau noxien pour en faire un bouclier et m'aligne avec Jaime et Isadora. Nos trois boucliers donnent l'impression qu'on forme une tortue. Tous en défense dans l'espoir de voir Azima distancer leurs coureurs.

On regarde tour à tour l'écran et l'autre équipe, l'écran et l'autre équipe. Ça aiguise les sens de rester constamment aux aguets. On voit Katsu et Roathy se déporter vers la frontière. Ils courent à la même hauteur que nous, à un mètre à peine ; il n'y a que le filet qui nous sépare. Tous les deux ont formé leur noxolyte en bouclier standard.

– Vise un peu ces couillons ! s'exclame Katsu. Ils n'ont aucune chance.

Je lui crie en réponse :

– On aurait plus peur si tu étais capable de sauter par-dessus le filet, Katsu.

Il s'esclaffe. Notre attention est ramenée devant nous par des branches basses qui se matérialisent à l'écran. On esquive et on se baisse. J'en profite pour changer mon bouclier en perche. Je pose un genou au sol et me laisse entraîner vers le fond de la salle. Puis je bondis souplement en territoire ennemi.

Roathy perd quelques secondes précieuses avant de s'en apercevoir. Il crie pour alerter les autres, mais je suis déjà de leur côté, dangereux et prêt à en découdre. Jouer le loup, c'est ce que je préfère. Si vous attaquez trop tôt, l'équipe adverse au grand complet vous tombe dessus pour vous éliminer. Trop tard, vous placez votre propre équipe dans une situation impossible. Quinze mètres devant et dix mètres à droite, Longwei court au côté de Jazzy. Katsu et Roathy sont juste devant. Si l'un d'eux se replie, Jaime et Isadora s'occuperont de l'autre.

Notre positionnement est idéal. Je sens une décharge d'adrénaline rien que de penser à Longwei. Je n'en ai pas fini avec lui. Ma perche n'est pas une lame émoussée. Si je frappe suffisamment fort, je peux lui casser un os ou deux. Plus loin devant, le sentier s'enfonce vers les ravines.

Je me tourne vers Jaime pour guetter son signal. Il commence à lever le poing quand Isadora soulève son bouclier et l'abat en travers de ses mollets. Il pousse un cri de douleur et se fait emporter par le tapis roulant. Il heurte le mur du fond avant d'avoir compris ce qui lui arrive. Isadora change son bouclier en anneau et s'arrête de courir.

Avec un hochement de tête à l'adresse de Roathy, elle se laisse éliminer tranquillement par le tapis roulant. Je lâche un juron en voyant Roathy et Katsu escalader le filet. Ils se réceptionnent de notre côté en titubant et Azima les voit. Elle ne peut rien faire, malheureusement. La trahison d'Isadora est sans précédent. Elle introduit dans la compétition un élément qui ne devrait pas exister. L'équipe, c'est l'équipe. On est censés laisser nos rivalités ou nos affinités à la porte et nous donner à fond.

Sauf que sa place pour Eden est garantie. On aurait dû se douter qu'elle trouverait un moyen d'en profiter pour aider Roathy. Je jette un coup d'œil autour de moi et comprends que les choses vont se dégrader très vite. Ça m'oblige à forcer l'allure. Jazzy et Longwei courent au sommet d'une bande rocheuse centrale. Tous deux s'équilibrent au moyen de perches noxiennes comme la mienne. C'est Jazzy qui les a inventées, disant que son équipe de course à l'école utilisait des accessoires de ce genre. Flexibles, elles nous permettent de sauter sur de longues distances. Ou de faucher les jambes d'un concurrent. Grâce à elles le parcours de Babel est devenu beaucoup plus gérable.

Du coin de l'œil, je vois Roathy et Katsu encercler Azima. Je me concentre sur ma foulée et plante ma perche dans le caoutchouc. Elle se plie, se détend et me propulse à deux mètres dans les airs. À ma droite, un cri retentit. Azima s'est jetée sur Katsu. Ils roulent tous les deux dans un canyon, ce qui ne laisse plus que Roathy dans cette moitié de terrain.

Les lumières clignotent et m'indiquent que je suis seul. Trois contre un.

Je me réceptionne brutalement sur le tapis. Puis je pique un sprint. En trois foulées je reviens quasiment à la hauteur de Longwei et Jazzy. Avant que Roathy ne puisse repasser de notre côté, je me déporte vers le centre et plante ma perche dans le sol encore une fois. Mes avant-bras absorbent le choc et je décolle. Le temps paraît s'arrêter. Je perds le contrôle de ma noxolyte, mais au lieu de retomber elle se transforme. Je suis trop survolté par l'adrénaline pour lui donner la moindre instruction. La noirceur fleurit comme le nuage de fumée d'une grenade. Un cri de guerre s'échappe de mes poumons et je me retrouve parallèle au sol.

Longwei tourne son bouclier dans ma direction, mais ma noxolyte l'enveloppe et se drape autour de ses épaules à la manière d'un filet noir. Il s'écroule à l'instant où j'atterris. Je me cogne contre Jazzy mais on réussit tous les deux à garder l'équilibre. Elle m'adresse un regard terrifié avant de planter sa perche dans le sol. Je sais que si elle arrive à sauter hors de portée, je ne la reverrai plus. En désespoir de cause, je m'élance et la bouscule au niveau des jambes. Elle pousse un grand cri en voyant sa trajectoire la précipiter vers une ravine.

Je bondis sur ma gauche, zigzague entre plusieurs crevasses et redresse ma course. L'excitation se change en hilarité. Les lumières crépitent, marquant l'élimination de Jazzy et Longwei. Je suis un titan tombé du ciel. Roathy escalade le filet. Je ris de plus belle et m'élance dans les airs. Il roule sur le côté, mais ça lui fait perdre l'équilibre. Son saut suivant est trop court. Je continue de courir et pompe avec les deux poings en le voyant basculer dans le vide.

Le tapis roulant s'arrête. Je me laisse tomber à genoux et lève les bras en signe de victoire. Jaime et Azima se précipitent et s'empilent sur moi pour me féliciter. Isadora me jette un regard noir depuis le fond de la salle, mais je m'en moque. J'ai l'impression d'avoir conquis la galaxie; comme si j'étais déjà en route pour Eden. C'est la première fois depuis la mort de Kaya que j'ai le sentiment de mériter de gagner.

JOUR 189, 14 : 13

À BORD DU *GENESIS 11*

Mon enthousiasme est de courte durée. Voir Bilal allongé dans son lit me sape le moral. Ses radios font apparaître plus de métal que d'os. Les chirurgiens lui ont laissé cinq cicatrices de l'épaisseur d'un doigt en cinq endroits différents. On lui a entièrement rasé la jambe droite. Je n'avais jamais remarqué à quel point il était poilu. Comme moi, il est en train de devenir un homme au fin fond de l'espace. Comme moi, il se retrouve à l'infirmerie à des millions de kilomètres de chez lui, loin des personnes dont il aurait besoin dans un moment pareil.

Il se réveille, le regard vague et confus. Mais il s'exprime clairement.

– Emmett, dit-il d'une voix enrouée. Hé, tu ne voudrais pas me rendre un service ?

Je lui prends la main et la presse doucement.

– Tout ce que tu veux. Qu'est-ce qu'il te faut ?

– Longwei. Dis-lui que c'est un connard.

Je ris malgré moi. Bilal esquisse un demi-sourire avant de secouer la tête.

– Je rigole. Dis-lui que je sais que c'était un accident. Que je lui pardonne.

J'avale ma salive tandis que Bilal me presse la main et retombe en arrière sur son oreiller, les yeux clos.

– Je ne veux pas qu'il se sente coupable, ajoute-t-il avant de se rendormir.

Je ne peux m'empêcher de sourire. À sa place je serais furieux, mais Bilal n'est pas comme ça. Je reste assis à son chevet, à somnoler par intermittences jusqu'au petit matin. Là, je dois le quitter, sans quoi je vais rater le petit déjeuner.

– Je repasserai te voir. Tous les jours. Comme a voulu le faire Kaya pour moi. Je te le promets.

En passant devant les tableaux d'affichage, j'essaie de ne pas regarder à quel point les scores sont serrés. Je suis juste au-dessus de Roathy désormais. Si la compétition prenait fin aujourd'hui, j'irais sur Eden. Mais il reste encore du temps, et je ne dois pas me relâcher. Même en dépit de la pénalité que m'a infligée Babel à la mort de Kaya, je touche au but. C'est comme si je sentais la main de Kaya dans mon dos, qui me poussait, qui m'encourageait à faire l'impossible.

Et après mon exploit dans la salle du Lièvre, je sais que c'est mon destin d'aller sur Eden. Je suis capable de surmonter tout ça. Je jette un nouveau coup d'œil aux scores, sachant qu'en un mois Bilal va dégringoler au classement. Même si je réussis à battre Roathy, il risque de passer devant Bilal. Je me demande si j'arriverais à survivre sur Eden sans mes deux coéquipiers préférés.

Longwei me jette un regard assassin. Je ne détourne pas les yeux. Au contraire, j'examine les dégâts. Il a un œil poché et des hématomes plein la figure. En ce qui me concerne, il s'en tire à bon compte. Il finit par se détourner et je reporte mon attention sur le petit déjeuner. La table est bien calme. Généralement, c'est le signe que Katsu est de mauvaise humeur. Quand il ne fait pas de plaisanteries, le petit déjeuner se passe souvent dans un silence complet.

– Tu as vu Bilal ? me demande Azima. Comment va-t-il ?

– Il a dormi toute la nuit, dis-je. Il se remet de l'opération.

– Il a bien choisi son moment pour se blesser, commente Katsu avec amertume. Enfin, tant mieux pour nous, je suppose.

– Ne sois pas couillon, dis-je sèchement. Il a vraiment très mal. Ça pourrait arriver à n'importe lequel d'entre nous.

Katsu agite sa fourchette dans ma direction.

– Pas à moi, assure-t-il. J'ai une stratégie secrète.

Jazzy se penche vers lui.

– Ah bon ? C'est quoi ?

Katsu se tapote la panse. Même s'il a maigri un peu, il nous rend bien vingt ou vingt-cinq kilos à tous.

– Je me garde le plus de rembourrage possible. Comme ça, j'ai moins de chances de me casser un truc.

Tout le monde rigole. Mais les rires retombent rapidement. C'est comme ça de plus en plus souvent, maintenant. Les blagues ne sont plus aussi drôles qu'elles devraient l'être. La gaieté nous glisse entre les doigts parce que c'est autre chose qu'on essaie d'attraper et de retenir. On n'est plus des choses cassées. On en est au stade où Babel ramasse les morceaux pour nous recoller sous une autre forme. Je retrouve des facettes de moi-même chez les autres. Defoe cherche à repousser nos limites. Je pense à mes amis, en train de plancher sur leurs maths ou de courir en rond dans un gymnase. Comment pourraient-ils devenir aussi rapides, aussi coriaces, aussi malins qu'on le sera bientôt ? Ils n'en veulent pas autant que nous. Ils ne sont pas prêts à mourir pour atteindre leur but. Ils n'ont pas vu ce qu'on va voir.

Et puis je pense à Bilal. Lui n'est pas un produit de Babel. Il conserve une joie de vivre que rien n'a pu entamer.

– Hé, Longwei, dis-je en me rappelant ce que m'a demandé mon ami. Bilal dit qu'il te pardonne.

Tout le monde me dévisage avec des yeux ronds. Longwei pivote lentement vers moi.

– Comment ça ?

– Il sait que c'était un accident, dis-je en m'efforçant de masquer la colère qui m'habite. Il ne veut pas que tu te sentes coupable. Je transmets le message, c'est tout.

L'espace d'une seconde, la carapace de Longwei se fissure. On lit comme une ombre, une douleur dans son regard, mais ensuite il se détourne et se penche sur son bol. Les autres ne disent rien.

Azima brise le silence.

– C'est injuste, que les filles soient sélectionnées d'office.

Elle glisse un bref regard en direction d'Isadora.

– Bilal est quelqu'un de bien. Si l'un d'entre nous mérite d'aller sur Eden, c'est bien lui.

Avant que je puisse signifier mon approbation, les assistants font irruption dans la salle. Vandemeer donne l'impression d'avoir été réveillé par un seau d'eau froide. Pris de panique, je regarde autour de la table. Il ne manque que Bilal. Les autres médecins rassemblent leurs protégés, et je m'attends au pire. Un deuxième décès, une deuxième Kaya.

– Qu'y a-t-il ? dis-je.

Vandemeer m'indique la sortie d'un coup de menton.

– La station spatiale *Tower*. On est arrivés.

JOUR 189, 20 : 28

À bord du *Genesis 11*

On nous conduit devant un mur entièrement noir à l'arrière du vaisseau. Il a le brillant caractéristique de la noxolyte. Pour la première fois, on découvre l'équipage dans son intégralité. Le *Genesis 11* rassemble une petite communauté d'astronautes et de médecins, de techniciens et de militaires. Ils regardent Defoe nous faire entrer dans la salle.

On nous aligne en ordre, du premier au dernier, entre le mur noxien et l'équipage. J'ai l'estomac noué. Il paraît qu'il reste une trentaine de jours avant la fin de la compétition, avant qu'on soit prêts à quitter le vaisseau. Un nouveau défi nous attend. Quelles qu'en soient les modalités, je sais que ce sera encore plus dur. Babel en demande toujours plus, jamais moins.

Mon regard se porte sur le tableau d'affichage à notre droite :

1. Longwei	689 900 points
2. Katsu	640 450 points
3. Azima	532 750 points

4. Bilal	532 300 points
5. Jaime	520 200 points
6. Jasmine	478 050 points
7. Emmett	473 350 points
8. Roathy	471 324 points
9. Isadora	415 080 points
~~10. Kaya~~	~~351 050 points~~

Huit sur dix seulement seront du voyage. Ma petite avance sur Roathy n'est pas suffisante pour me permettre de me reposer sur mes lauriers. Je lève les yeux vers le score de Bilal. Il se débrouillait comme un chef, sauf que sa blessure risque de l'écarter de la compétition pendant encore des semaines. Je me sais capable de battre Roathy, mais ne risque-t-on pas de dépasser Bilal tous les deux ? Je me suis fait une promesse – pour moi, pour mes parents, pour la mémoire de Kaya. Celle d'aller sur Eden. N'empêche que si je peux, j'aimerais bien emmener Bilal avec moi.

Des crissements métalliques se font entendre à l'extérieur. Le vaisseau frémit, et je sens les vibrations me remonter dans les cuisses. Defoe nous présente avec une sobriété surprenante. Certes, notre plus grand accomplissement s'étale en gras sur le tableau d'affichage, mais il y aurait bien d'autres choses à dire sur nous. On est des voyageurs de l'espace. Des astronautes. Quand je serai plus vieux, je parlerai de cette aventure à mes enfants.

Personne – ni PJ ni aucun des Très Excellents Frères – n'aura rien accompli de pareil. Personne n'aura de meilleure histoire à raconter.

Mais on n'est pas encore sur Eden. *Encore trente jours*, me dis-je. *Plus que trente jours.*

Je jette un coup d'œil en direction de Bilal. Son médecin pousse son fauteuil roulant et sa jambe est engoncée dans une sorte de plâtre noxien. Même blessé, il garde le sourire sous son masque. Il sourit toujours. Les crissements de métal cessent enfin. On se redresse tous un peu, on bombe le torse. Defoe se détache de la foule qui se tient devant nous. Son costume noxien scintille comme la lame d'un couteau.

– Merci à tous, déclare-t-il avec un geste emphatique. À l'équipage pour sa précision, aux médecins pour leurs bons soins, aux concurrents pour leur détermination sans faille. Le voyage que nous venons d'accomplir marque le début d'une ère nouvelle dans la conquête spatiale. C'est un honneur de diriger une mission pareille à la tête de personnes telles que vous. Aujourd'hui, les jours précédents et les jours qui vont suivre resteront gravés dans l'histoire à côté des grandes avancées de l'évolution humaine. Tout le monde se souviendra de vous.

Les médecins prennent place derrière leurs protégés. Il reste une place vide à ma droite, où Kaya aurait dû se tenir. Vandemeer me donne une petite tape affectueuse sur l'épaule tandis que Defoe renvoie les astronautes et les techniciens. Ils retournent dans les entrailles du vaisseau, et une fois qu'ils sont tous partis Defoe reprend le fil de son discours.

– Nous entrons maintenant dans une phase nouvelle de la compétition. Vous aurez trente jours devant vous, et plus aucun jour de repos. Pendant ce délai, vous serez en mesure d'améliorer votre score global par le biais d'une compétition que nous appelons le Torrent. Vous y apprendrez à évoluer dans des conditions similaires à celles que vous rencontrerez sur Eden. La seule différence, c'est que vous le ferez en équipe.

On se raidit tous. Certains échangent des regards en coin. On n'a rien d'une équipe. On est des amis pour la plupart, des ennemis pour certains, mais sûrement pas une équipe. De toute façon, si on doit fonctionner ensemble, comment gagner du terrain sur les autres ? Comment obtenir des points ou empêcher les autres d'en obtenir ? Je jette un coup d'œil au tableau d'affichage et souris. Est-il possible que je vienne de battre Roathy pour une question de règlement ? Si on ne peut plus se détacher les uns des autres, les quelque deux mille points d'avance que j'ai sur lui me suffisent amplement.

Roathy et Isadora ont l'air d'être parvenus à la même conclusion. Il grimace, les traits déformés par la rage. Sa colère à elle est plus douce, moins laide à voir. Bien ! Ça me plaît de les voir comme ça, furieux, déconcentrés, piégés. Je veux les voir séparés, brisés. Je veux qu'ils paient pour ce qu'ils ont essayé de me faire.

– Vous êtes prêts à commencer ? nous demande Defoe.

La question nous ramène à notre point de départ. Malgré tout le chemin qu'on a parcouru, on sait toujours aussi peu de choses. On ne sait rien de ce qui nous attend, pratiquement rien sur Eden elle-même. Le mur s'ébranle avec un grincement. Tout le monde retient son souffle en le voyant se fendre au milieu. Une fine bande de lumière apparaît entre les bords qui s'écartent. Le bruit évoque le ronronnement d'un immense moteur. On observe et on attend pendant que la fissure s'agrandit.

La salle qui se trouve derrière est très haute de plafond, brillamment illuminée. Un homme en sort dès que la fente est suffisamment large. Il est âgé, avec quelque chose de familier dans l'allure. Il passe constamment la main dans ses cheveux gris. Il a le regard tombant, le nez cassé, le front creusé de rides. Il porte un costume noxien semblable à celui de Defoe. À mesure que les murs s'écartent, pendant que Defoe et lui se serrent la main, on les découvre pour la première fois.

Une vision à vous serrer le cœur. C'est comme si on se regardait dans une glace déformante. L'image qu'elle nous renvoie reste la nôtre mais tous les détails sont déformés. Ils sont dix alors qu'on est neuf. Ils portent des masques noxiens eux aussi, mais leurs yeux et le haut de leurs visages sont d'une couleur différente et affichent d'autres expressions. On échange des regards abasourdis.

Dix. Ils sont dix. Comme on l'était au départ. La colère me brûle la gorge. Je ne veux pas croire à l'existence de ces dix-là, parce qu'elle ne peut signifier qu'une seule chose. Nous ne sommes pas les seuls à nous affronter pour une place vers Eden. Nous ne sommes pas le seul *Genesis*. Chacun de ces nouveaux visages représente une menace supplémentaire, une personne de plus en travers de ma route.

Babel vient de changer les règles une nouvelle fois.

JOUR 0, 20 : 42

À BORD DE LA STATION SPATIALE *TOWER*

Je voudrais qu'il s'agisse d'une illusion. Mais ce n'est pas le cas.

L'une des filles se tient légèrement devant les autres. Ses cheveux bruns lui tombent sur l'épaule en natte épaisse. Les mois passés dans l'espace n'ont pas éclairci son teint profondément hâlé. Ses yeux se plissent, et je devine qu'elle est en train de nous jauger, d'absorber les moindres détails de notre équipe. Je cherche de la surprise, de la peur ou de l'inquiétude dans son regard, mais on dirait que nous ne sommes qu'un défi de plus pour elle, une nouvelle salle du Lièvre. Comme si elle se demandait déjà à quelle sauce elle allait nous manger.

Derrière elle se dresse une grande rouquine maigrichonne. Plus deux autres filles à la peau sombre et aux cheveux noirs ; l'une a l'air de venir d'Inde, l'autre du Moyen-Orient. Ils ont aussi deux garçons plus imposants que Katsu. L'un, tout en muscles, me rend facilement dix centimètres. Large d'épaules, il a un visage propre à inspirer un sculpteur. L'autre est aussi costaud mais plus corpulent, le visage maculé de taches de rousseur.

Comme nous, ils semblent avoir un couple dans le groupe. Blonds tous les deux, d'une beauté à couper le souffle. La fille a les yeux les plus bleus que j'aie jamais vus hors des pages d'un magazine. Le garçon a une coupe de star du foot. Les deux derniers garçons se tiennent épaule contre épaule, quoiqu'ils ne se ressemblent pas du tout. L'un est petit, avec un regard cruel et des allures de brute épaisse. L'autre a un visage bronzé encadré par des boucles blondes. Ses yeux sont saisissants ; il faudrait presque inventer une nouvelle couleur pour les décrire, une sorte de vert noyé dans le bleu. Chacun d'eux est l'exact opposé de l'autre – Jekyll et Hyde.

Quelque chose crépite sur le mur à notre droite. On se quitte des yeux le temps de voir changer le tableau d'affichage. Dix places supplémentaires s'y sont rajoutées. Les noms se mélangent et les points se réorganisent. On regarde le nouveau classement mis à jour :

1. *Morning*	1 070 200 points
2. *Longwei*	689 900 points
3. *Katsu*	640 450 points
4. *Parvin*	570 200 points
5. *Holly*	542 700 points
6. **Omar**	540 000 points
7. *Azima*	532 750 points
8. **Bilal**	532 300 points

9.	**Jaime**	520 200 points
10.	*Noor*	515 050 points
11.	**Anton**	502 290 points
12.	*Jasmine*	478 050 points
13.	**Emmett**	473 350 points
14.	**Alex**	472 200 points
15.	**Roathy**	471 324 points
16.	*Isadora*	415 080 points
17.	*Ida*	390 400 points
18.	**Loche**	357 500 points
19.	**Brett**	327 000 points

Mon cœur s'arrête de battre. Incapable de traiter autant d'informations d'un coup, je les décompose en plusieurs éléments plus facilement assimilables. Tout d'abord, je suis treizième. Pas exactement un numéro porte-bonheur, mais ça pourrait être pire.

Ensuite, les noms en gras. Ils ont mis en italique les leaders du classement et toutes les filles. Après la mort de Kaya, Defoe leur a garanti le passage. Mon passage à moi ? Il est loin d'être garanti. Mon nom est en gras sur le tableau d'affichage, voilà le plus important. Le mien et huit autres. Nous sommes les derniers à nous battre pour des places. Je réalise que si mon nom est en gras, ça veut dire que je peux encore perdre. Trois d'entre nous au moins vont se faire éliminer. Je suis plus près des trois derniers que je ne le voudrais. Je suis en danger.

La dernière information réveille ma culpabilité : Babel a retiré le nom de Kaya du tableau d'affichage. Ça ébranle les remparts que j'avais reconstruits patiemment avec Vandemeer. Je ferme les yeux, murmure une prière et fais le serment de ne jamais l'oublier, au contraire de Babel. Le reste de la salle est silencieux. Personne ne parle pendant une longue minute. On savait que Babel pouvait changer les règles du jeu, mais on ne s'attendait pas à un changement de cette importance.

Longwei est le premier à briser le silence :

– C'est n'importe quoi.

Je ne peux m'empêcher de pouffer. Son score, tellement insurmontable à nos yeux, a été quasiment doublé par Morning. Je repère ce nom sur la combinaison de la fille à la longue tresse, celle qui se tient à l'écart des autres. Sous mes yeux, elle pivote et parcourt les rangs de son équipe en murmurant quelques mots à chacun – des conseils ou des encouragements. Il est clair que nous n'avons personne comme elle.

On a Longwei, qui est talentueux mais déteste tout le monde. Jaime, qui effectue chaque tâche avec compétence mais sans jamais démontrer une excellence propre à susciter l'adhésion. Azima, qui ne s'est jamais portée volontaire pour diriger le moindre exercice de groupe. Katsu, qui ne prend rien au sérieux. Les autres, moi compris, n'ont pas un score suffisant pour imposer le respect. Si Bilal n'était pas blessé, je dirais que ce serait le mieux placé pour revendiquer une position de leader.

– Genesis 11, je vous présente Genesis 12, annonce Defoe.

Il nous faut un moment pour réaliser que c'est nous, Genesis 11. On ne s'était jamais identifiés comme ça parce que la compétition avait toujours été une épreuve individuelle. Defoe continue :

– Ce sont vos nouveaux adversaires. Genesis 12, je suis Marcus Defoe, l'un des directeurs de Babel Corp. Je veux que vous sachiez que vos deux équipes ont suivi rigoureusement le même entraînement. Les mêmes courses dans la salle du Lièvre, les mêmes combats dans l'arène, les mêmes explorations sur une Eden simulée. Les scores que vous voyez reflètent ce que vous avez accompli dans les mêmes circonstances. Cela dit, le nombre de postulants qui descendront sur Eden a changé.

Un frisson de peur me saisit. Les règles changent de nouveau. Les promesses de Babel se dégonflent.

– L'une des concurrentes à bord du *Genesis 11* est morte durant le vol. Nous avions convenu de désigner trois capitaines pour trois unités de forage. Nous choisirons vraisemblablement les trois premiers du classement. Donc, même si vous êtes déjà qualifiés pour Eden, vous avez encore des raisons de vous battre. Nos trois capitaines toucheront double salaire à vie. Voilà pour la motivation.

Les autres s'affronteront pour aller sur Eden. Chaque unité sera composée de cinq membres afin de maximiser l'extraction de noxolyte sans sacrifier en mobilité. Ce qui veut dire que vous serez quinze à être choisis.

Encore une élimination de plus. Je me reporte au tableau d'affichage. Il n'y a qu'un millier de points qui me séparent des quatre derniers. Tout s'écroule autour de moi. Defoe se recule, et l'homme aux cheveux blancs prend la parole. Il a une voix caverneuse.

– Je m'appelle David Requin. Nous avons fait de notre mieux pour simplifier les choses sur le tableau d'affichage. Ceux d'entre vous dont le nom est en italique n'ont rien à craindre. Votre vol sur Eden est pratiquement garanti. Félicitations.

Il marque une pause, avant d'énumérer ceux dont la place n'est pas assurée.

– Jaime, Anton, Emmett, Bilal, Alex, Roathy, Loche, Omar et Brett. Avancez, s'il vous plaît.

On s'exécute en traînant les pieds. Cinq de leur côté. Quatre du nôtre. Bilal a l'air d'une proie facile dans son fauteuil roulant. S'il doit rater plusieurs semaines, il est sérieusement menacé. Je consulte le classement encore une fois. Loche et Brett sont les plus mal partis. Je cherche leurs noms sur les combinaisons. Loche est l'amoureux aux cheveux blonds coiffés en pointes. Brett, le costaud aux taches de rousseur. Je néglige Omar. Il a trop d'avance. Mais les deux autres ? Ils représentent sans doute la plus grande menace pour moi.

Les deux opposés. Alex, athlétique et bouclé, n'a qu'un millier de points de retard. Anton, le trapu au regard méchant, possède une avance confortable. J'ai désormais de nouveaux ennemis à rajouter aux anciens.

Requin et Defoe laissent le silence se prolonger jusqu'à devenir gênant. Alors que les secondes passent, mes anneaux noxiens commencent à palpiter d'une énergie nerveuse. Ils voudraient se transformer, en lames tranchantes ou en gros boucliers. Me voilà de retour sur la corde raide entre les trous noirs. Est-ce moi le danger ? Ou bien eux ? Anton nous adresse un sourire torve et je décide que c'est eux. C'est d'eux qu'il faut se méfier.

– Vous êtes tous en course pour une place, nous explique Requin. Les noms en gras ne sont pas encore éliminés. Il vous reste une chance mathématique de rejoindre les noms en italique et de décrocher votre ticket pour Eden. À l'inverse, vous pouvez aussi tout perdre. Les trente jours qui viennent en décideront. Nous nous réservons le droit de disqualifier quiconque ne remplit pas nos critères dans le Torrent. Si vous n'êtes pas capables d'opérer dans ces conditions, nous ne voulons pas de vous sur la planète. C'est bien compris ?

Tout le monde hoche la tête. J'ai l'impression d'être retourné au point de départ. Chaque concurrent représente une menace.

– Messieurs les médecins, ordonne Defoe, conduisez vos protégés dans leurs nouveaux quartiers. La première épreuve débutera demain matin. Les concurrents, reposez-vous bien. Vous en aurez besoin.

On nous escorte à travers la station spatiale *Tower*. Morning marche à la tête de son groupe. Les autres la suivent comme de bons petits soldats. Ils n'ont pas l'air fatigués ni démoralisés. À part quelques-uns peut-être, les derniers, mais les autres ont plutôt l'air excités à l'idée de ce qui les attend. Je les entends rigoler entre eux. Notre propre groupe marche en silence. Même Katsu semble avoir oublié de plaisanter.

Nos nouveaux quartiers sont moins spacieux : dix compartiments en alvéoles autour d'un salon commun. Les membres de Genesis 12 sont installés dans des locaux similaires au niveau juste en dessous. J'ai des centaines de questions à propos de la station, mais je les garde pour moi, car je sais que Vandemeer n'aura pas les réponses. L'existence de Genesis 12 l'a surpris autant que nous. Je vois encore les rouages s'enclencher dans sa tête. D'abord, l'Adamite retenu prisonnier. Et maintenant, un deuxième groupe de concurrents. Que lui a-t-on caché de plus ? Et à nous ?

On se sépare des autres. Vandemeer déverrouille la porte de ma chambre. Il sort sa tablette et presse quelques touches. L'un des murs commence à coulisser comme un rideau.

– Trente jours, me rappelle Vandemeer. Et au cas où vous auriez besoin de motivation, voilà pourquoi vous vous battez. Voilà où vous irez bientôt.

Les bords de la baie vitrée sont plongés dans l'obscurité. La noirceur effrayante de l'espace. Mais au centre… Eden. D'une beauté à couper le souffle. Elle est d'un bleu plus foncé que les photos de la Terre que j'ai pu voir. Une mer qui dissimule ses dangers dans l'ombre. Ses continents vert et brun sont plus morcelés, divisés en deux, en quatre, en vingt par des fleuves au cours sinueux. Des tourbillons de nuages blancs recouvrent les montagnes et les plaines, les îles et les jungles. C'est une vision à la fois familière et complètement étrangère.

Vandemeer m'indique ce nouveau monde d'un signe de tête.

– Il n'y a personne à bord de ce vaisseau qui puisse vous priver de ça. Personne sauf vous. Ne l'oubliez pas. Battez-vous pour l'obtenir. Pour vous-même et pour Kaya. Vous irez sur Eden, Emmett.

JOUR 1, 09 : 45

À BORD DE LA STATION SPATIALE *TOWER*

On s'aligne sur deux files pour suivre Defoe et Requin au Torrent. Une excitation palpable commence à gagner les deux groupes. Ils ont l'air plus organisés que nous, mais c'est peut-être simplement à cause de Morning qui s'avance résolument à leur tête dans les couloirs. J'essaie d'adopter le même sang-froid, la même détermination, mais Katsu ne peut pas s'empêcher de faire le malin. Ses moqueries me rappellent tellement de souvenirs que je souris malgré moi. On croirait entendre PJ quand il entre sur le terrain avant un match, identifie le meilleur joueur adverse et cherche à le déstabiliser.

– Visez-moi ça comme ils sont mignons à marcher tous en rang, lance Katsu. On dirait une couvée de canetons.

– Au moins, comme ça, on sait qui sont les affreux, riposte Anton.

– Tu crois ? dit Katsu avec un rire dédaigneux.

Il pointe le doigt sur Anton :

– J'ai vu passer des trucs dans un caniveau qui étaient moins vilains que toi, petit.

Les joues d'Anton rosissent.

– Si on était en Russie, je te ferais disparaître dans un canal, sans une éclaboussure. Ce serait facile. Tu ne m'as pas l'air du genre à flotter. Tu coulerais directement dans la vase, mon grand.

Katsu rit de plus belle.

– Trop mignon. Tu me fais penser à un nain de jardin renfrogné.

Anton vire au cramoisi, mais Morning lui jette un regard par-dessus son épaule. Un regard qui claque comme un coup de fouet. Anton ravale sa colère et continue d'avancer.

Defoe et Requin nous guident à travers un dédale de galeries. On arrive finalement devant une grande trappe qui nécessite leurs deux cartes d'accès pour s'ouvrir. De l'autre côté, les lumières du plafond se reflètent sur des rapides en contrebas.

Un cours d'eau. Babel a construit un fichu cours d'eau à bord de sa station spatiale. On se tient sur une passerelle d'observation au-dessus des eaux écumantes. Le Torrent s'étend sur une centaine de mètres de large. Il serpente entre des rochers artificiels et des massifs végétaux. Bleu foncé, il se prolonge sur deux cents mètres environ avant de disparaître derrière un coude rocheux. En contrebas, deux embarcations se balancent au bout d'une amarre.

Je lève la tête et vois arriver Bilal, poussé dans son fauteuil par son médecin. Son séjour à l'infirmerie ne lui réussit pas. Il a les yeux cernés, creusés, et il est très amaigri. Je suis surpris de le voir là.

– Bienvenue au Torrent, déclare Requin en nous indiquant une rampe étroite.

On descend jusqu'à deux pontons. Defoe entraîne Genesis 11 sur celui de gauche; Requin conduit Genesis 12 sur celui de droite.

– À tout à l'heure, mon mignon, dit Katsu en soufflant un baiser au petit Russe.

Avant qu'Anton ne puisse répliquer, Morning le pousse sans ménagement sur leur ponton. Elle mesure une tête de plus que lui, et manifestement elle est plus forte qu'il n'y paraît. Katsu a beau rire, leur équipe me semble plus au point que la nôtre et il n'est pas difficile de voir que c'est grâce à elle. Je la regarde se tenir à l'entrée du ponton pendant que les autres défilent devant elle. Ils lui adressent un hochement de tête respectueux. Elle remplit le rôle qu'aurait tenu Kaya pour nous si elle était encore en vie.

Alors qu'on s'avance sur notre propre ponton, je sens mon estomac se nouer. On a plus de souci à se faire qu'on ne le pensait. Enfin, *j'ai* du souci à me faire. Genesis 12 représente ce que Defoe voulait faire de nous, sauf qu'on ne s'est pas exactement emboîtés comme les pièces d'un puzzle. On a plutôt été dressés les uns contre les autres à la manière de gladiateurs. Et maintenant, il y a trop de ressentiment entre nous pour revenir là-dessus.

L'embarcation est une nouvelle merveille technologique estampillée Babel. Ses lignes sont fluides, ses planches impeccables. Elles sentent le vernis neuf mais grincent sous notre poids comme il se doit. Un trône noxien est fixé au centre du pont. Enfin, c'est probablement le fauteuil du capitaine, n'empêche qu'il a fière allure. Des filaments de noxolyte partent de ses pieds et courent le long des planches, reliant le trône à huit consoles noxiennes encastrées le long du bastingage. Je cherche du regard les rames, les voiles, les cordages, mais il n'y a rien. Seulement le fauteuil du capitaine et les consoles.

– Nous allons commencer par une séance d'apprentissage, annonce Defoe, captant l'attention générale. Cette embarcation est la réplique de celles qu'utilisent les Adamites sur Eden. Vous passerez les trente prochains jours à naviguer sur le Torrent, à repousser des prédateurs et à participer à différents raids. Il s'agit de vous préparer à tout ce que vous serez susceptibles de rencontrer sur Eden. Et les déplacements sur l'eau sont une nécessité, là-bas. Vous serez testés trois fois par jour. À partir de maintenant, toutes les épreuves auront lieu sur le Torrent.

– Combien valent-elles ? demande Isadora.

Roathy la suit comme son ombre. Ils sont inquiets, et à juste titre.

– Combien de points ? ajoute-t-elle.

– Vous aurez deux oppositions en équipe chaque jour, pour un montant de trois mille points chacune. Ce qui représente un total de cent quatre-vingt mille points. Ce bonus sera accordé à tous les membres de l'équipe victorieuse. Les autres n'obtiendront rien. La troisième épreuve quotidienne sera un affrontement individuel à la noxolyte. C'est là que vous pourrez gagner ou perdre des points sur les autres. C'est pigé ?

Defoe s'est approprié notre façon de parler. Tout le monde hoche la tête – on a pigé. Le gros des points se gagnera en équipe, mais on aura quand même l'opportunité de se détacher les uns des autres. Je jette un coup d'œil vers l'autre groupe. Requin se tient un peu à l'écart pendant que Genesis 12 examine son embarcation. Morning est en train de pointer des trucs et de répartir ses coéquipiers aux différents postes. Il faut qu'on s'active. Defoe l'a remarqué, lui aussi. Il frappe sèchement dans ses mains.

– Vous avez trente minutes pour vous familiariser avec le bateau, désigner un capitaine et déterminer quel poste vous occuperez au cours des prochaines semaines. Comme Genesis 12 compte une personne de plus que vous, ils en laisseront une sur la touche chaque jour par ordre de rotation.

Il jette un regard à Requin avant de baisser la voix.

– Commencez par choisir votre capitaine. Confiez le poste arrière au meilleur manipulateur de noxolyte. Il faut de la force et de l'endurance. Celui qui s'occupera du poste avant doit avoir une bonne vue. Les pilotes se répartissent sur les côtés. Pour le reste, vous devrez le découvrir par vous-mêmes.

Il consulte sa montre.

– Il vous reste vingt-neuf minutes. Au travail.

Defoe nous laisse et les chamailleries commencent.

– Je veux être capitaine, déclare Katsu.

Longwei s'insurge :

– C'est moi le premier.

– Tu es deuxième, rétorque Katsu en lui indiquant le tableau d'affichage. Et le classement ne compte pas.

– Le classement est la seule chose qui compte, proteste Longwei.

– Tu n'es pas un leader.

Katsu nous regarde et hausse les épaules.

– C'est à peine si tu nous adresses la parole. Comment veux-tu nous commander ? Personne n'acceptera de te suivre.

Longwei ramène sa mèche sur le côté et se tait. Ses yeux brillent de colère rentrée. Avant que Katsu ne puisse s'asseoir dans le fauteuil central, Jaime s'avance.

– C'est moi qui devrais être capitaine, dit-il. Je suis le plus multitâche de nous tous. Et au moins, je prendrai la fonction au sérieux. Alors que toi, Katsu, tu n'arrêtes pas de faire des blagues.

– Levez la main ceux qui se rappellent *un* truc que Jaime a fait mieux que tout le monde, lance Katsu.

Voyant les autres hésiter, il se tourne vers le Suisse.

– Tu vois ? Ça règle la question.

– Et moi ? suggère Azima d'une voix douce. Je sais commander.

S'ensuit un nouvel échange d'arguments. Frustré, je me tourne vers l'autre bateau. En me rapprochant du bastingage, je peux entendre ce qu'ils se disent. Ils ne sont pas encore à leurs postes, mais ils ne perdent pas leur temps à se demander qui sera leur capitaine, vu que leur capitaine est déjà assise à sa place.

– Omar, au poste arrière, décide Morning. Je te donnerai un coup de main chaque fois que je pourrai. Anton et Alex, aux ailes, s'il vous plaît. C'est vous qui travaillez le mieux ensemble.

Ses ordres ne sont pas discutés, mais exécutés. Ils ont déjà déterminé qui restera sur la touche aujourd'hui. Ida, la fille du joli petit couple, se tient sur le ponton. Les autres s'installent à leurs postes en silence. Morning est sur le point de leur dire autre chose quand elle s'aperçoit que je les observe. Elle hausse les sourcils, m'adresse un clin d'œil inattendu et me fait au revoir de la main.

Alors que je la dévisage avec surprise, elle secoue l'un de ses poignets. Ses bracelets noxiens se détachent. Un nuage de noirceur s'en écoule comme de la fumée, s'étend et forme une barrière entre nos deux bateaux. Il ne vient pas nous noyer ni rien, mais on n'entend plus aucun son en provenance de l'autre côté. En dehors des manipulations de Defoe, c'est la chose la plus impressionnante que j'aie jamais vu faire avec de la noxolyte – et elle a semblé l'accomplir avec facilité.

Je me retourne ; notre équipe est toujours en train de se disputer.

– Ce sera moi le capitaine, dis-je.

C'est maintenant ou jamais. Je manipule mes anneaux noxiens en un clin d'œil. Ils recouvrent mes phalanges et se changent en coups-de-poing, noirs et menaçants.

– Quelqu'un veut m'affronter pour le poste ?

Personne ne dit plus rien à bord.

– Katsu ? Longwei ? Jaime ?

Je les ai tous laminés dans l'arène. C'est le seul domaine dans lequel nos scores n'ont plus d'importance. Ils connaissent ma force. Voyant que tout le monde se tait, j'indique l'avant du bateau.

– Defoe a dit qu'il fallait une bonne vue. Jazzy repère toujours les obstacles avant tout le monde dans la salle du Lièvre, elle sait garder son calme et elle nous défonce tous aux tests visuels. Pas d'objections ?

Aucune. Jazzy hoche la tête mais ne bouge pas.

– Vas-y, Jazzy. Étudie la console avant et tâche de comprendre à quoi elle sert.

Avec un regard nerveux en direction des autres, Jazzy se glisse à la proue. Bien. Ensuite, je pointe le doigt sur Katsu et Longwei.

– C'est vous les deux meilleurs manipulateurs. Il nous en faut un pour propulser le vaisseau et l'autre comme pilote. Qu'est-ce que vous préférez ?

– La propulsion, répondent-ils tous les deux.

Je me retiens de soupirer ou de lever les yeux au plafond.

– Longwei, c'est toi le plus fort dans les exercices de traction et c'est toujours toi qui vas le plus loin dans la manipulation en 3D. Occupe-toi de la console de propulsion. Katsu, c'est toi le plus rapide dans les exercices techniques. Je te fais confiance pour nous piloter, mais tu auras besoin d'un partenaire. Qui veux-tu avec toi ?

Il se tourne vers le reste de l'équipe. Sa colère s'évanouit pendant qu'il réfléchit. En lui donnant le choix, j'ai réussi à lui faire oublier que je viens de m'emparer du poste de capitaine. C'est une tactique que Kaya aurait pu employer. Un mot de travers, une seule objection et je risque de perdre mon autorité, ce qui nous renverrait à la case départ. J'attends patiemment qu'il se décide. Il finit par hausser les épaules.

– Je prends Jaime.

Jaime affiche un sourire sarcastique.

– Même si je ne t'ai jamais vraiment impressionné ?

– Justement, c'est pour ça. Pour récolter toute la gloire quand on dominera le Torrent.

– Mais oui, mais oui. Allez à vos postes, dis-je.

Ils s'exécutent. Je ne me retrouve plus qu'avec Roathy, Isadora, Azima et Bilal.

– Roathy et Isadora, vous voulez travailler ensemble ?

– Pas question de t'obéir, me prévient Roathy.

– Ah bon ? Alors on te balancera par-dessus bord au début de chaque séance. Tu ne gagneras aucun point.

Les deux amoureux échangent un regard. Je ne suis pas sûr de pouvoir donner un ordre pareil à l'équipage, mais ils ont bien conscience d'être dans une situation délicate. Isadora est déjà assurée de se rendre sur Eden. Roathy, non. Sachant que cette partie de la compétition repose sur le travail d'équipe, il va avoir besoin de nous pour progresser au classement. Ils vont devoir se plier aux règles du jeu, même si ça ne leur plaît pas.

Isadora hoche la tête.

– Laisse-nous ensemble. On sera plus efficaces.

– Prenez les postes arrière droit et gauche. À vous de trouver à quoi ils servent.

Je ramène mon regard sur Bilal et Azima.

– Bilal, tu te sens capable de nous aider ?

Il hoche la tête.

– Je ne suis pas en état de marcher, mais je peux attacher mon fauteuil à une console.

– D'accord. Azima et toi, chargez-vous des postes avant à droite et à gauche de Jazzy. Allons-y. On a déjà cinq minutes de retard sur Genesis 12.

Je m'avance au centre du bateau, stupéfait que mon plan ait marché. Ils m'ont vraiment accepté comme capitaine. Je prends place dans le fauteuil – et au début ça ressemble à un siège ordinaire, juste un peu froid. Un frisson me chatouille l'échine et je sens la chair de poule courir sur mes bras et mes jambes. Puis la noxolyte s'active. Subitement, je prends conscience de tout ce qui m'entoure. L'eau sous le bateau, la mécanique interne du bateau, chacun des membres de mon équipage. Ils sont reliés à moi par la noxolyte, comme si on faisait tous partie d'un seul et même organisme.

– Allô ? dis-je.

– Un peu plus fort, capitaine, répond Bilal.

Je m'éclaircis la gorge.

– C'est mieux ?

On me répond de tous les côtés par l'affirmative. Je parle bas pour qu'on ne puisse pas m'entendre de l'autre bateau, mais la connexion noxienne transmet mes paroles comme un casque sans fil. Avant que je puisse donner mon premier ordre, la barrière antibruit de Morning se volatilise. On lève les yeux et on voit leur bateau bondir sur l'eau dans un rugissement de moteur. Babel a tendu un cordon flottant pour délimiter une zone de prise en main, mais ils utilisent tout l'espace disponible pour manœuvrer, tourner et procéder à différents tests. Une fumée noire s'élève dans leur sillage. La compétition ne démarrera pas avant vingt minutes et j'ai déjà l'impression d'avoir une longueur de retard. Il n'y a plus de temps à perdre.

– Tous les postes au rapport. Dans le sens des aiguilles d'une montre, d'accord ?

Tout le monde accepte.

– Jazzy, comment ça se passe devant ?

Elle agrippe fermement les commandes de sa console. Chaque poste comporte une sorte d'abri individuel creusé dans le pont. Elle s'y tient suffisamment haut pour voir par-dessus le bastingage, mais assez bas pour ne pas me boucher la vue.

– J'ai des scans à impulsions, annonce-t-elle. Regardez.

Elle appuie sur un bouton. Les autres se penchent pour voir par-dessus son épaule. Une substance fumeuse s'échappe de la proue et se répand sur l'eau comme une nappe de brouillard. Au bout de cent mètres, elle se dissipe. Jazzy actionne ses commandes et des données s'affichent en caractères digitaux sur l'écran noir de sa console.

– Tu sais à quoi correspondent ces indications ? dis-je.

Elle fait oui de la tête.

– Il suffit de tapoter sur l'écran et ça s'affiche. Tu as la profondeur du cours d'eau, les courants, tout ça.

– Parfait. On passe au suivant, dans le sens des aiguilles d'une montre. Azima, à quoi sert ta console ?

Elle occupe l'un des postes en diagonale pour lesquels Defoe ne nous a fourni aucune explication. On regarde la noxolyte fixée devant elle au bastingage gonfler, se tordre et prendre la forme d'un canon à harpon.

– J'ai l'impression que je vais jouer en défense, dit-elle. Vous voulez que je tire sur Genesis 12 ?

Sa proposition déclenche un fou rire général. Je souris et lui réponds :

– Plus tard, peut-être. Et toi, Jaime ?

– C'est un peu confus parce qu'on ne bouge pas pour l'instant. La première option concerne le gouvernail, j'en suis à peu près sûr. Mais la deuxième parle de… succion ?

On le regarde toucher son écran. Une seconde plus tard le bateau s'ébranle brusquement. Les amarres se détachent. On s'accroche comme on peut en voyant l'embarcation s'écarter vers la droite, à contre-courant, pour se rapprocher des piliers métalliques de la passerelle d'observation. Jaime ouvre des yeux ronds en voyant le bateau basculer d'un seul coup sur la tranche. On entend un grand bruit de succion et le bateau s'élève le long du mur. On se penche tous sur le côté, terrifiés, mais personne ne bascule par-dessus bord. Tout le monde est solidement collé sur le pont. On reste accrochés là, au mépris de la gravité.

– Tu es viré ! tonne Katsu depuis l'autre côté du bateau.

Nouveau fou rire général.

– Tu veux bien nous faire redescendre, Jaime ? dis-je.

Jaime touche son écran une deuxième fois et l'engin redescend en souplesse. Après quelques éclaboussures et un léger roulis, nous voilà de retour sur l'eau. Je me tourne vers ma droite.

– À ton tour, Roathy.

– Pareil qu'Azima, répond-il. Un poste de défense. Sauf qu'elle a utilisé une des options de préréglage mais qu'apparemment, on peut manipuler la noxolyte pour en faire ce qu'on veut. Regardez.

Sa console déborde du plat-bord en prenant du volume, comme celle d'Azima. Mais au lieu de former un harpon, sa noxolyte se transforme en une main géante, presque aussi grande que nous, qui imite les mouvements de Roathy. Il la fait pivoter et saluer. Et puis tous les doigts se replient, à l'exception du majeur dressé à notre intention.

– Pratique, non ? demande Roathy d'un air innocent.

Je ne peux m'empêcher de m'esclaffer.

– Comme tu dis. Super. Longwei ?

– Termine d'abord avec les autres, suggère-t-il. Parce que ma console risque de faire un sacré boucan.

– D'accord, dis-je. Isadora ?

– Poste de défense, répond-elle d'un air pincé.

Pour sa part, elle se refuse à jouer le jeu. On attend vainement qu'elle nous fasse une démonstration ; elle se contente de nous fixer d'un air de défi. Je pourrais lui ordonner de le faire mais ça n'a pas d'importance. Papa m'a appris à choisir mes batailles. Elle cherchera à gagner pour Roathy. Peu importe qu'elle ne veuille pas rire et plaisanter avec nous, tant qu'elle se bat et fait son travail pendant la course.

Je grommelle :

– Comme tu voudras. Katsu ?

– Tout est paré, capitaine. Je crois pouvoir me caler avec Jaime par le réseau interne. On sera au point avant la fin de la journée.

– D'accord, dis-je. Bilal ?

– Poste de défense, dit-il, tout excité.

Sa noxolyte se transforme en canon. Il tapote deux fois sur son écran et deux giclées de particules laser fusent comme des boules de feu. Elles se dissolvent en atteignant les murs épais du Torrent, mais pas sans laisser deux traces noircies aux points d'impact. Katsu l'acclame bruyamment.

– Pas besoin de mes jambes pour tirer au canon, dit Bilal. Je suis prêt, capitaine.

– Très bien. Longwei, allons-y.

Une seconde plus tard, le moteur se met en marche avec un rugissement. À notre droite, les Genesis 12 décrivent un cercle en soulevant des vagues dans toutes les directions. Au-dessus d'eux, une horloge digitale égrène le temps qu'il reste avant le début de la séance. Sept minutes exactement. La zone d'entraînement n'est pas immense, mais c'est aussi bien pour l'instant.

– Katsu, Jaime, dirigez-nous vers le cordon puis virez à droite.

Pour la première fois je perçois leur présence à travers le réseau noxien. Ils communiquent par un autre canal. J'ai accès à tout en tant que capitaine. Il me suffirait d'une simple poussée pour me connecter à eux. Le moteur rugit, et on avance en souplesse. Jaime et Katsu sont crispés sur leurs commandes. On attend en retenant notre souffle pendant que le bateau s'approche du cordon. La proue commence à virer, mais un peu tard. Le cordon s'étire sur trois bons mètres avant qu'on ne reparte vers le centre du carré d'entraînement. Pas l'idéal, mais c'est un début.

– Bien, dis-je par le réseau. Éclaire-nous, Jazzy.

Elle appuie de nouveau sur son bouton. Une seconde après, les données s'affichent sur son écran.

– L'autre bateau est à quarante mètres, les quais à cent mètres, annonce-t-elle.

– Longwei, propulse-nous en diagonale, dis-je.

L'autre bateau va dans une direction similaire, mais on doit pouvoir arriver les premiers.

– Bilal, Isadora, transformez vos consoles en grosses mains. Si l'autre bateau nous coupe la route, repoussez-le en douceur.

Jaime et Katsu tiennent bon la barre pendant que Longwei envoie plus de puissance dans le moteur. Je me glisse jusqu'à lui par le réseau et le sens qui s'échine à nous faire avancer. Ne sachant pas exactement comment l'aider, je me place mentalement derrière lui et je pousse.

Le bateau fait un bond en avant. On traverse le carré trois fois plus vite qu'avant. Genesis 12 oblique en nous voyant arriver comme un missile et nous rate de dix mètres au moins. Bilal leur adresse un petit signe amical de la main ; Isadora leur montre le poing.

– Demi-tour, dis-je. Et tâchons d'être plus précis, cette fois.

Je me retire de la propulsion, laissant Longwei se débrouiller seul. Le bateau ralentit tandis que Katsu et Jaime nous font virer sèchement sur la gauche. Plusieurs membres d'équipage chancellent et se retrouvent sur un genou, mais la manœuvre est parfaite ; nous voilà de nouveau face au Torrent.

– Très bien, dis-je par le réseau.

Levant la tête, je constate que notre temps d'apprentissage est pratiquement écoulé. L'autre équipe continue à décrire des cercles dans son coin.

– On va se mettre en attente à l'entrée du Torrent. Doucement sur la noxolyte ; économisons notre énergie.

Longwei nous ramène doucement à l'endroit indiqué. Ça nous prend presque une minute, mais on se retrouve avec la proue au ras du cordon, prêts à démarrer. Je me lève et fais le tour du vaisseau. Ça me paraît le genre de truc qu'un capitaine doit faire. Je dis à Jazzy qu'elle peut tout me dire à tout moment. Je lui demande de parler un peu plus fort. Je rappelle à nos défenseurs que Babel ne va pas nous faciliter les choses ; on va nous mettre des bâtons dans les roues et ils ont intérêt à se tenir prêts. Jaime et Katsu se disputent à propos du gouvernail. Je ne m'en mêle pas ; ils sont assez grands pour se débrouiller. Enfin, je m'adresse à Longwei.

– Comment tu t'en sors ? dis-je.

– C'est comme faire du vélo. Facile, sauf que je sens bien que je vais finir par me fatiguer.

Je hoche la tête.

– Tu l'as senti quand je t'ai donné un coup de main ?

– Notre vitesse a quasiment doublé. Tu penses pouvoir faire ça souvent ?

– Aussi souvent que je pourrai, dis-je. Quand la course commencera…

Une embardée secoue le bateau. Tout le monde lève la tête. Les Genesis 12 sont venus se ranger contre nous. Alex, le garçon aux mèches blondes et aux yeux incroyables, nous adresse un petit signe moqueur. Morning se tient à l'arrière avec le garçon qu'elle a choisi pour assurer la propulsion, le grand costaud dénommé Omar. Eux aussi sont en grande discussion. Il ne reste que quarante secondes avant le signal du départ, mais Anton ne peut résister à la tentation de s'approcher.

– Le même bateau, lance le petit Russe. Le même parcours. Le même entraînement. Ce sera quoi votre excuse quand on vous aura fumés aujourd'hui, et demain, et après-demain ?

Je me tourne vers Morning. Elle sourit froidement. Elle connaît suffisamment bien Anton pour savoir quand sa colère travaille contre lui et quand elle travaille contre l'adversaire. Dans l'immédiat, elle n'est pas fâchée de le voir nous provoquer, nous pousser à la faute. Que ferait Kaya dans la même situation ? J'ai voulu ce rôle de chef, mais j'ai bien conscience de ne pas être elle.

– Tu n'es pas censé rester à l'avant du bateau ? s'étonne Katsu.

Anton le dévisage d'un air mauvais.

– Hein ?

– Oui, d'habitude les gnomes dans ton genre sont sculptés à la proue. Tu as fait comment pour te détacher ?

Anton devient cramoisi.

– Attention à ne pas trop me chercher.

Katsu s'esclaffe.

– Tu as déjà lu des trucs sur Napoléon ? Un drôle de petit gars, toujours en colère ?

La suite se déroule en un clin d'œil. D'un revers de main, Anton envoie une traînée noire entre nos deux bateaux et la tête de Katsu part en arrière comme s'il venait de se ramasser une gifle. Ne laissant à aucun de nous le temps de réagir, Anton tend les deux mains, et la noirceur enveloppe Katsu comme une prison. On l'entend hurler à l'intérieur. Les yeux d'Anton brillent d'une joie mauvaise. Azima s'élance pour essayer de dégager

Katsu mais elle ne parvient pas à briser la création d'Anton. Les cris se répètent à l'intérieur.

Morning s'avance, mais je suis plus rapide. Je plante un pied sur le bastingage et bondis par-dessus bord. Anton prend peur en me voyant retomber droit sur lui. Il tente de rediriger sa noxolyte, mais trop tard. Je ressens l'impact jusque dans ma mâchoire ; je referme les deux bras sur lui et on roule sur le pont. Anton pousse un cri étranglé tandis que ses coéquipiers s'élancent à son secours. Je transforme mes anneaux en coup-de-poing à griffes que je presse contre son cou. Il cesse de se débattre et j'en profite pour l'immobiliser entre mes cuisses.

Je grogne :

– Lâche-le.

– Non, crache Anton. Il n'a que ce qu'il…

J'enfonce légèrement mon coup-de-poing et je l'entaille sur deux centimètres. Le sang coule. Un cri rauque s'échappe des lèvres d'Anton.

– C'est bon, c'est bon ! J'arrête.

Je relâche la pression juste assez pour lui permettre de rappeler sa noxolyte. La substance vole dans les airs et se reforme en anneaux à ses doigts. On est tous les deux en sueur, le souffle court. Je ne le libère pas tout de suite, cependant, pas tant que je suis à bord de leur bateau, entouré par leur équipage. Je le relève tant bien que mal, sans retirer mes griffes de son cou. Les autres me fusillent du regard mais je n'ai d'yeux que pour Morning.

– S'il refait un truc pareil contre un membre de mon équipage, il est mort, dis-je.

Elle penche légèrement la tête sur la gauche pour mieux m'examiner.

– Tu ne ferais pas ça.

Je lui retourne un sourire de psychopathe.

– On prend les paris ?

Je lis du respect dans ses yeux. On voit qu'elle est surprise. Au bout d'une seconde, elle hoche la tête.

Je repousse Anton d'un geste brusque. Alex le blondinet le rattrape au vol et Genesis 12 me regarde poser le pied sur le bastingage et retourner d'un bond à bord de mon bateau. Je trébuche un peu à la réception mais Isadora et Azima m'empêchent de tomber. On se retourne tous vers nos adversaires. S'il n'y avait pas de haine entre nous jusque-là, il y en a maintenant. L'œil rivé sur Morning, je crie :

– Tout le monde à son poste. On a une course à gagner, c'est pigé ?

Mon équipe répond par un cri de guerre. Je suis le capitaine. Pas aussi futé que Kaya, pas aussi talentueux que Longwei, mais prêt à sauter par-dessus bord pour défendre n'importe lequel d'entre eux. Peut-être qu'il n'en faut pas plus.

Azima aide Katsu à reprendre son souffle. Je m'assure qu'il va bien, quand Defoe arrive en compagnie de Requin. Une passerelle court le long du Torrent à une trentaine de mètres au-dessus de nous. Ils nous regardent d'en haut, pleinement conscients de ce qui vient de se passer et manifestement pas dérangés par l'incident. Ils veulent de la bagarre ; ils veulent nous voir nous affronter. Ce premier sang leur a plu. Defoe s'adresse à nous :

– Un tour, lance-t-il. Nous commencerons par un seul tour. La première équipe de retour au carré d'entraînement sera déclarée victorieuse. Il s'agit d'une course, pas d'un exercice d'abordage. Que chacun reste à bord de son bateau aujourd'hui.

Requin appuie sur un bouton et les amarres se détachent.

– En avant, Longwei ! je crie.

Les moteurs rugissent et les deux bateaux s'élancent.

– Éclaire-nous, Jazzy.

Il me faut une seconde pour retourner mentalement jusqu'à la console de Longwei. Une fois là, j'additionne ma force à la sienne et on s'envole. Ça me coûte un peu d'énergie mais ça nous permet de devancer légèrement Genesis 12 à l'approche des rapides.

– Comment ça se présente, Jazzy ?

– Rochers au ras de l'eau droit devant, répond-elle. Il faut passer à droite, près de la paroi.

– Allons-y, dis-je.

Katsu et Jaime se connectent et nous dirigent dans cette direction. Je jette un coup d'œil vers Genesis 12. Ils ne s'écartent pas autant que nous. Ils vont nous repasser devant. Notre bateau plonge le nez dans l'eau et tangue pour la première fois dans le courant.

– Continue à ouvrir l'œil, Jazzy.

– Emmett !

C'est Bilal qui m'appelle. Il pointe le doigt devant nous. Une trappe s'est ouverte dans le plafond. C'est juste avant que le cours d'eau ne fasse un coude, encore assez loin, mais Babel mijote quelque chose. On patiente et on reste à l'affût le temps de contourner les rochers à fleur d'eau. Alors qu'on arrive dans une portion plus étroite, une masse sombre dégringole de la trappe, bat des ailes et fond sur nous.

– Attention ! je crie. Passez aux armes à longue portée.

La masse sombre se scinde en quatre. Deux oiseaux filent vers Genesis 12, les deux autres vers nous. Jazzy nous avertit de la présence d'autres rochers pendant que Bilal transforme sa console en canon. Notre bateau retourne au centre du Torrent. Au-dessus de nous, les oiseaux se rapprochent.

– Quels sont les ordres ? demande Bilal.

– Visez et dites-moi quand vous serez prêts. Roathy ? Isadora ?

– Canons parés, répond Isadora.

– Feu !

Le recul secoue le bateau. Des particules laser fendent l'air en crépitant et les oiseaux se séparent. L'un d'eux plonge en piqué pour éviter les tirs, mais l'autre se fait toucher de plein fouet en voulant virer sur l'aile. On le voit replier ses ailes et s'écraser dans l'eau. Bilal tire une deuxième fois mais rate sa cible, et l'oiseau survivant nous dépasse.

– Ne le perdez pas de vue, dis-je. Continuez à tirer si vous l'avez en ligne de mire.

– La portion suivante est toute droite, annonce Jazzy. Je ne vois rien au-delà du coude.

– Longwei, comment tu t'en sors ?

– On devrait accélérer l'allure, propose-t-il. Donne-moi un coup de main et on pourra foncer dans la ligne droite.

Je vérifie où en sont les Genesis 12 : ils ont quelques longueurs d'avance sur nous, mais rien qu'on ne puisse corriger. Je m'immerge dans le réseau et rejoins Longwei. Ensemble, on pousse le moteur et notre vitesse augmente en flèche. Defoe et Requin se déplacent sur la passerelle pour suivre notre progression d'en haut. Ils ont l'air d'apprécier ce qu'ils voient, même si c'est difficile d'en être sûr à cause des paquets d'écume que les rapides font gicler contre les flancs du bateau. On dépasse Genesis 12 en quelques secondes.

À l'arrière, deux canons laser crépitent.

– L'oiseau est de retour, grogne Roathy.

Une autre salve pulse dans l'air.

– Il vient de ton côté, Bilal.

– Tu pourrais faire un filet ? dis-je.

Je lutte pour garder ma concentration. Rien qu'à formuler ma question, je sens ma connexion avec le réseau noxien sur le point de s'interrompre.

– Et attendre qu'il soit suffisamment près ?

Bilal répond par l'affirmative. Je le vois remodeler sa noxolyte alors que le premier coude se rapproche.

– Tu vois ce qu'il y a derrière, Jazzy ? demande Katsu.

Jaime et lui sont très concentrés. Ils ne disent pratiquement pas un mot, hormis sur le canal personnel qu'ils partagent. Jazzy tente de braquer son scanner vers le coude mais ses impulsions se dispersent avant de l'atteindre.

– On y va à l'aveugle, répond-elle. Encore quarante mètres.

On rentre la tête dans les épaules en voyant l'oiseau piquer sur nous. Alors qu'il arrive sur Bilal, ce dernier presse la détente et un filet noxien se déploie avec grâce. L'oiseau à l'aspect métallique pousse un croassement de surprise tandis que les mailles se resserrent autour de lui. Un instant plus tard, il plonge dans l'eau. L'équipage pousse une clameur de victoire.

– Joli, Bilal ! dis-je. Longwei, tu veux que je te laisse continuer seul un moment ?

– Non, grogne-t-il. Regarde l'avance qu'on a déjà.

Je jette un coup d'œil en arrière. Il a raison. Nos poursuivants ont bien trente mètres de retard, et l'écart continue de se creuser à chaque seconde. Genesis 12 est encore aux prises avec ses oiseaux. Je commence à croire qu'on a une vraie chance de gagner. Toutefois, cette idée s'évapore dès qu'on tourne le coude. Jazzy crie pour nous prévenir du danger et tous les membres d'équipage pivotent vers l'avant. Un mur de rochers barre le Torrent d'une rive à l'autre. L'eau continue à couler derrière mais je ne vois aucun moyen de le franchir.

– Coupe le moteur, Longwei !

Il s'exécute, mais on file encore beaucoup trop vite.

– Katsu, Jaime, vous pouvez nous mettre en travers ?

– On va essayer. Que tout le monde s'accroche ! crie Katsu. Jaime, à trois on tourne à droite à fond.

Chacun se cramponne à sa console. Je m'aperçois que je n'ai pas cessé d'agripper les bras de mon fauteuil depuis le début. On entend un raclement sourd quand le moteur s'arrête. Katsu et Jaime écrasent tous les deux leurs commandes au même instant. Le bateau vire, mais trop vite, et s'incline du côté de Katsu comme s'il allait chavirer.

– Jaime, actionne la succion de ton côté !

La manœuvre nous a fait perdre de la vitesse mais le bateau poursuit sur son élan, à deux doigts de se renverser. Jaime obéit juste à temps. On entend un grand bruit de succion et le bateau, fortement attiré par la paroi métallique la plus proche, revient à l'équilibre.

Une fois le roulis calmé, je dis à Jaime :

– C'est bon, tu peux arrêter.

Il le fait. Le reste de l'équipage respire fort, une lueur de panique toujours dans les yeux.

– Jazzy, qu'est-ce que tu vois ?

Elle s'écarte de sa console pour nous montrer.

– C'est complètement bouché, pas la moindre ouverture. On pourrait peut-être passer par-dessus avec la succion ?

Je me lève et j'examine la barrière rocheuse, me disant que ça pourrait fonctionner, effectivement. Mais Azima balaie cette idée.

– La surface est beaucoup trop irrégulière. Le bateau risquerait de se briser.

Jaime est du même avis.

– Je ne crois pas qu'on puisse franchir ça de cette façon.

– Alors comment ? dis-je.

On échange des regards impuissants quand Genesis 12 débouche à vive allure derrière le coude. Ils se sont débarrassés de leurs oiseaux. Je m'attends à ce qu'ils coupent le moteur et s'immobilisent en découvrant la barrière rocheuse, comme nous. Au lieu de quoi, ils continuent sans ralentir et se dirigent droit dessus. On écoute Morning lancer ses ordres :

– Attendez ! Pas tout de suite !

Ils ne sont plus qu'à vingt mètres de l'obstacle quand elle rugit :

– Maintenant !

Genesis 12 pique du nez. De la noxolyte se détache de toutes les consoles comme un blindage. Les huit postes recouvrent le bateau sous un dôme noir et lisse. Dans le même temps, ils plongent sous la surface et disparaissent sous les rochers.

Et voilà – ils sont passés.

– Nom de… ! lâche Katsu à voix basse. Comment ont-ils fait ça ?

Jazzy s'active avec frénésie sur sa console, mais avant qu'elle puisse trouver le bouton le raclement se fait entendre à nouveau.

– C'est quoi, ce bruit ? dis-je. On ne s'est quand même pas échoués ?

La réponse jaillit de l'eau dans une gerbe d'éclaboussures. Jazzy pousse un cri en voyant le premier oiseau retomber sur le pont avec un choc sourd. Ses yeux rouges ont l'air bouillis et son corps à demi métallique a un aspect cauchemardesque. Il darde son bec acéré en direction d'Azima. Elle baisse la tête mais se fait cueillir par un coup d'aile. Le choc la projette contre le bastingage et elle s'affaisse sur le pont. Avant que l'oiseau puisse la saisir dans ses serres, le flash d'un canon laser le fait chauffer à blanc. Touché au poitrail, l'oiseau est catapulté par-dessus bord.

Roathy nous adresse un signe de tête.

– Je crois que je l'ai eu, cette fois.

Pantelants, on ramène notre attention sur la course. Jazzy trouve un écran qu'elle n'avait pas encore remarqué et le bateau se transforme en sous-marin. Jaime et

Katsu manœuvrent prudemment pour nous faire passer la grotte et nous faire ressortir de l'autre côté. On a pris trop de retard, malheureusement. Genesis 12 n'est plus qu'un point qui s'amenuise au loin. On devrait être fiers de nous, n'empêche qu'on passe la ligne d'arrivée en seconde position. Sans points, il n'y a pas de fierté. Les scores sont déjà modifiés avant même qu'on arrive. Je voudrais prononcer quelques mots d'encouragement, me comporter en capitaine, mais on se range le long du ponton sans que rien d'héroïque ne me vienne à l'esprit. Anton n'a même pas besoin d'en rajouter. Les cris de joie de nos adversaires sont suffisamment pénibles à entendre. On regagne nos chambres, essayant d'oublier leur victoire et notre échec.

JOUR 2, 08 : 15

À BORD DE LA STATION SPATIALE *TOWER*

Le lendemain matin, j'arrive le premier dans la salle commune. Ça me paraît normal pour un capitaine. De se réveiller avant les autres. De réfléchir à une stratégie, un moyen de renverser le cours des choses. Je sais qu'il me reste vingt-neuf jours pour prouver que je mérite de me rendre sur Eden. Je touche au but. Si je gagne, ce sera le début de quelque chose de nouveau.

Je m'assieds face à la baie vitrée qui s'ouvre sur Eden. La planète flotte dans la noirceur de l'espace comme une promesse silencieuse. En la voyant, je repense à une vieille chanson des Alabama Shakes. Je la cherche dans mon baladeur. Elle commence par des échos discrets, puis les instruments s'affirment et la voix puissante de Brittany Howard vient donner du relief à chaque note.

Je me souviens du clip également. Un astronaute noir se réveille dans l'espace, réalise qu'il a traversé la moitié de l'univers en hibernation et qu'il est perdu au milieu de nulle part. Il s'installe devant le tableau de bord et tâche de contacter sa planète, mais personne ne lui répond et il se rend compte qu'il est tout seul. Et puis un soleil inconnu scintille à l'horizon. Le clip ne raconte pas la suite, mais il y a quelque chose d'étrangement réconfortant dans cette lumière dorée.

Je sens une petite tape sur mon épaule alors que je remets la chanson au début.

Je me retourne, et j'ai la surprise de découvrir Morning. Elle porte sa combinaison mais pas son masque noxien. Sans lui, son visage est complètement transformé. L'intensité de son regard est atténuée par la douceur de son menton, par son sourire tranquille. Elle m'indique le siège à côté de moi et je lui fais signe que oui, elle peut le prendre. La salle est pourtant pleine de places vides qu'elle aurait pu choisir. L'idée qu'elle veuille s'asseoir avec moi m'étonne beaucoup. J'ôte l'un de mes écouteurs pendant qu'elle s'installe en tailleur sur son siège, le regard fixé sur la lointaine Eden.

– Je n'arrive pas à croire qu'on soit si près du but, dit-elle.

– Certains d'entre nous en sont plus près que les autres.

Elle acquiesce de la tête. Sa place sur Eden est garantie. Comme son statut de capitaine. Voilà qui devrait la rassurer, lui permettre de passer les trente derniers jours en toute décontraction, et pourtant je sens qu'il y a autre chose qui la travaille. Une sorte de poids sur ses épaules, que je ne m'explique pas. Mon objectif à moi est on ne peut plus simple : intégrer le peloton de tête et puis rentrer chez moi.

– Tu es américain ? me demande-t-elle.

Mon masque est posé sur la table à côté de moi. Je réalise que c'est la première fois depuis un bout de temps que je vais avoir une conversation sans lui.

– De Détroit. Et toi ?

– San José, répond-elle. Enfin, en vrai, on a pas mal déménagé.

Je hoche la tête avant de lorgner sur l'étiquette qui porte son nom.

– Morning... « Matin » ? Je n'avais encore jamais entendu ce nom-là.

Elle se tourne vers Eden.

– C'est mon *abuelita* qui l'a choisi. Elle disait que j'étais comme une nouvelle journée qui commence.

Je trouve ça tellement mignon que je ne sais plus quoi dire. Le silence se prolonge une trentaine de secondes. Les Alabama Shakes continuent de faire trembler mes écouteurs, assez fort pour que Morning s'en aperçoive. Elle se penche vers moi.

– Tu me fais écouter ?

Elle se rapproche encore. Je lui passe l'écouteur que j'avais retiré et je relance la piste depuis le début. Il y a trente secondes, cette chanson parlait d'espace, de solitude et de mondes lointains. Mais à réécouter avec elle ces paroles fracassantes, j'ai plutôt l'impression qu'elles décrivent la distance qui nous sépare. Au tableau d'affichage, on est à plusieurs galaxies l'un de l'autre. Alors qu'ici, maintenant, nos épaules se touchent et on balance la tête en cadence. C'est le genre d'instant qu'on partage d'habitude à la cantine de l'école, pas au-dessus d'une planète étrangère.

J'apprécie qu'elle ne me dise pas qu'elle trouve la chanson super. Ou qu'elle ne me demande pas non plus qui est la chanteuse. Elle fait exactement le contraire de la plupart des gens : elle se contente d'écouter. J'ai le cœur qui bat à cent à l'heure à la fin de la chanson. Je cherche quelque chose à dire, mais elle m'épargne cette peine.

– C'est une vieille chanson. On n'entend pas de morphing dans les paroles.

– Non, dis-je. Je n'écoute pas ces trucs new age.

– Tu préfères les classiques ?

Je lui souris.

– En réalité, j'ai cinquante-trois ans. Je ne suis pas aussi jeune que j'en ai l'air.

Elle se marre franchement pour la première fois. Rien à voir avec le petit sourire qu'elle affiche depuis qu'elle m'a rejoint dans la salle. J'ai l'impression d'avoir déverrouillé l'accès à un niveau bonus. Je ne peux m'empêcher de sourire à pleines dents moi aussi.

– Cinquante-trois ans ? dit-elle. C'est quoi ton secret ?

– Le jus de citron.

Il y a cinq ans, maman a vraiment essayé le jus de citron pour gommer quelques taches de vieillesse. Papa s'est moqué d'elle pendant des semaines.

– C'est la seule chose que j'ai emportée, d'ailleurs. Pas de fringues, pas de livres, rien. Juste des citrons. J'essaie de rester jeune, tu vois ?

Ça la fait rigoler.

– Du charme, et le sens de l'humour en plus ? Laisse-moi deviner : c'est toi qu'on a élu Mister Populaire du *Genesis 11* ?

Je me trouble à l'idée qu'elle puisse me trouver du charme. Elle a dit ça comme ça, sur le ton de l'évidence. Comme s'il s'agissait d'une chose dont j'étais parfaitement conscient. Je me creuse la cervelle à la recherche d'une réplique spirituelle, mais la seule chose qui me vient à l'esprit, c'est Kaya. En l'espace de quelques minutes, Morning a établi la même familiarité avec moi que Kaya au début. La seule différence, c'est qu'en présence de Kaya je me sentais détendu, alors qu'avec Morning je me sens fébrile. Ma main droite tremble si fort que je suis obligé de m'asseoir dessus.

– Non, le titre était déjà pris, dis-je. C'est Bilal qui l'a remporté. Il est tellement adorable qu'il a raflé tous les votes. Franchement, c'est le seul point sur lequel on est tous tombés d'accord. Et toi, quel titre on t'a donné ? Future candidate aux élections présidentielles ?

Elle rougit et secoue la tête.

– Ils me suivent parce qu'ils ont confiance en moi. Et d'après ce que j'ai vu hier, on dirait que c'est la même chose pour toi. C'est pour ça que j'ai eu envie de te parler. Je voulais juste… Je ne sais pas, tu m'as impressionnée, hier. Quand tu t'es battu pour défendre ton gars. On voit que tu tiens beaucoup à eux.

– Pas vraiment, dis-je — ce qui la fait rire. C'était surtout Kaya qui tenait à eux. Elle était toujours là pour tout le monde. Après sa mort, je ne pouvais pas continuer à les traiter en ennemis. Ça n'aurait pas été bien de faire comme si elle n'avait eu aucune influence sur moi, tu comprends ?

Elle me dévisage comme si elle comprenait effectivement. Je me rappelle que ceux de Genesis 12 n'ont aucune idée de ce qui a pu arriver à Kaya. Pour eux, sa mort ne représente rien de plus qu'un astérisque mystérieux. Le sourire de Morning s'efface quand elle voit la tête que je fais.

– Que lui est-il arrivé ?

– Un accident. Fatal.

Elle reste silencieuse un moment, avant de lâcher :

– Vous étiez proches, tous les deux ?

– Elle était comme une sœur pour moi.

Morning allonge le bras et pose sa main sur la mienne. Je baisse les yeux au sol. Elle me presse gentiment les doigts, et pendant une seconde j'imagine un monde dans lequel on ne serait pas sur le point de passer vingt-neuf jours à se battre bec et ongles pour chaque point.

Un petit sourire aux lèvres, je dis :

– Mince. Tu as la main drôlement froide, tu sais ?

Elle me jette un regard scandalisé et tente de retirer sa main mais je m'en empare avant qu'elle puisse se dégager. Elle a des doigts fins, calleux, aux phalanges sombres. Je les serre entre mes deux mains et les frotte pour les réchauffer. Pendant un long moment, on reste simplement comme ça, à regarder mes mains s'agiter sur la sienne. Nos yeux se croisent, et…

… et puis la porte s'ouvre, et on fait tous les deux un bond de un mètre sur nos sièges.

Mon écouteur s'arrache de son oreille et on s'écarte l'un de l'autre, comme si on voulait s'éloigner d'une scène de crime. Defoe passe le seuil en pianotant sur sa tablette. Il sourit devant notre embarras.

– On fait connaissance, à ce que je vois ?

Notre mutisme le fait rire.

– Désolé de vous interrompre.

Il entre une séquence sur sa tablette et des sonneries de réveil s'élèvent un peu partout. Nos assistants entrent à leur tour tandis que les autres concurrents émergent du sommeil. Morning met un peu plus de distance entre nous et se tient là, les bras croisés, dans une attitude de défi. Je cherche quelque chose à dire mais ses coéquipiers qui dorment au niveau inférieur commencent à nous rejoindre, et on dirait que j'ai disparu d'un seul coup. Je m'éloigne à l'autre bout de la salle pour attendre mes propres coéquipiers. L'instant s'est envolé ; il m'a glissé entre les doigts. Je reste là un moment, j'essaie de croiser le regard de Morning, mais elle a remis son masque noxien et repris son air de détermination farouche.

Je sais ce qu'elle est en train de faire. Elle endosse son armure et se prépare à la guerre. Mais tandis que mes coéquipiers nous rejoignent, et même pendant le trajet jusqu'au Torrent, je n'arrête pas de repenser à sa main entre les miennes.

JOUR 4, 11 : 57

À BORD DE LA STATION SPATIALE *TOWER*

Depuis maintenant plus de quarante-huit heures, mon univers ne se résume plus qu'à deux choses : Morning et la défaite. Nous n'avons pas eu d'autre occasion de nous parler en privé. Ni d'écouter des chansons ensemble. Mais on est constamment en train de s'observer, puis de détourner les yeux. Je me sens coupable, parce que mon équipe n'arrête pas de perdre face à la sienne.

Genesis 12 a toujours un ou deux coups d'avance sur nous dans chaque rencontre. La différence de niveau ne semble pourtant pas si grande. On se débrouille plutôt bien, mais il y a toujours une petite erreur qui nous coûte la victoire. On affronte des oiseaux et des anguilles électriques. On navigue sur des courants imprévisibles, ou à travers des grottes sous-marines plongées dans le noir. Morning trouve toujours un moyen de maîtriser un nouvel aspect du jeu. Comme Kaya, elle invente des solutions et nous les apprend à travers la défaite. Je n'ai jamais autant regretté la perte de mon amie, jamais je n'ai eu autant besoin d'elle à mes côtés.

On ne fraternise pas vraiment avec nos adversaires, mais les quelques conversations qu'on a quand même avec eux se révèlent très instructives. Ils ont une similitude frappante avec nous : Babel les a tous arrachés à la pauvreté. Il est clair que chacun d'eux a ses propres raisons de tenir désespérément à voir Eden. Peu importe qu'ils viennent d'Inde ou de Colombie. L'histoire est toujours la même. Une victoire leur permettrait de *tout* changer à leur retour chez eux.

Et ils ont beau gagner, les concurrents de Genesis 12 continuent de s'entraîner. Ils prennent leurs repas ensemble, discutent de stratégies, s'entraînent pendant leur temps libre. Quand je suggère de faire pareil, nos séances d'entraînement tournent au cauchemar. Roathy et Isadora sont une calamité. Katsu et Jaime ne prennent rien au sérieux. On a perdu la guerre il y a des mois, dans les rivalités intestines que Defoe a suscitées entre nous.

Il reste malgré tout un mince espoir.

Tandis qu'on regarde les membres de Genesis 12 s'élever au tableau d'affichage, Babel nous offre une chance de nous rattraper. Dans les épreuves individuelles. La journée commence et finit par une séance dans le Torrent, mais entre les deux, il reste les combats. Tous les jouets de l'arène sont transportés sur les pontons. D'immenses écrans se déroulent sur les murs du Torrent, et on se regarde mourir les uns après les autres sous forme de géants digitalisés. Sur l'eau, on voit toujours nos adversaires de loin. Ces duels sont l'occasion d'apprendre à les connaître de plus près.

Holly, la rouquine irlandaise, a un crochet d'enfer. Son jeu de jambes est même meilleur que le mien. Leur colosse égyptien, Omar, massacre Katsu le premier jour au moyen d'une masse d'armes que je ne suis pas sûr de pouvoir soulever. Et puis il y a Anton. Il se bat avec deux couteaux, n'hésite pas à frapper en traître et se montre aussi dangereux avec la main droite qu'avec la gauche. Il se fait éliminer par Azima le premier jour, mais découpe Jaime en rondelles dès le lendemain.

Heureusement, ils ne sont pas tous aussi redoutables. Parvin et Noor s'en remettaient clairement au même genre de stratégie que Kaya dans l'arène : blesser l'adversaire puis se dérober jusqu'à ce qu'il se vide de son sang. Sauf que les combats se déroulent désormais sur les quais. Il n'y a aucune cachette nulle part, à moins de vouloir combattre sous l'eau.

Alex, le grand Colombien aux cheveux bouclés, n'est pas mauvais. Comme Bilal, il est aidé par sa taille et son allonge, même s'il manque de maîtrise pour l'emporter face aux meilleurs. Le premier jour, j'affronte leur autre colosse, Brett. Je commence par me faire du souci, jusqu'à ce que je le voie se déplacer – lent et pataud. Je me glisse sous son crochet téléphoné et je l'assomme d'un uppercut au menton.

Mon autre poursuivant, Loche, perd ses deux premiers combats. Il lâche à chaque fois une bordée de jurons typiquement australiens que nos masques noxiens ont beaucoup de mal à traduire. Je ne m'en ferais pas trop à propos de Brett ni de Loche, sauf que rien n'indique que la succession de victoires de Genesis 12 s'interrompra bientôt. Alex m'est déjà passé devant. Ce qui rend les duels d'autant plus importants. Je dois absolument rester devant Roathy si je veux avoir une chance d'aller sur Eden.

Le pire, c'est Bilal. Le calcul est vite fait. Chaque combat raté lui coûte très cher. Pendant que je remonte peu à peu au tableau d'affichage, il effectue sa rééducation et s'entraîne à porter une prothèse qui doit accélérer son retour à la compétition. À ce rythme, l'un de nous deux restera en rade dans la station.

Aujourd'hui, je me retrouve face à Morning. Ses deux premiers combats mis bout à bout ont duré moins de dix secondes. J'attrape mes gants de boxe et je m'avance sur le ponton. Elle m'y attend déjà, une hachette dans chaque main. En me voyant arriver, elle lève la main pour détacher son masque noxien. Elle le pose de côté et me fait signe de l'imiter.

Depuis ce premier matin, on ne s'est pratiquement plus reparlé. Morning a été trop occupée à entraîner son équipe. Pourtant, à la seconde où son masque tombe, elle me gratifie d'un grand sourire. Le genre de sourire qu'on obtient quand on passe prendre sa chérie, pas quand on est sur le point de se faire tailler en pièces à coups de hachette.

– Je t'aime bien, me dit-elle à voix basse. J'aime bien la musique que tu écoutes. J'aime bien ton sens de l'humour. N'y vois rien de personnel, mais tant qu'on sera là tous les deux, tu ne gagneras pas.

– Et moi qui espérais un traitement de faveur.

– Jamais, dit-elle. Franchement, ça ne me dérangerait pas de me retrouver sur Eden avec quelqu'un comme toi, mais tu vas devoir mériter ton ticket. Pigé ?

Je hausse les sourcils.

– C'est *mon* mot.

– Viens le reprendre, réplique-t-elle avec son sourire spécial. Si tu peux.

On remet nos masques l'un et l'autre. Elle se met en garde. Je surveille le mouvement de ses muscles, le déplacement de ses pieds. Je sais qu'elle va passer à l'attaque, et que quand ça se produira ce sera plus rapide que j'aurais pu l'imaginer, en plein où je ne m'y attendrai pas. Son regard ne trahit rien parce qu'elle ne regarde jamais l'endroit qu'elle a l'intention de frapper, contrairement à beaucoup de néophytes. Ses yeux restent rivés aux miens.

Elle feinte à l'extérieur, change de garde, feinte à l'intérieur puis se fend. La torsion qu'elle imprime à son corps pour éviter mon swing serait de la poésie pure si la dernière strophe s'achevait autrement que par sa hachette dans ma nuque. Elle pivote avant que mon deuxième swing ne puisse l'atteindre et me plante sa seconde hachette dans le ventre. Au-dessus de nous, mon avatar s'écroule. Elle est vraiment trop rapide.

– Quatre secondes, murmure-t-elle.

Elle passe devant moi en me bousculant gentiment. Je traverse le ponton en traînant les pieds pour rejoindre les autres et j'essaie de garder mon calme. J'observe les combats suivants sans beaucoup d'intérêt. Isadora élimine Brett, Jazzy perd un combat déséquilibré face à Omar, et l'avatar de Bilal déclare forfait devant Anton. C'est seulement lors de la dernière rencontre que mon attention revient aux pontons. Loche, l'Australien aux beaux cheveux, se présente face à Longwei. Avant le début du combat, Morning s'approche au pas de course, glisse quelques mots à l'oreille de Loche et se retire aussitôt. L'Australien affiche un petit sourire et s'avance.

On se penche tous à la rambarde pour mieux suivre, comme si un conseil de dernière minute de Morning allait déboucher sur un miracle. Mais Loche paraît plus emprunté que jamais. Il esquive un premier coup d'épée de Longwei, en bloque un deuxième de justesse, puis raccourcit la distance. Il n'essaie pas de frapper ; il se contente de refermer les bras autour de son adversaire et de sauter à l'eau. On les regarde disparaître tous les deux sous la surface. Les vaguelettes soulevées par leur plongeon s'estompent et on ne voit plus que les eaux sombres.

On lève les yeux vers leurs avatars à l'écran. Celui de Loche paraît assez calme, quoique avec un pouls un peu rapide, mais toujours en vie. Celui de Longwei s'agite furieusement. Son pouls est beaucoup trop élevé et son niveau d'oxygène s'effondre. Loche est en train de le noyer.

Je bouscule les autres pour venir me placer à côté de Defoe.

– Vous ne pouvez pas laisser faire ça.

– Il ne se noiera pas. Nous avons un système en place.

L'avatar de Longwei est en train de virer au bleu. Ses bras se débattent avec de moins en moins d'énergie. Je me tourne vers Morning. Le regard qu'elle m'adresse par-dessus son masque est dur et inflexible.

– C'est ça que tu lui as suggéré de faire ? C'est déloyal.

Morning ne bronche pas.

– Tu ferais pareil si c'était la seule manière de gagner.

Je secoue la tête. À l'écran, l'avatar de Longwei n'a plus de pouls. Les mèches blondes de Loche remontent à la surface. Il tient sous son bras la forme inanimée de Longwei. Des plongeurs surgissent de nulle part, lui passent un masque à oxygène et le sortent du Torrent. Je me précipite dans l'escalier.

Je n'ai peut-être pas beaucoup d'affection pour Longwei, mais il a accepté que je sois son capitaine, et dans ces moments-là un capitaine se doit d'être présent. Je reste avec lui pendant qu'on le ranime. Il a les yeux injectés de sang, la gorge meurtrie. Il fixe les lumières au plafond comme s'il ignorait ce qui vient de lui arriver. Je me laisse tomber à côté de lui et pose ma main sur son épaule.

– Ça va aller, Longwei, dis-je. Tu es tiré d'affaire.

Il tremble de tout son corps. Les médecins lui posent des questions, surveillent sa respiration, et pendant qu'ils s'occupent de lui Longwei me prend la main et la serre. Il ne me dit pas merci, mais ce n'est pas nécessaire. Une fois que les médecins lui ont donné le feu vert, on retourne vers nos chambres côte à côte.

– Alors j'ai perdu ? finit-il par demander.

Je ris.

– De justesse, Longwei. Il s'en est fallu d'un cheveu.

Après que son médecin m'a assuré pour la troisième fois qu'il n'aura pas de séquelles, je sors de la chambre d'un pas furieux et je pars en quête de Morning. J'ignore pourquoi je suis tellement en colère, mais je me sens bouillir intérieurement. Je sais bien qu'elle veut gagner et conduire son équipe sur Eden, n'empêche que Longwei aurait pu y rester.

Je frappe longuement à sa porte, sans résultat. En repassant dans le salon, j'avise Alex en train de battre des cartes. Il contemple avec fascination les océans d'Eden.

– Où est-elle ?

Alex lève les yeux vers moi.

– Qui ça ?

– Morning. J'ai besoin de lui parler.

Il hoche la tête.

– Elle avait dit que tu passerais. Elle est dans la salle du Lièvre de la station. Pour s'entraîner, ou quelque chose comme ça. Elle nous a demandé de te dire que tu la trouverais là.

Je le remercie et me dirige vers l'escalier. Je connais la salle du Lièvre de la station, je m'en suis servi une ou deux fois moi aussi. Pour me dérouiller les muscles avant le début de la journée, ou bien pour m'entraîner. Plus je m'enfonce dans la station, moins je croise de techniciens ou de soldats. Vandemeer m'a expliqué qu'ils sont employés à long terme par la compagnie. Certains sont en poste ici depuis près de dix ans. Je débouche dans un long couloir aux multiples embranchements.

Je repère de loin Morning adossée à la porte de la salle du Lièvre, comme si elle m'attendait depuis tout ce temps. Elle a les bras croisés et ne semble pas avoir transpiré beaucoup. Son masque est accroché à sa ceinture.

– Il faut que je te parle, lui dis-je.

Elle se détache de la porte et s'avance à ma rencontre.

– Moi aussi.

– Écoute, ce qu'a fait Loche tout à l'heure…

Morning m'interrompt d'un geste et d'un regard. J'ouvre la bouche pour protester mais elle franchit la distance qui nous sépare, s'approche suffisamment pour qu'on respire le même air et me dit dans un souffle :

– Allons plutôt parler dans un endroit où il n'y a pas de caméras.

Il y a quelque chose de grisant dans la manière dont elle pivote et me fait signe de la suivre. Elle s'engage dans un couloir secondaire, m'adresse un regard entendu par-dessus son épaule et se glisse dans une salle de maintenance. L'invitation ne pourrait pas être plus claire, et pourtant je reste planté là, à fixer le seuil, parce que je ne comprends plus rien à ce qui se passe.

Morning a-t-elle envie de parler, ou bien de *parler* ? Même si j'ai pu me vanter du contraire auprès des Très Excellents Frères, je n'ai encore jamais eu ce genre de discussion avec une fille comme Morning. C'est une chose de flirter avec Shae Westwood ou Samantha Givens au cours d'une fête dans le sous-sol de quelqu'un. Embrasser ces filles avait quelque chose de tout naturel. On n'y attachait aucune importance, parce qu'on était des gosses. Ça se faisait sur le moment et voilà tout. Mais avec Morning, c'est différent. Je me rends compte que mes seules références pour une situation pareille se résument à des paroles de chansons et des scènes de films. J'essuie mes paumes moites sur ma combinaison et je la suis à l'intérieur.

J'ai à peine fait deux pas que tout devient clair : elle a autre chose à l'esprit.

Morning m'attend au fond de la pièce, les mains sur les hanches et son masque sur la bouche. Elle n'est pas seule. Anton émerge de l'ombre, un couteau à la main. Il me fait signe de continuer à avancer tandis qu'Omar vient bloquer la sortie. L'Égyptien manipule sa noxolyte pour la tendre en travers de la porte. Les bruits se mettent à résonner plus fort dans la pièce, comme si on était coupés du monde. Je dévisage les deux garçons tour à tour avant de me retourner vers Morning.

– C'est quoi, ces précautions à la James Bond ?

À l'instant où je pose la question, je réalise que je suis furieux. Furieux de m'être laissé entraîner là-dedans, mortifié d'avoir laissé mon imagination s'emballer à ce point. Morning soutient mon regard sans ciller.

– On avait besoin de te parler, m'explique-t-elle. Loin des oreilles de Babel.

– Et vous aviez besoin d'être trois pour ça ?

– Omar a insisté pour venir. On est prudents, c'est tout.

– D'accord. Donc, si je n'ai pas envie de vous parler, je peux partir ?

Anton fait miroiter son couteau.

– Il y a d'autres façons de te faire cracher tes informations.

– Ferme-la, Anton, gronde Morning en s'avançant. Si tu veux t'en aller, tu es libre. Je t'ai fait venir ici parce que je te fais confiance. Je sais qu'on peut te poser des questions et que tu n'iras pas moucharder à Babel.

Je la fusille du regard.

– Tu en es vraiment sûre ?

– Bien sûr que j'en suis sûre, Emmett. J'ai bien vu comment tu les regardes.

– Admettons.

Elle a raison, mais je n'aime pas la tournure que prennent les choses.

– Qu'est-ce que tu veux savoir ?

– La fille, dit Morning. Comment est-elle morte ?

– Kaya. Elle s'appelait Kaya.

– D'accord, Kaya, concède Morning. Comment est-elle morte ?

– Je t'ai dit que c'était un accident.

– Oui, mais il y a accident et accident. C'était la faute de qui ?

Les mots me restent en travers de la gorge. Pendant une seconde j'envisage de mentir, mais je dois la vérité à la mémoire de Kaya.

– De la nôtre. On explorait une partie interdite du vaisseau.

– Et alors, quoi ? insiste Anton. Elle s'est fait aspirer à l'extérieur par un sas ?

Encore une fois, j'hésite. Defoe nous a donné un ordre strict : ne parler de l'Adamite à personne. Ils pourraient se servir de ce que je leur dirais contre moi. Peut-être qu'ils cherchent simplement à faire disqualifier un concurrent. Mais je connais suffisamment bien Morning maintenant pour savoir qu'elle n'a pas envie de gagner de cette façon. Elle est convaincue de pouvoir emmener toute son équipe sur Eden. Elle n'a encore jamais tenté de coup en traître, parce qu'elle pense pouvoir l'emporter sans tricher. Je réalise qu'en dehors de Vandemeer et Defoe, personne ne sait exactement comment Kaya est morte. C'est un fardeau que je suis seul à porter. Mais ici, maintenant, on peut parler sans que Babel n'en sache rien.

– Elle a été tuée par un Adamite.

Anton siffle doucement entre ses dents. Le petit Russe se met à tourner en rond avec nervosité. Il fait passer son couteau d'une main à l'autre. Morning réfléchit aux implications de ce que je viens de dire.

– Pourquoi un Adamite voudrait-il s'en prendre à elle ? demande-t-elle. D'après Babel, ils adorent les enfants.

– Il avait les yeux bandés. Il ne voyait pas à qui il avait affaire. Babel l'avait attaché contre un mur. Dans une salle de torture. Il s'en est pris à Kaya parce qu'il a cru qu'elle était l'une des leurs.

Anton lâche un juron. Depuis le fond de la pièce, Omar dit :

– Tu avais raison, Morning.

Morning hoche la tête.

– Oui. C'est la preuve que Babel nous cache des choses.

– Ils n'arrêtent pas, fulmine Anton. Avec eux, c'est coups fourrés et compagnie en permanence. Tu n'as qu'un mot à dire, Morning, et je me charge de t'obtenir les informations.

Elle fronce les sourcils, mais finit par acquiescer.

– Fais-le. Mais sois prudent.

Un sourire mauvais s'étale sur le visage d'Anton.

– Sérieusement ?

Elle hoche la tête encore une fois.

– Vas-y.

Il empoche son couteau et se dirige vers la sortie. Omar s'écarte pour le laisser passer. Il franchit la membrane, et le bruit de ses pas nous parvient comme assourdi. Je me tourne vers Morning.

– Tu veux bien m'expliquer ce qui se passe ?

– As-tu entendu parler d'un truc appelé les « Babel Files », à bord du *Genesis 11* ?

– Oui, on est tous au courant. Un article, c'est ça ? Que quelqu'un a écrit sur Terre à propos de nous.

– Exactement. Vous l'avez lu ? me demande-t-elle.

Je secoue la tête.

– Comment veux-tu qu'on y accède ? On est au fin fond de l'espace.

– Anton, répond-elle. Il a réussi à m'obtenir le fichier. On l'a lu ensemble. La personne qui l'a écrit a toutes sortes de théories. À propos de nous, de Babel, de tout. As-tu jamais pensé qu'on ne nous montrait peut-être qu'une toute petite partie de ce qui se joue dans cette histoire ?

Je soupèse la question. Je pourrais citer pas mal de choses qui ont éveillé mes soupçons, mais rien qui pointe dans une direction précise.

– Babel est une compagnie très riche et corrompue. Qu'y a-t-il de plus à savoir ?

– On n'en est pas sûrs, reconnaît Morning. Mais on a bien l'intention de le découvrir.

– Écoute, c'est très bien que vous ayez envie de jouer les détectives, sauf que je n'ai pas le temps. Vous êtes peut-être en bonne position au tableau d'affichage, mais moi, j'ai une place à décrocher pour Eden. Je voudrais bien vous aider. Je voudrais bien obtenir justice pour Kaya. Seulement, dans l'immédiat, je dois m'occuper d'intégrer le peloton de tête. Alors, à moins que vous n'ayez encore d'autres questions, je vais retourner là-haut et me préparer pour l'épreuve suivante.

Morning m'examine une seconde, avant d'adresser un hochement de tête à Omar. Il transforme sa membrane noxienne en anneau qu'il remet à son doigt. Il nous dévisage tous les deux un instant puis sort de la pièce. On entend ses pas s'éloigner dans le couloir. Morning me lance un regard d'où toute dureté a disparu.

– Ils sont comme mes frères. Ils sont juste un peu trop protecteurs, c'est tout.

– Tu m'étonnes.

Elle avance la main pour me toucher le bras.

– Tu as raison. Je n'ai pas le droit de t'entraîner là-dedans alors que tu as d'autres soucis en tête. N'empêche que je pensais vraiment ce que je t'ai dit, Emmett. C'est en toi que j'ai confiance dans l'équipe du *Genesis 11*. Tu es quelqu'un de bien, ça se voit. J'aime ça chez toi.

Personne ne m'a jamais appris comment il fallait prendre les compliments. Je me contente d'un hochement de tête un peu raide.

– Merci.

– J'aurais bien voulu que tu sois à bord du *Genesis 12* avec moi.

Après quatre jours de défaites humiliantes, j'aurais bien voulu, moi aussi. Je ne peux m'empêcher de penser à quel point les choses auraient pu être différentes. Pour moi, pour nous. Sauf que si je m'étais trouvé à bord du *Genesis 12*, je n'aurais pas connu Kaya, ni Bilal, ni Vandemeer. Je ne serais pas devenu celui que je suis aujourd'hui. Et c'est une chose que je n'ai pas envie de regretter.

– C'est comme ça, on n'y peut rien.

Morning me presse le bras avec douceur avant de me lâcher.

– J'espère que tu viendras sur Eden avec moi, dit-elle. Je l'espère vraiment, mais j'ai donné ma parole. Quand on a appris l'existence de votre équipe, j'ai promis à mes coéquipiers de me battre jusqu'au bout pour les emmener sur Eden s'ils me faisaient confiance. Et je ne manquerai pas à ma parole, Emmett. Pas même pour toi.

JOUR 9, 18 : 20

À BORD DE LA STATION SPATIALE *TOWER*

On se laisse flotter en silence le long des eaux noires. Voilà trente minutes qu'on évolue sans éclairage à travers les rapides. Beaucoup trop longtemps à mon goût. Babel a fait couper toutes les lumières du Torrent. D'après Defoe, c'est pour recréer les conditions d'une nuit sans lune sur Eden. La seule lueur provient du sonar de Jazzy. Des petites pulsations vertes dans un océan de noirceur. Les seuls bruits sont ceux du cours d'eau. Les murmures qu'on échange tout bas ressemblent plus à des pensées.

– Rochers à vingt mètres. Il nous faut nous décaler de dix mètres à gauche pour atteindre le prochain passage.

Le bateau vire en douceur. Un flash lumineux crépite au loin, puis plus rien.

– C'était quoi, ça ? chuchote Azima.

Personne ne répond. On est partis dans une direction sur le Torrent tandis que le groupe Genesis 12 était envoyé de l'autre côté. On les a repérés brièvement au radar il y a cinq minutes, et depuis, on essaie de les suivre à distance. Mais au détour d'une bande rocheuse, on les a perdus. J'ai demandé à Jazzy d'émettre une fausse signature radar toutes les dix secondes. Bilal est assis à côté d'elle pour l'aider à décrypter le terrain. On dérive encore pendant cinq minutes avant que Jazzy ne chuchote avec excitation :

– Je les ai !

Sur son écran, je vois un petit point rouge briller dans le noir.

– À cinquante mètres devant, collés à ce gros rocher.

Le rocher en question se détache comme une ombre plus intense que les autres. Devant nous, le cours d'eau se divise en plusieurs embranchements. Je regarde par-dessus l'épaule de Jazzy et constate qu'ils nous attendent au point de passage le plus étroit. Le rocher auquel ils s'accrochent domine un goulet – l'endroit idéal pour une embuscade.

– On jette l'ancre, dis-je. Sans bruit ! Jazzy, je veux des scans toutes les dix secondes.

La manœuvre s'effectue en silence. Une fois le bateau immobilisé contre les rochers les plus proches, je réunis l'équipage au centre du pont. Leurs visages sont méconnaissables dans le noir.

– Comment peut-on être sûrs qu'ils n'émettent pas un faux signal ? demande la voix de Jaime.

– On ne peut pas, dis-je.

– C'est un vrai goulet d'étranglement, observe Katsu. Je vous parie qu'ils nous attendent.

– On pourrait leur faire croire qu'on ne les a pas vus, suggère Longwei. On s'avance tranquillement, on fait un peu de bruit, et on les prend par surprise.

Je suis dubitatif.

– À quoi ça nous servirait ? D'accord, on les attendrait de pied ferme mais ils auraient l'avantage du terrain. Ils nous aligneraient comme au stand de tir.

– Alors, on se sépare, propose Longwei. Regardez les scans : ces rochers sont reliés à celui auquel ils s'accrochent. La moitié d'entre nous grimpe par là. On leur fauche leur drapeau et on retourne au bateau. Et on gagne.

– Pour une fois, grommelle Katsu d'un ton maussade.

– Tout ça c'est bien joli, dis-je. Mais je n'arrive même pas à distinguer vos têtes en ce moment. Comment veux-tu qu'on arrive à grimper là-haut ?

Longwei marque une hésitation. Puis il répond :

– Avec talent ?

Tout le monde pouffe.

– D'accord, dis-je. Faisons ça.

On décide que Katsu, Longwei, Bilal et Jazzy resteront à bord du bateau. Le reste d'entre nous se prépare à une escalade dangereuse sur des rochers mouillés. Jazzy prend un scan et fait un arrêt sur image. On mémorise la disposition des rochers et on détermine la distance à parcourir. Azima suggère de recourir à la noxolyte pour obtenir une meilleure adhérence. Ça nous demande quelques minutes dans le noir, mais chacun de nous se fabrique une bonne paire de gants d'escalade.

– Tout le monde est prêt ? dis-je.

À peine si j'entends les oui par-dessus les bruits du Torrent. On trouve des prises sur les rochers et on se hisse dessus à plat ventre, le plus silencieusement possible. Le parcours n'a rien de rectiligne, ni même de régulier. J'ai bientôt les genoux et le ventre à vif. Même quand le chemin s'élargit un peu je continue d'avancer en rampant. Je sens la roche humide de part et d'autre. La moindre glissade ruinerait l'effet de surprise et nous précipiterait dans l'eau. Je suis sûr que Babel a des plongeurs prêts à intervenir, mais je préfère ne pas courir le risque.

Malgré le noir total, on finit par atteindre le rocher auquel ils s'accrochent. Azima vient buter contre mes jambes pendant que je scrute les alentours, à l'affût du moindre détail suspect – en vain. Il fait trop noir. On continue à ramper. J'entends derrière moi un bout de tissu se déchirer sur une arête et je me fige. On attend tous en silence, mais rien ne se passe. Encore trois mètres et on arrive au bord du rocher. Un coup d'œil par-dessus révèle la silhouette de leur bateau en contrebas. Je tends le bras et le touche pour m'en assurer. Puis je recule en rampant, retenant mon souffle. Roathy et les autres sont couchés à plat ventre. Je m'assure que les angles sont bons et j'appuie ma lampe de poche contre le talon d'Azima. Je l'allume deux fois à bref intervalle pour donner le signal.

On entend le moteur de notre bateau démarrer discrètement. Jazzy a calculé qu'à vitesse réduite ils mettraient environ une minute pour contourner le rocher et s'avancer dans le passage. Je compte les secondes dans ma tête.

– Bon, Azima. On va tous grimper à bord, dis-je à voix basse. Mais c'est toi qui t'occupes du drapeau.

– Juste derrière le fauteuil du capitaine, c'est ça ? demande-t-elle.

– Oui.

Le bruit de moteur se rapproche.

– Trente secondes.

Des points verts brillent au-dessus de nous. Je cligne des paupières plusieurs fois.

– Qu'est-ce que c'est encore ? murmure Azima.

On regarde les points se déplacer dans le noir comme des lucioles.

– On dirait des yeux, observe Isadora.

Genesis 12 nous tombe dessus. Un poids énorme m'écrase contre la pierre. On me tire les bras dans le dos et on m'attache les poignets. Les autres essaient de résister, mais pas longtemps. On se retrouve tous ligotés et bâillonnés avant d'avoir pu pousser un cri. Leur équipement produit suffisamment de lumière pour qu'on puisse distinguer leurs visages. Anton se dresse au-dessus de nous, les cheveux dégoulinants d'eau.

– On tient les canetons, murmure-t-il. Au tour de maman canard, maintenant.

La lueur verte de leurs lunettes s'estompe quand ils regagnent leur bateau. On voit leurs ombres disparaître derrière le rocher. Une seconde plus tard, ils coupent la succion et leur bateau retombe dans le courant en soulevant une gerbe d'éclaboussures. L'abordage se déroule en un tournemain. Ils s'emparent de notre drapeau. Les lumières se rallument et on patiente pendant qu'Anton et Omar prennent tout leur temps pour nous détacher. Morning ordonne à son équipage de ranger sa noxolyte avant qu'on puisse détailler les lunettes de vision nocturne qu'ils ont utilisées.

Longwei et les autres nous regardent d'en bas sans comprendre ce qui s'est passé. On se contente de hausser les épaules tandis que Defoe et Requin apparaissent au-dessus de nous sur la passerelle. Ils nous font sortir par une trappe latérale. On passe devant plusieurs tableaux d'affichage sur le chemin du retour, qui nous rappellent s'il en était besoin l'ampleur de notre échec :

1. *Morning* 1 151 200 points
2. *Longwei* 701 900 points
3. *Katsu* 658 450 points
4. *Parvin* 624 200 points
5. *Holly* 614 700 points
6. **Omar** 612 000 points

7.	*Noor*	572 050 points
8.	**Anton**	568 290 points
9.	*Azima*	553 750 points
10.	**Bilal**	532 300 points
11.	**Alex**	532 200 points
12.	**Jaime**	529 200 points
13.	**Emmett**	494 350 points
14.	**Roathy**	489 324 points
15.	*Jasmine*	484 050 points
16.	*Ida*	447 400 points
17.	*Isadora*	427 080 points
18.	**Loche**	420 500 points
19.	**Brett**	387 000 points

– Ça ne fonctionne pas, déclare Katsu en bougonnant. Ne le prends pas mal, Emmett, mais on n'a pas gagné une seule fois depuis que tu es capitaine. Ce soir, on a été nuls. Complètement nuls. Ils ont toujours un coup d'avance sur nous.

Je riposte hargneusement :

– Si tu avais un meilleur plan, pourquoi ne pas nous en avoir fait profiter ?

– Parce que je suis le pilote, pas le capitaine. C'est à toi de trouver des idées.

Les autres membres de notre équipage se sont arrêtés de marcher. Genesis 12 passe devant nous et Anton nous applaudit.

– Encore une défaite honorable, les gars ! Continuez comme ça, ne changez rien.

Katsu fait un pas dans sa direction mais Longwei et Jaime le retiennent. Une fois Genesis 12 hors de vue, il retourne sa colère contre moi.

– Ça ne fonctionne pas, répète-t-il.

Je proteste :

– Ça s'est joué à presque rien. À chaque fois. Donnez-moi encore quelques jours, et…

– Une défaite reste une défaite, dit Katsu. Écoute, ce n'est même pas pour moi. Moi, je vais sur Eden. Mais vous autres avez intérêt à trouver une solution. Ils ont aligné dix-huit victoires de rang. Ça représente cinquante-quatre mille points. Si on continue à perdre, vous serez éliminés. Fin de l'histoire.

Il s'en va furibond. Je me tourne vers les autres. Jaime m'adresse un regard embarrassé mais ne dit rien pour ma défense. Même Bilal évite de croiser mon regard. Je décide de m'en laver les mains.

– Si c'est ce que vous voulez, élisez quelqu'un d'autre, dis-je. Je m'en fiche.

Je reste là, tremblant de colère, pendant que les autres s'éloignent. Je me sens abandonné, trahi, en passe d'être enseveli dans les profondeurs du tableau d'affichage. Loche me reprend du terrain à chaque échec. Je m'accorde quelques minutes pour me calmer avant de suivre les autres. J'ai juste besoin de dormir un peu. Comme nous tous. Peut-être que demain matin, ils réaliseront à quel point on est passés tout près de gagner.

Des éclats de voix attirent mon attention. Je croyais les autres partis depuis longtemps, mais les échos d'une dispute me parviennent par l'un des couloirs secondaires. Je m'approche jusqu'à ce que les mots deviennent clairement audibles, et les voix parfaitement identifiables.

– À t'entendre, on croirait que je n'essaie même pas, accuse Roathy.

La voix d'Isadora est plus basse, mais tout aussi cinglante.

– Je ne sais pas. Tu essaies ? Je n'en ai pas l'impression. Il ne reste plus que deux semaines, Roathy, et tu ne progresses plus d'un cheveu. Si tu n'as pas envie d'être avec moi, dis-le.

Il répond sur un ton agacé :

– Bien sûr que j'ai envie d'être avec toi.

– Alors montre-le, réplique-t-elle. Je ne réussirai pas toute seule. Parce que c'est ce qui risque d'arriver, tu sais ? J'irai là-bas sans toi et je devrai me débrouiller seule pendant toute la durée de la mission.

– Isa, j'essaie.

– Alors essaie plus fort, insiste-t-elle. Voilà de quoi j'ai besoin. Que tu essaies plus fort.

Après un silence, des pas s'approchent et j'ai juste le temps de me glisser dans une pièce adjacente. Tapi dans l'ombre, je regarde Isadora passer dans le couloir comme une furie. J'attends que Roathy lui emboîte le pas, mais il n'en fait rien. Au bout de quelques minutes, je sors de ma cachette et jette un coup d'œil dans le couloir.

Ils se disputaient dans l'une des cabines de détente. Debout devant un hublot, Roathy contemple la noirceur infinie de l'espace. J'attends près de l'entrée. Pendant une seconde, j'envisage de faire ce que Kaya ferait à ma place. Aller lui parler, lui remonter le moral, faire en sorte que tout aille bien.

Mais alors il pousse un cri de frustration et envoie voler à travers la pièce tout ce qui se trouve sur la table la plus proche. Des mugs en céramique se fracassent contre le mur en projetant des nuages de poussière blanche. Il ne s'arrête pas en si bon chemin. Il continue à tout casser, et je me force à m'en aller, à fuir dans le couloir, loin de lui. Même de retour en sécurité dans ma chambre, je garde à l'esprit le coup de sang de Roathy.

La compétition de Babel touche à sa fin. Les hurlements de Roathy pourraient bien être prophétiques. Quand la partie s'achèvera, il y aura des vainqueurs et des perdants. J'ai toujours cru que la situation serait plus claire dans la dernière ligne droite, mais je me trompais. On convoite tous les mêmes prix. Ce sera le chaos sur la ligne d'arrivée. L'ultime coup de collier des désespérés.

Et je me retrouverai coincé au beau milieu.

JOUR 10, 08 : 03

À BORD DE LA STATION SPATIALE *TOWER*

Le lendemain mes coéquipiers élisent un nouveau capitaine, et ça me flanque un coup au moral. Je sais que je les ai bien conduits, et je sais qu'en fin de compte ça n'aura fait aucune différence. Je ne suis pas Kaya. Je n'ai pas son talent pour élaborer des stratégies et trouver des solutions. Me soucier de mon équipe, être prêt à me sacrifier pour eux… ça ne suffit pas. J'ai échoué.

J'en éprouve d'autant plus de ressentiment envers Morning et Genesis 12. Au cours des trois jours qui suivent la promotion de Katsu au rang de capitaine, on ne décroche qu'une seule victoire. C'est assez pour convaincre le reste de l'équipage qu'il incarne une différence magique et qu'on va commencer à engranger des points.

La vérité est moins reluisante. Chaque jour, Genesis 12 doit mettre un de ses membres sur la touche. On a gagné le jour où c'était le tour de Morning. Lorsqu'elle est présente dans l'équation, elle fait basculer la balance. C'est aussi simple que ça. On aurait dû gagner aussi la séance de l'après-midi, mais Katsu nous a envoyés sur les hauts-fonds où on s'est fait massacrer. N'empêche, cette petite victoire pousse l'équipage à se tourner vers Katsu pour les considérations tactiques. Tout le monde se persuade qu'il va nous permettre de renverser la vapeur. Un coup d'œil au tableau d'affichage le treizième jour indique à quel point cet espoir est trompeur :

1. *Morning*	1 184 200 points
2. *Longwei*	710 900 points
3. *Katsu*	667 450 points
4. *Holly*	644 700 points
5. *Omar*	642 000 points
6. *Parvin*	635 200 points
7. *Anton*	595 290 points
8. *Noor*	593 050 points
9. *Azima*	565 750 points
10. **Alex**	556 200 points
11. **Bilal**	535 300 points
12. **Jaime**	535 200 points
13. **Emmett**	506 350 points
14. **Roathy**	498 324 points
15. *Jasmine*	490 050 points
16. *Ida*	468 400 points
17. **Loche**	441 500 points
18. *Isadora*	439 080 points
19. **Brett**	411 000 points

Hier, Omar et Anton ont vu leurs noms s'inscrire en italique. Ils sont officiellement sauvés, hors d'atteinte. On reste sept en compétition ; quatre d'entre nous ne seront pas du voyage. Vandemeer accepte de s'asseoir avec moi pour examiner les chiffres. On détermine rapidement qu'Alex est quasiment hors de portée lui aussi. Ni Vandemeer ni moi n'entretenons beaucoup d'illusions sur notre capacité à battre Genesis 12 assez régulièrement. Ils vont remporter la majorité, — sinon la totalité — des parties restantes.

On calcule aussi que j'ai peu d'espoir de rattraper Jaime. Je suis bien meilleur combattant que lui, mais j'ai trop de retard et trop peu de temps pour le combler. J'ai plus de chances de rattraper la seule personne que je ne tiens pas à dépasser : Bilal. Il a connu une petite complication avec sa jambe, qui l'oblige encore à déclarer forfait à chaque duel. Et même en cas de guérison miraculeuse, combien de combats pourrait-il espérer gagner ?

Les autres menaces viennent d'en bas désormais : Roathy, Loche et Brett.

Roathy arrive à s'accrocher dans les duels. Il livre chaque combat comme si sa vie en dépendait. Seules mes propres victoires le tiennent à distance. Et Brett a trop de retard. Reste Loche. L'Australien continue à grimper tous les jours. Il n'est même pas particulièrement fort dans les duels, mais à ce rythme ça n'aura pas d'importance. Les chiffres sont implacables.

Il nous reste dix-sept jours. Deux matchs par jour. Ça représente cent deux mille points. Morning devra rater deux jours, soit quatre matchs. Si on arrive à remporter ceux-là, on récoltera douze mille points. Si on se fie au déroulement des douze derniers jours, Genesis 12 pourrait bien remporter les quatre-vingt-dix mille points restants. J'ai une avance d'environ soixante-cinq mille points sur Loche. Normalement je dirais que c'est insurmontable, que l'affaire est pliée, mais à cause de Morning, ça ne l'est pas. Les duels me donneront plus ou moins de marge, mais d'après les meilleures projections de Vandemeer je l'emporte sur Loche pour quelques milliers de points. Dans le pire des scénarios, je perds avec le même montant. C'est beaucoup trop serré pour ma tranquillité d'esprit.

C'est donc avec une détermination particulière que j'embarque aujourd'hui, sachant qu'on est presque à mi-chemin de la dernière étape de la compétition. Katsu a rebaptisé nos postes. Jazzy est devenue nos yeux. Jaime et moi sommes les hanches – il a toujours un petit sourire quand il nous appelle comme ça. Longwei est notre colonne vertébrale et les quatre stations défensives sont nos poings. Il peut bien nous appeler comme il veut ; tout ce qui m'intéresse, c'est de remporter une ou deux victoires inattendues. Longwei démarre le moteur et on se dirige vers la ligne de départ. Genesis 12 s'y trouve déjà. Anton et Alex sont accoudés au bastingage. Ils indiquent le tableau d'affichage d'un air perplexe.

– Alex, tu ne remarques rien de... bizarre ? demande Anton en feignant l'étonnement.

– L'affichage des scores, répond Alex. On dirait qu'il est cassé.

Anton sourit.

– Comment ça ?

– On dirait que seuls les membres de Genesis 12 ont le droit de gagner des points. C'est drôlement injuste !

Notre équipage ne relève pas. Même Katsu a renoncé aux répliques cinglantes. Quand on enchaîne les défaites avec une telle constance, il n'y a pas grand-chose à dire. En attendant le départ, j'entre en contact avec Jaime par le réseau noxien. Ma console ressemble à un écran d'ordinateur haut de gamme. J'organise toutes mes commandes en une seule rangée d'icônes, prêt à déclencher à tout moment la succion, la rotation du gouvernail ou la plongée. La conduite est déroutante. Les commandes sont extrêmement sensibles. Le premier jour, je nous faisais dériver dans tous les sens. Mais Jaime et moi avons trouvé le rythme maintenant. Il faut dire que notre haine des premiers temps a complètement disparu, ce qui facilite les choses.

Aujourd'hui, Requin vient seul. Ses cheveux gris sont en pagaille mais il sourit. Il sourit beaucoup ces derniers jours. Il est fier de son équipe.

– La course d'aujourd'hui se déroulera en trois manches.

Sans un mot de plus, il actionne le Torrent. Le cordon s'enfonce sous l'eau et les bateaux s'élancent. Jazzy consulte son écran. On attend ses indications. Genesis 12 file juste à côté de nous, avec une très légère avance. Omar et Longwei tirent à peu près la même puissance de leurs moteurs. La différence tient toujours à ce que Morning réussit à en faire.

– Rien sur les scans, annonce Jazzy.

– Restez vigilants, aux postes de défense, ordonne Katsu.

On maintient le cap et Jazzy revient au rapport dix secondes plus tard. On continue à foncer à vive allure dans le courant.

– Toujours rien, dit-elle.

Je jette un coup d'œil aux autres et me rends compte que tout le monde est sur le qui-vive. Nous avons appris à connaître Babel, depuis le temps. Moins il y a d'obstacles en vue, plus grande est la menace qui nous guette au prochain virage. Mais on continue d'accélérer et on passe un premier coude sans que Jazzy ne repère quoi que ce soit. Je lève la tête et réalise qu'on va trop vite pour que Requin puisse nous suivre. Je regarde par-dessus mon épaule et le vois deux cents mètres en arrière, en train de suivre la course depuis la passerelle. D'habitude, Defoe et lui filent au niveau du premier obstacle pour voir comment on va le gérer. Pas aujourd'hui, visiblement. Ce qui veut dire…

– Vite ! je crie. Il faut forcer l'allure autant qu'on peut.

Vingt mètres sur notre droite, Genesis 12 est déjà en train d'accélérer. Omar et Morning unissent leurs efforts et ils ont pris une demi-longueur d'avance sur nous. Katsu scrute les eaux avec méfiance.

– Je n'ai pas envie de foncer dans un obstacle au prochain virage, dit-il. Si on va trop vite, on n'aura pas le temps d'éviter ce qui nous attend.

Je jette un coup d'œil vers l'avant.

– Il n'y a rien qui nous attend. Pas de goulet d'étranglement, pas d'obstacles. C'est une course de vitesse.

Katsu ne paraît pas convaincu.

– Jazzy ?

– Toujours rien.

Frustré, j'abandonne mon poste. Le temps que Katsu se décide, Genesis 12 nous aura laissés sur place. Mais il n'est pas trop tard pour tenter quelque chose. J'écarte Bilal de sa console. Katsu me crie quelque chose que je n'écoute pas. À peine ai-je les mains sur les commandes que la noxolyte se transforme sous mes yeux. En lance-grappin. Je vise, je tiens compte de la vitesse, et je tire. On suit du regard le grappin noir qui décrit une courbe au-dessus des eaux, retombe sur le pont et se tend brusquement. Les griffes mordent sur le bastingage avec un bruit sec.

– Ils ne vont pas tarder à s'en rendre compte, dis-je depuis le poste de Bilal. On doit en profiter pour balancer tout ce qu'on peut dans la vitesse. C'est ce qu'ils font.

Un bref coup d'œil m'indique que j'ai raison. Leurs quatre poings sont tournés vers l'intérieur. Ils envoient leur énergie à Morning qui la retransmet à Omar. C'est génial. Et c'est sans doute aussi ce qui explique pourquoi Ida n'a pas remarqué le grappin accroché à deux mètres de son poste. Nos adversaires de Genesis 12 allaient trois fois plus vite que nous, mais maintenant ils nous tirent en remorque. Notre bateau grince tandis que Katsu m'observe entre ses paupières plissées.

– D'accord, concède-t-il. Envoyez tous votre énergie jusqu'à moi. Je la ferai passer à Longwei.

L'équipage au complet hoche la tête, et notre moteur rugit bientôt à pleine puissance lui aussi. Morning nous jette des regards soucieux, à se demander comment on réussit à maintenir l'écart, quand Ida finit par remarquer le grappin. Furieuse, Morning lui crie de s'en débarrasser.

– Bilal, viens m'aider.

Il s'approche en claudiquant. Avec notre vitesse accrue, la corde du grappin s'est un peu relâchée. Je l'enroule pour la retendre, l'empoigne à deux mains et, avec un sourire, fais signe à Bilal de m'imiter.

– Tu connais ce jeu où deux équipes cherchent à se tirer au bout d'une corde ?

Il faut quelques secondes à Ida pour décrocher le grappin. Elle l'empoigne, le soulève d'une main et s'apprête à le jeter à l'eau quand Bilal et moi tirons d'un coup sec. Le résultat n'est pas aussi spectaculaire que je m'y attendais, mais le grappin s'accroche quand même à son avant-bras. Elle perd l'équilibre et bascule par-dessus bord.

Une forte clameur de triomphe s'élève des rangs de Genesis 11. Sans Ida, nous avons désormais l'avantage du nombre. Bientôt, nous filons comme le vent sur le Torrent dégagé. Notre vitesse paraît risquée, mais Katsu et le reste de l'équipage voient bien que c'était la bonne décision. On boucle le premier tour avec une marge conséquente.

– Comment te sens-tu, Longwei ? demande Katsu.

– Pas fatigué, répond l'autre. En pleine forme ! Avec toute l'énergie que vous m'apportez, je ne me suis jamais senti aussi fort.

On entame le deuxième tour. Genesis 12 continue à perdre du terrain. Isadora nous annonce qu'on leur a mis cent mètres dans la vue. Ils ne peuvent pas suivre sans Ida. Tout le monde est survolté quand on passe la ligne d'arrivée une deuxième fois.

On aborde le premier virage pour la troisième fois quand on l'aperçoit. Morning se tient le long de la paroi métallique sur notre gauche. Sa combinaison et ses cheveux sont ruisselants, et elle a les mains tendues. Elle a formé une impressionnante barrière de roche noire en noxolyte à la surface de l'eau. Les rochers s'alignent sur soixante-dix mètres, quasiment toute la largeur du Torrent, ne laissant qu'un mince espace libre tout au bout. Je n'avais encore jamais vu personne manipuler une telle quantité de noxolyte. C'est impossible.

Katsu est le premier à paniquer :

– Virez à droite ! À droite ! Il faut qu'on atteigne ce passage !

Le moteur se coupe et je sens Katsu joindre ses forces aux nôtres, à Jaime et moi. Sa main mentale pèse de tout son poids sur le gouvernail et braque violemment le bateau vers la seule ouverture. Morning regarde notre bateau virer trop vite, s'incliner dangereusement, et commencer à chavirer.

Jaime active la succion, mais c'est insuffisant pour stopper notre élan. Le bateau se renverse au milieu des cris d'effroi. Une eau noire me remplit les poumons, je bascule cul par-dessus tête, j'ai les oreilles qui bourdonnent, les yeux clos et la sensation d'être aspiré par le fond. Je prends un coup sur la nuque. Quelque chose m'écrase les jambes. Je me sens mourir quand un bras m'attrape sous les aisselles et me remonte. Je crève la surface et j'inspire l'air à grands traits.

Autour de moi, c'est le chaos. Des plongeurs surgissent par les trappes latérales et se jettent dans le courant. On en réchappe tous, mais il leur faut quand même deux bonnes minutes pour sortir tout le monde de l'eau. Je lève les yeux en voyant Genesis 12 déboucher du virage à vive allure. Morning se redresse. Elle longe la cloison et pose la main sur le rocher le plus proche. J'ouvre des yeux ronds en voyant sa barrière s'incliner d'un bloc. Il n'y avait pas de rochers. Sa création bascule dans l'eau et on peut voir qu'elle était plate, mince comme une feuille de carton. On dirait un décor de théâtre. Son bateau la franchit dans une gerbe d'éclaboussures et vole vers la victoire.

Morning nous adresse un grand sourire. Jusqu'à ce qu'elle me voie. La joie qu'elle prenait à son triomphe s'efface alors. L'équation est simple : chaque fois qu'elle gagne, je perds. Une brève lueur de culpabilité brille dans son regard, après quoi les plongeurs qui l'entourent me la font perdre de vue. Je n'attends pas que la scène s'éclaircisse. Je n'ai aucune envie de la voir dans l'immédiat. On était en train de les battre. On aurait dû gagner et récolter des points cruciaux, mais comme toujours, Morning a trouvé la parade. Je quitte les lieux en lâchant une bordée de jurons.

Après le déjeuner, je passe ma colère sur Loche. Il se retrouve face à moi pour un duel et il essaie de me jouer le même tour qu'à Longwei. Il s'approche et tente de se jeter sur moi pour m'entraîner dans l'eau. Sauf que quand on s'approche de moi, la sanction est immédiate. Deux crochets au menton le font chanceler. Un troisième le met à genoux. Je brûle d'envie de continuer, de le faire saigner. Mais alors que je lève le poing pour le coup de grâce, je croise son regard.

Loche me regarde comme si j'étais un monstre – un trou noir.

Une petite voix me souffle de m'arrêter. Au lieu de l'achever, je laisse retomber mon poing et je m'éloigne. Je ne suis pas un monstre. Je ne serai jamais ce que Babel essaie de faire de moi.

On perd un autre jeu de capture du drapeau l'après-midi, et je me retrouve au même point qu'au début de la journée. À perdre du terrain sur Genesis 12. Le reste de l'équipage est dégoûté. Longwei fracasse une baie vitrée sur le chemin du retour à nos quartiers. Il risque de perdre son statut de capitaine sur Eden. Je comprends ce qu'il éprouve, mais au moins est-il sûr d'y aller.

Bilal et moi nous attardons un moment à discuter dans sa chambre.

Voilà plusieurs jours qu'on s'applique à ignorer le fait qu'on est en concurrence directe pour la dernière place. C'était plus commode de faire comme si c'était nous contre eux. Après son opération, le médecin lui a montré la vidéo où on me voit cogner Longwei. Un lien indicible s'est forgé entre nous à ce moment-là. Il me regarde et s'adresse à moi comme à un frère. Je ne voulais pas de ça. Il y a trop de souffrance, trop de culpabilité quand une amitié tourne au vinaigre. On peut couper une branche morte, à la rigueur ; mais pas des racines qui pourrissent. Quoi qu'il en soit, je n'ai pas eu le choix. On ne repousse pas une amitié sincère. Ses mots ont fait de moi un frère ; les miens ont fait pareil pour lui.

Raison pour laquelle chacune de nos conversations me brise le cœur désormais.

– Je vais bientôt devoir reprendre les combats, me confie Bilal. Mon médecin est contre. Il dit que ma jambe ne tiendra pas. Je suis quasiment sûr de perdre à chaque fois. Ils sont tous en train de revenir sur moi.

Je ne peux qu'acquiescer.

– Tu pourrais peut-être te limiter aux adversaires les plus faibles.

Il reste silencieux un moment.

– Tu vas me passer devant.

Je secoue la tête :

– On n'en sait rien.

– Si ça arrive, c'est que ça devait arriver.

– Bilal, il reste encore du temps. Peut-être que l'équipe va réussir à retourner la situation face à Genesis 12.

– Tu le crois vraiment ? me demande-t-il.

Non. Bien sûr que non.

– Peut-être.

Bilal hoche la tête, comme s'il me croyait.

– Il faut garder espoir.

– Et puis… l'un de nos adversaires peut se blesser. Alex, peut-être bien.

Bilal prend un air choqué.

– Il faut garder espoir, mais on ne peut pas souhaiter une chose pareille.

Moi, je l'espère tous les jours. Je prie tous les soirs pour que ça se produise.

– Bilal, c'est eux ou nous. Tu le sais, non ?

– Je ne souhaite de mal à personne, insiste-t-il. Eux aussi ont travaillé dur.

Je secoue la tête.

– Ils ne le méritent pas autant que toi. Tu es quelqu'un de bien. Meilleur que moi, et meilleur que chacun d'eux. Voilà pourquoi tu mérites de voir Eden, quoi qu'en disent les scores.

Il rougit.

– Avant de venir ici, je dormais à la belle étoile. Sur un tapis, avec ma chemise roulée en boule en guise d'oreiller. Mes meilleurs amis étaient des moutons et ma famille était pauvre. N'oublie pas que les perdants aussi toucheront de l'argent.

Je me souviens d'une promesse sur un bout de papier. Je me souviens des promesses de Babel sur la vie à bord du *Genesis 11*. Promesses qu'ils n'ont pas tenues – mais je n'ai pas le cœur de le rappeler à Bilal. Au lieu de quoi, je réponds :

– Je n'oublie pas.

– Ça représente plus d'argent que mon père n'en a jamais gagné dans toute sa vie, dit Bilal d'une voix rêveuse.

Mon cœur se serre quand j'entends ça. Je me promets, au cas où j'irais sur Eden, de le retrouver après. À mon retour, je me rendrai en Palestine et je partagerai mes gains avec lui.

– Qu'est-ce que tu comptes faire de cet argent ? dis-je.

Son regard se trouble, se perd dans le vague.

– J'achèterai un grand troupeau à mon père. J'irai à l'université. Je nous achèterai une maison trois fois plus grande. On aura une vie meilleure.

– Je viendrai te voir, dis-je.

Mais cette promesse sonne creux. On ne peut jamais être sûr de rien dans la vie ; encore moins dans l'espace, quand c'est Babel qui mène la danse.

– Il faudra que tu m'enseignes l'arabe.

Bilal a les larmes aux yeux.

– J'espère vraiment que ça se fera. Tout n'est pas encore perdu, si ?

– Non, dis-je à voix basse. Tout n'est pas encore perdu.

JOUR 20, 17 : 23

À BORD DE LA STATION SPATIALE *TOWER*

Je rêve de Bilal. Il se tient dans le désert et je suis le vent, venu le dévorer.

Comme Defoe l'avait annoncé, Babel ne nous accorde plus aucun jour de repos. Cette étape de la compétition ne laisse plus de place à la récupération. Il s'agit de déterminer qui peut survivre à la pression et ressortir de l'autre côté en champion. Cependant, c'est aujourd'hui le dernier jour où nous pourrons appeler chez nous avant que les vainqueurs ne se rendent sur Eden, alors Babel a regroupé nos deux séances dans le Torrent le matin, afin de libérer dix minutes pour tout le monde dans l'après-midi.

Morning conduit Genesis 12 à la victoire deux fois en une heure. On accuse le coup. Après le déjeuner, Vandemeer m'accompagne jusqu'à la salle de contact de la station. J'ignore comment je vais pouvoir dire à mes parents que je suis toujours parmi les quatre derniers. Je continue à gagner du terrain sur Bilal, mais il a remporté son premier duel hier, face à Parvin. Il peut encore me battre. Et Loche et Roathy peuvent encore me rattraper.

Comment pourrais-je retourner auprès d'eux les mains vides ?

Le programme des appels est plutôt serré, il n'est donc pas étonnant de voir Morning sortir de la salle de contact au moment où j'arrive. Par contre, je suis surpris de la trouver en larmes. Quand elle constate que c'est moi qui m'encadre sur le seuil, elle ne paraît pas embarrassée et ne cherche pas à s'excuser ; elle s'avance droit sur moi pour se blottir contre mon torse.

Ça se produit si vite que j'ai à peine la présence d'esprit de refermer mes bras autour d'elle. Elle pleure à chaudes larmes, de plus en plus fort, et je reste planté là avec mille phrases stupides qui se bousculent dans ma tête. Sauf que je ne sais pas pourquoi elle pleure, ni ce que je suis censé dire. Alors je me contente de la serrer dans mes bras, comme j'ai toujours vu papa faire avec maman, comme ils ont toujours fait avec moi.

Quand elle trouve enfin la force de s'écarter, elle laisse une main posée sur mon torse et s'essuie les yeux avec l'autre. Elle renifle deux fois, respire un bon coup et relève la tête.

– Je voudrais que tu me dises que tout va bien se passer.

– Quoi ?

– J'en ai besoin. Dis-moi que tout va bien se passer.

Je la dévisage fixement, puis je lui dis doucement :

– Tout va bien se passer.

Elle avale sa salive, hoche la tête d'un air résolu et quitte la pièce. J'ai la tête qui tourne. Je sens bien qu'elle m'attire, et en même temps, j'ai conscience qu'il y a de grandes chances qu'elle me renvoie à la maison. L'un de nous deux doit échouer, et j'espère que son rêve de conduire la totalité de Genesis 12 sur Eden ne se réalisera pas. Si je veux avoir le moindre espoir de réussir, il faut absolument qu'elle se plante.

J'entre dans la salle de contact et me prépare à dire au revoir à mes parents. Quand l'écran s'allume en grésillant, mon cœur se serre. Parce que pour la première fois maman est venue avec papa. Je sens des larmes couler sur mes joues mais je ne cherche pas à les essuyer. Son sourire incarne tous les matins et tous les crépuscules qui m'ont tellement manqué ici, dans la solitude et la noirceur de l'espace. Elle porte une robe d'été bleu ciel qui fait ressortir sa peau brune. Elle a ramené ses cheveux en un joli chignon. Ses yeux brillent de fierté.

– Mon garçon, dit-elle, et sa voix est plus suave que n'importe quelle chanson. Mon brave garçon si courageux.

– Maman, tu m'as drôlement manqué.

Papa a son bras autour de ses épaules graciles. Elle se penche contre lui et me sourit plus largement encore.

– Ton père m'a tout raconté. Nous sommes très, très fiers de toi.

Je hoche la tête. Il y a tellement de choses que j'aimerais lui dire. Tout sort d'un seul coup.

– Ce n'est pas encore tout à fait fini, mais je crois que je peux réussir, maman. Je pense que je vais y arriver. À mon retour, on sera riches et je pourrai t'emmener dîner et t'acheter plein de jolies robes. Papa, je t'achèterai une voiture. Pas une Ford. Oublie les Ford. Je t'offrirai une Ferrari ou quelque chose comme ça. Quand je serai de retour, tout sera différent, vous verrez.

Maman hoche la tête.

– Nous avons déjà reçu les premiers virements. Tout est en train de changer. Et mon traitement se déroule bien. Ces médecins de Babel sont excellents, Emmett. Je veux que tu saches que je suis en tête de liste, maintenant. La prochaine transplantation de reins est pour moi. Ça représente une telle différence, mon chéri. Tout ça grace à toi. Que tu gagnes ou que tu perdes, à ton retour la vie ne sera plus la même. Rien ne sera plus comme avant. Alors sois malin et sois bon, tu m'entends ?

– Tu es déjà tout ça, renchérit mon père. Simplement, sois-le encore plus.

– J'ai toujours la clé, dis-je entre mes larmes. Que veux-tu que j'en fasse ?

Le visage de mon père se crispe. Il se retient de pleurer lui aussi.

– Enterre-la. Si tu poses le pied sur cette planète, c'est que nous serons libres. Tu seras libre. Tu seras le premier à pouvoir démarrer quelque chose de nouveau. Alors enfouis la clé sur Eden en symbole de ça, d'accord ? Le signe que tout est fini et que nous allons entamer de nouvelles vies. Enterre-la pour tes filles et tes fils à venir.

Le voilà qui pleure à présent, et je pleure de plus belle de mon côté. Les yeux ruisselants, j'essaie de changer de sujet.

– Vous avez un message à passer aux extra-terrestres ?

Papa sourit.

– Apprends-leur le football américain.

– Chante-leur des chansons d'amour, dit ma mère. Comme celles qu'on chantait tous les deux.

– D'accord, dis-je. Je le ferai, c'est promis.

– Et n'oublie jamais d'où tu viens, me rappelle mon père.

– Ni à quel point on t'aime, ajoute ma mère.

– Jamais, dis-je.

Au coin de l'écran, les dernières secondes qui nous restent se mettent à clignoter.

– Je vous aime.

– Jusqu'à la Lune et plus encore, disent-ils en chœur.

La transmission se coupe et je reste seul, en larmes. Un technicien passe la tête à l'intérieur mais n'ose pas me demander de quitter les lieux. Je verse des larmes de joie et de chagrin, de regret et d'espoir. Quand je réussis enfin à me reprendre, chacun de mes pas résonne comme une promesse.

Pour Kaya, pour mes parents, pour moi, pour tous mes ancêtres : j'irai sur Eden.

Je sens une détermination toute neuve couler dans mes os, mes muscles. Je n'arrive pas à rester tranquille. Sachant qu'on ne retournera pas au Torrent avant demain, je descends transpirer un peu sur le tapis de course. L'exercice physique est devenu libérateur depuis la mort de Kaya. Piquer une tête dans le bassin et nager pendant une heure m'empêche de devenir fou. La course me permet d'oublier la pression d'avoir à me battre pour chaque fichu point. Le plus dingue, c'est de penser que mon père connaît cette même fatigue depuis vingt ans. Je suis né pour me battre. Si je réussis à tenir bon, ce sera peut-être moi qui briserai ces chaînes.

La salle du Lièvre est déserte. Je me débarrasse de mes anneaux et bracelets noxiens, soulagé de pouvoir m'adonner à un exercice qui n'implique pas qu'on cherche à me trouer la peau. Je tape quelques instructions sur le coin du grand écran et le tapis roulant s'anime. Je règle la distance, le relief, la vitesse. Comme je déteste courir en silence, j'allume mon baladeur et me diffuse de vieilles chansons. À cause de ça, il s'en faut de peu que je ne les entende pas arriver.

Heureusement, pendant la courte plage de silence qui sépare deux chansons, je perçois un léger souffle venant du sas. Je jette un coup d'œil au coin de l'écran. J'en suis presque au bout de mon neuvième kilomètre. J'ai le souffle court, les mollets en feu et mon T-shirt est trempé de sueur. Je n'ai qu'une envie, c'est de m'écrouler. Au lieu de quoi, je bombe le torse et presse le bouton d'arrêt. Le tapis roulant me ramène à mi-chemin des nouveaux venus avant de s'arrêter. J'aurais dû me douter qu'ils viendraient, après la discussion que j'ai surprise.

Roathy et Isadora se tiennent devant la sortie. La raison de leur visite est claire : Isadora a changé sa noxolyte en épieu. Roathy brandit vers moi l'une de ses épées courtes. Leurs armes n'ont pas l'air émoussées. Je lève les yeux vers les coins de la salle et repère les caméras. Leurs voyants rouges sont allumés. Je suis tenté de leur faire signe pour appeler à l'aide, mais je préfère rester immobile et attendre à la place.

– Salut, Emmett.

– Vous venez finir le travail de Karpinski ? dis-je.

Les deux amoureux échangent un sourire mauvais. Je m'attends à une réponse de Roathy mais c'est Isadora qui prend la parole. La discrète Isadora, qui ne s'adresse pratiquement qu'à son Roathy, et toujours à voix basse. Ils ne se quittent plus depuis sa blessure, mais je n'aurais jamais cru que c'était elle la meneuse.

– Karpinski ? Il ne compte pas, répond-elle froidement. Il fait tout ce qu'on lui dit. C'est un chien. Un bon toutou la plupart du temps, un sale cabot par moments. Mais ça reste un chien.

Ses paroles m'arrachent une grimace. Elle ne s'exprime pas comme une adolescente. J'ai vu la transformation qui s'opérait en moi sous l'éclairage blafard de Babel. Trop focalisé sur mes problèmes, je n'ai pas su voir celle qui s'opérait chez les autres. Quand se sont-ils endurcis à ce point ? Qu'est-ce que Babel a tué chez eux ? Et qu'est-ce qui a bien pu pousser à la place ? Isadora fait tournoyer son épieu avec nonchalance. Ses yeux noirs ne cillent pas au-dessus de son masque.

– Vous lui aviez donné l'ordre de me tuer ? dis-je à voix basse.

J'ai les mains qui tremblent. Ils s'en aperçoivent et prennent ça pour un signe de peur. Ils se trompent. Ce n'est pas de la peur, mais de la colère. Quelque chose de sombre bouillonne autour de moi. Je suis un puits menaçant, les prémices de la plus noire des nuits.

Isadora m'adresse un sourire de commisération.

– Tu étais sur notre chemin. Et tu l'es toujours. On ne peut pas courir le risque que tu prennes la place de Roathy. Pas alors qu'on est si près du but.

Roathy attrape mon sac de sport. Il le balance dans le couloir avec un sourire et ferme la porte. Me voilà privé de mes anneaux et bracelets noxiens. Ils assurent leur prise sur leurs armes, et je comprends que c'est pour très bientôt. Il frappera le premier ; elle ensuite. Il visera en bas et elle en haut. Je connais suffisamment bien leur manière de se battre pour anticiper les premiers coups. L'ennui, c'est que je ne vois pas comment y répondre. Sans noxolyte, je suis fichu. Non pas qu'Isadora ou Roathy soient des combattants tellement redoutables, mais ça n'aura rien d'un combat. Ce sera un massacre.

– Tu ne peux pas nous battre sans noxolyte, dit Roathy.

Isadora acquiesce de la tête.

– On sait tous les trois comment ça va finir.

Avant qu'ils ne se jettent sur moi, j'attrape la serviette jetée en travers du filet. Je m'essuie le front avec lenteur. Ils n'esquissent pas un geste. Ils se contentent de surveiller la porte. Calmement, je repose la serviette en travers du filet et je m'agenouille pour refaire mes lacets. Et j'en profite pour sortir la petite pièce noire que je cachais dans mon talon. Je l'avais glissée là précisément en prévision d'un moment pareil. Parce que j'ai appris depuis longtemps qu'il ne faut jamais se fier à personne.

Ce n'est pas aujourd'hui que je vais y rester. Cette idée résonne comme un hymne dans ma poitrine. *Sûrement pas aujourd'hui.*

– Ils sauront que c'est vous qui m'avez tué, dis-je en me relevant. Il y a des caméras partout.

Isadora sourit.

– Oh, mais on n'a pas l'intention de te tuer.

– Seulement de te blesser, explique Roathy. Qu'en dis-tu, Isa ? La jambe ?

– Une jambe, ça me paraît bien, approuve-t-elle. Comme ça, Bilal et lui auront les mêmes cicatrices.

Ils jouent avec moi comme des prédateurs avec leur proie. Tout en parlant, ils commencent à se déplacer tous les deux. Lentement, ils s'avancent sur le tapis roulant de part et d'autre de moi. Et moi, j'attends, avec ma pièce noxienne au creux de la main.

– Vous faites une grave erreur.

Le pouvoir pulse contre ma paume ; je le sens danser, frémir. Il se nourrit de ma colère et de ma rage.

– Une erreur ? répète Isadora en riant. Roathy, où ai-je promis de t'emmener ?

– Sur Eden.

– Et que fera-t-on une fois là-bas ?

– On démarrera une nouvelle vie.

– Et je tiens toujours mes promesses, pas vrai ?

– Toujours.

Ils referment le cercle autour de moi. Sachant que je suis coincé, Isadora passe à l'attaque. La pointe de son épieu file vers mon cou. J'esquive. Le coup ne m'atteint pas. Il se bloque à cinquante centimètres de mon visage environ. Je vois le fer se figer en l'air. Le manche absorbe l'impact et se plie. Isadora ouvre des yeux ronds tandis qu'une bouffée noire m'enveloppe. C'est la plus noire des nuits. Elle m'enserre de toutes parts et me pose une question.

Mon corps répond oui. Un claquement résonne dans l'air et ma vision s'éclaircit. Isadora et Roathy sont toujours là, mais ils échangent un regard nerveux. Mes pieds reculent d'eux-mêmes. Je baisse les yeux sur la pièce que je tenais à la main, sauf qu'elle n'est plus là.

C'est là que je la ressens. Une énergie sombre, dans l'air que je respire, dans chacune de mes pensées, dans chaque frémissement de mes muscles. J'ai l'impression d'assister à la scène de loin, comme un observateur extérieur. Je vois Roathy se jeter sur moi. Ses coups rebondissent. Mes adversaires paniquent. Ils essaient de me frapper ensemble ; je ne bronche pas. Je ne fais rien du tout.

Et puis mes mains se mettent à bouger. Une noirceur se détache de mon bouclier et submerge complètement Roathy. Ses cris sont assourdis, mais ceux d'Isadora résonnent à travers la salle comme une alarme. Quand je laisse retomber mes mains, la noxolyte se reforme autour de moi. Roathy gît sur le sol comme un pantin désarticulé. Sa propre noxolyte a disparu, dévorée par la mienne. Une main me fait pivoter sans ménagement. Isadora a eu la présence d'esprit de transformer son épieu en bouclier. Avant que je puisse frapper de nouveau, elle s'écroule sur sa droite, une main plaquée contre son ventre pris d'une crampe, l'autre tendue au-dessus de Roathy pour le protéger.

Une part de moi voudrait régler la situation une bonne fois pour toutes. Avec le pouvoir que je détiens, je pourrais fracasser son bouclier et lui briser les os. Mais la noxolyte se moque de tout ça. Elle constate que la voie est dégagée jusqu'à la porte et m'entraîne dans cette direction comme une marionnette. Isadora sanglote tandis que le sas s'ouvre. Je sors sans un regard en arrière.

JOUR 20, 19 : 21

À BORD DE LA STATION SPATIALE *TOWER*

Vandemeer passe me voir. La porte de ma chambre s'ouvre en silence. Il jette un regard prudent à l'intérieur. Ses yeux se posent sur les anneaux noxiens que j'ai sortis de mon sac de sport et rangés soigneusement sur la commode. Après ce qui s'est passé, j'ai peur de les toucher. Il entre dans la chambre tandis que derrière lui Defoe se découpe en silhouette sur le seuil.

– Emmett, me demande Vandemeer d'une voix douce, est-ce que vous allez bien ?

– Mauvaise question.

Il hoche la tête.

– C'est vrai. Mauvaise question. Nous avons vu les vidéos.

– Ils étaient venus pour moi, dis-je. Pour me faire du mal.

Vandemeer s'assied au bord du lit.

– Nous le savons. Nous avons vu ce qui s'est passé.

– Et Roathy ?

– Il est vivant. Il va s'en remettre.

Un soulagement profond m'envahit. J'avais deux craintes : d'abord, celle d'être à la merci d'une force redoutable que je ne comprends pas ; ensuite, celle de semer la mort et la destruction sur mon passage. D'abord Kaya, maintenant Roathy... Vandemeer vient d'apaiser l'une des deux. J'indique les six anneaux noxiens sur ma commode.

– Ce truc a pris le contrôle sur moi, dis-je avec un regard noir vers Defoe. Vous n'avez pas la moindre idée de ce que c'est, pas vrai ? Vous prenez ça pour des Lego, mais au fond vous ne savez pas du tout comment ça marche.

En regagnant ma chambre, j'ai vite compris ce qui s'était passé. La noxolyte m'a sauvé. Ce n'était pas un effet de ma volonté. Elle s'est emparée de moi. Elle a réagi comme une entité autonome, consciente. Le plus effrayant, c'est que cette entité m'a donné l'impression d'être beaucoup plus forte que moi.

Je n'avais encore jamais ressenti une impuissance pareille. À l'école ou chez moi, il m'est déjà arrivé de ne pas pouvoir faire ce que je voulais, mais ça n'avait rien à voir. Ici, la noxolyte a pris les commandes et fait de moi ce qu'elle a voulu. Je sais qu'elle m'a sauvé la vie, mais je ne suis pas assez bête pour considérer ça comme une bonne chose. On ne devrait jamais laisser à personne un tel pouvoir sur soi.

– Il est possible de la dominer, affirme Defoe avec assurance. Ce n'est pas la première fois qu'un incident pareil se produit. D'autres que toi se sont déjà retrouvés sous l'emprise de la substance. Nous connaissons les risques, ils ont fait l'objet de tests approfondis. J'avais cru comprendre que tu voulais honorer la mémoire de Kaya en faisant partie des compétiteurs sélectionnés pour se rendre sur Eden. Que tu y tenais par-dessus tout. Est-ce toujours le cas ?

– Ne vous servez pas d'elle de cette manière, dis-je d'un ton cinglant. Elle méritait mieux que ça.

Defoe hausse les épaules.

– Peut-être veux-tu qu'on t'apporte un formulaire de retour anticipé ?

– Non, dis-je aussitôt.

Je me déteste d'avoir répondu aussi vite.

– Non. Je n'ai pas envie de rentrer chez moi.

– Tu en es bien sûr ?

– Oui.

Il fait mine de s'en aller, mais je n'ai pas encore fini.

– Quelle va être leur punition ?

Defoe pivote lentement vers moi, les sourcils arrondis.

– Leur punition ?

– On m'a retiré des points après ce qui s'est passé. Parce que j'étais responsable de la mort de Kaya. Ne me dites pas qu'il n'y a pas de punition pour une tentative de meurtre ! Vous avez vu ce qu'ils voulaient faire.

Ses lèvres s'incurvent en un sourire carnassier.

– J'irai te chercher l'épée si tu veux. Celle que je t'avais proposée pour le châtiment du docteur Karpinski. Nous pouvons même organiser un procès en grande pompe… Mais seulement si tu es prêt à manier l'épée.

J'ignore s'il est sérieux ou non, mais je secoue la tête. Vandemeer pousse un gros soupir de soulagement ; je réalise alors le temps qu'il m'a fallu pour répondre. Defoe paraît ravi de mon hésitation. Je ne sais pas en quoi il veut me transformer précisément, mais j'en suis plus proche que jamais.

– Je te rassure, dit-il, ils ne tenteront plus jamais rien de ce genre contre toi. Nous leur avons bien expliqué la situation. Aucun d'eux ne prendra le risque d'affronter les conséquences. Tu as ma parole.

Defoe s'éclipse et me laisse seul en compagnie de Vandemeer. Ce dernier éteint sa montre.

– J'ai failli démissionner, vous savez, m'avoue-t-il.

Je lui jette un regard en coin.

– Pardon ?

– Après la mort de Kaya. Quand j'ai appris la présence de l'Adamite. J'ai bien failli tout plaquer.

– Qu'est-ce qui vous a retenu ?

Son regard s'adoucit.

– Vous. Je n'ai plus confiance en Babel, mais je ne pouvais pas vous abandonner, Emmett. Vous serez plus en sécurité si nous pouvons vous emmener loin d'eux. Sur Eden.

On reste silencieux tous les deux un moment. Je m'allonge en arrière sur mon lit et ferme les yeux, mais

Vandemeer ne s'en va pas tout de suite. Il s'assied à mon chevet et se met à lire, comme s'il devinait que je n'ai pas envie de rester seul.

Au bout d'un moment, il finit par déclarer :

– Je suis bien content que vous ayez dit non.

– Pas moi.

– Un jour, vous le serez, me promet-il – tout bas, comme s'il me racontait une histoire pour dormir. Vous serez content de ne pas être devenu comme eux. D'avoir fait preuve de clémence envers ceux qui ne le méritaient pas. Quand je vous vois, je retrouve un peu d'espoir. Si nous devons envoyer des représentants sur Eden, autant que ce ne soient pas des gens impitoyables. Babel vous a choisi parce que vous êtes pauvre. Ils pensaient qu'il serait facile de vous manipuler. Mais vous leur avez prouvé le contraire, deux fois. En repoussant le glaive qu'ils vous tendaient. Quand vous y repenserez plus tard, vous ne le regretterez pas, croyez-moi.

Il s'en va sur ces paroles, mais je ne suis pas encore prêt à dormir. Trop de pensées se bousculent dans ma tête. Je repense à mon dernier appel chez moi. Je me rappelle à quel point j'ai frôlé la mort. Je réfléchis à Babel et tous ses secrets. Et j'en reviens finalement au tableau d'affichage. Les chiffres sont de plus en plus clairs chaque jour. À moins que je réussisse à changer quelque chose, je retournerai sur Terre par le premier vaisseau. En recalé, aux poches juste assez grandes pour le prix de consolation.

Ce qui me fait penser que je n'ai plus beaucoup de soirées à passer en compagnie d'Azima, de Bilal ou de Katsu. Si je ne parviens pas à me hisser dans le peloton de tête, les reverrai-je un jour ? Sur Terre, peut-être ? J'ai du mal à nous imaginer tenir une réunion des anciens dans dix ans. Si j'échoue, cette semaine marquera peut-être la conclusion d'une phase inoubliable de ma vie. Seulement je ne suis pas prêt à ce qu'elle prenne fin.

Je sors de ma chambre sans réfléchir. C'est la nuit, l'éclairage est tamisé, les étoiles brillent et les couloirs sont déserts. Je marche en silence et m'arrête devant sa porte. Je frappe deux coups et j'attends, mal à l'aise. Je ne sais même pas quelle heure il est, si elle est déjà couchée, ou bien…

La porte s'ouvre.

Morning porte un débardeur noir et un pantalon de jogging. Ses cheveux bruns tombent en cascade sur ses épaules. Elle me regarde comme si elle se demandait ce qui m'a pris si longtemps.

– C'est une mauvaise idée, dis-je.

Elle acquiesce de la tête.

– La pire de toutes.

Avant que toutes les raisons de m'abstenir puissent s'immiscer entre nous, je franchis la distance qui nous sépare et l'attire contre moi. Ses bras se referment derrière ma nuque et je la soulève du sol. Je manque de rater le lit en la reposant, tandis que la gravité plaque mes lèvres contre les siennes et qu'elle remonte mon T-shirt. On interrompt notre baiser le temps qu'elle termine de l'arracher. On se regarde dans les yeux en retombant l'un contre l'autre. Ce sera peut-être notre seule nuit ensemble. Ce sera peut-être une fin autant qu'un début. Le poids de cette vérité transforme chaque caresse, chaque baiser en collision brutale. On vole des fragments d'éternité à chaque seconde qui passe. Nos mains, nos lèvres nous forgent des souvenirs suffisamment forts pour deux mondes. Sur Eden ou sur Terre, je sais que je les emporterai avec moi toute ma vie.

Pour une fois, ne pas savoir où tout ça va nous entraîner n'a plus la moindre importance.

On se laisse glisser dans quelque chose de nouveau, et de merveilleux.

JOUR 27, 07 : 33

À BORD DE LA STATION SPATIALE *TOWER*

Il y a parfois des erreurs qui font du bien. Même quand on les répète deux ou trois fois, ou cinq. Le seul ennui, c'est que Morning a des promesses à tenir, et pas envers moi.

Sur cinquante-deux rencontres dans le Torrent, on en a gagné six. Une seule victoire face à Morning parmi les six, et c'était plus un coup de chance qu'autre chose. À l'occasion de ses absences, on a obtenu un record de cinq à un. Si seulement elle pouvait rater d'autres séances. Mais vu que la compétition prend fin dans quatre jours, elle sera à la tête de Genesis 12 pour chacune des rencontres restantes. Vandemeer et moi examinons ensemble le tableau d'affichage. Aujourd'hui auront lieu les derniers duels. En dehors de ça, il y aura encore huit affrontements dans le Torrent. Neuf événements en tout et pour tout. Soit un total de vingt-sept mille points à décrocher.

1. *Morning*	1 286 200 points
2. *Longwei*	755 900 points
3. *Holly*	737 700 points
4. *Omar*	735 000 points

5.	*Parvin*	711 200 points
6.	*Katsu*	703 450 points
7.	*Anton*	681 290 points
8.	*Noor*	662 050 points
9.	*Alex*	634 200 points
10.	*Azima*	610 750 points
11.	*Jaime*	571 200 points
12.	**Bilal**	553 300 points
13.	**Emmett**	551 300 points
14.	**Roathy**	543 324 points
15.	*Ida*	540 400 points
16.	**Loche**	533 500 points
17.	*Jasmine*	511 050 points
18.	**Brett**	495 000 points
19.	*Isadora*	472 080 points

Cinq noms en gras pour une seule place à prendre. Vandemeer réexamine les chiffres. Pour la première fois depuis que je le connais, il ne s'est pas rasé. Il a l'air d'avoir beaucoup maigri également.

– Nous allons avoir besoin de quatre choses.

– Ça fait quatre de trop, dis-je.

Il ne rit pas. Ses traits sont pâles, creusés. Aucun de nous deux ne dort très bien ces derniers temps.

– D'accord, je vous écoute.

– Pour commencer, vous devrez battre Anton aujourd'hui.

– Considérez que c'est fait.

Je l'ai déjà battu à deux reprises, même s'il a bien failli me couper une artère à chaque fois.

– Ensuite, il faudra que Longwei batte Loche.

J'inspire un grand coup et je hoche la tête.

– Il le fera. Il ne perdra pas trois fois de suite. Pas contre Loche.

J'aimerais en être persuadé. Vandemeer ne dit rien parce qu'il pense la même chose que moi. Longwei n'a pas connu que des succès lors de ses combats. Il a même enchaîné les défaites. Son statut de capitaine sur Eden ne tient plus qu'à un fil. On est un certain nombre dans la même situation.

Désespérés, perdus, impuissants.

– Et la troisième chose ? dis-je.

Vandemeer grimace.

– Vous devrez remporter une victoire dans le Torrent. Au moins une.

On regarde tous les deux par le hublot. Eden se découpe majestueusement contre la noirceur de l'espace. On sait quelles sont nos chances de victoire. On sait à quel point elles sont minces, parce que Morning ne perd jamais.

– Que voulez-vous que je fasse ?

Vandemeer essaie de paraître confiant.

– Un exploit, répond-il.

– Au moins une fois. D'accord. Et la dernière chose ?

– Elle ne dépend pas de vous.

Je lui jette un regard en coin.

– C'est quoi ?

– Bilal.

Il n'a pas besoin d'en dire plus. Pour son dernier combat, Bilal sera opposé à Holly. Mon ami n'a remporté qu'un seul duel jusqu'ici, et ses tentatives n'ont pas permis à sa jambe de se soigner correctement. Holly est forte. Il a peu de chances de gagner, mais il est aussi désespéré que n'importe qui. S'il gagne, je n'irai pas sur Eden. Voilà précisément ce que je voulais éviter. Me faire des amis dans un endroit pareil, pour finir par espérer les voir perdre. Mais Kaya m'a rendu meilleur que ça. Si Bilal l'emporte, je serai content pour lui. Du moins ai-je envie de le croire.

Vandemeer se lève.

– Nous devrions descendre.

Depuis leur tentative ratée, Roathy et Isadora me laissent tranquille. J'ignore de quoi Defoe les a menacés mais peu importe. Les chiffres sont sans appel. Roathy ne peut plus me rattraper, et il va se faire passer devant par Loche.

Le match de ce matin nous fait embarquer une cargaison. Des blocs noxiens qu'il s'agit de transporter d'un bout à l'autre du Torrent. On démarre plus fort que Genesis 12 mais on s'épuise quelque part dans les rapides. Ils réussissent quelques plongées au bon moment et le temps qu'on arrive, ils sont déjà en train de décharger. Les regarder gagner me donne l'impression de voir mon avenir me glisser sans bruit entre les doigts. Plus que sept chances.

J'ai l'appétit coupé, alors je passe le déjeuner à errer dans les couloirs de la station. Je sais ce qui est en jeu. Je sais ce que j'ai à faire. Le reste ne dépend pas de moi. Je fais plusieurs fois le tour de la station avant de retourner vers le Torrent. La passerelle d'observation est quasiment déserte. Il n'y a que Defoe : il a le regard perdu dans le vague comme s'il voyait au-delà du parcours, à travers la station, jusqu'à Eden. Il se retourne vers moi en m'entendant arriver.

– Tu es en avance, dit-il.

– Je ne savais pas où aller.

Il me dévisage brièvement.

– C'est la dernière ligne droite.

– Oui, je sais. Vous viendrez avec nous sur Eden ?

Il rit.

– Impossible. J'adorerais, mais les Adamites ne le permettront pas.

S'ensuit un silence gênant où on n'entend que le murmure du cours d'eau.

– Je ne suis pas certain d'y aller, moi non plus, dis-je.

– Il te faut une victoire dans le Torrent.

Je ne devrais pas être surpris qu'il le sache, mais je le suis.

– Ça paraît peu probable.

– À toi de renverser la dynamique, dans ce cas, dit-il.

Des pas s'approchent derrière nous. Les autres arrivent.

– À toi de renverser la dynamique. Réfléchis comme Kaya le faisait. Tu te souviens de ses stratégies dans la salle du Lièvre ? Tu dois modifier les données de la rencontre. Morning n'arrête pas de gagner parce qu'elle est toujours la première à le faire. Mais si tu réussis à la prendre de vitesse vous aurez peut-être une chance.

Je hoche la tête.

– Il me reste quand même à remporter mon duel.

– Contre Anton ?

Il sourit à pleines dents.

– Mets-le en rogne, ça lui fera oublier la prudence.

– Pourquoi me dites-vous tout ça ? dis-je à voix basse.

Des ombres s'allongent dans le couloir derrière nous. Defoe fait la moue.

– Parce que tu me fais penser à moi, Emmett. Je suis sorti de nulle part, et regarde où j'en suis aujourd'hui. J'ai travaillé très dur pour ça. Je crois aussi que ta présence sur Eden sera bénéfique pour la compagnie. J'ai observé les autres concurrents. Morning ? Elle est brillante, évidemment. Mais Loche ? S'il va sur Eden, il prendra ça comme des vacances. Alors que toi, je sais que tu travailleras d'arrache-pied. Et puis surtout, tu es quelqu'un de loyal. Je ne vais pas trafiquer les résultats de la compétition, mais dans l'intérêt de la compagnie je préférerais quand même que ce soit toi qui décroches la dernière place.

Il se redresse un peu tandis que les autres nous rejoignent dans la salle. Les jeux vont pouvoir commencer.

Le programme a été bien pensé. Les premiers combats ont peu de conséquences. Morning écrase Isadora comme elle écrase tout le monde. Elle jette un coup d'œil dans ma direction, après, avec la même expression qu'elle affiche depuis plusieurs jours. On y lit de la passion, de la crainte, et de la douleur. Elle est déchirée par un conflit intérieur. Une part d'elle-même voudrait me voir sur Eden. L'autre a des promesses à tenir.

Ida tombe sous la lance d'Azima et Omar domine Katsu encore une fois. Parvin et Jaime roulent à l'eau pendant leur duel. Au milieu des éclaboussures, Jaime réussit à l'atteindre à l'épaule avec son épée courte. Arrive ensuite le premier combat véritablement important : Holly contre Bilal.

Mon ami boîte toujours. Il porte une attelle à l'intérieur de sa botte et s'appuie principalement sur l'autre jambe. L'appréhension me gagne tandis qu'ils se mettent en position. Et si Bilal l'emportait ? Si c'était lui qui m'éliminait définitivement de la compétition ?

Les deux commencent à se tourner autour. Bilal sait qu'il ne tiendra pas longtemps et passe tout de suite à l'offensive, multipliant les attaques dans l'espoir de réussir à en placer une. Mais Holly est une excellente boxeuse. Elle esquive ses assauts, danse autour de ses crochets et punit chacune de ses erreurs. Mon cœur se réjouit et se serre à la fois quand elle l'achève d'un uppercut au menton. Je regarde l'avatar de Bilal s'écrouler, et mentalement je coche une case horrible dans ma tête.

Une sur quatre.

Le combat suivant se prépare. Je ne suis pas certain que ses protagonistes en mesurent toute l'importance. J'envisage de prendre Longwei à l'écart pour m'assurer qu'il en a bien conscience, mais il se fraie un chemin au bas de l'escalier avant que je puisse le faire. Je ne crois pas que mon sort l'aurait beaucoup motivé de toute manière.

Loche paraît déterminé. Son amoureuse blonde, Ida, se tient au bord du ponton et l'encourage à se montrer courageux, à gagner. Longwei lui jette un regard agacé. Voilà qui me donne de l'espoir. Le combat démarre en douceur. Ils tournent en rond tous les deux, et Loche cherche à se glisser dans la garde de Longwei. Ils échangent quelques coups, décrivent encore deux cercles. Puis Loche plonge sous la lame de Longwei, mais avant qu'il puisse le saisir, Longwei lui assène un violent coup de tête. Le craquement résonne au-dessus de l'eau et Loche vacille en arrière, le nez en sang, les jambes flageolantes. Longwei prend son temps pour achever l'Australien ; il lui chatouille les côtes, le désarme et finit par lui glisser sa lame en plein cœur. L'avatar de Loche s'écroule et j'exulte intérieurement.

Deux sur quatre.

Alors qu'Anton et moi nous avançons sur le ponton, je repense au conseil de Defoe.

Mets-le en rogne, ça lui fera oublier la prudence.

Le petit Russe fait tournoyer ses couteaux en fredonnant je ne sais quelle marche militaire. Je passe devant lui et me retourne face à la passerelle d'observation. J'affiche un air perplexe.

– Attendez, qui est mon adversaire ? dis-je en levant les yeux vers Defoe.

Defoe arrondit les sourcils.

– Anton.

– Oh, dis-je en regardant droit vers Anton. Et où est-il ?

Cette fois, Defoe ne répond pas. J'entends Katsu s'esclaffer pendant qu'une rougeur remonte dans le cou d'Anton. Je me penche en avant et plisse les yeux.

– Oh, tu es là ! Pardon, je ne t'avais pas vu.

Et j'affiche un grand sourire. Narquois, supérieur. Je n'en suis pas fier, mais Anton se met à faire les cent pas comme si je venais d'insulter sa mère et sa grand-mère. Peut-être même son chien.

Quand Defoe donne le signal, il se jette aussitôt sur moi. Et bon sang, il est sacrément rapide. Je bloque ses deux premières attaques mais il pivote et me laisse une belle estafilade à l'avant-bras. Je l'entends jurer à mi-voix en multipliant les frappes, les feintes, les entailles. Il me touche quatre fois en moins d'une minute. Je n'ai pas le temps de regarder nos avatars mais je sais que je suis en train de perdre, de me vider de mon sang.

En fin de compte, pourtant, Defoe avait vu juste.

Anton se baisse pour tenter de m'envoyer son couteau entre les côtes, et j'en profite pour le cueillir avec un crochet dévastateur. Même avec la noxolyte pour absorber le choc, il chancelle. Je pose mon pied sur son torse et l'envoie voler par-dessus la rambarde. Son avatar fait une hémorragie cérébrale – c'est gagné. Il remonte à la surface en toussotant et en crachant des jurons, mais ses paroles ne m'atteignent pas.

Trois sur quatre, me dis-je.

Plus qu'une case à cocher et j'irai sur Eden.

Vandemeer m'attend dans le couloir et me soulève en triomphe quand je lui annonce la nouvelle. On retourne dans nos quartiers en discutant avec enthousiasme, mais le plus difficile reste à venir. L'après-midi, on se fait capturer notre drapeau. Le lendemain matin, on perd une course qui se déroule entièrement sous l'eau. Mes chances sont en train de fondre comme neige au soleil. Vandemeer m'accompagne partout. Ses encouragements sonnent creux. L'après-midi, Babel simule des courants de tempête. On se fait attaquer par des tentacules d'une taille telle que je préfère ne pas imaginer à quelle créature ils sont censés nous préparer. Genesis 12 empoche une nouvelle victoire, et le score de Loche se rapproche du mien.

L'idée qu'on puisse remporter une épreuve de groupe paraît presque risible.

Plus que quatre, me dis-je. *Il ne reste plus que quatre épreuves.*

J'ai besoin d'une victoire. Un chiffre impossible.

JOUR 29, 08 : 44

À BORD DE LA STATION SPATIALE *TOWER*

Emmett	554 350 points
~~Bilal~~	~~553 300 points~~
Loche	545 500 points
~~Roathy~~	~~543 324 points~~

Je sais ce qu'il me reste à faire.

Morning n'avait pas l'intention de m'aider, mais la réponse tient dans ce qu'elle m'a dit : *Tant qu'on sera là tous les deux, tu ne gagneras pas.* Les faits lui ont donné raison jusqu'ici. Elle arrive toujours à modifier la donne, à renverser la situation. Le fait que notre équipe n'en soit pas une ne nous aide pas. On est un groupe d'admis et de recalés, de gagnants et de perdants. En contemplant Eden par le hublot, je me rends compte que je suis la seule tache grise dans notre groupe en noir et blanc. Tous les autres sont fixés sur leur sort. À moins que Babel ne nous sorte une dernière surprise de sa manche, ils savent tous ce qui les attend.

J'attrape la vieille clé que m'a donnée mon père et la glisse dans une de mes poches. Je saute le petit déjeuner et descends dans le Torrent. À bord de notre bateau, je procède à quelques tests de noxolyte. Après avoir déterminé les distances, les hauteurs et les manipulations dont j'aurai besoin, je m'assieds et j'attends. Les autres ne se pressent pas, mais je me réjouis de voir Azima et Katsu arriver les premiers. Je leur fais signe de me rejoindre.

– Salut, Emmett, dit Katsu.

– Je n'ai pas le temps de vous expliquer en détail, mais j'ai un plan pour aujourd'hui. Il faut que Bilal me remplace sur la hanche, c'est d'accord ?

Katsu hausse les épaules.

– Si tu veux.

– Il n'y a pas de « si tu veux », dis-je d'un ton sec. Écoute, je sais que tu as déjà ton billet dans la poche mais pas moi. Il me faut encore une victoire. Si on perd les quatre épreuves qu'il reste, c'est fichu pour moi. Pas d'Eden.

Azima fronce les sourcils, mais Katsu se contente de hausser les épaules. Il donne l'impression d'être vaincu d'avance, comme la plupart d'entre nous.

– C'est le jeu, s'excuse-t-il. Je voudrais bien que tu viennes avec nous mais que veux-tu que j'y fasse ? Morning ne perd jamais. Tu peux déjà oublier les quatre prochaines rencontres. Désolé, mec.

– Promets-moi simplement de faire le maximum après ce qui se produira.

– Qu'est-ce qui va se produire ?

– Promets-le-moi, c'est tout.

– D'accord, c'est promis.

Je me tourne vers Azima. Elle se penche et m'embrasse sur la joue :

– Je vais me battre pour toi.

Un poids en moins sur mes épaules. Je pousse un soupir, fouille dans ma poche et en sors ma clé.

– Au cas où je resterais en rade, tu voudras bien enterrer ça pour moi sur Eden ?

Azima me prend la clé.

– Qu'est-ce que c'est ?

– Un héritage familial. Si je ne peux pas l'enterrer moi-même, j'aurai besoin qu'on le fasse pour moi. Personne dans ma famille n'a jamais été aussi près de…

Azima et Katsu me dévisagent d'un air perplexe.

– Prends-la, tu veux bien ?

Azima la range dans sa poche alors que les autres arrivent. Je ne vois pas ce que je pourrais leur demander de plus. Il reste tout de même une personne avec qui je dois discuter avant le début de la course. Je repère Bilal parmi les derniers arrivants. Quand il s'avance sur le ponton, je le prends à l'écart.

– J'ai besoin de toi.

Son regard est doux et triste.

– J'ai perdu, Emmett. C'est fini.

– Tu restes mon ami, fais-je valoir. J'ai besoin de toi aujourd'hui. Tu m'aideras ?

Il me dévisage. L'espace d'un battement de cœur, j'ai peur qu'il refuse et que mon plan tombe à l'eau.

– D'accord, dit-il. Et la prochaine fois que tu demanderas ? Je serai encore d'accord. Et la fois suivante, et ainsi de suite. Toujours.

Je le serre dans mes bras comme le frère qu'il est. J'écarte le fait que notre « toujours » va peut-être prendre fin dans les prochains jours. Katsu nous demande de nous activer un peu. Les membres de Genesis 12 paraissent détendus, prêts à l'action tandis que Defoe et Requin arrivent sur la passerelle. Même Morning ne fait pas attention à mon changement de place dans le bateau. Mon cœur cogne dans ma poitrine. J'ai peur que ça ne marche pas, j'ai peur de rater ma chance. Je redoute aussi ce qui risque de se produire si mon plan fonctionne. J'ai peur de briser quelque chose que je ne saurais pas réparer.

– Un seul tour aujourd'hui, annonce Defoe. Ce sera un peu moins une course de vitesse.

Avant qu'ils n'activent le Torrent, je transforme ma console pour élever le même mur noxien que celui dont Morning s'est servie le premier jour. Il s'étend comme une fumée entre les deux bateaux et nous cache à nos concurrents. Puis je manipule mes anneaux noxiens pour en faire l'une de ces grandes perches dont Jazzy nous a appris l'usage dans la salle du Lièvre.

Je m'aligne avec le fauteuil du capitaine et me tourne vers la droite. Quand Defoe donne le signal du départ, je m'élance. La perche se plante dans le pont, se plie, puis me catapulte à travers le mur de fumée. Alors que Genesis 12 bondit sur l'eau, ma trajectoire me propulse par-dessus la tête d'Alex. Omar lance un cri d'avertissement mais je suis déjà en train de retomber sur Morning. Vive comme l'éclair, elle tente d'esquiver, mais je savais qu'elle ferait ça et mes bras se referment sur elle comme un étau pour l'arracher de son fauteuil. On trébuche vers la droite, on se cogne dans Anton, on rebondit vers la gauche et on bascule contre le bastingage.

Morning pousse un cri ; je resserre ma prise et on plonge dans le courant tous les deux. Mes oreilles se bouchent, l'eau me cingle dans le cou, mais je me cramponne. Elle me donne des coups de coude, griffe ma combinaison, se débat tant et plus – peine perdue. Au bout de trente secondes, je me mets à rire. Des bulles d'air remontent vers le haut tandis que je la relâche et commence à nager vers la surface. Les plongeurs sont là, prêts à nous ramener sur la berge. Par-dessus l'épaule de mon sauveteur, j'aperçois Genesis 11 qui aborde le premier virage avec une bonne longueur d'avance sur Genesis 12. J'ai fait ma part ; il ne me reste plus qu'à espérer que mes amis feront la leur.

Une fois de retour en sécurité sur la berge, Morning me repousse et s'éloigne avec un regard incendiaire. Elle avait raison depuis le début. Tant qu'elle figure dans l'équation, son équipe ne peut pas perdre. Il suffit de l'en retirer pour que nous ayons toutes nos chances. Je lui emboîte le pas pour retourner au point de départ. La berge nous offre un point de vue dégagé sur les cinq cents derniers mètres du parcours. Les bateaux ne sont pas encore réapparus et ne le seront pas avant un moment. Je fixe les eaux bleues pendant que Morning fait les cent pas. Elle n'arrête pas de consulter le tableau d'affichage.

– À voir ta réaction, on croirait que c'est un drame, dis-je. Que tu ne veux pas de moi sur Eden.

Elle se tourne brièvement vers moi.

– J'avais fait une promesse. Tu le sais.

– Tu ne peux pas les emmener tous avec toi.

Elle se contente de secouer la tête et de scruter le parcours. En la voyant continuer à tourner en rond, je comprends que mes craintes étaient fondées. Elle a horreur de perdre. Elle a horreur de ne pas pouvoir tenir ses promesses. Depuis le début, je savais que ma réussite signerait son échec. Ce ne devrait pas être le cas, mais elle a mis la barre si haut qu'un résultat imparfait lui semble une catastrophe.

Si j'avais remporté ma victoire dans un duel, ou lors d'une de ces journées où elle devait rester sur la touche, ça n'aurait pas été si grave. Mais en sautant à bord de son bateau pour la précipiter dans l'eau, j'en ai fait une affaire personnelle. Me voilà directement responsable de son échec.

– Ils vont gagner quand même, dit-elle. Je les ai bien entraînés. Tu verras qu'ils vont gagner. J'en suis sûre. Loche… Il lui faut cette victoire…

Ça me fait mal de voir qu'elle est parfaitement consciente de la situation. Elle sait que je suis à deux doigts de l'élimination. Ce qui veut dire qu'entre son équipe et moi, elle choisit son équipe. Ça ne devrait pas m'atteindre ; n'empêche que je suis dégoûté.

– S'ils perdent, j'aurai mon ticket pour Eden.

Elle se retourne face à moi, l'air déchiré. Le choix s'est toujours résumé à ça : eux ou moi. Les promesses passées ou les rêves d'avenir. Je voudrais lui assurer que tout ira bien, sauf que je n'en suis plus aussi sûr. Je n'ai aucune idée de ce qui ressortira de tout ça. Je n'ai aucune idée des conséquences pour moi, pour elle ou pour nous tous. J'ai l'impression de voir se briser sous mes yeux ce qui aurait pu être.

– Je ne t'avais rien promis, dit-elle. C'est à eux que j'avais donné ma parole.

Elle pointe le doigt. Son équipe est la première à déboucher dans la dernière ligne droite. Genesis 11 est juste derrière. Il ne reste plus que cinq cents mètres, et ils sont derrière ! Je m'avance d'un pas incertain jusqu'à la rambarde pour avoir une meilleure vue. Les bateaux se rapprochent, grossissent. Genesis 12 vire à droite. On ne voit pas très bien de là où on est mais je suppose qu'il y a des récifs sous la surface.

Ils perdent un peu de vitesse, et Genesis 11 leur fonce droit dessus.

On regarde les deux bateaux se préparer à la collision. À la dernière seconde, Katsu ordonne un virage à gauche. La proue de Genesis 11 râcle la poupe de Genesis 12. Même à deux cents mètres, on entend distinctement des craquements de planches et des froissements de métal. Genesis 12 part en queue de poisson mais Genesis 11 continue tout droit. Mon équipage oblique à gauche pour éviter un récif et passe en tête. Je lève les deux poings en l'air.

– Allez ! je crie. Foncez ! Vous y êtes presque !

Avant que Genesis 12 ne puisse redresser sa course, mon équipage franchit la ligne d'arrivée. Je dévale la berge et me laisse glisser dans l'eau. Je nage jusqu'au quai en criant et gargouillant. Ils débarquent sur le ponton et je me hisse jusqu'à eux, ruisselant, hurlant comme un possédé. Katsu m'enveloppe dans une étreinte à vous broyer les os.

– Tu as vu un peu la manœuvre ? rugit-il. Capitaine Katsu, à votre service !

Bilal vient se serrer contre nous.

– Ce saut, c'était génial, Emmett, dit-il. Génial !

On est encore hilares quand Defoe et Requin descendent l'escalier. Les Genesis 12 se rangent le long du ponton. Je me tourne pour voir arriver Morning, furibonde. Elle passe sans un regard vers moi et rejoint son équipe en leur servant des paroles de réconfort. Loche a compris ce que ça voulait dire. Ida est en larmes ; elle clame haut et fort qu'elle n'ira nulle part sans lui, mais un regard de Requin la fait taire. J'ai de la peine pour eux, n'empêche que ça y est – je vais sur Eden. C'est comme si on m'avait ôté un poids énorme des épaules. Mon voyage va se poursuivre. J'aurai une nouvelle occasion de rendre hommage à Kaya, d'honorer sa mémoire et d'aider ma famille.

Un tableau d'affichage clignote derrière les deux dirigeants de Babel. Le classement est désormais officiel. Mon cœur bat trop vite pour un seul organe. Peut-être que j'en ai deux, maintenant, un pour la Terre et un pour Eden. Ils se serrent tous les deux en voyant que les concurrents éliminés n'apparaissent plus sur le tableau. Après tout le mal qu'ils se sont donné, les voilà effacés, purement et simplement.

1. *Morning*	1 301 200 points
2. *Longwei*	761 900 points
3. *Holly*	752 700 points
4. *Omar*	750 000 points
5. *Parvin*	723 200 points
6. *Katsu*	709 450 points
7. *Anton*	693 290 points
8. *Noor*	674 050 points
9. *Alex*	649 200 points

10. *Azima*	616 750 points
11. *Jaime*	577 200 points
12. *Emmett*	560 350 points
13. *Ida*	543 400 points
14. *Jasmine*	514 050 points
15. *Isadora*	475 080 points

Defoe place ses deux paumes l'une contre l'autre, les doigts en éventail.

– Voilà qui met un terme à notre compétition. Il reste encore deux journées, mais le résultat final ne changera plus. Loche, Roathy, Bilal et Brett. Remontez, s'il vous plaît. Vous aurez l'occasion de faire vos adieux à vos camarades, mais dans l'immédiat nous devons nous adresser à ceux qui se rendront sur Eden. Vos assistants vont vous accompagner.

Une porte s'ouvre dans la cloison au bout du quai. Les médecins attendent de l'autre côté, dans leurs combinaisons d'un blanc immaculé. J'aperçois Karpinski, puis je repère Vandemeer. Il se tient légèrement à l'écart et m'adresse un grand sourire. Il a suffisamment de tenue pour ne pas pousser un cri de triomphe ou me saluer à grands gestes des bras pendant qu'on raccompagne les perdants, mais je sais qu'il connaît le classement, et qu'il est fier de moi.

Bilal s'arrête à la porte. Il se retourne avec ses grands yeux noirs et nous adresse un petit salut de la main, avec un sourire. Mes deux cœurs se brisent en le voyant disparaître dans le couloir. Même dans la défaite, il est meilleur que moi. À sa place, je serais sorti furieux et sans un regard en arrière. La porte se referme. On se redresse un peu, et Requin nous sourit.

– Félicitations. Nous savons ce que nous vous avons fait subir. Les difficultés que vous avez surmontées. Mais la partie la plus difficile commence maintenant. Parce que votre entraînement va être soumis à l'épreuve du réel. Suivre un cours sur les Adamites, ce n'est pas la même chose que les affronter en personne. Où vous allez, les loups ont de vrais crocs, le danger est partout et il ne s'agira pas de chômer.

Son sourire s'élargit.

– Mais vous avez été préparés comme jamais, et vous allez devenir de foutus millionnaires. Alors ce soir, faites la fête ! Remplissez-vous la panse et dormez avec l'esprit en paix. Parce que vous allez tous sur Eden.

Il y a des acclamations et des cris de joie. Des soupirs de ravissement et de soulagement. Mais de la douleur, aussi. Morning tâche de se montrer enthousiaste pour le reste de son équipage, n'empêche que je vois bien la culpabilité qui l'accable. Isadora et Ida sont effondrées. Elles pleurent toutes les deux. Ida sanglote comme si c'était la fin du monde. Les larmes d'Isadora coulent sur ses poings serrés ; elle a l'air prête à démolir le monde entier.

Morning est la première à poser la question :

– Le départ est pour quand ?

Defoe lève les yeux de sa tablette.

– Demain soir. Les capsules seront larguées à vingt et une heures. C'est la meilleure fenêtre atmosphérique pour votre descente. Requin et moi mettrons ce délai à profit pour vous répartir en trois équipes de cinq. Vous serez équipés pour la descente, approvisionnés par nos satellites-cargos et en liaison permanente avec la station spatiale.

– Mais tout ça peut attendre demain, dit Requin sur un ton de reproche. Ce soir, amusez-vous !

JOUR 30, 12 : 37

À BORD DE LA STATION SPATIALE *TOWER*

Ça fait bizarre de passer dans les couloirs sans voir aucun tableau d'affichage. De ne pas se focaliser sur la prochaine épreuve. Il y a une liberté là-dedans qui rappelle le début des vacances d'été. Après le dîner, j'ai voulu retrouver Bilal. Mais il n'était pas dans sa chambre, ni dans aucun des endroits de la station auxquels j'ai accès. Je suis retourné me coucher sachant qu'il ne me resterait que la journée du lendemain pour lui dire au revoir. Eden est magnifique à voir derrière le hublot, mais dans les moments sombres juste avant l'endormissement, ça ne m'a pas vraiment consolé de la perte de mon ami.

Vandemeer me laisse dormir. Mon réveil ne sonne pas. Aucune lumière ne vient s'allumer pour me signifier que c'est le matin. Je dors deux cents jours, deux cents nuits. Je rattrape tout le sommeil perdu à bord du *Genesis 11*, plus celui que je vais encore perdre. Je dors et je rêve de victoire, je rêve que je tombe comme une pluie de fer sur une planète aux vallées brumeuses. Dans chaque rêve, je reçois des cadeaux que personne ne pourra m'enlever.

Quand j'émerge enfin, je trouve Vandemeer en train de fouiller dans un coin de ma chambre. En me voyant réveillé, il commence par s'excuser, mais quand j'apprends qu'il est presque une heure de l'après-midi c'est moi qui m'excuse auprès de lui.

– Tout va bien, Emmett. Vous avez dormi aussi longtemps que je m'y attendais. C'est normal dans une situation de ce genre. Une part de vous n'avait jamais pu dormir à bord du *Genesis 11*. Une part instinctive qui n'arrêtait pas de réfléchir et d'élaborer des plans. C'est fini, maintenant, et vous avez pu vous reposer sans arrière-pensées. Ne vous excusez pas pour ça.

– Il faut que j'aille dire au revoir à Bilal.

Vandemeer hoche la tête.

– Bien sûr. Je ne l'ai pas vu dans sa chambre, mais il est forcément quelque part dans la station. Nous le chercherons après votre petit déjeuner. Votre brunch. Ou bien votre déjeuner ? Je ne sais pas.

Il cache quelque chose dans son dos. Je l'indique d'un coup de menton.

– C'est quoi, ça ?

Vandemeer sourit.

– Je comptais vous le donner plus tard, mais puisque vous l'avez vu…

Il me le tend. C'est un cadeau. Enveloppé dans une vieille carte des étoiles, et il a même réussi à dénicher un bout de ruban quelque part. Je lui adresse un sourire.

– Vous n'étiez pas obligé de m'offrir quoi que ce soit.

– J'en avais envie.

– Qu'est-ce que c'est ? De l'argent ?

Il rit.

– J'ai essayé de vous trouver quelque chose d'un peu plus utile. Allez-y, ouvrez-le.

Le papier se déchire et le ruban tombe au sol. Je soulève les rabats d'une petite boîte en carton. À l'intérieur repose un cordon noir relié à une mince tige collante. L'une de ses extrémités me rappelle beaucoup le chargeur que j'utilise pour mon baladeur. Je lève un regard intrigué vers Vandemeer.

– À quoi ça sert ?

– Vous finiriez par trouver tout seul, mais d'accord, je vais vous expliquer. C'est un chargeur noxien. Vous ne trouverez pas beaucoup de prises électriques sur Eden.

Il tapote l'extrémité collante.

– Insérez ça dans n'importe quelle source de noxolyte et branchez votre baladeur à l'autre bout. Je l'ai testé plusieurs fois pour m'en assurer, ça marche.

J'enroule le cordon et le pose à côté de moi sur le lit.

– C'est super, monsieur Vandemeer. Je suis sérieux. Super. Comme ça, je pourrai faire écouter mes chansons aux Adamites. Ils vous en seront éternellement reconnaissants. C'est juste dommage que vous ne m'ayez pas prévenu à l'avance, parce que j'aurais pu vous préparer un petit cadeau moi aussi.

– Ce n'est pas nécessaire, Emmett.

Je lève un doigt en l'air.

– Eh oui, si seulement j'avais un truc que je pouvais vous donner…

Je plonge la main sous mon oreiller et j'en sors la photo que j'avais préparée pour lui. Ça m'a demandé du temps, et Vandemeer a failli me surprendre plusieurs fois en train de travailler dessus, mais je l'ai enfin terminée. Comme je ne voulais pas me séparer de l'originale que Kaya m'avait donnée, je lui en ai fait une copie. C'est le selfie qu'elle avait pris avec moi il y a une éternité. J'ai mon bras autour de ses épaules. Son sourire vaut tous les champs de fleurs du monde. Ma reproduction ressemble à une vieille carte holographique. Avec les couleurs changeantes et nos combinaisons spatiales, on ressemble à deux super-héros.

– Je ne l'ai pas emballée ni rien, dis-je en lui tendant la photo. Mais j'ai mis du temps à obtenir les bonnes couleurs. J'espère que ça vous plaît.

Ses mains tremblent.

– Décidément, vous êtes plein de surprises.

– Comme ça on pourra la garder tous les deux avec nous. Où qu'on aille. Comme ça, on ne l'oubliera jamais.

Vandemeer hoche la tête. Il pose délicatement sa photo pour me serrer dans ses bras. J'archive ça à la lettre T pour « Temporaire ». Je le reverrai tôt ou tard. J'ai envie de le croire, en tout cas. Les adieux déchirants se multiplient.

Papa et maman n'entendront plus parler de moi pendant un an. Vandemeer ne peut pas me suivre où je vais. Bilal non plus. Je ne dirais pas que ça me tire des larmes, mais je ressens quand même ça comme une amputation. Babel me prive de parties de moi-même dont j'ignorais avoir besoin. La personne qui se posera sur Eden s'en trouvera amoindrie.

Après l'échange des cadeaux, on se rend à la cafétéria. Vandemeer prend soin de me proposer des aliments que j'ai peu de risques de vomir pendant la descente. Cette précaution me rend curieux.

– On a voyagé largement aussi vite dans l'espace pendant tout le trajet, non ?

Il hoche la tête.

– Oui, et Babel utilise aussi de la noxolyte pour sceller ses capsules au décollage. Si vous vomissez, ce ne sera pas à cause de la vitesse de la descente mais plutôt du choc émotionnel. Vous serez livré à vous-même, sur une planète étrangère… Il y a de quoi rendre le contenu de son estomac, croyez-moi.

Je le crois. Après tout ce temps, j'ai appris à lui faire confiance. On reste assis tranquillement tous les deux. De temps en temps, je vois passer les autres vainqueurs — Jaime vient même me féliciter à un moment —, mais le reste de l'après-midi se déroule dans le calme. Tout le monde a conscience qu'il s'agit d'un jour solennel.

Pour la première fois, je m'autorise à imaginer Eden. Une planète qui regorge de formes de vie inconnues. Peuplée par une civilisation dont on ignore pratiquement tout. Nous serons les premiers depuis des années à sillonner ses plaines et ses vallées, à explorer ses fleuves, ses villes. Et quand je rentrerai sur Terre, tout sera différent.

L'après-midi touche à sa fin et Bilal reste aussi introuvable qu'hier soir. Il n'a peut-être pas envie qu'on le trouve. Vandemeer me suit partout comme mon ombre. Les seules personnes qu'on croise sont des techniciens ou des soldats en pleins préparatifs pour les largages. Frustré, je regagne ma chambre. Une lettre de Bilal m'y attend :

Babel m'a dit que j'aurais une dernière chance. Je ne sais pas ce que ça veut dire exactement, mais on se verra peut-être sur Eden, finalement. Sinon, je t'attendrai chez moi. J'ai beaucoup de chance d'avoir un ami comme toi. Ma maison te sera toujours ouverte.

Bilal

– Je ne pense pas que vous le verrez avant le largage, dit Vandemeer après avoir lu cette lettre.

– Vous auriez de quoi écrire ?

Vandemeer me déniche une feuille de papier, et je fais de mon mieux pour rédiger une réponse. Quand j'ai fini,

Vandemeer la prend et me promet de la faire parvenir à Bilal d'une manière ou d'une autre. Je voudrais fouiller la station une dernière fois mais l'arrivée de Defoe m'en empêche. Il pose un sac à dos près de l'entrée et me tend une clé luminescente bleue. Pendue au bout d'un cordon, comme un porte-étiquette au bout d'un collier de chien.

– Ta clé d'activation, m'explique-t-il. Les capsules de descente sont individualisées. Tu auras besoin de cette clé pour y entrer. Quand tu auras tout bouclé de l'intérieur et que tu seras bien sanglé, tu n'auras plus qu'à t'en servir pour déclencher le largage. D'accord ?

Je hoche la tête.

– Compris.

– Les capsules ne peuvent pas se lancer sans la clé. Elles ne peuvent pas se lancer avec plusieurs personnes à l'intérieur. Elles ne peuvent pas se lancer si la porte est mal refermée. Souviens-toi bien de ça.

Il m'indique ma table de chevet.

– Allez, enlève toute la noxolyte que tu as sur toi.

Je me débarrasse de tous mes anneaux en un tournemain. Il les glisse dans un sachet en plastique et les remplace par une paire de gants de combat. Les coups-de-poing noxiens ont l'air flambant neufs. Je les enfile et fais jouer mes doigts à l'intérieur du cuir.

– Fabriqués rien que pour toi, dit Defoe. Contrairement à ceux que tu utilisais dans l'arène, ils ne sont pas émoussés. Les griffes coupent suffisamment pour tailler dans la roche. Un petit cadeau de notre part.

Il fouille dans le sac à dos.

– Et en voici un autre.

Il sort un blouson d'aviateur avec mon nom inscrit dessus. Tout à fait le genre de blouson que portaient les pilotes autrefois. Sur une manche, la tour de Babel est cousue au-dessus du drapeau américain. Vandemeer m'aide à l'enfiler. Il me va à la perfection. Defoe hoche la tête d'un air approbateur.

Il s'avance pour me tendre la main. J'hésite une bonne seconde, mais finis par la serrer. Il a une poigne de fer.

– Félicitations, Emmett. Tu as rempli ton contrat et Babel Corp. fera parvenir à ta famille l'argent que tu viens de gagner. Si tu continues d'honorer tes engagements tout au long de ta mission sur Eden, tu peux espérer gagner bien davantage, conformément aux termes de notre accord. Si ton équipe et toi remplissez les quotas qui vous seront fixés. Continue à te donner à fond comme tu l'as fait jusqu'ici et tu vivras le restant de tes jours dans la richesse et l'opulence.

– Le départ aura lieu au poste 12. Présente-toi devant ta capsule quinze minutes avant l'heure, s'il te plaît. Tu peux emporter ce sac à dos, ton blouson, ainsi que tout objet personnel approuvé au préalable. Considère ça comme ton accueil officiel dans les rangs du personnel de Babel Corp.

Il se recule et il adresse un bref hochement de tête à Vandemeer.

– Docteur, je vous le confie maintenant. Bonne chance, messieurs.

Les minutes s'égrènent comme un compte à rebours après son départ. Vandemeer ne dit pas grand-chose et moi non plus. Quand l'heure vient, je jette le sac à dos sur mon épaule et je sors dans le couloir avec lui. La station paraît différente, comme si elle m'était devenue étrangère. Des lampes bleutées luisent ici et là, jetant des reflets sur les panneaux et les interfaces rutilantes.

On pénètre dans une partie de la station à laquelle je n'avais encore jamais eu accès. Un ascenseur nous emporte quatre niveaux plus bas, dans un couloir blanc brillamment éclairé. Le nombre douze brille en bleu sur une porte un peu plus loin. Un technicien de Babel me briefe longuement sur la respiration et les commandes, mais le largage sera presque entièrement automatisé. Tout ce que j'aurai à faire, m'explique-t-il en riant, c'est d'éviter de mourir d'une crise cardiaque pendant la descente. Ce qui ne me fait pas rire, parce que je n'en mène pas large.

On est dans un long couloir circulaire. J'aperçois Jazzy à une extrémité. Elle est équipée comme moi, mais seule. On s'échange un petit geste. À l'autre extrémité, il y a Morning, qui marche de long en large. Elle se tourne vers moi de temps en temps. J'aurais cru qu'elle serait encore fâchée après mon numéro dans le Torrent, si bien que c'est une surprise de la voir m'adresser un salut de la main. Je me tourne vers Vandemeer pour quêter son approbation. Il me sourit et me gratifie d'une bourrade virile qui aurait rendu PJ fier de lui.

Je m'avance d'un pas hésitant et Morning me regarde approcher. Ses yeux sont très sombres. Elle jette un coup d'œil à Vandemeer par-dessus mon épaule, puis détache son masque noxien.

– J'ai deux choses à te dire, commence-t-elle.

Elle se penche si près qu'il n'y a plus que nous, dans le monde qu'on s'est construit au cours des trente derniers jours. Elle pose la main contre mon torse comme si elle essayait d'empêcher les cloisons de s'écrouler.

– Je *voulais* que tu gagnes, me souffle-t-elle. Après le deuxième jour, quand tu m'as tenu la main. Je *voulais* que tu viennes sur Eden avec moi. Tu… Je suis contente que tu sois du voyage, d'accord ?

Elle tripote le col de ma combinaison d'un air absent avant de me repousser. Son sourire narquois réapparaît brièvement avant qu'elle remette son masque. Je sais qu'elle continue d'accuser le coup. Qu'elle s'en veut d'avoir manqué à sa promesse envers Loche, envers toute son équipe. Je sais qu'elle va porter ça comme un poids, mais pour l'instant, on est là tous les deux et c'est bien suffisant.

– Attends, dis-je. Et la deuxième chose ?

– Je suis toujours furieuse contre toi.

Elle me renvoie vers Vandemeer d'un coup de menton.

– On fait la course jusqu'à la surface ?

J'acquiesce de la tête. Son sourire a disparu, mais c'est comme un nouveau départ. Je retourne auprès de Vandemeer, fier comme un paon.

Tout n'est pas perdu ou cassé, en fin de compte. Il y a encore de l'espoir.

Le technicien nous annonce l'ouverture des portes dans cinq minutes puis évacue le couloir. Je déroule mes écouteurs et fais défiler mes chansons jusqu'à retrouver celle que j'écoutais le premier jour. Celle qui agaçait tellement Longwei. Il faudra que je la lui refasse écouter quand on sera sur Eden.

J'offre ma deuxième oreillette à Vandemeer, qui l'accepte. Il est un peu plus grand que moi, mais on se tient l'un à côté de l'autre et on écoute les percussions, les modulations musicales et les voix claires. Je me sens noué ; ça m'aide de savoir qu'à la fin de la chanson, la porte s'ouvrira. Et que quand elle s'ouvrira, je partirai pour Eden. Fini les mauvaises surprises.

Des éclats de voix retentissent derrière nous. Je n'y fais pas attention au début, mais Vandemeer se retourne et en perd son oreillette. Le ton monte. Vandemeer dit quelque chose que j'entends mal. Quand je me retourne à mon tour, je vois Karpinski bousculer l'un des techniciens et s'avancer dans le couloir. Ma gorge se noue ; je serre les poings. Il a les traits creusés. Que vient-il faire ici ? S'en prendre à moi ? Vandemeer pointe dans sa direction quelque chose que je ne vois pas. Karpinski lève les mains en un geste implorant.

– Je ne veux pas lui faire de mal, promet-il. Juré !

Le visage de Vandemeer s'assombrit.

– Fichez le camp, Karpinski.

– Non ! proteste l'autre. Non. Emmett a le droit de savoir. Les autres ne sont pas au courant.

La chanson en arrive au *bridge*. Plus qu'une minute.

– Je vous préviens, menace Vandemeer avec colère. Ne faites pas un pas de plus.

Karpinski se recule prudemment.

– D'accord, mais je tiens à prévenir Emmett. Il vous attend. Je ne sais pas pourquoi, mais il vous attend.

Le dernier couplet résonne à mon oreille. Les trompettes s'enflamment. Trente secondes.

Karpinski insiste :

– Ce n'est pas fini. Il leur reste une dernière chance. À l'intérieur.

Il pointe un doigt boudiné vers le douze lumineux. Derrière nous, la porte s'ouvre avec un chuintement. J'aperçois derrière une autre porte identique avec le même numéro. Un sas. Sur un signe de Vandemeer, deux techniciens se saisissent de Karpinski et l'entraînent de force dans le couloir. Le cœur battant, je range mon baladeur dans mon sac à dos.

– Soyez prudent, me murmure Vandemeer.

– J'ai gagné. Je pars pour Eden. Il n'y a personne là-dedans.

Le visage de Vandemeer ne trahit rien.

– Faites attention, c'est tout.

Une voix robotique résonne dans l'antichambre :

– Fermeture automatique de la porte dans dix secondes.

Je passe à l'intérieur. Un chuintement se fait entendre derrière moi. Je fouille dans mon sac à dos pendant que la porte se referme et j'en sors mes gants de combat noxiens. De ma main libre, je glisse la clé bleue sous mon T-shirt. Le blouson noxien donne l'impression de s'animer. Un souffle d'air purifiant s'engouffre par les grilles de ventilation au plafond. Puis l'autre porte s'ouvre et une lumière se déverse dans le sas. Je bande mes muscles, prêt à me défendre, mais aucune attaque ne survient.

Mon ennemi m'attend plus loin. Roathy a tout d'un démon. Sa combinaison est noire, ses lames aussi. Il est encadré par une vue de l'espace, par la promesse qu'on lui a retirée. Alors que je m'avance et que la deuxième porte se referme derrière moi, il se met à rire. Il pointe l'une de ses lames vers moi.

– J'étais sûr que ce serait toi, dit-il. Il y avait une chance sur quatre, mais j'en étais sûr. Ils aiment bien jouer avec nous. Cette fois, on y est : c'est la dernière partie.

– J'ai remporté la partie.

Il sourit sous son masque.

– Oh. On a dû me conduire ici par erreur, alors.

On l'a conduit ici ? C'est impossible. J'aperçois la capsule derrière Roathy. Elle dépasse comme une balle encastrée dans le mur. Je pourrais lui demander ce qu'il fait là mais ce serait absurde. On sait tous les deux ce qu'il fait là. Il vient terminer le jeu de Babel. Une dernière épreuve à passer. Un dernier combat à gagner. S'il dit la vérité.

Je suis un coin d'espace sans étoiles.

– Je sais que tu as la clé, dit-il avec un coup de menton en direction de la capsule. C'est eux qui me l'ont dit. Si je te la prends, ils oublieront que j'ai fini dans les quatre derniers. Et c'est moi qui irai sur Eden à ta place.

Je l'avertis :

– Roathy… Je ne sais même plus combien de fois on s'est affrontés. Tu n'as jamais réussi à me battre. Laisse tomber. Isadora sera de retour dans un an. Tu la retrouveras.

Son visage se tord en une grimace de dégoût.

– Tu es un sacré couillon si tu crois que c'est comme ça que ça marche.

– Je suis sérieux, Roathy. On n'est pas obligés d'en arriver là.

– Mais si, on est obligés, crache-t-il. Obligés, tu piges ? Ils s'en sont assurés.

Je m'arrête à cinq mètres de lui.

– Qui ça ? Babel ?

– Vaincre ou mourir, qu'ils ont dit. Si je te laisse passer, je serai aspiré dans l'espace lors du lancement de la capsule. C'est le plan. Depuis toujours. Il n'y a pas de retour en arrière possible.

Mon cœur cogne dans ma poitrine. Ça n'a pas de sens. Les mots de la lettre de Bilal me reviennent en mémoire. *Babel m'a dit que j'aurais une dernière chance.* Mais pourquoi nous forcer à nous entretuer ? Pourquoi comme ça ? J'imagine Bilal dans une pièce identique, face à Anton, Jaime ou Alex. Je sais qu'il refusera de se battre. Il s'écartera et dira à l'autre d'aller sur Eden.

Seulement, et si Roathy disait la vérité ? Si ç'avait toujours été le plan de Babel ?

Un dernier combat jusqu'à la mort. Tuer ou être tué. Trou noir ou trou noir.

– Tu as parlé d'une chance sur quatre. Ça veut dire que les autres… ?

– Pareil. Bilal, Brett, Loche. Comme moi. Les combats ont peut-être déjà commencé.

Je répète :

– On n'est pas obligés d'en arriver là. Ils ne vont pas t'éjecter dans l'espace, Roathy, c'est ridicule. Crois-moi. Il vaut mieux que tu me laisses passer.

– Tu crois que Babel hésiterait une seconde ?

Roathy se campe solidement sur ses pieds et lève ses épées courtes.

– Je vais sur Eden. J'ai fait une promesse à Isadora. Ce n'est pas toi qui m'empêcheras de la tenir.

Je me mets en garde. Je passe en revue dans ma tête toutes les conséquences du dernier mensonge de Babel, mais mon corps agit d'instinct. Je sais comment le combat va se dérouler. Je connais déjà sa première attaque, et ma première parade. Je sais comment il va se déplacer, comment je vais contrer ses mouvements. On a dansé ensemble trop souvent pour oublier la musique. La seule différence, c'est qu'il y aura du sang, cette fois – un mort.

Je m'avance, les yeux fixés sur lui. Alors que j'arrive à sa portée, je vois son regard se porter brièvement derrière moi. Une pulsation lumineuse crépite dans mon dos et une douleur fulgurante me saisit de la hanche à l'omoplate. Je tombe à genoux, tandis qu'une nouvelle pulsation passe juste au-dessus de ma tête. La lame de Roathy s'abat sur moi, et c'est un miracle que je réussisse à lever la main à temps.

Son coup ripe sur mon gant mais trace tout de même un sillon écarlate sur mon épaule droite. Je le repousse, me relève et manque de me faire ouvrir le ventre par sa seconde lame. Au lieu de quoi il m'atteint à l'aisselle et je dérape dans le sang répandu à mes pieds. Il entrevoit ma mort ; je le lis dans ses yeux. Je bloque un autre coup, et un autre, et je glisse. Avant qu'il puisse me cingler la figure avec son épée, mon blouson noxien entre en action.

Ce n'est pas moi qui lui en donne l'ordre, mais il me sauve malgré tout. Il repousse l'épée de Roathy. À genoux, haletant et sanguinolent, je vois la noxolyte tisser une barrière protectrice autour de moi. Roathy enrage et fait pleuvoir une grêle de coups sur moi. Ses lames font voler des étincelles. Le canon à impulsion qu'il a créé continue à tirer mais mon bouclier détourne toutes les attaques. Je finis par me relever, enveloppé dans la noxolyte.

– Espèce de lâche ! éructe Roathy. Sors de là, et viens te battre !

Convaincu que la noxolyte tiendra le coup, je retire mes gants et m'occupe tranquillement de soigner mes plaies. Ma brûlure dans le dos s'engourdit déjà. Il faudra que je la fasse nettoyer, sans quoi elle risque de s'infecter. Mes deux coupures ne sont pas très profondes, même si elles me font un mal de chien. Je prélève avec prudence deux bandes dans mon bouclier noxien. Après une manipulation rapide pour les rendre adhésives, je les applique sur mes plaies. Puis je remets mes gants et fais craquer mon cou. Roathy m'attend.

Je vais devoir le tuer.

Sauf que je ne peux pas. Si je le tue, c'est que Kaya ne m'aura rien appris.

Je réfléchis à toute vitesse. Si je ne peux pas le tuer, quelles options me reste-t-il ? Espérer que Babel lui a menti ? Que le lancement de la capsule n'entraînera pas son aspiration dans l'espace ? Qu'il représente une ressource trop précieuse pour être gaspillée comme ça ? Je regarde tour à tour Roathy et son canon à impulsion. J'analyse la situation, j'inspire un grand coup et me campe solidement sur mes pieds. Puis je dissous mon bouclier.

Avant que Roathy ne puisse se jeter sur moi, la noxolyte prend la forme d'un grand oiseau noir. Comme celui que Katsu avait créé au début, mais plus grand et plus sombre. Il bat des ailes comme une furie et repousse Roathy. J'en profite pour me décaler sur la gauche, dos à la capsule. Le canon se charge mais il ne peut plus tirer, car j'ai placé Roathy entre lui et moi. Roathy s'élance à l'assaut mais cette fois je bloque chacun de ses coups. Il enrage, devient brouillon. Je lui envoie deux crochets, et il recule pour modifier son angle d'attaque. Dans son dos, le canon à impulsion reste muet. C'est une manipulation remarquable. Roathy a dû le régler sur ma signature thermique, sauf qu'il ne peut pas me viser à travers son créateur.

J'enchaîne les frappes pour que Roathy ne voie pas mon oiseau se poser dessus. Les serres de métal plongent dans le canon et en arrachent des pièces. Roathy se retourne à demi, alarmé par le bruit, et il s'en faut d'un cheveu que je le touche en plein cœur. Il se dérobe et bat en retraite. Je presse mon avantage. Son expression n'est plus la même : sa soif de sang a disparu, remplacée par le désespoir. Il tente de m'atteindre et je lui broie le poignet d'une bonne droite. Il lâche son épée. Je me jette sur lui avant qu'il ne puisse la ramasser. Direct, direct, crochet. Le troisième coup lui lacère les côtes. Derrière lui, mon oiseau renverse le canon. Roathy plaque une main contre son flanc. Le sang ruisselle entre ses doigts.

Je baisse ma garde, et il mord à l'hameçon. Il brandit son épée bien haut, mais je la bloque avec un gant ; et j'en profite pour lui décocher un uppercut avec l'autre main. Il pousse un petit cri d'impuissance et chancelle en arrière, le nez en sang. Il bascule sur le dos et glisse vers l'entrée. Sa deuxième épée tombe bruyamment sur le sol. C'est le moment de vérité.

Le sang me bat dans le cou tandis que je me dresse au-dessus de lui. Je pourrais décider d'en finir. Me débarrasser de lui une bonne fois pour toutes. Ma noxolyte a soif de sang, de justice et de vengeance. Elle semble savoir qui est Roathy et ce qu'il a fait. Elle veut lui rendre coup pour coup. Sauf que Kaya m'a transmis quelque chose que Babel n'a pas pu gâcher. Que papa et maman ne m'ont pas élevé comme ça. Que Vandemeer m'a complimenté pour ma clémence.

Je ne serai pas le bourreau que Babel attend que je sois.

Roathy est toujours au sol, hébété. Je traverse la pièce et ramasse mes affaires. Avant qu'il puisse se relever, je manipule à nouveau mon oiseau. J'en forme un grand carré noir, dont je pince les coins et que je tends comme un écran d'un mur à l'autre. La pièce se retrouve coupée en deux : Roathy et la porte d'entrée d'un côté, la capsule et moi de l'autre.

Il s'est remis debout à présent. Il tient d'une main son nez écrabouillé et tambourine de l'autre sur la barrière que j'ai créée. En désespoir de cause, il tente de me reprendre le contrôle de ma noxolyte ; mais j'ai toujours été plus fort que lui à ce jeu-là. Ma manipulation tient bon et je me concentre pour y apporter les dernières touches.

Une fois satisfait du résultat, je m'en approche pour me placer juste devant lui, les yeux dans les yeux.

Ses traits sont déformés par la colère. Il ramasse l'une de ses épées et tente d'entamer la barrière. Il frappe encore et encore, jusqu'à n'avoir plus aucune force dans les bras. Des étincelles fusent sous ses coups, mais c'est peut-être la meilleure manipulation que j'aie jamais faite. Finalement, Roathy se laisse tomber à genoux et crie :

– Viens ! Tu n'es qu'un dégonflé ! Viens te battre !

– Un dégonflé ? dis-je doucement. J'aurais pu te tuer, Roathy. Tu en es conscient, quand même ?

– Tu vas me tuer, qu'est-ce que tu crois ? riposte-t-il. Après ton départ la pièce va se vider dans l'espace !

Comme je reste sans réaction, il empoigne à nouveau son épée et tente de percer la barrière. La pointe se prend dans la substance ; il continue de pousser, de toutes ses forces. La barrière frémit, mais je sais qu'elle tiendra. Ce n'est pas pour rien que je l'ai faite aussi solide.

– Je n’insisterais pas, à ta place.

Ses bras tremblent sous l’effort à présent.

– Roathy, c’est une poche d’air.

Je tapote mon côté de l’écran.

– Dans dix secondes, je vais embarquer dans cette capsule et partir pour Eden. Si tu détruis cet écran, tu n’auras plus de protection ; alors que si Babel a dit la vérité, cet écran peut te sauver la vie. Salut, Roathy.

Il laisse retomber son épée et croise mon regard.

– Je te retrouverai. Où que tu sois. Je ne suis pas près d’oublier ça.

Je regarde mon adversaire brisé et je hoche la tête.

– Oui, souviens-toi bien de tout. N’oublie pas qui t’a mis dans cette pièce et pourquoi. N’oublie pas que j’ai eu l’occasion de te tuer et que je ne l’ai pas fait. N’oublie pas que je t’ai laissé vivre alors que Babel t’aurait laissé mourir.

– Largage de la capsule dans une minute, prévient la voix robotique.

Je laisse Roathy s’époumoner derrière l’écran noir. Je ne sais vraiment pas ce qu’il deviendra quand Babel le trouvera là. Je m’approche de la capsule et glisse la main sous mon T-shirt. La clé bleue luit doucement quand je l’insère dans la serrure. La trappe se déverrouille, et je tire sur la poignée. Je laisse des traînées de sang partout.

L’intérieur est truffé de cadrans et de voyants. Je fourre mon sac à dos sous le siège et la trappe se referme.

Les plates-formes de largage s'alignent sur le pourtour intérieur de la station. La noirceur de l'espace s'étend au-dessus et au-dessous de moi. Un mince cercle gris métallisé tourne devant moi. Je me penche autant que mes sangles me le permettent et je vois que la plupart des autres capsules ont déjà été larguées. Leurs bases de lancement sont vides. Je retiens mon souffle. Roathy avait peut-être raison. Peut-être que Babel avait vraiment l'intention d'éliminer l'un de nous deux. N'importe lequel.

Je cherche Bilal à tous les hublots. Je prie farouchement pour qu'il soit encore en vie. Mais il ne reste qu'une capsule en dehors de la mienne. À trois emplacements sur ma droite – avec un fantôme à l'intérieur.

Le visage d'Isadora se décompose. Non pas à cause d'un dernier combat, mais parce que ma capsule est la seule qu'il reste. Elle a dû regarder les autres filer dans l'espace, une par une. Cette capsule représentait son dernier espoir de voir Roathy l'accompagner, et je viens de ruiner définitivement cet espoir. Je me retourne vers la pièce que je viens de quitter et j'y vois Roathy dont le visage reflète la même douleur, le même chagrin, la même détresse. Au moins est-il encore en vie. Ma noxolyte devrait le sauver.

– Séquence de largage activée.

J'enfonce la clé avant de me tourner vers Isadora. La capsule commence à vibrer ; on s'affronte du regard. Elle ignore ce qu'il s'est passé mais je lis dans ses yeux une accusation, une promesse.

Et puis c'est la chute libre. Une noirceur vient recouvrir mes hublots et griffer la vitre. Des flammes jaillissent pour me catapulter à travers l'espace. Je dis une dernière prière pour Bilal ; le métal se met à siffler ; j'ai encore le temps d'apercevoir les océans vineux d'Eden, après quoi tout se brouille et je m'enfonce dans le néant.

REMERCIEMENTS

Je me souviens encore du premier livre que j'ai écrit. Il s'intitulait *The Chronicles of Rascal.* J'étais en avant-dernière année de primaire et notre école avait fait imprimer et relier nos œuvres. En tournant les pages de cette histoire sortie de mon imagination, je me suis promis de ne plus jamais cesser d'écrire.

J'aimerais remercier toute l'équipe de Crown Books for Young Readers qui a concrétisé mon rêve d'enfant au-delà de mes espérances. Merci à Emily Easton de s'être fait de ce livre une plus haute idée encore que moi. Il n'était pas question pour toi que je me contente du minimum en matière d'écriture, et je t'en suis reconnaissant. J'ai également une dette envers Alison Impey et Regina Flath pour la couverture américaine, Stephanie Moss pour la maquette et Alison Kolani pour la relecture. Ainsi qu'envers Phoebe Yeh, Samantha Gentry et tous ceux qui travaillent chez Crown Books for Young Readers, sans oublier Barbara Marcus, Judith Haut, John Adamo, Kim Lauber, Hannah Black et le reste de l'équipe de marketing, plus Dominique Cimina et son service de presse chez Random House Children's Books.

Je suis profondément reconnaissant envers ma femme, Katie. C'est quelqu'un de bien meilleur que je ne le serai jamais et j'essaie toujours de m'inspirer de son exemple. C'est son travail qui m'a offert l'occasion d'écrire à plein temps quand nous étions à l'étranger. C'est à elle que je dois cette période de créativité et de développement. Plus important encore, je peux rire tous les soirs avec elle avant d'aller me coucher. Que serait cette existence sans ces petits moments de joie impérissables ?

Je dois beaucoup à ma famille également. Maman, merci d'avoir lu mes histoires bien avant qu'elles n'aient le moindre sens. Tu as toujours été convaincue que j'avais quelque chose à raconter. Papa, merci d'avoir plongé avec moi dans des mondes nouveaux et de m'avoir posé les bonnes questions. Je dois mon amour de la science-fiction et de la fantasy à mes frères, Matt et Pat. Ces longues heures consacrées aux jeux vidéo et à tuer des dragons ont fini par payer ! Alors si vous voulez refaire une partie dans *Molten Core*, je suis votre homme. Les Zaccardo méritent un coup de chapeau eux aussi. Merci de m'avoir si bien accueilli et d'avoir toujours encouragé mes rêves.

Un grand merci aux professeurs qui m'ont inspiré au fil des ans, tout particulièrement Susan Letts et Anne Dailey. Le mal que vous vous êtes donné pour me faire entrer dans une classe d'écriture manifestait une belle confiance envers un jeune auteur. Je ne l'ai jamais oublié.

Et la relation entre élèves et professeurs fonctionne dans les deux sens. Je dois beaucoup à de nombreux élèves brillants qui ont bien voulu lire mon livre alors qu'il était encore loin d'être terminé. Les mêmes jeunes gens qui m'ont inspiré le personnage d'Emmett ont accepté avec enthousiasme de me servir de bêtalecteurs. Plus d'une quinzaine d'élèves m'ont ainsi abreuvé de conseils judicieux et d'anecdotes pour m'aider à approfondir le personnage d'Emmett. Si un jour vous avez besoin qu'on vous rappelle que vous êtes capables de déplacer des montagnes, ressortez mon premier manuscrit et comparez-le avec la version finale. Merci beaucoup. J'espère que vous continuerez à écrire, à lire et à réfléchir : le monde a besoin de vos histoires.

Aux membres du Cramp, merci. La vie nous réserve toujours des surprises, mais tous les jeudis vous êtes là au complet, prêts à parler boutique quel que soit le projet qu'on amène sur la table. Ma carrière d'écrivain a peut-être décollé de manière impressionnante pour des yeux extérieurs, mais en réalité, c'est vous qui m'avez hissé sur vos épaules et balancé du haut d'une falaise, persuadés que je pouvais désormais voler de mes propres ailes.

À Daniel, Wes et Scott. Vous êtes une bande de clowns, mais vous êtes mes clowns. La moitié de ce que je sais et de ce que je suis vient plus ou moins directement de vous. Merci d'avoir toujours été là pour moi.

À mon agent, Kristin Nelson, merci pour la guerrière que tu es. Depuis notre première conversation, il a toujours été clair dans ton esprit que ce livre connaîtrait un succès éclatant. La confiance que tu m'as témoignée ne s'est jamais démentie. Merci pour l'ardeur avec laquelle tu as pris mon parti.

Je veux étendre la même gratitude à toute l'équipe fabuleuse de la Nelson Literary Agency et à ses associées : Angie Hodapp, Jamie Perischetti, Kassie Evashevski et Jenny Meyer.

Enfin, les gens me demandent souvent ce que je fais comme métier. Pour éviter de passer pour un hurluberlu, je réponds simplement que je suis auteur, mais en réalité je suis sous-créateur. À ce titre, mon plus grand merci ira toujours à Dieu. Quand je regarde le monde qui m'entoure, que Gerard Manley Hopkins a décrit comme infusé par Sa grandeur, je suis toujours stupéfait devant la créativité infinie qui s'en dégage. C'est un plaisir de m'appuyer sur tout ce qu'Il a inventé pour essayer d'élaborer mes propres personnages, mes propres histoires, et les univers qui en découlent. Il y a une grande joie dans la sous-création, mais elle s'inclinera toujours devant le Créateur qui a eu la malice d'imaginer le babouin :

– Et toi ? Toi, tu auras le cul qui ressemble à un gros chewing-gum…

À PROPOS DE L'AUTEUR

Scott Reintgen a passé toute sa carrière à enseigner l'anglais et l'écriture dans différentes communautés urbaines de Caroline du Nord. La leçon la plus difficile qu'il en a retenue est que l'inspiration n'est pas également accessible à chacun de nous. Il a donc entrepris d'écrire un roman aussi bien pour les dormeurs du premier rang que pour les rêveurs du fond de sa classe. Il espère que ses anciens élèves se retrouveront, pleins de vie et de couleurs, dans des personnages comme celui d'Emmett. Vous pouvez le suivre sur Facebook, sur Instagram et sur Twitter à @Scott_Thought.

Achevé d'imprimer en mai 2020, en Italie par Grafica Veneta